소울 케이지

Soul Cage

© Tetsuya Honda, 2007, 2009
All rights reserved.
Original Japanese edition published by Kobunsha Co., Ltd.
Korean Publishing rights arranged with Kobunsha Co., Ltd. through Shinwon Agency Co., Seoul.

이 책의 한국어판 저작권은
신원 에이전시를 통한 저작권자와의 독점 계약으로 자음과모음에 있습니다.
저작권법에 의해 한국 내에서 보호받는 저작물이므로 무단 전재와 무단 복제를 금합니다.

혼다 데쓰야
이로미 옮김

소울 케이지
ソウルケイジ

자음과모음

서장	7
제1장	27
제2장	105
제3장	181
제4장	259
제5장	337
종장	393

* 본문 속의 각주는 모두 옮긴이의 것입니다.

서장

 어느 책에선가 사형수에게는 마지막으로 만주*와 담배를 준다고 읽은 적이 있다.
 그날 저녁이었다. 미시마 다다하루는 혼자 만주를 먹었다. 오후 3시 휴식 시간에 나온 간식이었다. 자기 몫을 먹지 않고 챙겨뒀던 것인지, 아니면 남은 것을 주머니에 몰래 숨겨뒀던 것인지는 모르겠다. 겉은 바삭하고 속에는 팥소가 든, 장례식 같은 데서 주는 하얀 만주였다. 먼지가 잔뜩 묻은 손으로 씻지도 않고 먹고 있었다.
 나는 차마 쳐다보지 못하고 창밖으로 눈을 돌렸다. 아직 창틀을 끼우지 않아 그저 네모난 구멍과 다를 바 없는 창이었다. 무

---

* 만주(饅頭): 밀가루나 쌀가루 따위로 만든 반죽에 소를 넣어 찌거나 구운 과자.

슨 사정으로 창의 시트를 일시에 철거했는지, 석양빛이 강하게 비쳐 들던 기억이 난다. 태양의 위치는 9층의 창과 거의 수평이었다.

건물들이 드리우는 검은 그림자. 거대한 묘비. 도쿄라는 이름의 끝없이 드넓은 묘지.

그래도 매미 울음소리가 들렸다. 아니, 들렸던 것으로 기억한다.

실내로 시선을 돌리자 콘크리트가 그대로 드러난 벽과 폐자재를 쑤셔 담은 포대, 거기에 기대앉은 미시마의 옆얼굴까지 모든 것이 하나의 검은 그림자로 녹아들었다.

그림자 속의 옆얼굴이 만주를 먹는다. 소리도 없이. 천천히.

무언가 계기가 있었으면 하면서 마일드세븐에 불을 붙였다.

코끝에 열기가 느껴졌다. 한 모금 빨았다가 내뿜으면서 그 연기에 맞춰 말문을 열었다.

"정말 더 이상…… 다른 방법은 없겠습니까?"

턱의 움직임이 뚝 멈추었다. 그러나 바로 생각을 바꾼 듯 다시 씹기 시작했다. 석양의 잔상은 옅어졌지만 그 빛에 드러난 얼굴에는 아무런 감정도 없어 보였다.

눈의 초점은 실내를 향해 있지 않았다. 바닥 기초공사가 막 끝난 휑뎅그렁한 실내를 떠돌다가 외부 복도를 지나서 멀고 먼 어딘가로 향해 있었다.

"진퇴양난이라고요."

한숨을 쉬고는 입술만 움직여 툭 던진 말이었다. 그러나 이미 작업도 뒷정리도 모두 끝나서 정적에 휩싸인 현장이라 들리고도 남았다.

어디선가 텅, 쇠파이프 소리가 들렸다.

"개인 파산이라든가, 좀 다른 방법도 있을 겁니다. 정 뭣하면 제가 도베 씨에게 부탁해보겠습니다."

그는 만주를 또 한입 천천히 우물거렸다.

"개인 파산은 진즉에 했지요. 그랬는데도 해결하지 못했고, 생활하기가 힘들어져서 또 빚을 지고…… 돈을 빌려준 놈들도 그런 부류라 어느 정도 각오했고…… 아니, 그럴 만한 주제도 못 되지만……."

그렇게 말하며 때와 먼지로 얼룩진 얼굴로 나를 쳐다보았다. 이 시간에도 볕이 드는 곳은 아직 더웠다. 하지만 그의 이마에 맺힌 땀은 다 말라 있었다.

"그거 아십니까? 배곯린 어린 자식한테 너 먹일 음식은 지금 여기에는 아무것도 없다고 용서를 구해야 하는 부모의 심정을요. 배가 고파 방바닥의 다다미를 뜯어 입으로 가져가는 아이의 손을 때리고, 머리를 쥐어박고, 주먹으로 패고, 등을 차고, 다리를 걸어차야 하는…… 그래도 얼굴만은 도저히 때리지 못하는…… 얼굴을 때리면 멍이 들 테고, 그러면 누군가가 학대당하는 줄 알고 보호해줄지도 모른다, 차라리 때리려면 얼굴을 때리자, 얼굴을…… 그렇게 필사적으로 다짐하고 또 다짐하지만 어느새 아이의 볼을 어루만지고 마는 그 심정을요."

미시마는 얼굴을 정면으로 돌리고 절반쯤 남은 만주의 하얀고 둥근 표면을 물끄러미 바라보았다.

"아이 볼이 얼마나 부드러운 줄 아십니까? 보들보들하고 은은한 젖내도 납니다. 나 같은 놈이 뺨을 대고 비비면 아프다거나 더럽다고 해야 정상일 텐데, 그런데도 아이가 묻습디다. '아버지, 울어?' 그런 천진난만한 소리를 들으면 용서를 구하는 수밖에 없잖아요. 미안하다, 정말 미안하다, 아비가 못나서……."

손가락 사이에 낀 담배가 어느새 필터 바로 앞까지 타들었다. 꽁초는 창밖에 내던지고 주머니에서 담뱃갑을 꺼내어 그에게도 권했다. 그는 사양했다. 별수 없이, 튀어나온 그 한 개비를 내가 물었다.

그가 다시 올려다보았다.

"우리 부자 이야기를 어느 부분부터 들었습니까?"

나는 연기를 짧게 내뿜고는 담뱃갑과 라이터를 주머니에 넣었다.

"처음부터요."

"내 처지가 그렇다는 걸 알고 계셨던 겁니까?"

고개를 끄덕이자 뿜어낸 담배 연기도 덩달아 아래위로 흩어졌다.

"네. 이렇게 말하면 실례인 줄 알지만, 그 연세에 공사장 일이 처음이라고 하시기에 대충……."

"그렇군요."

그는 한숨 섞인 목소리로 중얼거렸다.

"그럼 다른 방법이니 뭐니 하는 말씀은 왜 했습니까?"

그건……. 나는 말문이 막혔다.

지나온 날 겪었던 온갖 일들이 가슴속에서 뒤엉키며 끓어올랐다. 하지만 입 밖으로 꺼내지는 못했다. 지금의 나는 말할 자격이 없다.

아드님 생각은 해보셨습니까? 얼마나 어리석은 질문인가. 당연히 생각했겠지. 그가 고심하고 또 고심해서 머리를 쥐어뜯으며 내린 결론이 바로 이 선택이었으리라. 나는 누구보다도 그의 심정을 잘 안다.

"의논 상대가 되어주고 싶었습니다."

입에서 나온 말은 겨우 그 정도였다.

그는 비웃듯이 콧방귀를 뀌었다. 가슴을 저미는 듯한 통증이 넓게 퍼져 나갔다. 분명히 값싼 동정으로 받아들일 만한 말이었다. 하지만 이런 상황에서 그것 말고 내가 무슨 말을 할 수 있겠는가.

"그만 가주십시오."

그는 일어서서 남은 만주를 입에 밀어 넣었다. 별로 때가 타지 않은 무릎 길이의 회색 반바지, 바지 엉덩이에 묻은 먼지를 털고 옆에 뒹굴고 있는 흠집투성이 헬멧을 집어 들었다.

"진심입니다. 댁까지 귀찮은 일에 휘말리게 하고 싶지 않습니다. 폐를 끼치고 싶지 않으니 이제 그만 가주십시오."

그는 기초 작업이 끝난 맨바닥을 쿵쿵 울리며 밖으로 나갔다. 콘크리트를 깐 외부 복도로 나가자 발소리가 모래 위를 쓸고 지나가듯 질질 끄는 소리로 바뀌었다.

나는 거기에 선 채로 그저 담배가 재로 변하기를 기다렸다.

발치에 빈 커피 캔 하나가 놓여 있었다. 캔 입구는 톱밥과 모래 먼지, 담배꽁초를 비벼 끄면서 묻은 검은 재 등으로 지저분했다. 피우던 담배를 캔 입구에 떨어뜨리자 치익, 하고 허무한 소리가 났다.

금속제 발판이 울리는 소리가 들려 창밖을 내다보니 방 세 칸 건너의 외벽 발판에 올라선 그의 모습이 보였다. 안전모는 턱끈을 매지 않고 머리에 얹기만 했다. 그 상태로 머리 위의 쇠파이프를 올려다보며 고정 클램프에 손을 뻗어 래칫 렌치를 갖다 대었다.

잠시 동안 그 자세로 꼼짝도 하지 않았다.

볼트를 조이려고도 하지 않고 그저 가만히 위로 향한 손끝을 보았다.

미지근한 바람이 허공에 스쳐 지나갔다.

이윽고 소리 없이 그의 오른발이 움직였다.

1센티미터. 또 1센티미터. 아니다, 겨우 몇 밀리미터.

그대로 보고 있다가는 나도 모르게 소리를 지를지도 모를 일이었다. 하지만 결코 그래서는 안 된다. 누구보다 그를 위해서.

그의 발뒤꿈치가 발판에서 벗어나 허공을 내딛는 순간, 나는 입을 턱째 감싸 쥐었다.

러닝셔츠 차림인 그의 등짝이 비스듬히 기울어졌다. 먼저 안전모가 떨어졌다. 아직 왼발은 발판에 남아 있었다. 그러나 그것으로는 아무 소용이 없었다. 이내 아래로 기울어진 그의 몸은

9층을 벗어나 지면으로 추락했다.

길고도 짧은 몇 초였다.

떨어지는 도중에 쇠파이프와 발판에 부딪쳐 튕겨나 빙글 돌았지만 중력에 이끌려 멈추지는 않았다.

떨어지기 직전에 검붉은 액체가 좍 튀었다.

건물 입구 공사용으로 설치한 쇠파이프 돌출 부분에 머리가 부딪친 모양이었다.

곧이어 시멘트 포대가 떨어지듯 둔탁한 소리가 들렸다.

결국 그의 몸은 마른땅에 널브러졌다.

머리는 대부분 이지러졌고 왼팔은 갈기갈기 찢어졌다. 오른쪽 다리도 부러져 꺾인 각도가 제멋대로였다.

"아…… 으악!"

아직 현장에 남아 있던 감독과 몇몇 기술자, 경비원들이 모여들었다.

나는 9층에서 소리쳤다.

"떠, 떨어졌어. 저기야, 저기서 떨어졌어!"

나는 추락 현장에서 방 세 칸이 떨어진 곳에 있었다. 일단 의심은 받지 않으리라고 판단했다.

예상대로다.

냉정하게도 당시 내 머릿속에는 오직 그 말만이 떠올랐다.

그런 사건과 관계없이 현장은 다음 날부터 일정대로 공사를 재개했다. 현장검증은 어젯밤 사이에 모두 끝낸 듯했다. 믿기지 않지만 나는 참고인 조사 같은 것도 받지 않았다.

그러고 나서 2~3일 지난 뒤의 일이다.

창으로 비쳐 드는 노을빛이 그날과 흡사하다고 느끼던 참이었다. 작업을 마친 후 무심코 같은 창밖을 내다보는데 현장 입구에 서 있는 작은 사람의 형체가 눈에 들어왔다.

* * *

나에게는 어머니에 대한 기억이 전혀 없다. 병을 앓다가 죽었다고 들었지만 믿지 않았다. 아마도 도망갔겠지, 저런 아버지니까, 내가 엄마라도 일찌감치 도망갔을 거야, 그렇게 생각하며 자랐다.

아버지는 돈을 따지도 못하는 주제에 노름이나 좋아하는 구제 불능에다 의지마저 약했다. 쓸모라고는 눈곱만치도 없었다. 당장 먹을 쌀도 한 톨 없는 판에 어쩌다 진수성찬이라고 으스대면서 내미는 음식은 닭 꼬치 통조림이었다. 돈으로 바꾸지 못하는 남은 파친코용 동전으로 교환한 상품. 초등학생인 내가 봐도 뻔했다.

평소에는 건설 현장에서 일했던 듯하다. 지금에 와서는 구체적으로 무슨 일을 했는지 알 방법이 없지만 그리 대단한 일은 아니었을 성싶다. 쓰레기를 정리하고 짐이나 나르는 잡부였겠지. 아니면 기껏해야 경비였을까. 좌우지간 기술자라고 불릴 만큼 역량이 필요한 일은 아니었을 것이다.

아버지는 어린 내가 보기에도 무능력했고 끈기도 없었다. 술을 좋아한 탓도 있겠지만 늘 비틀거리며 걸었고 일 처리도 칠칠치 못했다. 아무튼 등짝에서 기운이라고는 전혀 느껴지지 않았다. 약골이었으므로 지금의 내가 걷어찬다면 단번에 뻗어버릴 것이다.

내가 어린이집에 다닐 때에는 그나마 괜찮았다. 형편이 어려워진 것은 초등학교에 들어갈 무렵이었다. 필통 하나도 사지 못할 지경이 되었다. 지금은 100엔숍에서도 꽤 쓸 만한 문구를 팔지만 당시에는 문구점에 가야 했다.

한번은 둘이서 문구점에 갔는데 겨우 연필과 지우개, 공책을 사고 나니 아버지가 가진 돈이 바닥났다.

"200엔으로 살 만한 필통은 없을까요?"

아버지는 누런 캐러멜색으로 보일 만큼 더러운 러닝셔츠와 군데군데 찢어진 작업 바지의 추레한 차림이었다. 촘촘하게 난 수염에서는 땀과 때로 쉰내가 진동하고 말할 때마다 술 냄새까지 풍겼다.

점원은 싫은 기색을 감추지 않았지만 그래도 나가달라는 말은 하지 않았다. 어린아이인 내가 점원에게 미안했다.

"이쪽에 있는 300엔짜리가…… 가장 싼 필통입니다만……."

결국 단념하고 연필은 고무 밴드로 묶어서 다니기로 했다.

그런데 어찌 된 일인지 2~3학년 때는 그럭저럭 순탄하게 생활했다고 기억한다. 운 좋게 큰돈이라도 벌었는지, 아니면 누군가에게 돈을 빌리기라도 했는지 모르겠다. 그때는 급식비도 밀리지 않았고 헤진 옷도 입지 않았다. 쌀이 떨어지는 일도 없었고 몇 가지 반찬도 올라왔다.

하지만 그런 형편은 오래가지 않았다. 4학년 무렵부터는 다시 변변치 못한 먹을거리로 배를 채워야 했다. 간신히 급식비는 내주어 점심은 제대로 먹었지만 저녁에는 마른오징어, 아침에는 식빵 쪼가리로 끼니를 때워야 했다.

학교에서는 따돌림을 당했다. 반 아이들은 '가난뱅이', '구린내', '더러워' 같은, 가슴에 콕콕 박히는 말로 나를 놀려댔다. 그만해, 너희들이 말하지 않아도 다 알아, 하고 속으로 아우성치던 어느 날 나는 반격을 시도했다.

"덤벼, 덤벼봐! 너희들이 가난뱅이라고 놀려도 나는 아프지 않지만, 맞아보면 내 주먹은 엄청 아플걸!"

가난뱅이라는 사실이 왜 아프지 않았겠는가. 너무나 아팠지만 어린 나는 악의에 가득 차서 외쳤다.

나는 그때에도 또래에 비해 몸집이 큰 편은 아니었으나 민첩한 데다 오기로 가득 차 있어서 아이들을 대적하기가 어렵지 않았다. 하지만 도를 넘지 않게 주의했다. 상대방이 아니라 나 자신을 위해서였다. 쓸데없이 힘을 낭비하면 배터리가 빨리 닳아서 쉬이 배가 고팠으니까.

수업이 끝나면 2층짜리 목조건물인 낡은 연립주택으로 돌아가서 아버지가 챙겨주는 밥을 먹었다. 아버지가 없는 날에는 스스로 챙겨 먹었다. 아버지가 있어도 밥이 없어서 굶을 때도 있었다.

"미안하구나. 나도 방금 여기저기 다 뒤져봤는데…… 아무것도 없구나."

그런데도 왜 술 냄새는 풍기는 거냐고 대들고 싶었지만 잠자코 고개만 끄덕였다.

그럴 때면 나는 갈라지고 찢어진 방바닥을 만지작거리며 늘 그렇듯이 상상에 빠지곤 했다.

갑자기 엄마가 돌아온다. 서둘러 햄버그스테이크라든가 맛있는 음식을 만들어준다. 밥에서 모락모락 김이 피어오른다. 따끈따끈한 게 무척 맛있어 보인다. 엄마가 같이 살자고 한다. 엄마의 얼굴은 본 적이 없어, 잘 아는 여배우의 이미지를 갖다 붙인다. 다정하지 않아도 좋고 예쁘지 않아도 좋다. 생활력이 있고 강인한 엄마가 마음에 든다.

요키 미코라면 어떨까. 당시에는 이름은 잘 몰랐고 얼굴만 아는 배우였다. 그런 엄마라면 좋을 것 같았다. 아니면 시바타 리에라든가. 그래, 그런 느낌이다. 입을 크게 벌리고 활짝 웃으며 '자, 어서 먹어. 더 먹어야지.'라고 말을 건네주는 엄마. 이즈미 핀코도 좋았다. 이즈미 핀코라면 우선 라멘을 끓여줄 테지.

아, 입을 크게 벌린다. 그러나 내 입에 들어오는 음식은 마른오징어다.

그 순간, 아버지가 느닷없이 딱 소리가 나게 내 손을 때렸다.

"너, 뭐 하는 거야!"

정신을 차리고 보니 나는 어느새 다다미를 한 움큼 쥐어뜯어 입에 넣으려 하고 있었다. 감촉이 비슷해서 손이 다다미를 마른

오징어로 착각했다.

"아, 아니야. 잘못했어."

"다다미라도 뜯어 먹지 않으면 죽을 것 같더냐?"

"그게 아니라…… 그 정도는 아니야."

"그렇게 배가 고파?"

응, 하고 싶었지만 솔직하게 말하지 못했다.

"괜찮아. 낮에 급식을 두 그릇이나 먹어서."

"바른대로 말해!"

쳇, 왜 때리는 거야.

"아파! 정말 괜찮다니까."

"시끄러워!"

또 시작이었다. 못나고 돈도 못 벌고 아버지 노릇도 제대로 못하는 주제에 도리어 화를 내고 때린다. 난 이유도 없이 매를 맞아야 했다. 배가 고프지 않다고 말한 게 뭐가 잘못이지? 그럴 때면 나는 늘 소나기를 피한다는 심정으로 꾹 참았다.

내가 아무리 날렵하다 해도 단칸방에서 도망 다니는 데에는 한계가 있었다. 차라리 양손과 양발을 앞으로 모아 가능한 한 작게 웅크려서 급소를 보호해야겠다고 판단했다. 어차피 아버지는 초등학생 꼬마 하나도 때려눕히지 못하는 술주정뱅이였으니까.

한바탕 휘몰아치는 폭풍이 지나가면 아버지는 나를 안아 일으켰다.

"미안하다, 고스케. 미안해, 아비가 못나서……."

지지리도 못난 아버지였다. 생활력이 없었다. 아버지에게 배울 점이라고는 티끌만큼도 없었다. 패기가 없다 보니 일관성 있게 사고할 수 있는 능력조차 사라진 듯했다.

"아버지, 근데 왜 울어?"

자기가 때려놓고서, 정작 울고 싶은 사람은 나라고!

"고스케……."

끌어안지 마. 당신한테는 냄새가 난다고. 나도 더러운데 내 코가 진동할 정도면 얼마나 지독하겠어?

그때 나는 아버지 품에 안기느니 차라리 체조 매트에 둘둘 말려 초밥 취급을 당하는 편이 훨씬 낫다는 생각을 했다.

그런 아버지가 5학년 여름에 죽었다. 신축 중이던 아파트 9층에서 떨어졌다고 했다.

전화는 이미 오래전에 끊긴 터라 형사가 직접 찾아와서 말해주었다. 형사는 울지 않는 나를 보고 사내답구나, 강한 아이구나, 하며 머리를 쓰다듬었다.

강해서 울지 않은 건 아니었다. 오히려 약해서, 너무나도 약해서 어떻게 해야 할지 몰랐다. 당황했고 망연하기도 했다. 아무리 못난 아버지라도 곁에 있을 때는 어떻게든 돈을 벌어다가 밥을 먹여주었다. 사흘에 한 번꼴로 화를 내며 때렸지만 밤에는 나란히 누워 잠을 잤다. 이제는 그런 아버지마저 없으니 어떻게 살아가야 할지 막막했다. 아직 초등학생 꼬마라서 파친코 가게에서 일할 수도 없고, 공사판도 나갈 수 없었다. 신문 배달? 그거라면 초등학생도 시켜줄까?

보통은 보육원 같은 데로 보내진다고 들었다. 보육원이 어떤 곳인지는 모르지만 먹을거리도 없고 거지 소굴 같은 집보다야 낫겠지. 그래, 훨씬 나을 거야. 문제는 어떻게 해야 보육원에 들어갈 수 있는지, 누가 데려다줄 것인지 알 수 없다는 점이었다. 학교 선생님께 의논해야 할까, 아니면 형사 아저씨에게 부탁해서 데려다달라고 해야 할까.

내 고민에는 아무도 답해주지 않았고, 그날 밤 나는 오쓰카에 있는 한 병원으로 형사와 함께 갔다. 평범한 병원은 아니었다. 간호사가 없었다. 대신 경찰관들이 득실댔다. 경찰병원이라는 말은 들은 적이 있지만 그곳도 아닌 듯했다.

"가족이 너밖에 없다고 들었거든. 그래서 오라고 했어. 정말 미안한데…… 아버지가 맞는지 확인 좀 해주겠니?"

거절할 상황이 아니었다. 잠시 후에 영안실인지 온통 하얗고 음산한 방으로 안내받았고, 하얀 시트를 덮어놓은 침대 앞에 서게 되었다.

별안간 무서워졌다.

집에 찾아온 형사는 분명히 공사 현장 9층에서 떨어졌다고 했다. 9층이라면 초등학교 건물 세 배에 달하는 높이다. 그런 곳에서 떨어졌다면 대체 몸이 어떻게 되었을까.

"얼굴은 보기가 좀 그러니까…… 가슴하고 배 부분만 확인해줄래?"

얼굴은 보기가 좀 그렇다니 무슨 뜻일까, 생각하는 참에 형사가 하얀 시트를 벗겼다.

"읍…… 우엑!"

내 기억이 정확하지 않은지도 모르겠다. 아버지의 사체는 조금 푸른빛이 돌았다. 검은 실로 꿰맨 자국이 여러 군데 있었다. 확인을 어떻게 하는 건지 몰랐지만 자세히 살펴보니 가슴에 난 털 모양이 분명히 아버지였다. 앞으로 튀어나온 참외 배꼽도 늘 보던 모양 그대로였다.

"아버지예요. 틀림없어……."

다시 구역질이 올라와서 가까스로 그 말만 했다.

이틀이 지난 후 이번에는 학교를 통해 연락이 왔다.

아버지가 소속되었던 기노시타 흥업이라는 회사에서 온 통보였다. 가능하면 아버지의 유품을 가지러 오길 바란다는 내용이었다.

"괜찮겠니? 혼자서 갈 수 있겠어?"

담임인 마스오카 선생님은 친절하게 지도를 복사해주고 전철 요금까지 빌려주었다. 나는 감사하다고 정중하게 인사하고 일단 집에 들렀다가 현장으로 향했다. 치졸한 이야기지만 어린 나이에도 그 일로 돈이 조금 생기지 않을까, 하는 기대를 했다.

내가 가야 하는 장소는 회사가 아니라 아버지가 추락한 현장이었다. 커다랗게 외벽 막을 두른 현장 입구에서 우물쭈물하고 서 있자, 간이 사무실에서 경비원이 나왔다.

"혹시 미시마 다다하루 씨 아들이니?"

그렇다고 대답하자, 경비원은 나를 큰 사무실로 데려갔다. 이른바 현장 사무소였다. 현장감독과 설계사, 시공 회사의 책임자 등이 드나드는 임시 공간이었다.

에어컨이 시원하게 돌아가는 실내에 어른 네댓 명이 있었다. 모두 연녹색 작업복을 갖춰 입었는데 유독 한 남자만 옷차림이 달랐다. 새하얀 셔츠에 넥타이는 매지 않았다. 가슴께의 단추를 여러 개 풀어 헤쳤고 검은 바지를 입었다. 테가 가는 갈색 선글라스를 꼈는데 수염이 덥수룩했다. 입에 문 담배와 짧은 머리가 뾰족뾰족 일어선 모습이 인상에 남았다.

"오, 잘 왔어. 참 기특하구나."

어린 내 눈에도 들떠 보이는 그 남자가 나를 반갑게 맞았다. 다른 어른들은 힐끔힐끔 쳐다보기만 할 뿐 아무도 말을 붙이지 않았다.

"이거 말인데, 네 아버지 배낭 맞지? 그렇지?"

고개를 끄덕이자 남자가 들어 있는 내용물을 확인하라고 건네주었다. 다 낯익은 물건이었다. 지갑에는 600엔이나 남아 있었다. 그때였다.

"이건 회사에서 주는 부조금이란다. 너도 앞으로 돈이 필요할 테니까…… 자, 유용하게 쓰렴."

생각지도 않은 수입이 생겼다. 지갑에 남은 돈보다 그 돈이 훨씬 큰 듯했다.

"고맙습니다. 저, 그럼……."

나는 돈 봉투를 받고 공손히 인사한 뒤 사무실을 나왔다.

두세 걸음을 떼다가 봉투를 열어 내용물을 확인해보니 무려

10만 엔이나 들어 있었다. 순간 굉장히 기뻤으나 한편으로는 그런 큰돈을 지니고 있다는 게 불안했다.

나는 공사장의 외벽 막이 둘러진 출구를 나온 후에야 현장을 돌아보았다.

아버지가 떨어진 곳은 9층이라고 했는데 11층짜리 건물이었다. 건물 외벽 전체에 쇠파이프로 엮은 발판이 둘러쳐져 있었다. 아버지는 죽기 직전 저 발판을 엮는 작업을 하던 중이었다고 형사가 말했다.

저무는 햇빛을 받아 희미하게 빛나는 건물은 마치 거대한 괴물이라도 가둔 우리처럼 보였다.

그 안에 있던 괴물이 아버지를 잡아먹었을까, 아니면 아버지가 괴물에게서 도망치려고 공중으로 날아올랐을까.

꺼내줘, 꺼내줘! 살려줘! 제발 살려줘, 고스케!

얼굴이 뭉그러진 채 울부짖는 아버지가 떠올랐다. 불현듯 아버지가 불쌍해졌다. 그 10만 엔은 아버지의 목숨값이었다.

그래도 눈물은 나오지 않았다. 오히려 입안이 바싹바싹 탔다.

수도가 어디 없을까 살펴보았다. 발밑에 깔린 철판이 젖어 있었다. 물을 뿌린 흔적일 테니 근처에 분명히 수돗가가 있는 것이다.

그렇게 유추하며 주위를 돌아보는데 누군가가 말을 걸어왔다.

"너…… 미시마 다다하루 씨 아들이구나."

그 소리에 뒤를 돌아보았다. 내가 아직 대답도 하지 않았는데 목소리의 주인공은 다정하게 미소를 지으며 다가왔다.

"맞구나. 눈이 아버지를 쏙 빼닮았어."

듣기 싫은 소리였지만 기분은 나쁘지 않았다.

남자는 내 앞에 웅크리고 앉아 내 얼굴을 찬찬히 올려다보았다. 콧날이 오뚝하고 잘생긴 아저씨였다. 현장에서 일하는 사람 같아 보였지만 아버지처럼 지저분하지는 않았다.

그래도 셔츠를 조금 풀어 헤친 가슴팍에서는 일하는 남자의 체취가 풍겼다.

이상하게도 나는 그 냄새가 불쾌하지 않았다.

"아저씨는 말이야, 네 아버지와 마지막까지 함께 일했단다. 친구였어."

아버지의 친구라고?

아버지에게 친구가 있었다니, 생각조차 못 한 일이다.

"오늘 혼자지? 아저씨도 혼자란다. 너만 좋다면 같이 저녁 먹을까 하는데, 어때? 네가 좋아하는 건 뭐든지 사줄게."

좋아하는 건 뭐든지?

갑자기 배에서 꼬르륵 소리가 나더니 텅 빈 위장이 꼬이는지 배가 아팠다.

"자, 가자꾸나. 왜 그래? 유괴하지 않아. 정 걱정되면 네가 앞장서려무나. 어디든 너 좋아하는 식당에 들어가서 먹고 싶은 음식을 시키면 돼. 알았지? 그럼 안심하겠지?"

걱정 따위를 할 턱이 없었다. 나 같은 꼬마를 유괴해봤자 나를 구하겠다고 동전 한 닢이라도 내놓을 사람은 세상에 없었다. 10만 엔을 가졌다는 불안감은 그 순간 까맣게 잊고 있었다.

"좋아, 가는 거다. 네 이름은 뭐니?"

나는 고스케라고 대답했다.

"고스케. 좋은 이름이구나. 아저씨 이름은 다카오카라고 해. 다카오카 겐이치."

나와 아저씨의 첫 만남이었다.

제1장

1

도쿄 지요다 구 가스미가세키 경시청 본부 청사 17층, 카페 파스텔.

히메카와 레이코는 자기보다 나이가 많은 부하 기쿠타 가즈오와 커피를 마시고 있었다.

"주임님, 무슨 일 있습니까? 한숨까지 쉬시고."

"아…… 미안."

12월 4일 목요일 오후 3시. 화창한 날씨 덕인지 내려다보이는 황거* 주변의 풍경도 스산하게 느껴지지는 않았다.

---

* 황거(皇居): 일왕과 그의 가족이 거처하는 곳.

"또 꿈에 오쓰카라도 나왔습니까?"

레이코가 고개를 들자 기쿠타가 턱을 괴고 자신의 안색을 살피고 있었다.

오쓰카가 나오는 꿈.

정곡을 찔렀다.

부하였던 오쓰카 신지는 올해 8월 25일 어떤 사건의 탐문 수사를 하다가 범인 일당 중 한 명이 쏜 총에 맞아 순직했다. 레이코보다 두 살이나 어린 스물일곱의 창창한 나이였다.

"응, 특히 요즘 들어 자주 보여. 매번 이케부쿠로에서 봤던 마지막 모습이야. 꿈속에서 그 녀석이 아무것도 모른 채 혼잡한 승강장에 내려 인파를 뚫고 앞으로 가더라고. 실제로는 안 그랬는데…… 뒤돌아보며 나에게 손을 흔드는 거야. 쿡쿡 웃으면서……."

목소리가 떨렸다. 물이라도 마시고 마음을 진정시켜야 할 텐데 손이 뜻대로 움직이지 않았다. 말만 입에서 제멋대로 쏟아져 나왔다.

"가지 말라고, 가면 안 된다고 말해도…… 그 녀석, 안 들리는지 웃으면서 그냥 앞으로 가는 거야."

여종업원이 이쪽으로 다가왔다. 레이코는 슬쩍 얼굴을 돌리고 눈물을 훔쳤다.

"내, 내 직감 따위는 어차피 근거가 없었으니까…… 그러니까 그때 알아챘어야 했어. 그때 내가 알아차렸더라면 그 녀석은 죽지 않았어."

"주임님, 또 그런 소리를 하시는군요."

기쿠타가 손수건을 내밀자 레이코는 머리를 흔들고 자기 가방을 뒤졌다. 어쩐 일인지 손수건이 보이지 않았다. 화장지도 없었다. 그렇다고 탁자 위에 놓인 냅킨으로 닦고 싶지는 않았다.

"미안, 그 손수건 빌려야겠어."

기쿠타는 쓴웃음을 지으며 집어넣었던 손수건을 꺼내 다시 내밀었다. 조르지오발렌티노에서 나온 파란 손수건. 올해 생일에 레이코가 선물한 세 장 중 하나였다.

"그런 생각은 이제 하지 마세요."

컵 손잡이를 잡은 굵직한 손가락, 까끌까끌하고 두툼한 입술, 수염이 거뭇거뭇 올라온 턱. 레이코는 이 남자가 풍기는 생동감이 사랑스러웠다.

"생각이라니……?"

"그러니까 그런 꿈은 말이죠, 주임님이 그때 알아챘더라면 오쓰카가 세상을 떠나지 않았을 거라는 생각을 계속하니까 그런 꿈을 꾸는 거라고요."

"그야 실제로 그런 생각이 드는데 어떡해?"

기쿠타는 눈을 감으며 어처구니가 없다는 표정을 지었다.

"그건 주임님 책임이 아닙니다. 그렇게 따지면 이케부쿠로를 담당 구역으로 배정한 관리관님이나 계장님께도 책임이 있죠."

"난 그런 뜻이 아니고……."

"마찬가지입니다. 주임님이 항상 말씀하셨잖습니까? 벌은 범인만 받으면 된다고, 피해자 유족이나 관계자가 자신을 탓하면 안 된다고요. 그러니까 주임님도 자신을 탓해서는 안 됩니다. 오쓰카도 바라지 않을 겁니다. 녀석은 경찰관으로 살았고 임무를 완수했습니다. 수사하면서 살고 수사하다가 죽는 게 바로 형사들의 이상 아닙니까. 그러니까 웃으면서 꿈에 나타나는 겁니다. 오쓰카 녀석, 꿈속에서 주임님을 보고 웃고 있었죠?"

"잠깐…… 목소리 좀 줄여."

기쿠타가 움찔하더니 큼직한 얼굴과는 어울리지 않는 새카만 눈동자를 굴려 주위를 두리번거렸다.

문득 그 모습이 우스워서 레이코는 손수건으로 입을 가렸다.

"기쿠타가 그런 말을 할 줄은 몰랐는걸."

기쿠타가 눈을 더욱 크게 떴다.

"그런 말이라니요?"

"그러니까 꿈에 웃으며 나타나는 건 죽은 오쓰카의 의사표시라든가 영적인 의미가 있다는 말."

기쿠타는 쓸쓸한 표정을 지으며 컵을 내려놓았다.

"뭐, 요즘 그런 게 유행이잖습니까?"

"그런 거 믿어? 영혼 같은 거 말이야."

"아뇨, 안 믿습니다. 주임님은 어떠세요? 보통 여자들은 그런 이야기를 좋아하잖아요."

순간 뜨끔했다.

"보통이라니, 왠지 그런 말은 듣기 거북한데!"

말은 그렇게 했으나 레이코는 자신도 그런 영혼 이야기를 믿는 건 아닌지 곰곰이 생각해보았다.

과거에 잃은 소중한 사람을 떠올려 본 적은 분명히 있다. 그들이 도와주기를 바랄 때도 있었고 그들에게 의지하고 싶을 때도 있었다. 다만 그렇다고 해서 영혼을 믿는 것은 아니다. 눈에 보이지 않는 것의 도움을 받았다고 느낀 적은 없다. 물론 성묘를 가면 조상님을 향해 감사 인사 정도는 한다. 하지만 자신의 공은 자신의 몫이었다. 그 공을 상사나 부하와는 나누어도 신이나 부처와 나눈다는 데는 위화감이 들었다.

하물며 수호천사인지 뭔지가 머릿속에 있을 리 없다. 혹 그런 존재가 있다 해도, 그들에게 가르침을 얻는다면 그것은 인생을 훔치는 게 아닐까 하는 거부감마저 들었다.

"으음, 난 역시 믿지 않아."

"역시 그렇군요."

이건 이것대로 못마땅하다.

"뭐야, 평범한 여자와는 거리가 멀다는 말이라도 하고 싶어?"

"아닙니다, 그게 아니라……."

"그게 아니면 뭐야?"

"그러는 편이 주임님다워서요. 그저 그뿐입니다."

"나다운 게 뭔데?"

기쿠타는 난감하다는 표정을 지었다.

"집요하시기는……. 그딴 건 믿지 않고 냉정하게 대처하는 쪽이 히메카와 레이코답다는 뜻입니다. 그러니까 오쓰카 일에 대해서도 이랬더라면 저랬더라면 하고 되새기지 마세요. '범인이 나빠! 이상!' 하는 편이 주임님답습니다."

콧속이 막힌 듯이 뭔가 찜찜했다.

기쿠타는 나를 그렇게 보았구나.

기쿠타는 매사를 단순하게 받아들이고 명쾌하게 결론을 내린다. 그가 레이코를 그런 여자로 판단했다면 그것은 레이코가 그렇게 보였기 때문이리라.

하지만 그런 식의 자기 연출이라도 하지 않으면 20대 여자가 경시청 본부에서 살아남기란 하늘의 별 따기나 다름없었다. 경시청은 경찰 조직의 상징적 존재가 아니던가. 레이코는 스물일곱에 경위로 승진했고, 얼마 지나지 않아 사법경찰의 꽃인 수사 1과 살인범 수사계의 주임으로 임명받았다. 여자가 여자답게 지낼 만한 직장은 아니었다. 남성보다 더 남성적이지 않으면 언제까지고 제대로 인정받지 못한다.

다만 레이코는 적어도 기쿠타에게만큼은 여성스러운 면을 보여주었다고 자신했다. 그 정도는 용인되는 사이라고 여겼고 그도 귀엽게 봐주리라 믿었다.

전혀 모르고 있었다니.

민감함과 둔감함 중에서 고르라면 기쿠타는 틀림없이 후자다. 너무 둔해서 조바심이 생기고 복장이 터질 때도 많았지만 여태껏 일종의 애교로 여겼다.

하지만 그 바탕에는 기쿠타가 자기를 이해해준다는 신뢰가 깔려 있었다. 레이코 자신에게도 약점은 있다. 그러므로 도움이 필요하다. 그걸 굳이 겉으로 표현하지 않더라도 기쿠타는 도와주리라고 확신했다.

정말 뭐가 뭔지…….

그렇다고 갑자기 호의에 기대는 것도 못할 노릇이다. 그만큼 레이코는 바짝 긴장했다. 주임 경위라는 지위가 납으로 만든 판이 되어 등에 찰싹 달라붙어 있었다.

"이제 그만 갈까?"

그녀가 론진 손목시계를 들여다보자 기쿠타는 재빨리 계산서를 들고 일어났다.

점수도 별로 못 따는 이런 배려는 잘만 하면서…….

안타깝다.

"여기는 제가 계산할 테니 먼저 가시죠."

그렇게 말해도 돌아가는 곳은 결국 같은 형사부실이다.

"괜찮아. 그렇게까지 하지 않아도……."

"괜찮다니까요. 먼저 가십시오."

난데없이 기쿠타가 커다란 얼굴을 들이댔다.

"화장이……. 얼른 가세요. 운 티가 납니다."

가슴이 철렁하면서 눈언저리가 불에 댄 듯 화끈거렸다.

이런 배려의 점수는 높을까, 낮을까.

그보다도 남자에게 화장을 고치라고 지적이나 받는 꼴이라니, 도대체…….

6층에 있는 대회의실로 돌아오니 다른 반원들은 모두 자리를 지키고 있었다.

베테랑인 이시쿠라 다모쓰 경사는 여전히 신문을 읽는 중이었다.

 오쓰카가 빠지고 지위가 조금 올라간 유다 고헤이 경장은 졸음이 가득한 눈으로 승진 시험용 참고서를 열심히 들여다보고 있다.

 오쓰카의 후임으로 새로 들어온 하야마 노리유키 경장은 과거 수사 자료를 읽느라 여념이 없었다.

 하야마는 고졸 채용이지만 스물다섯 살에 수사 1과로 발탁될 정도로 범상치 않은 실력의 소유자였다. 키가 훤칠하고 잘생겼는데도 뺀질거리지 않았다. 현장에 나가서는 주어진 임무를 묵묵히 해냈다. 들어온 지 석 달 만에 레이코에게 '모범 형사'라는 인상을 심어주었다.

 다만 굳이 흠을 잡자면 성격이 어두운 편이었다. 다 함께 술을 마시러 가도 거의 말을 하지 않고 웃지도 않았다. 술에 취한 유다가 얼굴과 머리 곳곳에 나무젓가락을 끼우고 '헬레이저!'라고 외치며 우스꽝스러운 몸짓을 해도* 천천히 고개만 끄덕였다. 그로 인해 흥이 깨져도 전혀 개의치 않았다.

 게다가 평상시에는 레이코에게 반발하는 듯한 행동을 할 때도 있었다. 딱히 꼬집어 말하기는 어렵지만 시선이 냉랭하다고 해야 할까. 여자 주임이라서 무시하느냐고 따지고 싶은 마음이 들 때가 있다. 물론 물어보면 아니라고 무표정하게 대답했다. 더 이상 캐묻자니 어른스럽지 못하다는 생각이 들어서 지금은

---

* 〈헬레이저(Hellraiser)〉: 1987년에 개봉한 공포 영화로, 머리 전체에 핀들이 바둑판 형태로 박힌 '핀헤드'라는 캐릭터가 유명하다.

레이코도 신경을 껐다. 느긋하게 기다리다 보면 자연스레 허물없이 터놓고 지낼 날이 오겠지. 하야마에 대해서는 조용히 지켜보기로 했다.

앞서 설명한 세 명에 기쿠타 형사를 합한 네 명이 현재 히메카와 레이코의 부하다. 경시청 형사부 수사 1과 살인범 수사 10계의 이른바 히메카와 반. 10계에는 히메카와 반 외에 구사카 반이 있는데 그들 또한 여간내기가 아니었다.

"주임님."

이시쿠라가 신문을 옆으로 치우고 고개를 갸웃하며 레이코를 쳐다보았다. 아무래도 대놓고 이야기하기가 조심스러운 눈치였다.

레이코는 늘어선 책상을 돌아 이시쿠라 옆으로 갔다. 맞은편에 있는 기쿠타도 넌지시 귀를 기울였다.

"뭔데요?"

오십 줄에 접어드는 이시쿠라에게서는 언제나 그에 걸맞은 체취가 풍겼다. 결코 거북한 냄새는 아니었다. 오히려 최근에는 아저씨 특유의 믿음직스러운 냄새라고 여겼다.

"도야마가 뭔가 수군대던데요. 구사카 주임님과 함께 방금 나갔습니다. 오늘 아침의 그 문제로 움직임이 있는지도 모르겠습니다."

도야마는 구사카 반의 경사다. '오늘 아침의 그 문제'란 관리관인 하시즈메 경정이 아침 일찍 오타 가마타 서에서 무엇인가를 가지고 왔다는 소문을 말하는 것이다.

"그래서 그게 뭔지 알아냈어요?"

"아니요. 아이스박스째로 국과수에 가지고 갔다는 이야기밖에 못 들었습니다. 법의관 계장에게 결과를 빨리 내놓으라고 윽박질렀다던데요."

수사 1과가 쓰는 커다란 방에는 지금 살인범 수사 10계만 대기하고 있었다.

속칭 '재청'이라고 하는 출동 대기 상태에는 A, B, C, 세 단계가 있다. A부터 순서대로 본부 청사 대기, 자택 대기, 자유 대기다. 원래 자유 대기는 거의 휴가나 다름없지만 현 상황에서는 어림도 없었다. 최근 사흘 동안 10계가 A 재청, 3계가 B 재청이며, C 재청 자유 대기는 아예 없었다.

요컨대 오늘 도쿄 어딘가에서 사건이 터져 수사본부가 설치되면 히메카와 반은 구사카 반과 함께 움직여야 한다는 이야기다. 구사카 반은 히메카와 반의 천적이었다. 아니, 레이코는 구사카가 싫었다.

그 이유는 셀 수 없을 만큼 많았다. 구사카의 얼굴이며 목소리는 물론이거니와 수사에 대한 사고방식까지 죄다 마음에 들지 않았다. 운 좋게도 요 몇 달 동안은 함께 수사할 기회가 없어서 같은 10계이면서도 각자 움직였다. 그러나 이번 사건만큼은 따로 움직이기가 쉽지 않아 보였다. 오월동주(吳越同舟)라도 어쩌랴. 단단히 각오해야 했다.

"가마타 서 쪽은 어떻대요?"

"글쎄요. 그쪽을 도야마가 알아보는 중이었는데, 함구령이라도 내렸는지 다들 입 다물고 있지만 어쨌든 단서를 잘 못 잡는 눈치였습니다."

수사본부를 설치하기 전까지는 경시청 본부의 부서 간이나 관할 간, 대중매체 등의 다양한 물밑 작업이 이루어진다. 지금 히메카와 반에 정보가 들어오지 않는 이유는 수사본부를 설치할 필요가 없는 사소한 사건이기 때문일 가능성도 있지만 민감하고 복잡한 사건이기 때문일 확률이 훨씬 높았다. 레이코도 그쪽이 더 달가웠다.

자잘한 사건 세 건을 처리하기보다는 큰 사건 하나를 해결하는 편이 사회에서 더 높은 평가를 받는다. 그리고 사회에서 받은 평가는 조직 내의 평가에도 반드시 반영된다.

가장 바람직한 경우가 올해 여름 맡았던 '미즈모토 공원 변사체 유기 사건'처럼 큰 사건을 혼자 힘으로 해결하는 것이다.

하지만 그 공을 다른 곳에 빼앗겨서 어찌나 분하던지.

레이코는 새삼스레 백수십 개의 책상이 길게 늘어선 수사 1과의 넓은 방을 죽 둘러보았다. 건너편 입구 쪽에 있는 커피메이커 주변에서 몇몇이 서성거렸다. 구사카 반의 미조구치 경사와 신죠 경장, 이토이 경장이었다.

"그러고 보니 계장님은?"

살인범 수사 10계장 이마이즈미 하루오 경감을 말한다.

"10분 전쯤 나가셨습니다."

"누가 호출했나?"

"아뇨, 그렇게 보이지는 않았습니다."

이런저런 대화를 나누고 있을 때 구사카와 도야마가 입구로 들어섰다. 그리고 미조구치 일행에게 다가가 무슨 내용인지 작은 목소리로 전한다. 자기들끼리만 정보를 공유하고, 수사본부가 세워지면 가장 먼저 움직이려는 속셈일까.

젠장, 발상 한번 치사하네. 이놈이나 저놈이나…….

레이코는 일부러 성큼성큼 걸어 그들에게 다가갔다. 바로 뒤에서 기쿠타의 발소리가 따라왔다.

"구사카 주임님, 무슨 흥미로운 사건이라도 있어요?"

파충류처럼 눈동자가 작은 구사카의 눈이 레이코를 향했다. 얄팍한 입술이 한일자로 꾹 닫혀 있었다.

"사건이라니, 무슨 말이지?"

낮고 묵직한 목소리다. 어둡기까지 하다.

"정보를 수집하고 계셨죠? 고생 많으셨네요."

"뭔가 오해했나 본데, 나는 화장실에 다녀왔다고."

"오줌도 부하하고 사이좋게 같이 누세요?"

"레이코, 그렇게 격 떨어지는 말투 쓰면 시집가기가 더 어려워질걸."

이어 냉소를 지으며 쳐다본다. 이 독특한 연기도 변함이 없다.

"충고 겸허히 받아들이죠. 하지만 직장에서 그런 말씀은 삼가주세요."

"미안하군. 말이 헛나갔어."

바로 앞에 있던 이토이가 피식 웃었지만 레이코는 못 본 척하고 계속 물었다.

"그래서 어떻게 됐나요, 국과수 쪽 말이에요?"

"어떻게 되긴 뭐가? 화장실 갔다 왔다고 했잖아."

"구사카 주임님은 화장실에서도 유익한 정보를 얻는 분 아닌가요?"

구사카가 어이없다는 듯 코웃음을 쳤다. 진절머리 나는 얼굴이지만 레이코는 꼼짝 않고 마주 보았다.

"레이코, 그렇게 말로만 정보, 정보, 하지 말고 가끔은 직접 뛰어다니면서 찾아보는 게 어때? 전망 좋은 곳에서 부하랑 데이트하는 것만이 재청 시간을 보내는 방법은 아닐 텐데."

젠장! 그걸 또 언제 봤담.

"그것 봐요, 화장실에 다녀오신 게 아니잖아요?"

"내가 봤다고 말한 기억은 없는데. 불필요한 논쟁이니 이쯤에서 그만두지."

구사카는 도야마의 어깨를 토닥이고 자기 자리로 돌아가려고 했다.

"잠깐만, 도망가시는 거예요?"

구사카가 뒤돌아 험상궂은 눈초리로 레이코를 노려보았다.

"레이코, 간테쓰 흉내는 자네한테 어울리지 않아. 그 시답지도 않은 말주변으로 나에게 뭔가 빼낼 작정이라면 10년은 더 있어야 할 거다."

다시 등을 돌린 그의 뒤를 반원들이 따랐다.

내가 간테쓰 흉내를 낸다고?

'간테쓰'는 살인범 수사 5계 주임인 가쓰마타 겐사쿠 경위의 별명이다. 공안 출신 베테랑 형사. 욕설과 뒷돈을 무기로 삼는 정보전이 특기인 전형적인 악덕 형사였다.

나를 간테쓰와 같은 인간으로 취급하다니!

문득 등 뒤에서 발소리가 났다. 돌아보니 하시즈메 관리관과 이마이즈미 계장이 입구로 들어서는 참이다.

"어이! 가마타 서에 살인 사건으로 수사본부를 설치한다. 즉시 출발!"

딱딱하게 굳은 얼굴로 말하는 이마이즈미와 달리 하시즈메는 싱글벙글했다. 레이코가 얼른 말을 걸어주길 바라는 눈치였다.

"관리관님, 무슨 일입니까?"

아니나 다를까, '에헴!' 겉멋 든 헛기침을 하고는 대답한다.

"내가 무조건 서두르라고 닦달을 좀 했지. 처음에는 아홉 시간이나 걸린다더니 들들 볶으니까 일곱 시간에도 가능하더라고."

"무슨 말씀이세요?"

"DNA 감정 말이야."

"네?"

"내 짐작대로 혈흔과 손의 DNA가 일치했지."

아침에 옮겨 왔다는 '그것'은 손이었던 모양이다. 손이라면 아이스박스로도 충분히 운반할 수 있다.

"자세한 사항은 수사본부에서 설명할 테니 빨리들 가봐. 어두워지면 오늘 하루도 꽝이니까."

오후 3시 20분. 시간상 택시는 못 탄다. 가마타 역에 가려면 사쿠라다몬 역에서 유라쿠초선(線)을 타고 유라쿠초 역에서 내려 게힌도호쿠선으로 갈아타야 한다.

2

경시청 가마타 경찰서는 간조 8호선 도로변, 가마타 역에서 걸어서 5분 거리에 있었다.

레이코 일행은 엘리베이터를 타고 6층에서 내려 식당 끝에 위치한 강당으로 들어갔다. 코트를 벗고 강당 안을 둘러보았다.

벌써 회의 준비가 다 돼 있네.

이미 회의 형식에 맞게 책상이 배치되어 있었다. 가마타 서와 인근 경찰서에서도 모였는지 20명가량의 수사관이 대기 중이었다.

그런데…….

말도 안 돼!

"하이고, 레이코 주임님예!"

이런 우연한 일이 또 있을 수가 있나, 이오카 히로미쓰가 여기 왜?

"너 이 자식!"

느닷없이 멱살을 잡으려고 달려드는 기쿠타를 저지하며 레이코는 두 사람 사이에 끼어들었다.

"잠깐만, 기쿠타. 아니, 이오카! 왜 여기에 있지? 바로 얼마 전까지 가메아리에 있었잖아?"

이오카가 뻐드렁니를 내보이며 빨개진 원숭이 귀에 퉁방울 눈을 동그랗게 뜨고 레이코를 쳐다보았다.

"또 이동했거든예. 10월부터 이쪽으로 왔다 아입니꺼."

"정말이야? 거참 희한하군. 대체 어떻게 1년 사이에 세 번씩이나, 그것도 내가 가는 데로만 골라서 이동을 하지? 결코 흔치 않은 일이잖아."

손을 비비며 허리를 배배 꼬는 모습을 보니 소름이 돋는다.

"그거는예…… 당연히 레이코 주임님이랑 내랑 새끼손가락이 빨간 끈으로 묶여서 그렇다 아입니꺼?"

"아, 듣기 싫어. 그런 소리 그만해. 그보다, 이름으로 부르지 말라고 했지?"

"또 이러시네. 부끄러워하니까네 참말로 귀엽네예."

"부끄러워하다니, 전혀 아니거든!"

"이오카!"

기쿠타가 얼굴을 무섭게 일그러뜨리며 끼어들었다.

"너 말이야, 이렇게 사건이 터질 때마다 마주치는 게 상식적으로 이해가 안 가. 혹시 주임님 만나려고 일부러 사건을 만드는 거 아냐?"

레이코는 설마 그럴까 싶었지만 막상 당사자인 이오카는 조금도 동요하지 않고 대답했다.

"아! 니, 기쿠타 맞제?"

'기쿠타'라고?

"뭐? 이 자식이 어디다 대고 반말이야?"

경장인 주제에, 하고 기쿠타가 말을 이으려는데 무슨 속셈인지 이오카가 손바닥으로 그를 막았다. 그리고 안주머니에서 경찰수첩을 꺼내 득의양양하게 펼쳐 보인다.

"경사스럽게도 지가 요번에 경사로 승진했다 아입니꺼. 그 말은 인자 기쿠타와 동격이라 이 말이지예."

동격!

기쿠타가 미간에 주름을 잡고 침을 꿀꺽 삼켰다. 할 말을 잊은 모양이었다.

경찰 규칙상 승진 시험에 합격하면 반드시 인사이동을 한다. 때마침 사건이 발생했는데, 공교롭게도 레이코가 그 현장에 왔다고 설명하면 앞뒤가 맞다.

"그, 그래도 그렇지. 네 녀석은 나보다 두 기수나 아래……."

기쿠타의 말꼬리에 이마이즈미 계장의 불호령이 겹쳤다.

"거기, 시끄럽다!"

기쿠타와 이오카가 움찔하자 가까이 있던 유다와 이시쿠라까지 어깨를 움츠렸다.

레이코도 엉겁결에 고개를 숙였다.

왠지 불길했다. 아직 사건 개요도 모르는데 쉽게 해결하지 못할 것 같은 예감이 들었다.

곧 본부 차량이 도착했고 전화와 팩스 겸용 복사기, 무전기, 사무용품 등 기자재가 들어오기 시작했다.

수사 1과 살인범 수사 10계와 기동수사대, 가마타 서 및 인근 경찰서에서 나온 형사들까지 총 43명의 수사진이 강당 한쪽에 모여 사건에 대한 설명을 들었다.

"수사 1과 관리관 하시즈메다. 사건 개요를 설명하겠으니 집중하기 바란다. 그럼 이마이즈미 계장."

"네. 오늘 아침 오타 구 니시로쿠고 2가 34번지 부근 다마가와 강의 제방 위에 방치된 박스형 경승용차, 흰색 스바루 삼바, 차량 번호 시나가와 480, 히29-6×의 뒤쪽 짐칸에서 성인 남성의 것으로 추정되는 왼손을 발견했다."

레이코는 어째서 손만 있는지 의아했지만 우선 메모를 하며 보고를 들었다.

"발견자의 증언과 그 지문을 조사해본 결과, 손목까지 잘린 손은 당 경찰서 관내인 나카로쿠고 2가 ×번지의 연립주택 '노조미장'에 거주하는 43세, 다카오카 겐이치의 것으로 판명되었다. 성은 '높다'의 다카(高)에 '언덕'의 오카(岡), 이름은 '굳다'의 겐(堅), '하나'의 이치(一)를 쓴다. 혼자 사는 남자다. 손은 편의점용 비닐봉지에 든 상태로 입구가 단단히 묶여 있었고, 자동차 짐칸 바닥에는 대량의 혈액이 고여 있었다. 치사량에 달하는 출혈이 있었을 것으로 추측된다. 차량은 현재 본서 지하 주차장에 보관 중이다. 각자 기회를 봐서 살펴보도록. 다음은 사건 인지 경위를 설명하겠다."

이마이즈미가 손에 든 자료 한 장을 뒤로 넘겼다.

"오늘 아침 6시경, 같은 구인 나카로쿠고 2가 ×번지의 조립식 임대 차고에서 다량의 혈흔을 발견했다는 신고가 들어왔다.

본서 조시키 파출소의 이와타 도시미쓰 경장이 직접 구두로 듣고 접수했다. 신고자는 미시마 고스케, 20세. 한자는 '셋'의 미(三), '섬'의 시마(島), '밭 갈다'의 고(耕), '끼다'의 스케(介)를 쓴다. 차고의 임차인은 다카오카 겐이치. 다카오카는 큰 규모는 아니지만 '다카오카 건축 회사'라는 개인 회사를 운영하며 목재 공사의 도급을 받아왔다. 미시마 고스케는 그 회사의 직원이다. 미시마 고스케가 오늘 아침 일찍 출근하여 차고의 셔터를 올렸는데 항상 세워져 있던 업무용 차가 보이지 않았다. 이상한 악취가 났지만 피비린내라고는 생각하지 못하고 차고 안으로 들어갔다. 내부 콘크리트 바닥이 피바다라는 사실을 알아차리자마자 휴대전화로 다카오카에게 연락을 했으나 연결되지 않았고 집으로 찾아갔지만 부재중이었다. 곧바로 조시키 파출소에 가서 상황을 설명했다. 신고를 접수한 이와타 도시미쓰 경장이 본서에 보고했고, 도난 차량의 번호도 조회했다."

이런! 다카오카의 집 주소를 잘못 받아 적었다. 레이코는 일단 옆에 있는 이오카의 수첩을 커닝해서 고쳐놓았다.

"한편 차량을 발견한 장소 근처에 있는 니시로쿠고 파출소는 새벽 2시경 이미 다마가와 강의 제방에 버려진 차량이 있다는 사실을 알았다. 다만 별달리 옮겨달라는 신고가 없어서 아침 5시까지 처분을 보류한 상태였다. 그 후 차량이 있던 자리를 흰색 선으로 표시하여 현장을 보존했다. 6시 17분, 센터 무전을 들은 니시로쿠고 파출소의 다나카 히데오 경위가 해당 차량의 발견 사실을 본서에 보고했다. 같은 시각 52분, 예비 열쇠를 지

참한 미시마 고스케와 함께 다나카 경위가 차량을 살펴보다가 짐칸 구석에서 비닐봉지에 들어 있던 다카오카의 왼손을 발견했다. 참고로 손목을 절단하는 데에 사용한 것으로 짐작되는 전기톱은 차고에 있었다."

레이코는 메모한 내용을 쭉 훑어보며 발견까지의 경위를 머릿속으로 한 번 더 정리했다.

요컨대 미시마 고스케라는 20세 청년이 이른 아침에 업무용 차가 없어졌고 차고가 피바다라며 파출소에 신고했다. 그 차량은 적어도 새벽 2시경부터 다마가와 강의 제방에 방치되어 있었다. 날이 밝고 차 문을 열어 살펴보니 그 안에서 다카오카 겐이치의 손이 든 비닐봉지가 나왔다는 내용이다.

"차고와 방치된 차량 안의 혈흔, 왼쪽 손목에서 채취한 세 종류의 혈액은 모두 A형이었고 DNA도 일치했다. 출혈량이 명백히 치사량을 넘었다고 판단하여 다카오카 겐이치는 사망. 본 사건을 변사체 유기 사건으로 확정하고, 다카오카가 살해당했을 가능성에 무게를 두고 수사하기로 결정했다."

즉 시체 없는 살인 사건인 셈이다. 과거의 예로 비추어보면 비교적 입증하기 어려운 경우였다.

"이어서 초동수사 방침을 설명하겠다."

하시즈메 관리관이 배턴을 이어받았다.

"오늘은 인원을 두 반으로 나누어 탐문 수사를 진행한다. 한 반은 차량을 발견한 다마가와 강의 부지 주변을 맡고, 다른 반은 피해자의 거주지를 포함한 차고 주변을 조사한다. 하천부지 담당은 수사 1과 히메카와 레이코 경위, 차고 담당은 수사 1과 구사카 경위가 맡는다. 두 사람을 각 반의 반장으로 임명한다. 그럼 구역을 발표하겠다."

본부 수사 때는 기본적으로 형사부 수사관과 관할 서 형사를 섞어 팀을 꾸린다.

"먼저 하천부지 담당 반부터. 1구역, 수사 1과 레이코 경위와 가마타 서의 이오카 경사가 차량 발견 현장을 맡는다."

"네?"

자기도 모르게 반문이 나왔다. 레이코는 농담이시죠, 하고 튀어나올 뻔한 말을 가까스로 삼켰다.

왜 하필이면 이오카냐고요.

눈앞에서 하시즈메가 헛기침을 했다.

"레이코, 얼른 대답 안 하나? 대답!"

"아, 네…… 죄송합니다."

"이오카 히로미쓰, 잘 알겠심더."

이오카를 쳐다보니 허리 부근에서 손가락으로 조그맣게 승리의 브이 자를 만들어 보였다.

"으흐흐…… 참말로 사랑합니데이."

"입 닥쳐!"

레이코는 냅다 주먹을 한 방 먹이고 싶은 마음을 억누르고 다음 내용에 집중했다.

"2구역, 수사 1과 기쿠타 경사와 가마타 서 아토 경사가 2가 30번지에서 33번지까지."

"네."

"네."

큰일이다. 기쿠타의 대답이 예사롭지 않다. 들개가 으르렁거리는 소리처럼 들린다.

하지만 그런 사소한 데까지 신경 쓸 하시즈메가 아니다. 구역 배당 발표가 이어졌다.

"다음은 3구역. 수사 1과 이시쿠라 경사와 가마타 서 요시노 경장, 마찬가지로 2가 34번지부터 37번지까지."

"네."

"네."

레이코는 하천부지 구역의 배당 발표가 다 끝나기를 기다렸다가 수사관 대열에서 빠져나왔다. 그리고 기자재 설치가 끝난 강당 앞쪽에서 자료를 정리하고 있던 이마이즈미를 향해 다가갔다.

"계장님."

어깨 너머로 돌아보는 이마이즈미는 얼굴에 의미심장한 미소를 띠고 있었다.

"왜, 무슨 의견이라도 있나?"

레이코는 서류 정리를 돕는 척하면서 그의 옆에 섰다.

"의견이야 어디 한두 가지인가요? 말 안 해도 아시잖아요? 왜 또 제가 이오카와 같은 조로 움직여야 해요?"

아니나 다를까, 이마이즈미가 재미있어 죽겠다는 듯이 어깨를 들썩인다.

"어쩌겠나, 하시즈메 관리관님이 정했는걸."

"어째서죠? 배정 기준이 뭔데요?"

"본부와 가마타, 각각 계급순으로 배열하고 뒤집어서 조합한 다음 약간 조정한 모양이야. 다른 관할과 기동수사대는 오십음도*에 따라 배정했다는군."

하여간에 관리관이 매번 일을 얼렁뚱땅 처리한다고는 생각했지만 이런 식일 줄은 몰랐다.

"납득하긴 어렵지만, 암튼 알겠어요. 오늘 탐문조는 임시 편성인 줄 알고 넘어가죠. 하지만 내일부터는 좀 더 쓸 만한 녀석이랑 붙여주세요."

"응? 쓸 만한 녀석이라니, 무슨 뜻이야? 이오카가 저래 봬도 자잘한 사건들을 척척 해결했나 보던데. 형사과장 말로는 이 가마타 서에서 제법 우수한 형사로 통한다는걸."

이오카를 우수하다고 말한다면, 이곳 형사과의 실력은 보나마나다.

"그럼 됐어요. 자료 확인 좀 할게요."

강당 구석에서는 가마타 서 경무과의 일반 직원으로 보이는 여자 몇 명이 복사를 하거나 서류를 분류하면서 빠른 속도로 수사 관용 자료를 만들고 있었다. 하지만 그 작업이 다 끝나기를 기다릴 여유는 없었다. 레이코는 이마이즈미에게 받은 파일을 재빨리 뒤적였다.

---

* 오십음도(五十音圖): 일본 글자의 오십음을 소리의 종류에 따라, 자음이 같은 것은 같은 행(行)으로, 음운이 같은 것은 같은 단(段)으로 배열한 표.

발견 현장 조서였다. 파일 내용 중에서 현장 겨냥도를 보니 방치 차량이 있었던 다마가와 강의 제방은 일반 차량의 통행이 가능한 도로 같았다. 그곳에서 내려와 하천부지를 20~30미터 정도 걸어가면 바로 다마가와 강변에 이른다.

"계장님, 이 차량에서 왼손이 발견됐고 그 맞은편에 강이 있으니 나머지 부위는 이미 물속에 유기됐다고 판단하는 쪽이 자연스럽겠는데요."

"아무래도 그럴 확률이 높지. 일단은 이곳 감식과가 방치 차량을 기점 삼아 50미터 간격으로 강변까지 이어진 풀숲을 뒤지는 중이야. 지금쯤 본부에서도 합류했겠군. 기본적으로는 신발자국과 시체를 운반할 때 묻었을 혈흔을 유의해서 찾으라고 지시했네. 차 안이 그 꼴이었으니."

이마이즈미가 다른 파일을 펼쳤다. 손이 나온 차량을 다양한 각도에서 촬영한 사진이었다.

박스형 경승용차에는 운전석과 조수석밖에 없었다. 뒤쪽은 짐칸으로만 썼는데, 짐을 나누어 싣기 위해서인지 위아래로 나뉜 선반을 설치했다. 재질이 합판인 점으로 보아 다카오카나 다른 누군가가 손수 만든 듯했다. 위 칸에는 둥글게 감은 코드와 공구함, 내용물을 알 수 없는 민무늬의 작은 상자, 금속제 보호망을 씌운 임시 등 따위가 있었다.

조서에 따르면 손이 들어 있던 비닐봉지는 짐칸 아랫부분 구석진 곳에 있었다고 했다. 사진을 봐도 선반이 뚜껑처럼 덮고 있는 꼴이어서 아랫부분은 어두웠다. 특히 안쪽이 잘 보이지 않았다. 이 차가 한밤중에 다마가와 강의 제방에 있었다면 어떤 상황이었을지 대강 짐작이 갔다.

"범인이 사체를 유기하면서 왼손만 깜빡했을까요?"

이마이즈미가 고개를 짧게 끄덕였다.

"혹은 통행인이나 누군가가 수상하게 여긴다고 느끼고서 시체를 버리다가 포기하고 도망갔을지도 모르지. 그렇게 생각하면 차량을 버려둔 이유도 설명이 가능하겠고."

문득 인기척을 느낀 레이코는 뒤를 돌아보았다. 이오카인 줄 알았는데 구사카였다.

"계장님, 현 단계에서 그런 예단을 하시면 앞으로 수사하는 데 방해가 됩니다."

구사카의 말에 이마이즈미는 농담이라는 듯 어깨를 움츠려 보였다.

"딱딱하게 굴기는. 그냥 참고 의견일 뿐이야."

"실제로 그렇게 지시하시면 수사 방향에 혼선만 빚는단 말입니다."

"그건 무슨 의미인가?"

구사카의 눈초리는 매섭다 못해 위압적이었다.

"계장님이 감식반에 내린 지시 말입니다. 신발 자국과 혈흔을 유의하라고 하셨죠. 그런 식으로 대상을 한정하면 현장에 나가 있는 이들에게 색안경을 씌우게 됩니다."

드디어 나왔다. 구사카 이론의 근간으로, 모든 예단은 수사를 방해한다는 논리다. 눈으로 본 것과 증거물로 나온 것, 직접 들은 것 외에는 믿지 않는다는 선입관 배제의 원리주의.

그보다 어디서부터 엿들었을까? 레이코가 생각하고 있는데, 이마이즈미는 쓴웃음을 지으며 목을 긁적였다.

"그건 그래. 대상을 좁히기에는 좀 성급했군. 현장 쪽에는 색안경을 끼고 보지 말라고 다시 지시를 내리지."

"부탁드리겠습니다. 그럼."

돌아선 구사카는 차고 담당 수사관들을 인솔해서 강당을 나섰다. 하천부지 담당 반도 벌써 출발했는지 절반 정도는 빠졌다.

레이코는 무심코 한숨을 내쉬었다.

"정말 못 해먹겠네. 진이 다 빠져요. 형사가 직감 하나도 없이 어떻게 일을 해요? 이론만 가지고 무슨 수로 범인을 잡느냐고요. 그게 가능하다면 연수를 갓 마친 신입 형사들만으로도 충분히 수사가 된다는 말이잖아요?"

레이코가 투덜대도 이마이즈미는 히죽히죽 웃기만 했다.

"그런 말 하지 마. 자네 같은 형사도 있고 구사카 같은 형사도 있어야 조직의 균형이 잡히지. 자네나 나 같은 형사들만 있으면 그건 그것대로 일하기 힘들걸. 다들 모여 범인 맞히기 퀴즈나 하겠지."

일리가 있는 말이야.

이마이즈미도 현장에서 활동하던 시절에는 자신처럼 직감에 의존하는 형사였다고 한다. 그의 말을 들으니 레이코도 웃음이 비죽비죽 새어 나왔다.

"그건 좀…… 심하지 않나요?"

"됐으니까 가봐. 파트너가 기다린다고."

출입구 옆에 선 이오카는 연신 손을 비벼대고 있었다.

"가볼게요. 그리고 내일 조 변경은 잘 부탁드려요."

"그래, 생각해보지."

레이코는 가방을 다른 손으로 바꿔 들며 코트를 걸쳤다.

그나저나 이런 날씨에 다마가와 강의 하천부지로 탐문 수사를 나가야 하다니…….

참 성가신 범인이다.

3

레이코는 강둑 위에 섰다. 눈앞에 곡선을 그리며 왼쪽으로 흐르는 다마가와 강의 수면이 바라다보였다. 그녀가 서 있는 곳은 방치된 차량이 발견된 일반 도로였다.

마른 풀로 뒤덮인 하천부지는 현재 그곳을 중심으로 너비 50미터와 강변까지 30미터가 출입 금지 구역이다. 물론 형사도 예외는 아니다. 그곳에서는 본부의 감식과와 관할 감식계 약 20명이 확대경과 손전등을 들고 작업에 몰두하고 있었다. 다만 주위에는 이미 어둠이 짙게 깔렸고, 그들에게 남은 오늘이라는 시간은 그리 길지 않았다.

그런데 추웠다. 지독하게 추웠다.

본부 청사에 있을 때만 해도 날씨가 맑았는데 가마타 서에 도착했을 무렵부터 구름의 움직임이 심상치 않았다. 어느 정도 각오는 했지만 이렇게까지 추울 줄은 몰랐다.

내일부터는 오리털 점퍼를 입어야겠어.

내년이면 서른이다. 레이코는 올해가 20대로서 마지막이라는 아쉬움에 구입한 버버리 블루 레벨의 트렌치코트를 입고 있었다. 갈색에 가까운 베이지색은 무척 좋아하는 색인 데다 디자인도 더할 나위 없이 마음에 들었다. 하지만 이 트렌치코트의 길이로는 추위를 감당할 수 없었다. 엉덩이부터 아래쪽이 오슬오슬 떨리는 게 죽을 맛이었다.

"주임님예, 다리를 떠시네예. 제가 따시게……."

"시, 시끄러, 조용히 해!"

일기예보에서 오늘은 비교적 따뜻한 하루라고 했는데.

이제 와서 그런 원망을 한들 무슨 소용이람. 곧 5시. 지금부터 따뜻해질 리는 없으니 열심히 다리를 움직이는 편이 나았다.

그때 레이코의 휴대전화가 울렸다. 액정 화면에 '도쿄 감찰의무원 대표'라고 떴다. 구니오쿠 사다노스케에게서 온 전화였다. 레이코가 알고 있는 법의학 지식의 원천이며 정년을 코앞에 둔 감찰의. 또한 그녀를 주저 없이 애인이라고 말하는 술친구다.

"네, 여보세요."

"어, 레이코! 지금 재청 중이지? 오늘 저녁에 한잔 어때? 우에노에 레이코가 좋아하는 도빈무시* 가게를 예약……."

---

* 도빈무시(土瓶蒸): 송이버섯·생선·닭고기·채소 등을 토기 주전자에 넣어 찐 요리.

"수사본부가 설치돼서 저 당분간은 어려워요."

단칼에 통화를 자르고 휴대전화를 닫았다.

"주임님예, 무신 전화인교?"

"아무것도 아냐."

이제 정신을 바싹 차리고 구역별 탐문 수사를 시작해야 한다. 초동수사는 기본 중의 기본으로, 현장 주변을 몇 군데로 나누어 닥치는 대로 탐문한다.

방치 차량이 발견된 하천부지 주변에는 10개 조 20명의 수사관이 돌아다니고 있었다. 기쿠타 조와 이시쿠라 조를 포함한 14명은 둑 맞은편에 있는 주택가를 맡았다. 레이코 조와 유다 조, 하야마 조는 하천부지에 나와 있는 일반인에게 직접 묻고 다녔다.

"하야마는 저쪽에 있는 애들한테 좀 가봐."

근처 고등학교에서 동아리 활동이라도 나왔나 보다. 왼쪽으로 200미터쯤 떨어진 육상용 트랙에서 아까부터 쉬지 않고 달리기를 하는 무리가 보였다.

"네, 알겠습니다."

하야마는 파트너인 가마타 서 소속 경사와 함께 왼쪽으로 걸어갔다.

"유다는 저기서 개 데리고 산책하거나 조깅하는 사람, 걸어가는 사람들을 맡아. 평소 이 근처에 수상한 자가 있지는 않았는지, 어제오늘 사이에 달라진 점은 없는지 물어보라고. 뭐든지 좋으니까 짚이는 대로……."

"저도 다 안다니까요."

유다가 귀찮다는 듯 인상을 찌푸리더니 가마타 서 소속 경사와 함께 오른쪽으로 향했다.

"그라모 우리는 저쪽인교?"

이오카는 출입 금지 구역의 왼쪽 일대를 손가락으로 가리켰다. 언뜻 보니 그 부근까지 왔다가 되돌아가거나 황색 테이프를 따라 둑으로 올라오는 사람들이 보였다. 하지만 레이코는 고개를 저었다.

"그보다 먼저 저기부터 가보지."

강기슭에 하얀 천으로 만든 텐트 하나가 덩그러니 서 있었다. 노숙자 거주지로 보이는 곳은 거기뿐이었다.

"왜 텐트가 하나밖에 없을까?"

이오카가 육상용 트랙 맞은편을 가리켰다.

"저쪽으로 더 가면 사이클링 코스와 야구장이 있거든예. 그라믄 화장실이나 수도 설치가 되어 있는 곳 근처에 자리를 잡지 않겠능교? 틀림없이 저쪽에는 텐트가 많을 낍니더."

"그래? 그럼 왜 혼자만 있는지부터 물어봐야겠군."

"낯을 가리는 사람 아니겠능교?"

둑길을 천천히 걸어가는데 때마침 출입 금지 구역을 빙 돌아온 듯한 70대 남성과 마주쳤다. 체구는 작지만 걸음걸이는 제법 힘차 보였다.

"잠시 실례하겠습니다."

"네?"

모자를 푹 눌러쓴 노인이 등을 쭉 펴며 레이코를 올려다보았다. 레이코는 키가 170센티미터다. 그래서 허리를 숙여 시선을 맞추었다.

"무슨 일이신지?"

주름이 자글자글한 눈꺼풀에 뿌옇고 탁한 눈동자가 절반쯤 덮여 있었다.

"실례지만 말씀 좀 여쭐게요. 항상 이 근처에서 산책을 하시나요?"

목소리는 높고 크게, 한편으로는 온화함을 유지하려고 애썼다. 이 연령대의 노인에게는 손녀처럼 다가가는 편이 나았다.

손녀는…… 좀 능글맞아 보이려나.

노인이 환한 표정으로 천천히 고개를 끄덕였다. 만족스러운 결과다.

"그렇소만. 날마다 산책을 한다오."

"거의 이 시간대에 하세요?"

"아니, 평소에는 더 이르지. 어두워지기 전에는 돌아가는 편이오."

"그럼 밤에는 여기에……."

"밤중에는 안 오지. 위험하니까. 왜요, 무슨 일 있었소?"

레이코는 아닙니다, 하며 고개를 젓고 무릎을 조금 구부린 다음 그가 알기 쉽도록 팔을 쭉 뻗어 가리켰다.

"저기, 저쪽에 텐트가 있잖아요?"

"어? 아, 음, 있지요."

"저 텐트는 언제부터 있었나요?"

그는 음, 하고 고개를 작게 끄덕였다.

"꽤 오래전부터 있었지. 1년인가, 2년인가······. 여름에는 느긋하게 낚시까지 하질 않나."

갑자기 변한 말투를 이상하게 여기며 레이코는 아, 네, 하고 고개를 끄덕였다.

"저 텐트 속이 어떻게 생겼는지 본 적 있으세요?"

"음, 본 적이 있었던가······ 어땠더라?"

"본 기억이 없으세요?"

"음, 없는데. 아주 망할 놈의 소굴이라오. 여름에 저 근처를 지나가면 어찌나 지독한 냄새가 진동을 하는지. 아주 학을 뗐다니까, 암."

여름에 받은 인상이 강했는지 노인은 고개를 절레절레 흔들었다. 어쨌든 어젯밤에 그 텐트가 있었다는 사실만 확인하면 그걸로 충분하다.

"그러셨군요. 그럼 혹시 이 주변에서 산책하실 때 달리 이상한 점은 없었나요? 수상한 사람이든 뭐든 아무거나 좋습니다."

그는 특별히 짐작 가는 데가 없다며 고개를 저었다. 서 있느라고 추워졌는지 검은 장갑을 낀 양손을 쥐었다 폈다 했다.

그렇지, 한참 얘기했으니 추우시겠다.

레이코는 호주머니에서 수첩을 꺼내 신분증을 펼쳐 보였다.

"저는 경시청에서 나온 사람인데요. 실은 오늘 여기서 사건이 있었어요. 그래서 근처에 계신 분들께 평소에 이곳 상황이 어떤지 여쭙는 중이죠. 괜찮으시다면 성함과 주소를 여쭤도 될까요? 또 궁금한 일이 생길지도 모르니까요."

그는 서글서글한 태도로 다야마 신스케라는 이름과 니시로쿠고 1가 38-×번지라는 주소 그리고 전화번호를 알려주었다.

레이코는 이오카가 다 받아 적기를 기다렸다가 손을 내밀었다.

"예, 와요?"

"명함 한 장 줘봐."

"아, 그렇지예."

자신이 가진 명함을 아끼려는 의도는 아니었다. 레이코의 명함에는 가마타 서의 번호가 찍혀 있지 않아서 건네봤자 별 소용이 없었다.

"그럼 다야마 씨, 혹시 뭔가 생각나시는 게 있으면 이쪽으로 전화 주세요. 24시간 언제라도 괜찮습니다."

"아, 알겠소. 그러지."

레이코와 이오카는 정중히 인사하고 멀어져 가는 그를 잠시 지켜본 다음 걸음을 옮겼다.

옆에서 이오카가 목을 길게 빼고 건너편을 바라보았다.

"주임님, 저쪽 텐트에 가실 낍니꺼?"

두 사람은 출입 금지 구역을 지나 아직도 마른 풀이 많이 남은 내리막길로 들어섰다.

"당연히 가야지, 혹시 물속에 시체를 유기하는 장면을 똑똑히 목격했을지도 모르니까."

"그런데 냄새가 엄청 지독했다 안 합니꺼, 그 영감님이예."

"괜찮아. 이렇게 추운데 뭐, 그렇게 냄새가 나겠어?"
그때였다.
"꺅!"
발이 주르륵 미끄러졌다.
"조심하이소."
이오카가 그녀의 오른쪽 팔꿈치를 잡는 동시에 허리도 끌어안았다. 깡마른 데다 덩치도 별로 크지 않은 이오카지만 두 팔에서 강한 힘이 느껴졌다.
"아, 미안. 고마워."
"아입니더, 이 정도 가지고 무신."
그는 레이코의 손을 잡고 경사면을 내려가려고 했다.
"이오카, 손은 놔야지."
"안 됩니더. 레이코 주임님께 뭔 일 생기모 내는 죽어도 못 죽는 기라예."
"맞아, 넌 누가 죽여도 안 죽을 거야."
이오카는 경사면을 다 내려와서도 손을 놓으려 하지 않았다.
"이제 됐다니까."
"또 그러신다. 부끄러워하니까네 참말로 귀엽다 아인교."
"부끄러워하는 게 아니라고!"
레이코가 획획 팔을 두 번 휘젓자 이오카는 그제야 손을 풀어주었다.
"대체 무슨 생각을 하는 거야?"
"그기야, 당연히 지 머릿속은 항상 레이코 주임님으로 꽉 차 있다 아입니꺼!"

"됐으니까 사건이나 좀 더 생각해봐."

"그긴 우째…… 잘 안 되네예."

무시하고 걸음을 재촉했다. 몇 분 사이에 어둑어둑하던 주위가 완전히 깜깜해졌다. 서둘러야 했다.

게다가 둑 위에서는 잘 보이던 하얀 텐트가 가까이 갈수록 난처하게도 높이 자란 무성한 잡초에 가려 보이지 않았다. 방향조차 감을 잡을 수 없었다.

"이오카, 손전등."

"예예, 말씀만 하이소."

대답한 이오카는 어깨에 둘러멘 두툼한 비즈니스 가방에서 생각지도 못한 큼직한 손전등을 꺼냈다.

"뭐야, 좋은 거 갖고 다니네."

"그지예?"

"얼른 켜봐."

"예, 금방 들어옵니더."

눈앞이 확 밝아졌다. 그와 반대로 어둠은 더욱 짙어진 듯했다.

주위를 살펴보니 오른쪽에 무성한 잡초가 갈라진 지점이 있었다. 레이코가 그쪽으로 걸음을 옮기자 불빛도 따라왔다. 하지만 아무래도 발밑을 제대로 비추기는 쉽지 않았다.

"잠깐 이리 줘봐."

"아, 너무합니더."

잡초가 갈라진 틈새에 손전등을 넣어 앞을 비추자 바로 3미터 정도 앞에 검은 수면이 넘실대고 있었다. 하얀 텐트는 왼쪽에 보였다. 지금 서 있는 곳보다 한 단 높은 지면에 세워져 있었다. 그 높이라면 강물이 조금 불어나도 잠길 염려는 없을 것이다. 텐트를 향해 전등을 비추었다. 불빛이 전혀 보이지 않았다. 비었나?

"가까이 가보지."

"예? 참말인교?"

다시 텐트 쪽을 비추며 조심조심 다가갔다. 텐트 모양은 사각형인 듯했다.

자세히 보니 강을 향한 쪽 일부분이 찢겨서 시커멨다. 그 앞에는 빨래를 한 것인지 거뭇한 양말이 세 켤레 널려 있었다.

"주임님예, 냄새가 억수로 지독하네예."

"쉿!"

음식물 쓰레기 같은 냄새가 훅 끼쳤다.

이곳에 손을 뺀 나머지 부위가 그대로 유기되어 있다면……

레이코는 일말의 기대감을 가지고 텐트 입구로 고개를 들이밀었다. 칠흑같이 어두워서 뭐가 뭔지 구분이 가지 않았다.

"실례합니다."

콧숨을 틀어막아 발음은 좀 맹맹하게 들렸지만 안에 누군가 있다면 대답할 정도는 되었다. 그런데 아무 소리도 나지 않았다.

"아무도 안 계세요?"

여전히 인기척이 없어 레이코는 전등으로 텐트 안을 비추었다. 정사각형에 가까운 내부의 모습이 눈에 들어왔다.

뜻밖에도 넉넉한 공간으로, 정돈 상태도 깔끔했다. 바닥은 맨땅이지만 오른쪽 구석에 휴대용 가스버너와 조미료 선반이 달린 사각 탁자가 놓여 있고 그 앞에 구형 텔레비전도 보였다. 그 외에도 전원을 켜지 않은 발전기와 잡지가 꽂힌 책장에 옷장까지 갖추어져 있었다.

그런데 잠자리는?

생각이 스치는 순간, 정면 구석에서 큼지막한 무언가가 꿈틀거렸다.

"어! 뭐야?"

목소리와 함께 버스럭거리며 털모자를 뒤집어쓴 머리가 나타났다. 골판지로 덮여 있어서 잠자리라고는 생각지 못했다. 소리를 낸 사람은 그 밑에서 이불인지 담요인지를 둘둘 말고 누워 있었던 모양이다. 침대를 구하지 못했나. 거의 땅바닥이나 다름없는 곳에 누워 있었다. 얼핏 보아도 사체를 끌어안은 모습 같지는 않았다.

"아, 죄송합니다. 아무 대답이 없어서요."

"구청인가? 뭐야, 이 시간에?"

몹시 탁한 목소리였다.

"아닙니다, 구청이 아니라 경찰입니다."

그제야 겨우 얼굴이 보였다. 그렇지만 본래 생김새가 어떤지 모를 만큼 얼굴을 잔뜩 찡그리고 있었다. 게다가 잘 안 씻은 탓인지 피부가 새까맣고 지저분했다.

"이 사람이 장난하나, 농담이지?"

"정말입니다."

"이 오밤중에 웬 경찰이……. 여길 치우란 말이오? 이 엄동설한에 어디로 가라고!"

"그런 일로 온 건 아니에요."

이제 악취가 좀 덜 나겠지 싶어 코를 막았던 손을 슬쩍 떼어 보았지만 어림도 없었다. 지금이 여름이었다면 다가가기만 해도 코가 마비되었을 것이다.

"저…… 여기다 텐트 치고 사시는 것 때문에 찾아온 게 아닙니다. 오늘 아침 일찍부터 근방에서 경찰들이 왔다 갔다 했는데 혹시 아시나 해서요."

남자는 헛기침을 하며 눈을 내리깔았다.

"이봐요, 그것 좀 꺼주지 않겠소? 눈이 부셔서……."

"아! 죄송합니다."

불빛을 정면으로 비추지는 않아서 괜찮을 줄 알았는데 눈을 뜬 지 얼마 안 돼서 신경이 더 예민한 듯했다.

레이코는 손전등 전원을 껐다. 그 순간 모든 것이 암흑 속에 묻혔다. 혼자라면 무서웠겠지만 지금은 옆에 이오카가 있다. 마음이 놓인다.

"모르셨나요?"

"뭐를?"

"그러니까 요 근방에서 경찰이 풀숲을 수색했는데……."

버스럭거리는 소리가 들렸는데 일어날 기미는 없다. 아마도 본래의 자세로 돌아간 듯했다.

"모르겠소. 내가 요즘…… 몸이 안 좋아서 말이야. 온종일 잠만 잤거든."

"하루 종일요?"

"어. 하지만 오줌은 눴지. 지금 당신이 서 있는 딱 그 자리에다가……."

레이코는 뒤로 확 물러서고 싶었지만 왠지 남자에게 지는 기분이 들어 그대로 버텼다.

"그러셨군요. 그렇다면 어젯밤부터 오늘 아침까지 저쪽 둑 위 도로에 서 있었던 하얀색 박스형 경차를 보셨나요?"

"둑에 뭐가 있었다고?"

"어젯밤부터 오늘 아침까지 하얀색 박스형 경차가 서 있었는데, 모르시나요?"

갑자기 남자가 기침을 시작했다. 더군다나 기침 소리가 심상치 않았다. 결핵이라면 끔찍하지만 도리가 없었다. 레이코는 그의 기침이 멎기를 기다렸다.

"모르겠는데. 밤이고 아침이고 오줌만 눴으니까. 둑 쪽은 볼 일도 없고."

물론 이 위치에서는 둑이 있는 쪽이 잘 보이지 않는다. 잡초 울타리를 돌아가거나 강가 바로 앞까지 나가야 할 것이다.

"그럼 혹시 근처에서 이상한 소리는 못 들으셨어요?"

"언제?"

"어젯밤부터 오늘 아침까지요."

남자는 끄응, 하고 신음을 하더니 잠시 말이 없었다.

"소리…… 무슨 소리?"

"아무거나요. 나뭇가지가 부러지는 소리도 좋고 사람 발소리나 차가 급정거하는 소리…… 뭐든지요."

물속에 뭔가 빠지는 소리라고도 덧붙이고 싶었지만 참았다.

"글쎄, 소리라면 여러 가지 소리가 났지. 개도 지나가고 새도 날아오고, 까마귀가 거기 있는 쓰레기를 뒤지기도 하고, 정말 많은 소리가 났다고."

눈이 어둠에 익숙해지면서 조금씩 내부가 시야에 들어왔다. 남자는 본래의 자세로 완전히 돌아가지는 않고 머리만 든 채 레이코 쪽을 보고 있었다.

"무슨 일 있었나?"

그 말을 하기 무섭게 남자가 또다시 격렬한 기침을 해댔다.

"저, 괜찮으세요?"

아무 대답이 없다. 그칠 기미가 없는 기침 소리와 신문지, 골판지가 버스럭거리는 소리만 들렸다.

이런 경우에는 어떻게 해야 하나.

평범한 사람이든 공무원이든 다가가서 등이라도 쓸어주고 상태를 물어 가능하면 병원에 데려다주는 것이 도리가 아닐까 하는 생각도 들었다.

엄밀히 따지면 그것은 형사가 할 일이 아니다. 개인적으로도 불결한 사람은 질색이어서 사양하고 싶었다. 솔직히 레이코는 살아 있는 불결한 사람보다 차라리 썩은 사체가 낫다고 여겼다. 사체에서는 당연히 냄새가 나기 마련이며 본인도 어쩌지 못한다. 썩어 문드러지든 구더기가 득실거리든 일이라고 받아들이면 냄새 맡는 일쯤은 고생도 아니다.

하지만 살아 있으면서 청결하지 않거나 불결함을 방치하는 행위는 쉬이 납득이 가지 않았다.

몸이 망가졌다면 그것은 물론 딱한 일이다. 하지만 이렇게 생활하는데 건강하지 않은 것이 당연하다고 말하고 싶은 마음이 목구멍까지 차올랐다.

깨진 유리창 법칙이라는 이론도 있지 않은가. 유리창이 깨진 집은 도둑맞을 확률이 훨씬 더 높다는 이론이다. 이를테면 황폐한 환경에는 윤리가 존재하지 않는다고 인식해서 범죄에 노출될 가능성이 높아진다는 학설.

레이코는 그 이론의 옳고 그름을 떠나 한동안 빈번했던 노숙자 살인 사건 같은 경우 그러한 심리가 제법 크게 작용했으리라고 보았다.

개중에는 대단히 열심히 노력했으나 더 이상 도리가 없어 여기까지 흘러온 사람도 있으리라. 하지만 의지가 박약하거나 체념이 빨라서 이곳에 머물게 되었다면 하루빨리 정신 차려서 빠져나가려고 노력해야 한다. 보건 면에서나 치안 면에서 위험하기 짝이 없는 생활이 아닌가.

이윽고 남자가 기침을 멈추었다.

"으흠, 더 이상 물어볼 말 없지? 당신이 알고 싶은 게 뭔지 난 아무것도 몰라. 애당초 지금이 몇 시인지도 모르고 사는 사람이라고. 그런 내가…… 뭘 알려주겠소? 이제 그만 돌아가쇼."

겨우 알아들을 정도로 남자는 힘겹게 말했다. 하지만 그 와중에도 귀를 잡아당기는 말이 있었다.

'그런 내가…… 뭘 알려주겠소?'

왜 신경이 쓰였는지는 모르겠다. 목소리인가, 그 바로 앞에 했던 반말인가, 아니면 남자가 한 말 자체인가?

어쩐지 말투가 걸리는데…….

레이코는 혹시나 하는 마음으로 휴대전화는 있느냐고 물었다. 하나 마나 한 질문이었다. 이름을 물으니 이즈카 다케시라고 한다. 다케시는 '武士'라는 한자를 쓴다고 덧붙였다. 뭔가 떠오르면 112로 전화해서 가마타 서로 연락을 달라고 부탁한 뒤 텐트에서 나왔다.

더 이상 대답은 없었다.

코 고는 소리와도 비슷한 거친 숨소리가 들려올 뿐이었다.

4

레이코 일행이 가마타 서 수사본부로 돌아온 시각은 저녁 7시 반이 넘어서였다. 입구에 이미 '다마가와 강 변사체 유기 사건 특별 수사본부'라고 적힌 종이가 붙어 있었다.

"레이코, 잠깐만."

강당에 들어서자 상석에 있던 이마이즈미 계장이 손을 크게 흔들어 그녀를 불렀다. 레이코는 중앙을 가로질러 가방과 외투를 맨 앞자리에 올려놓고 이마이즈미 쪽으로 향했다.

"네, 무슨 일이세요?"

"현장에는 누가 남았나?"

하천부지 주변 탐문 수사에서는 주로 인근 주민의 목격 증언과 밤중에 현장을 찾는 사람의 증언이 중요했다. 저녁에 탐문하는 내용과 차량이 방치되었던 시간대인 한밤중에 탐문하는 내용은 정보의 질이 전혀 다를 것이기 때문이다. 따라서 몇 명은 하천부지를 감시하기 위해 남을 필요가 있었다.

"하야마 경장 조와 이곳 강력계의 시노다 경사 조를 남겨뒀습니다. 강둑 바로 옆에 절이 있더라고요. 거기에 부탁해서 현장 주변이 훤히 보이는 3층의 방을 빌렸죠. 그곳을 거점으로 삼아 교대로 순찰하도록 지시했고요. 회의가 끝나면 교대 수사관을 보낼 겁니다. 하야마 경장과 시노다 경사의 보고는 제가 대신 하겠습니다."

"알았어. 수고했네. 돌아가도 좋아."

"네, 그럼."

자리에 돌아오자 이오카가 주먹밥을 내밀었다. 돌아오는 길에 레이코가 편의점에 들러 산 매실 장아찌 주먹밥이었다.

"제발 그냥 둬. 내가 알아서 먹는다고 했잖아."

"그런 말씀 마이소, 사랑하는 마음에서 권하고 싶은 기라예."

이 남자와 있으면 쓸데없는 일로 괜한 신경을 쓰게 된다.

"됐어, 밥은 내가 알아서 먹을 거야."

"아입니더, 지가 해드릴 일이……."

별안간 둔탁한 소리가 나더니 이오카가 외마디 비명을 지르며 머리를 감쌌다. 뒷자리에 앉은 기쿠타가 한 방 먹인 모양이었다.

"니 방금 먼 짓을 했노, 기쿠타?"

"아, 미안. 손이 미끄러졌군."

"그걸 말이라 카나, 어!"

"뻐드렁니! 한판 붙자는 거야? 좋아, 밖으로 나와!"

"제발 그만들 해."

흘낏 쳐다보니 기쿠타가 입을 삐죽 내밀며 얼굴을 휙 돌린다. 어이구! 정말이지, 한두 살 먹은 애들도 아니고…….

옥신각신하는 동안 수사관 대부분이 자리를 채웠다. 구사카반 형사들도 모두 돌아와 레이코 일행의 왼쪽 줄에 나란히 자리하고 있었다.

이윽고 이마이즈미 계장이 마이크를 잡았다. 레이코는 남은 주먹밥을 허겁지겁 입에 밀어 넣었다.

"그럼 수사 회의를 시작하겠다. 기립! 경례!"

감식과까지 포함해 회의 참가자는 50명 남짓이었다. 상석에는 가마타 서 서장인 나카무라 총경과 수사 1과 이사관인 미야가와 경정, 관리관인 하시즈메 경정, 가마타 서 형사과장인 가와다 경감, 10계장인 이마이즈미 경감이 앉았다.

형식상 수사본부장은 경시청 형사부장이 맡아야 하지만 형사부장이 자발적으로 현장에 가는 일은 거의 없었다. 하시즈메 관리관 역시 늘 자리를 지키는 편이 아니었다. 그런 연유로 실무상 특별 수사본부의 우두머리는 이마이즈미라고 봐도 무방했다.

"그럼 우리 쪽에서 발견한 왼손에 대해 먼저 보고하겠다. 절단 부위는 손목 관절에서 약 4센티미터 아래고 손바닥 쪽에서 전기톱으로 요골과 척골을 동시에 자른 것으로 보인다."

건네받은 자료 가운데 손이 찍힌 사진을 찾았다. 레이코는 일부러 세정하지 않은, 발견 당시의 사진 한 장을 골랐다.

피로 범벅이 된 손은 도저히 사람의 피부라고는 보기 어려울 만큼 붉게 물들어 있었다. 뭐라고 표현하면 좋을까. 마치 매실 식초에 절인 생강 같은 색깔이다.

"차고에 남아 있던 전기톱을 검사한 뒤 뼈의 단면과 톱날의 형태를 조합한 결과, 손목 절단에 이 톱을 사용한 것으로 판단된다. 본체 상부의 손잡이 및 스위치 부분에서 목장갑으로 추정되는 흔적을 검출했다. 지문은 나오지 않았다."

사진 몇 장을 뒤로 넘긴 다음, 이번에는 전기톱 사진을 보았다. 꽤 오래 사용했는지 아주 낡아 보였다. 전기 코드 중간쯤에는 끊어진 선을 수리한 듯 이은 부분에 마디처럼 녹색 비닐 테이프가 둘둘 말려 있었다.

"질문 있나?"

정적이 흘렀다.

레이코는 곁눈질로 구사카를 흘끔 보았다. 그는 은테 안경을 코에 걸친 채 고개를 숙이고 메모하느라 여념이 없다.

"그럼 다음은 본부 감식과가 차고에 대해 보고하기 바란다."

"네."

형사부 감식과 주임인 이시즈 경위가 앞으로 나와서 화이트보드 옆에 섰다. 화이트보드에는 회의 전에 그려놓은 창고의 평면도가 펼쳐져 있었다.

"차고 내부 및 외부 주변의 감식 결과를 보고하겠습니다. 차고 내부는 너비 3미터 70센티미터에 길이가 6미터 20센티미터인 직사각형입니다. 같은 크기의 임대 차고 세 칸이 나란히 붙어 있는데 그중 맨 왼쪽이었습니다. 길가에서 안쪽으로 1미터 60센티미터 들어간 형태로 지어졌습니다. 도로에서 보면 왼쪽 벽면에 창이 나 있는데 실내로 들어가 보니 세 벽면에 전부 선반을 설치해서 창문은 물건에 가려져 있었습니다. 불빛이나 겨우 새어 나올까, 내부가 보일 정도는 아니었습니다. 벽에 달린 선반에는 공사용 도구와 못, 쇠 장식 등의 재료와 목재, 건재, 합판 등 남은 자재가 놓여 있거나 세워져 있었습니다. 자세한 설명은 생략하겠습니다만, 살점과 혈흔이 사방에 튀어 있고 콘크리트 바닥이 고르게 젖을 만큼 다량의 출혈이 있었습니다. 이런 점으로 보아 현장에서 사체를 토막토막, 최소 예닐곱 부위로 절단하지 않았을까 추측하는 바입니다."

이시즈는 한숨 돌리고 나서 말을 이었다.

"다음은 지문에 관해서입니다. 채취한 지문은 피해자 다카오카 겐이치, 직원 미시마 고스케의 것 외에 여섯 종류입니다. 조회 결과 전과자 목록에 실린 지문과 일치하는 것은 없었습니다. 그중 두 개는 선반에 놓인 재료 상자에서 검출된 지문이어서 현장보다는 외부에서 묻은 상태로 들어왔을 가능성이 높아 보입니다. 주목해야 할 점은 셔터를 내릴 때 사용하는 이 쇠막대기입니다."

그는 비닐봉지에 든 물건을 가리켰다.

"쇠막대기에는 피해자 다카오카나 고스케의 것과는 다른 지문이 좌우에 한 쌍 찍혀 있었습니다. 범인이 셔터를 닫을 때 무심코 맨손을 사용하는 바람에 찍혔으리라 추정합니다."

구사카가 손을 번쩍 들었다. 질문이나 할 말이 있다는 표시였다.

"이시즈 주임, 그런 억측은 가능한 한 자제해주시죠."

레이코는 굳이 뒤를 돌아보지 않아서 이시즈가 어떤 반응을 보였는지 알 수 없었다. 아마도 머리를 한 번 수그리고 말지 않았을까. 그러고 보니 잠깐 그런 틈이 있었던 듯하다.

"그럼 보고를 계속하겠습니다. 다음은 족적입니다. 바닥은 대부분 피로 덮여 있어서 채취한 족적은 세 종류뿐이었습니다. 고스케의 스니커즈, 또 하나의 스니커즈, 다른 하나는 구두 자국이었습니다. 고스케의 증언에 따르면 다카오카는 평소 스니커즈를 즐겨 신었다고 하니 이 구두가……."

피의자의 구두일 가능성이 높다는 말을 하려는 모양이었다. 이시즈는 뒷말을 흘렸다.

"다카오카 말고 다른 사람의 구두 자국일 수도 있습니다만. 어쨌든, 이 구두 자국은 현장 앞으로 지나가는 도로의 경계가 되는 콘크리트에서도 채취되었습니다. 게다가 차고에서 나오는 쪽의 구두 자국에는 혈액이 묻어 있었습니다. 아마 현장에서 피를 밟은 채 그대로 나온 것이 아닐까 합니다. 버려진 경승용차 페달에서 채취한 구두 자국과도 일치했습니다."

이쯤에서 이마이즈미가 질문 사항이 있는지 확인했다. 특별한 질문은 없었다.

"차고 안에는 긴 두루마리 비닐도 있었습니다. 건축 작업 중에 먼지가 묻지 않도록 무언가에 씌우거나 재료가 더러워지지 않게끔 감싸는 용도로 쓰이는 물건입니다."

"길이는?"

양해도 구하지 않고 질문을 던지는 구사카의 목소리가 강당 뒤쪽에서 울렸다. 레이코가 살며시 돌아보니 이시즈는 미간을 찌푸리며 이를 악물고 있었다.

"정확히 2미터입니다. 그 비닐에도 목장갑 자국이 있었습니다. 절단한 부위를 이 비닐에 싸서 운반했으리라 봅니다."

이시즈의 말투가 조금 성의 없게 들렸지만 구사카는 더 이상 캐묻지 않았다.

추가로 자잘한 보고 몇 가지가 이어졌고 귀담아들을 만한 정보는 더 이상 없었다.

"다른 질문 없으면…… 다음, 차량 감식 결과."

"네."

본부 감식과의 미네오 경사가 일어났다. 차량 쪽도 앞서 보고한 내용만큼 귀 기울일 만한 정보는 없었다.

운전석에서 채취한 지문 가운데 피의자의 지문으로 추정되는 것은 없었다. 피가 잔뜩 묻은 목장갑 자국뿐이었다. 그나마도 미끄러져 뭉개진 탓에 차고에서 입수한 전기톱의 목장갑 자국만큼 깨끗하게 채취하지는 못했다고 한다. 또한 그 목장갑 자국은 운전석 쪽 문과 차량 왼쪽 측면의 슬라이드 도어 및 해치백 개폐 스위치에서도 채취되었다.

하지만 그런 자국은 기껏해야 피의자의 움직임을 확인하는 물증 정도에 불과하다. 범인을 체포한 다음에나 쓸모가 있다. 덧붙이면 발견 당시 모든 문은 잠겨 있었고 열쇠도 차 안에는 없었던 것이다.

다시 말하면 차고에서 다카오카의 시체를 토막 낸 누군가가 각 부위를 비닐로 감싸거나 비닐봉지에 넣은 후 차에 싣고 직접 운전해서 다마가와 강의 둑까지 옮겼다는 뜻이다. 차 문은 언제 잠갔는지 모르지만 무슨 이유에서인지 차를 버리고 현장에서 사라졌다.

그다음은 알 수 없었다. 구사카의 논리를 인정하지는 않지만 레이코 역시 지금 상황에서 더 이상의 예단은 하지 않는 편이 낫다고 생각했다.

"그럼, 다음은 하천부지 감식 결과."

본부 감식과의 모리이 경사가 일어섰다. 보고의 주된 내용은 풀숲에서 채취한 혈흔에 대해서였다.

범행 당일은 밤늦게까지 가랑비가 내렸다. 그 탓에 대부분의 혈흔은 비에 씻겨 나갔으리라 예상했다. 그런데 다행히도 차량이 방치된 곳에서 강가 쪽으로 이어지는 거의 일직선상에서 몇 군데 혈흔을 간신히 발견한 모양이었다.

혈흔은 너비 약 4미터 범위 안에 분포해 있었다. 따라서 범인은 차량과 강가를 직선으로 몇 차례 오가며 시체를 유기했으리란 추측이 가능했다. 다만 구두 바닥에 묻은 피는 빗물에 다 씻겼는지 시체 유기 후의 이동 방향까지는 추정이 불가능하다고 했다.

유품으로 보이는 물건은 작고 하얀 단추 한 개, 나일론 천 몇 조각, 뭔지 모르는 빨간 플라스틱 조각 하나, 달걀 껍질 조금, 프랑크 소시지 따위를 꽂는 굵은 꼬챙이 한 개, 개 목줄 한 개, 고장 난 휴대전화 한 대, 10엔짜리 동전 한 개와 1엔짜리 두 개였다.

"혈흔이나 지문은 아무 데도 없었습니다. 하천부지 감식 결과는 이상입니다."

"질문 있나?"

아무도 손을 들지 않았다.

"그럼 다음, 차고 주변 구역 1구."

"네."

구사카가 일어섰다. 옆에 앉은 사람은 가마타 서의 사토무라 다케히코라는 경사였다.

"1구는 나카로쿠고 2가 1번지에서 5번지까지 탐문했습니다. 우선 다카오카가 빌린 차고의 옆 칸을 사용하는 다나카 히데유키, 32세, 우체국 직원의 증언부터 보고하겠습니다. 주소는 나카로쿠고 2가 3-×번지, 단독주택에서 부모와 함께 거주. 방문했을 때는 부모도 집에 있었음. 부친 다나카 마사유키, 68세, 무직. 모친 다나카 시즈코, 71세, 주부. 히데유키의 두 살 누나 메구미는 4년 전 결혼, 남편이 전근하면서 현재 아이치 현에 거주. 히데유키가 소유한 승용차는 마쓰다 데미오, 색깔은 아이리스 블루 마이카라고 하는 약간 자줏빛이 도는 연푸른색……."

변함이 없다. 구사카는 보고할 때마다 보고 들은 내용을 미주알고주알 늘어놓는다.

레이코는 몇 번이나 불만을 토로했다. 쓸데없는 부분까지 시시콜콜 보고하지 말고, 수사에 관계있는 내용만 정리해서 보고해달라고 했지만 구사카는 전혀 받아들이지 않았다. 현 단계에서 어떤 내용이 불필요한지는 아무도 판단하지 못한다는 이유에서였다.

방금 그가 보고한 내용 중에서 예를 들어보자. 옆 차고 임차인의 누나가 4년 전에 결혼해서 현재 아이치 현에 거주한다는 사실은 쓸모없는 자료다. 그러나 구사카는 그런 지엽적인 사실이 해당 인물을 수사 대상에서 배제해야 할지 말지를 결정하는 요소가 된다고 주장했다.

예전에 레이코가 참다못해 한마디 내뱉은 적이 있었다.

'그렇다면 때와 장소에 따라서는 운석이 떨어졌을 가능성까지 염두에 두어야겠네요?'

그러자 구사카는 이렇게 반론했다.

'나는 수사에 임할 때 반드시 한 시간 간격으로 정리한 현장 주변의 기상정보를 머릿속에 넣고 간다. 현장에 운석이 떨어졌는지 어떤지는 아무리 멍청한 바보라도 보면 아는 일이야. 혹시

나 해서 말해두는데 이번 현장 부근에 그런 괴이한 현상이 있었다는 기록은 없다. 벼락이나 회오리바람이 있었는지는 이미 확인했다는 뜻이지.'

부아가 치밀었다. 분통이 터지다 못해 오장이 뒤집히고 발바닥부터 머리 꼭대기까지 피가 끓어 증발하는 듯했다.

어휴, 이런 벽창호를 봤나. 욕이든 농담이든 아예 통하지가 않는다니까.

구사카는 무엇이든 자기 손이 닿는 범위에 있는 것이면 모조리 체로 걸러 마지막에 남은 한 알까지 건져내는 사람이었다. 그것은 또한 그의 수사 방법이기도 했다. 레이코처럼 체의 내용물을 손으로 조금씩 헤쳐가며 눈에 띄는 것을 집어내는 식의 행동은 결코 하지 않았다.

더욱 분한 일은 모든 방향에서 그토록 철저하게 살펴가며 수사를 하는데도 일 처리가 남들보다 늦는 법이 없다는 사실이었다. 오히려 더 정확하고 민첩했다. 그게 바로 구사카에 대한 경찰 및 검찰 관계자의 평가였다. 그래서 '유죄판결 제조기'라는 별명이 붙었는데 참으로 절묘한 표현이었다. 주위에서 그만큼 신뢰를 받는다는 증거였으며, 내키지는 않지만 레이코도 인정해야 했다.

뭐, 그게 아니더라도 내가 싫어하는 이유는 여러 가지가 있지.

구사카의 보고는 여전히 끝날 기미가 없었다. 지금까지 보고한 내용을 레이코 나름대로 요약하면 결국 이것이었다.

인근 주민의 증언을 종합해보면 차고에서 남자의 성난 목소리가 들린 시각은 밤 9시 30분경, 맞은편 집에 사는 재수생이 톱 소리가 시끄러워서 시계를 보았을 때는 10시 40분이었다. 때마침 현장 앞을 지난 주민이 차고 밖 도로에 세워진 차를 목격했다.

이 간단한 내용을 보고하는 데 대체 몇 분이나 잡아먹느냐고.

탐문한 집에 개가 있으면 그 품종과 털색까지도 보고하는 사람이 구사카였다. 가족 중 환자가 있으면 다니는 병원 이름과 주소도 빠뜨리지 않았다.

그렇게 부연을 잔뜩 늘어놓아 봤자 아무도 안 받아 적는다고요. 제발 좀.

옆을 보니 이오카는 놀랍게도 구사카가 보고하는 내용을 만화로 그리고 있었다. 제법 능숙한 솜씨였다.

이렇게 인생을 장난으로 여기며 살아가는 유형도 이상하긴 마찬가지지만……

마침내 구사카가 보고를 끝냈다. 물론 아무도 질문을 하려 들지 않았다.

"그럼 다음, 2구. 도야마 경사?"

"네."

그다음 보고 내용도 거기서 거기였다.

차고 담당자와 관할 조까지의 보고가 끝나고 드디어 레이코에게 차례가 돌아왔다.

"그럼 하천부지 주변 보고로 넘어간다. 히메카와."

"네."

구사카에게 반발해서가 아니라 레이코는 본래 신속하게 요점만 정리해서 보고하자는 주의였다. 나는 나라는 신념대로 밀고 나갈 생각이었다.

"인근 주민에 대한 탐문 담당인 하야마 경장 조와 가마타 서의 시노다 경사 조는 아직까지 현장에 잠복 중이라 제가 대신 간략하게 보고하겠습니다. 저녁 무렵 하천부지에는 개를 데리고 산책하거나 조깅하는 사람, 동아리 활동을 하는 오타 실업고등학교의 육상부 학생 등 많은 사람이 있었습니다. 하지만 그 사람들 모두 저녁때만 그곳을 찾기 때문에 어젯밤 발견된 방치 차량에 대해 아는 사람은 없었습니다. 강가에 노숙자가 거주하는 텐트가 하나 있었는데, 그곳에 사는 이즈카 다케시라는 남자도 최근 며칠간 몸 상태가 좋지 않아 잠만 잤고 오늘도 하루 종일 누워 있었다고 합니다. 텐트 바로 뒤쪽에서 감식 작업이 진행되고 있다는 사실이나 방치된 차량에 대해서도 전혀 몰랐습니다. 수상한 소리가 들리지 않았는지 물어봤지만 별다른 소리는 듣지 못했다고 했습니다. 시노다 경사의 보고에 따르면, 니시로쿠고 3가 8-×번지에 사는 22세, 이시카와 아키오 씨가 어젯밤 차로 귀가하던 중 자정이 넘은 시간에 그 방치 차량을 목격했다고 합니다. 차를 차고에 넣고 집에 들어간 시각은 12시 반쯤이었습니다. 역으로 계산하면 차량을 본 시각은 늦어도 그 5분 전입니다. 즉 12시 25분경에는 발견 지점에 차가 세워져 있었다는 얘기입니다. 그때 주위에 수상한 자가 있었는지, 차 안에 사람이 있었는지는 비가 내린 탓도 있어서 확실하지 않다고 했습니다."

그 밖에 자기 집 창문으로 차량을 목격했다는 인근 주민도 있었지만 목격 시각이 불분명하거나 이시카와 아키오가 목격한 시각보다 늦은 시간이라서 참고할 사항은 아니라는 판단하에 간단히 끝냈다.

"저희 쪽 보고는 이상입니다."

"질문 없나?"

구사카는 안경의 브리지 부분을 집게손가락으로 추켜올리기만 했을 뿐, 아무 말도 하지 않았다.

막바지에 이르러 수사관 전원이 자기소개를 했고, 아무쪼록 정보가 유출되지 않도록 주의하라는 관리관의 당부를 끝으로 첫 수사 회의가 마무리되었다.

수사관 대부분은 그대로 강당에 빙 둘러앉아, 가마타 서에서 준비한 도시락을 먹거나 맥주를 마셨다.

그런 자리를 좋아하지 않는 레이코는 매번 기쿠타나 다른 몇 명과 함께 근처에 있는 주점으로 향하곤 했다. 하지만 오늘은 그럴 여유도 없었다. 이어질 간부 회의에 참석해서 탐문 구역을 다시 나누거나 내일부터 시작하는 피해자 측 참고인 탐문 수사의 분담을 정해야 했다.

다른 회의실이 확보되면 그쪽에서 진행하려 했지만 가마타 서도 바쁜 탓인지 아니면 단순히 눈치가 없어서인지 사용할 방이 없다고 했다. 결국은 모두가 마시고 떠드는 강당 한구석에서 회의가 열렸다. 참가자는 하시즈메, 이마이즈미, 가마타 서 형사과장인 가와다 경감, 같은 형사과 강력계 계장인 다니모토 경위, 거기에 구사카와 레이코까지 합쳐 총 여섯 명이었다.

이 회의에서도 중심은 이마이즈미였다. 하시즈메 관리관은 철저하게 관찰자 입장을 고수했다. 필시 이해심 많은 상사로 보이고 싶은 심산일 테지만 레이코의 눈에는 근무 태만으로밖에 비치지 않았다. 이 점에서는 틀림없이 구사카도 같은 의견일 것이다.

이마이즈미가 수사관 명부를 볼펜 끝으로 쿡쿡 찔렀다.

"참고인 탐문 수사는 범위를 넓게 잡지 않으면 제대로 알아내기 어렵겠지?"

구사카가 그렇죠, 하고 동의했다.

"건축 일과 관련 있는 곳만 해도 이전에 근무했던 건설 회사, 현재 친분이 있는 건축 사무소, 설계사, 가설 업자, 수도, 전기, 가스, 철물점, 각종 도구점, 철골점, 내장점, 건자재점, 목재소, 미장, 도장, 지붕 기와, 창틀, 해체 업자에 폐자재 처리 업자 그리고 건축주까지……. 개인 업자였던 만큼 나름대로 사업상 친분 관계도 넓었을 겁니다."

지금 구사카가 읽은 내용은 가마타 서의 가와다 형사과장이 작성한 미시마 고스케의 진술 조서 일부였다. 다시 말해 오늘 최초 목격자인 미시마를 취조한 형사는 가와다인 것이다.

"저, 내일부터는 미시마 고스케의…….."

취조를 제가 해도 되겠습니까, 하고 레이코가 말하려는데 방해군이 끼어들었다. 구사카였다.

"그 전에 레이코, 물어볼 게 있는데 말이야."

느낌이 썩 좋지 않았지만 여섯 명밖에 없는 이 작은 간부 회의에서 상대의 발언을 무시하기란 쉽지 않았다.

"네, 뭐죠?"

"하천부지 쪽이 보고한 내용 중 어디에도 마에카와 히로시라는 이름은 나오지 않는데 어떻게 된 일이지?"

"네?"

마에카와 히로시가 누구야?

"표정을 보니 누군지 짐작도 안 가는 모양이군."

이걸 어쩐다. 뭔가 굉장한 실수를 저지른 느낌이었다.

"누군데요, 그……?"

"한자로 '앞'의 마에(前), '냇물'의 카와(川), '넓다'의 히로시(博)를 쓰는 남자다. 내 담당 구역에 거주하는 74세 노인인데, 하천부지로 5시 30분쯤 산책을 나갔다가 6시 30분이 지나서 귀가했다더군."

그게 뭐 어쨌다고?

"마에카와 히로시 씨 얘기로는 자기가 하천부지에 갔는데 경찰 관계자 중 한 사람도 말을 걸어오지 않았다더군. 그 말인즉, 시체 훼손 현장으로 추측되는 곳 근처에서 유기 현장까지 다녀온 남자를 자네가 그냥 놓쳤다는 뜻이지. 그런 허점투성이 탐문 수사가 어디 있나?"

울컥 부아가 치밀었다. 아니, 하천부지에 잠깐이라도 발을 들인 사람은 한 명도 빠짐없이 다 체크하고 조사하란 말인가.

"그렇게까지……."

"반론할 수 있겠나? 그 노인은 사건이 발생한 지 24시간도 채 지나지 않은 사이에 양쪽 현장을 활보하고 다녔다고. 경찰 수사가 어떻게 돌아가는지, 자기가 뭐 떨어뜨리지는 않았는지, 그런 걸 확인하러 범인이 현장에 다녀갔을 가능성이 있다고는 생각해보지 않았나?"

"그 마에카와라는 남자에게 용의자 냄새라도 난다는 말씀이세요?"

"그렇게 예단해서 하는 말이 아니야. 다행히 알리바이가 있어 결백이 밝혀졌으니까 마음 놓으라고. 어젯밤 마에카와 히로시는 시간제 경비원 일을 하러 갔다더군. 전화로지만 관계자에게 확인했지. 물론 그 외에 의심스러운 점이 나오면 그 알리바이도 다시 조사해야겠지만, 그것으로 자네 예단과 실수가 없던 일이 되지는 않으니까 명심하도록."

나왔다. 예단은 금물. 융통성 제로.

"그럼 봉쇄를 해제한 그 강둑의 일반 도로는 어떻게 하나요? 거기로 지나가는 차들을 무슨 수로 다 세워서 체크하죠?"

"그게 현실적으로 가능해?"

"네?"

"나는 현실적으로 불가능한 요구를 하려는 게 아니야. 내가 좋아하는 비유를 들자면 외계인이 범인일 가능성까지 고려하라고는 말하지 않는다는 뜻이지. 하지만 마에카와는 양쪽 현장을 오갔다. 그런 사람을 넘버 과의 주임이라는 자가 놓치다니 말이 돼?"

넘버 과란 형사부 수사 1, 2, 3과를 총칭하는 말이다. 경시청에서 형사 수사의 최전선에 선 사람들. 그런 과의 주임에게 맡겨진 책임은 막중했다.

젠장!

레이코는 숨을 깊이 내쉬고 고개를 숙였다.

"죄송합니다. 앞으로는 주의하겠습니다."

그나마 다행이라고 해야 할지 구사카는 이런 경우에도 절대로 사납게 말하지 않았다. 강당 안의 조금 떨어진 곳에서 한잔하고 있는 동료들도 레이코가 면박을 당하는 줄은 꿈에도 모를 것이다.

말을 마친 구사카는 그녀에게서 얼굴을 돌렸다.

"계장님, 내일부터 미시마 고스케의 참고인 조사는 제가 맡겠습니다."

이런!

레이코가 선수 칠 사이도 없이 절묘한 타이밍이었다.

설마 처음부터 이걸 노렸나?

가와다가 작성한 조서에 따르면 살해당한 다카오카 겐이치는 날마다 아침부터 밤까지 거의 온종일 미시마 고스케와 함께 움직이고 생활했던 모양이다.

피해자를 파악하려면 고스케에게 묻는 것이 가장 빠른 길이었다. 원한이든 여자 문제든 아니면 금전 문제든, 가깝게 지내는 사람이면 뭔가 징후를 감지하기 마련이다.

그 고스케 담당을 구사카에게 빼앗기다니, 레이코는 분해서 미치고 팔짝 뛸 노릇이었다. 그렇다고 지금 분위기에서 '아뇨, 그 사람은 제가……' 하고 끼어든들 상대해줄 리 만무했다. 그런 중요한 일을 맡겼는데 또 실수하면 대책 없는 놈이라고 면박이나 당하지 않으면 다행이었다.

이마이즈미는 레이코를 총애한다고 해서 대놓고 역성들지는 않았다. 안 되는 일은 안 된다고, 불가능한 일은 불가능하다고 말하는 상사다.

"다만, 레이코."

구사카가 안경을 끌어 내리고 눈을 치뜨며 쳐다보았다.

"네, 말씀하세요."

"고스케에게는 사귀는 여자가 있다. 우리가 예상한 범행 시각 전후에 고스케는 그 여자가 일하는 곳에 갔다고 했지."

같은 조서의 복사본을 보는 중이라 레이코도 그 내용은 알고 있었다.

나카가와 미치코, 19세, 미용 전문학교 학생이며 패밀리 레스토랑에서 아르바이트를 한다.

"계장님, 그 여자를 레이코가 맡으면 어떻겠습니까? 상대가 젊은 여성이니 제격일 듯합니다만."

"그렇……겠지."

구사카는 다른 사람에게도 동의를 구했다.

"그렇게 해도 되겠죠, 가와다 과장님?"

가와다는 경감이고 구사카는 경위다. 하지만 이번 같은 본부 수사의 경우, 주도권은 어디까지나 수사 1과 쪽에 있다. 한 계급 차이는 있으나 마나였다.

"아, 나는…… 상관없네."

"그럼 그렇게 하겠습니다."

고스케 담당을 놓친 레이코는 뜻밖의 진전으로 나카가와 미치코라는 조연을 떠맡았다.

이래서 이 사람하고 수사하기 싫다니까.

결국 간부 회의는 자정 무렵까지 이어졌다.

5

이튿날인 12월 5일 금요일 오전 10시 7분, 수사본부 설치 이틀째였다.

구사카는 아침 회의가 끝나자마자 3층에 있는 형사과로 내려갔다. 참고인 미시마 고스케의 임의출두를 기다리기 위해서였다.

"곧 도착할 겁니다. 차 드시죠."

오늘 아침 탐문조 발표 때 구사카의 파트너로 지정된 사토무라 다케히코 경사가 녹차를 내왔다. 사토무라는 성품이 온화하고 나이가 구사카보다 두 살 아래인 마흔두 살이었다.

"아, 고맙네. 잘 마시지."

맞은편에는 형사과 과장인 가와다 경감이 있었다. 손가락 끝에 담배를 끼운 채로 그도 사토무라에게서 찻잔을 건네받았다.

"그런데 그 레이코라는 여자 주임은 꽤나……."

말을 거기서 멈추고 홀짝거리며 차 한 모금을 마신다.

"'꽤나'라니, 어떻다는 겁니까?"

"그러니까…… 키도 크고 기량도 좋은데 기까지 세 보여서 말이지."

구사카는 쓴웃음을 지었다.

"기가 세기로는 따라올 자가 없죠. 우수한 형사이기도 합니다."

가와다는 그런데, 하며 다시 말을 흘렸다.

"주임과는 사이가 별로 좋아 보이지 않던데."

"왜 그렇게 생각하시죠?"

"왠지 눈이, 뭐라고 해야 하나…… 주임을 보는 눈이 사나워서. 그래서 마음이 잘 안 맞나 하고……."

가와다가 의미심장한 웃음을 지었다. 수사 1과 형사들 간의 불화가 심심풀이 땅콩 삼아 입방아 찧기 딱 좋은 이야깃거리란 말인가.

"그렇지 않습니다. 물론 수사 상황에 따라 의견이 충돌할 때도 있긴 하지만, 그것과 마음이 맞고 안 맞고는 별개 문제니까요. 오히려 손발이 척척 맞을 정도로 넘버 과 수사관들은 빈틈이 없습니다."

"이거 참, 내가 무례한 말을 했군."

가와다가 어깨를 움찔하고는 찻잔을 내려놓았다.

말은 그렇게 했지만 구사카는 레이코가 여러모로 자기를 적대시한다는 점을 부정하기 어려웠다. 그 이유가 무엇인지, 그에게도 아직까지 수수께끼였다.

딱히 성희롱 같은 말을 한 기억은 없는 데다 의식적으로 레이코를 밀어내려고 한 적도 없다. 언제부터 둘 사이가 앙숙 관계였는지 그 계기도 짚이는 바가 없었다. 아마 레이코가 살인범 수사 10계로 배치된 첫날부터였으리라. 처음부터 쭉 두 사람은 마음을 열어놓지 못한 채 오늘에 이르렀다.

회의 중에 충돌했거나 무언가 모질게 지적한 것을 딴죽 거는 짓으로 받아들여 자신을 미워하는 것이리라. 하지만 구사카는 그런 일에 별로 개의치 않았다. 상대가 맡은 일만 실수 없이 해내면 불만 없다. 거꾸로 말하면 마음이 맞건 안 맞건 걸리는 점이 있을 때는 가차 없이 지적하고, 상대가 감당하기 힘들어 보인다 싶으면 즉시 그 자리를 빼앗는 행동도 마다하지 않았다.

그러나 이런 식으로 외부 사람에게 지적받을 때면, 어느 정도는 맞장구를 쳐주지만 도가 지나치면 그럴 마음도 사라진다.

하여간. 자기 행동거지나 말투가 주위에 얼마나 악영향을 주는지 전혀 모른다니까, 그 말괄량이는…….

어쨌든 구사카가 레이코를 뛰어난 형사라고 평가하는 마음에는 한 치의 거짓이 없었다. 자기와는 상반된 원리로 움직이고, 성격도 전혀 안 맞는 이성이지만 그것만은 확실했다.

"왔군."

가와다가 형사과 출입문을 흘긋 쳐다보았다. 돌아보니 면허증 사진과는 사뭇 다른 인상의 청년이 서 있었다.

미시마 고스케. 키는 별로 크지 않았다. 170센티미터, 어쩌면 더 작을지도. 머리 모양은 요즘 유행처럼 갈색에 짧았다. 일본 고유 품종의 개인 시바견(柴犬)을 방불케 하는 순수 일본인의 얼굴이었다. 목수답게 몸의 선이 굵고 상당히 다부져 보였다.

구사카가 자료를 들고 일어나서 입구 쪽으로 가자 가와다와 사토무라도 뒤따랐다.

"바쁠 텐데 일부러 오라고 해서 미안합니다."

구사카의 인사에 고스케는 어리둥절해했다. 어제는 가와다가 참고인 조사를 했는데 오늘은 다른 사람이 말을 걸어 당황한 모양이었다.

"오늘 조사를 맡은 구사카입니다. 이쪽으로 오시죠."

구사카는 그를, 복도로 나와서 맞은편에 있는 제3조사실로 안내했다. 일반인에게는 거부감이 드는 장소일지 모르지만, 형사과는 수사와 무관한 형사들이 득시글거려서 조사하고 말을 듣기에는 여러모로 불편했기 때문이다.

고스케가 구사카와 가와다를 번갈아 보며 머뭇머뭇 고개를 끄덕였다. 가와다는 가볍게 인사만 하고 복도로 나오지는 않았다. 노트북을 든 사토무라가 조사실 문을 열자 고스케, 구사카 순으로 들어갔다.

"자, 우선 그쪽에 앉으세요."

안쪽 의자를 권하고 구사카는 마주 보고 앉았다. 방 크기는 두 평이 채 안 되었다. 취조실로는 평범한 크기였다.

사토무라가 노트북을 내려놓고 다시 나갔다. 마실 차라도 가져오려는 모양이었다.

"이렇게 일찍 오라고 해서 미안합니다. 혹시 예정된 일이 있었던 건 아닙니까?"

침묵하는 시간이 길어지지 않게 구사카는 가벼운 화제를 꺼냈다. 용의자가 아닌 고스케를 긴장시켜서 득 될 일이 없었다.

"네, 특별히는……."

"오늘 현장은 이 근처입니까?"

"아뇨, 가와사키입니다. 주방 리모델링 견적을 부탁받았는데 아저씨……."

아저씨 혹은 사장님이라는 말, 그 한마디를 삼키려는 고스케의 얼굴이 희미하게 일그러졌다.

"다카오카 씨가 그렇게 되셔서…… 그 일도 어떻게 될지 모르겠습니다."

"고스케 씨가 인계받아서 하면 되지 않습니까?"

"제가 하기에는 역부족인 일이라서……."

돌아온 사토무라가 찻잔을 건넸다. 고스케는 시선을 피하려는 듯 고개를 숙이고 찻잔에서 피어오르는 김을 응시했다.

"그렇군요. 그럼 웬만한 현장 일은 항상 다카오카 씨와 둘이서 했습니까?"

"네, 건축 회사라고는 해도 소규모니까요. 주로 전에 공사했던 시공사를 돌아다니며 일거리가 있는지 영업을 했습니다. 그 사람들에게 소개를 부탁하기도 하고요. 가와사키에서 주방 고치는 이번 일도 그런 연줄로 들어온 경우죠. 가끔은 더 큰 건축 회사의 보조 역할로 큰 현장에 나가기도 했지만 대개는 둘이서 작업해도 충분한 작은 현장을 맡았습니다. 그러니까 저 혼자 일을 하는 경우는 거의 없었습니다."

뒤에서 사토무라가 기록을 위해 노트북을 부팅하는 소리가 작게 들렸다.

"그럼 거의 종일 다카오카 씨와 같이 있었다는 말입니까?"

"네, 대개는……"

"따로 일할 때도 있었습니까?"

"가끔은요. 직접 수주한 공사는 다카오카 씨가 수금까지 하셨습니다. 현장 예비 검사나 견적 내는 일도 다카오카 씨가 하셨죠. 그럴 때는 저 혼자 현장에 남아 일했습니다."

수금이라…….

"공사 금액은 많을 경우 보통 얼마 정도의 규모였습니까?"

"규모라면……"

고스케는 고개를 갸우뚱했다.

"자세한 내용까지는 저도 잘 모릅니다. 몇천만 엔 단위의 큰 공사는 없었으니까 기껏해야 300~400, 많아야 500만 엔 정도가 아니었을까요?"

"수금은 잘됐습니까?"

고스케가 살짝 숨을 들이마시고 자세를 바로 잡는다.

"잘되다니…… 뭐가 말입니까?"

"가령 공사 대금을 회수하지 못해서 문제가 생겼다거나……"

"뭐, 없지는 않았지만……."

말을 멈춘 고스케가 고개를 번쩍 들었다.

"혹시 그런 문제 때문에 아저씨…… 다카오카 씨가 살해당했다는 말씀입니까?"

구사카는 애써 차분하게 미소를 지으며 답했다.

"그건 아직 모릅니다. 고스케 씨, 저희는 어제까지 다카오카 겐이치 씨라는 분이 어떤 사람인지 전혀 알지 못했습니다. 오늘도 아직 이렇다 할 진전을 보지 못했죠. 다카오카 씨가 어떤 분이고, 평소에 무엇을 했으며, 어떤 사람들과 어울렸고, 무슨 일로 힘들어했는지, 저희는 우선 그런 부분부터 알고 싶습니다. 어제 조사한 바에 따르면 최근의 다카오카 씨 사정을 가장 잘 아는 사람이 미시마 고스케 씨 당신이더군요. 그러니 말해줬으면 합니다. 다카오카 씨가 그렇게 된 원인이든, 계기든, 징후든 아무거나 좋습니다. 그게 아니더라도 뭔가 예전과 다른 점이나 다카오카 씨 자신의 문제나 주위에 대해서나 다 괜찮습니다. 사소한 일도 빠뜨리지 말고 아는 대로 모두 말해주십시오."

고스케는 고개를 한 번 끄덕이고는 다시 들지 않았다.

"아마 대금 회수는 그리 큰 문제가 아니었을 겁니다. 물론 500만 엔쯤 통째로 떼였다면 문제겠지만 그런 일은 없었던 걸로 압니다. 20만 엔 깎아달라든가 10만 엔 이하 우수리는 받지 말라든가…… 뭐, 그런 정도였습니다. 다른 일은……."

말하기가 곤란한 듯 입을 다문 그가 곧 뒤를 이었다.

"접합이 꼼꼼하지 않다든가 마무리가 형편없다든가, 공사가

다 끝나고 보니 바닥에 금이 갔다든가 하는 수법으로 대금을 깎인 적은 있습니다. 하지만 그런 실수는 거의 제가 했죠. 그리고 대금이 30만 엔, 50만 엔 깎여도 다카오카 씨는 제 일당을 꼭 챙겨주셨습니다. 다카오카 씨도 생활이 넉넉한 편은 아니었지만 그런 점에서는 명확하셨습니다. 제가 실수했으니까 제 일당에서 깎으라고 아무리 말해도 절대로 그러시지 않았습니다. 항상 '넌 그런 걱정 마, 괜찮으니까.'라고……."

그렇다고 해서 금전 문제가 사건 동기일 가능성이 사라지는 것은 아니었다. 결론적으로 고스케에게서 수상한 점을 발견하지 못했다는 확인만 한 셈이다.

"그럼, 이 질문은 어제 내용의 반복입니다만……."

구사카가 파일을 펼치자 고스케는 눈을 크게 뜨고 어금니를 악물었다. 낯빛도 창백해졌다.

"사…… 사진입니까?"

고스케가 어제 잘린 손 사진을 보자마자 구토했다는 이야기는 이미 가와다에게 들었다.

"피해자 주변 분들에게 이런 부분까지 확인시키는 일은 저희도 무척 마음 아프게 생각합니다. 하지만 다카오카 씨에게 가족이 없으니 어쩌겠습니까. 저희로선 고스케 씨께 부탁드리는 방법밖에 없군요. 양해해주십시오. 절단된 부분은 제가 손으로 가리죠."

구사카는 파일에서 사진을 꺼내어 절단면을 오른손으로 가리고 고스케에게 보여주었다.

"고스케 씨는 이 손의 어떤 점을 보고 다카오카 씨 손이라고 단정했습니까?"

고스케가 거듭해서 힘겹게 침을 삼켰다.

"여, 여기…… 손가락 사이에 난 상처 때문입니다."

엄지와 검지 사이 움푹 들어간 부분에 상처 자국이 있었다.

"무슨 상처죠?"

고스케는 스스로를 꼼짝 못하게 하는 주술이라도 풀려는 듯 사진에서 눈을 떼고 숨을 크게 내쉬었다.

"그건…… 2년쯤 전인가, 재건축 현장에서 낡은 기둥을 둥근톱으로 자르다가……."

둥근톱이란 원반형 날을 사용하는 전기톱을 말한다.

"기둥에 못이 박혀 있었는데 거기에 날이 닿으면서 둥근톱이 튀는 바람에, 그게 운 나쁘게 아저씨…… 다카오카 씨의 왼손에 맞아서…… 그때 생긴 상처입니다."

"그렇게 다쳤을 때 고스케 씨는 가까이 있었습니까?"

"네, 있었습니다. 피가 얼마나 많이 나던지 다친 사람은 다카오카 씨인데 구역질은 제가 하고……. 그때 신경이 조금 끊어져서 한동안 왼손을 쓰지 못하셨습니다. 상처가 다 낫고도 검지는 세게 쥐지 못하셨죠. 그나마 왼손이라……."

그런 상처 자국이라면 인상에 강하게 남아 있을 법하다.

"다른 특징은 없습니까?"

"다른?"

고스케는 사진을 힐끗힐끗 보았다. 더 이상 똑바로 보고 싶지 않은 눈치였다.

"다른 거라면 그, 손톱이라고 해야 하나. 저희처럼 건설 일을 하는 사람들은 아무래도 맨손으로 단단하거나 무거운 물건을 만지는 경우가 허다합니다. 그러다 보니 살가죽이 두꺼워지고 손톱도 투박하고 딱딱해집니다."

그가 자기 손을 내밀어 보였다. 확실히 엄지손톱이 구사카보다 세 배쯤 두꺼워 보였다. 사진 속의 손톱도 고스케의 손톱과 닮았다.

"그건 직업상 일반적인 특징이잖습니까?"

"아, 그건 그렇죠."

"그럼 이 사람이 다카오카 씨라는 확증은 주로 이 상처를 보고 판단한 겁니까?"

"그것만으로는 부족합니까?"

불만스러운 듯 입을 뾰족하게 내미는 고스케의 표정에서는 아직 소년티가 묻어났다.

"아니요, 충분합니다. 무엇을 보고 확신하는지에 대한 확인 절차일 뿐이죠."

구사카는 사진을 옆으로 치우고 기분 전환을 할 요량으로 날씨 이야기를 꺼냈다.

오늘 날씨는 좀 흐렸다. 고스케는 비가 내릴까 봐 걱정이라고 했다. 기와 가게를 하는 지인이 오늘 근처 현장에서 지붕을 철거한다는 것이다. 지붕에 기와를 새로 얹어야 하는데 도중에 비가 오면 일이 번거로워진다는 이야기였다. 저녁까지 그냥 이 상태였으면 좋겠다고 했다.

구사카는 차를 마시며 정말 그렇겠군요, 하고 맞장구를 쳤다.

"아! 한 가지 더 물어보고 싶은데, 다카오카 씨와는 어떻게 알게 됐습니까?"

고스케가 등을 곧추세우고 먼 곳을 응시했다.

"제 아버지는 제가 초등학교 5학년 때 돌아가셨습니다. 신축 중이던 아파트에서 떨어지셨죠. 당시 막노동을 하셨거든요. 그 현장에 다카오카 씨도 계셨습니다. 다카오카 씨는 다른 회사에서 일하는 목수였는데, 우연히 제가 현장에 아버지 짐을 인수하러 갔을 때 말을 걸어주셨습니다. 아버지를 여읜 저에게 피붙이 하나 없다는 사실을 알고 저를 가엾게 여기셨던 모양입니다."

구사카는 그의 아버지가 일했다는 회사 이름을 물었다. 기노시타 흥업. 그리고 당시 다카오카가 일했던 회사는 나카바야시 건설이라는 중견 종합 건설 회사라고 했다. 기노시타 흥업은 나카바야시 건설의 하청을 받아 그 현장에 투입되었으리라고 짐작이 되었다.

고스케가 차를 한 모금 마시고 숨을 깊이 몰아쉬었다.

"저는 그 후 중학교를 졸업할 때까지 시나가와에 있는 보육원에서 살았는데 그곳에도 자주 와주셨습니다. 쉬는 날에는 놀이공원에도 데려가 주시고 밥도 사주셨죠."

보육원 이름을 묻자 고스케는 시나가와지토쿠가쿠엔이라고 대답했다.

"중학교 졸업을 며칠 앞두고, 졸업하면 함께 일하지 않겠냐고 물으시더군요. 당시에는 다카오카 씨 혼자 여러 현장을 돌아다니셨는데, 그러다 보니 거래처도 많이 생기고 해서 다카오카 건축 회사라는 이름으로 회사를 차릴 계획이라고 하셨죠. 얼마나 감동했던지……. 부모도 없고 공부도 못하고 아무 짝에도 쓸모없는 저를 친자식처럼 아껴주신 분이니, 그 자리에서 바로 '그렇게 하겠습니다. 감사합니다.'라고 대답했습니다. 그때 이미 저는 다카오카 씨를 친아버지나 형님처럼 여기고 있었으니까요. 남 같지 않았던 터라 날아갈 듯이 기뻤죠."

구사카는 잠시 일에 대해 자세히 물었다. 전날 가와다가 들은 내용 외에 거래처 이야기도 나왔다. 고스케는 고객 명부 대신 사용했던 다카오카의 수첩이 없어서 시공사들을 다 파악하기는 어렵다고 했다. 그리고 기억하는 범위 내에서 대강의 주소와 이름을 알려주었다.

"그럼 다카오카 씨 밑에서 일한 지가 5년쯤 됐군요."

"네. 벌써 그렇게 되다니……."

"혹시 다카오카 씨가 만나는 여성은 없었습니까?"

고스케가 다시 고개를 갸웃했다.

"글쎄요. 저도 좀 이상하다고 생각은 했지만 전혀 없었습니다."

수사본부가 입수한 다카오카 겐이치의 사진은 운전면허 갱신 센터에 등록해놓은 얼굴 사진 한 장뿐이었다. 지금쯤 다카오카의 집을 수색 중인 도야마 일행이 다른 사진을 발견했을지도 모르지만 아직 이쪽으로 넘어오지는 않았다.

"아! 고스케 씨, 혹시 다카오카 씨의 사진 가지고 있습니까?"

"흠, 잘 모르겠군요. 집에 가서 찾아봐야 합니다."

"만약 있으면 꼭 보여주십시오. 복사하고 바로 돌려드릴 테니까요."

"네, 알겠습니다."

면허증 사진 속 다카오카는 이목구비가 꽤 단정했다. 적어도 여자에게 인기가 없어 보이지는 않았다. 그런데도 여자와 교제한 흔적이 없다면 다른 방향을 의심해야 한다.

"한 번 더 물어보겠는데, 여자가 정말…… 없었습니까?"

젊은 고스케에게는 그렇게만 물어도 충분히 의미가 통할 터였다.

"아, 그렇다고 해서 이쪽은 절대로 아닙니다."

고스케가 오른쪽 손등을 왼쪽 볼에 가져다 대며 게이 표시를 했다.

"돈이 좀 들어오면 클럽에 가시기도 했고, 퇴폐 업소에도 몇 번 같이 간 적이 있습니다. 다른 사람들처럼 여자를 좋아하셨죠. 그건 틀림없습니다."

"이런, 실례했습니다. 그런 의미는 아니었는데……"

그런 의미였지만 상관없었다.

"특정 가게의 한 아가씨에게만 돈을 많이 쓰거나 하시지는 않았습니까?"

"아니요, 그런 일은 없었습니다. 하지만 저 모르게 다니셨을지도 모르죠."

"밤에는 따로 움직였습니까?"

"뭐, 그랬죠. 가끔은 같이 저녁을 먹었습니다. 근처 백반집이나 꼬치구이 가게, 아니면 선술집에서."

구사카는 구체적으로 식당 이름을 물었다. 백반집은 만다정, 꼬치구이 가게는 오카다, 선술집은 후지카와라는 곳이었다.

"그 외에는 각자 시간을 보냈습니다. 게이가 아니니까요."

기분이 상한 모양이지만 사과하면 분위기가 더 어색해질 듯해서 모르는 체 넘겼다.

"그러고 보니 고스케 씨, 사귀는 분이 있다는 이야기를 들었습니다만?"

고스케는 겸연쩍은 듯 미소를 지었다. 쑥스러워서일까, 아니면 다른 이유가 있어서일까, 제대로 판단이 되지 않았다.

"그게, 사귄다고 하기에는 아직 좀……."

"나카가와 미치코 씨, 열아홉 살이고 미용 전문학교에 다니는 분이라고 들었습니다. 알고 지낸 지는 얼마나 됐습니까?"

고스케가 늠름한 눈썹을 움찔하고 치켜세웠다.

"그게 무슨 상관입니까? 그런 내용까지 대답해야 합니까?"

"네, 실은 다카오카 씨가 변을 당했다고 추정되는 시각에 두 분이 함께 있었다고 들었기 때문입니다. 그 부분을 확실히 밝혀 두지 않으면 저는 둘째 치고 다른 수사관들에게 설명할 말이 없으니까요."

고스케는 자기가 처한 상황이 못마땅한지 콧김을 뿜고 입을 삐죽거렸다. 하지만 사실 확인은 불가피한 절차다. 관계자 알리바이를 전부 확인해두는 것이 형사 수사의 철칙인 것이다. 관계여하에 따라서는 알리바이 조작 가능성도 의심해야 한다. 더욱이 남녀 관계라면 반드시 짚고 넘어갈 필요가 있다.

"만난 지는 이제…… 한 달 조금 넘었습니다."

"처음은 어디서 만났습니까?"

고스케는 잠시 머뭇거리더니 시선을 옆으로 돌렸다. 겨우 한 달 조금 지난 일인데 시간을 들여야 생각난다는 말인가.

"그녀가 아르바이트하는 가게에서요. 국도 15번 노변에 있는 가와사키 구청 맞은편의 로열 다이너라는 곳이죠."

로열 다이너 가와사키점은 이쪽에서도 확인을 마쳤다.

"집에서는 거리가 좀 멀지 않습니까?"

"일을 마치고 돌아가는 길에 들렀습니다."

"그래서 서로 알게 됐군요."

"로열 다이너는 제가 예전부터 좋아하던 식당입니다. 가와사키 현장에 갔다 올 때면 종종 들르고는 했죠."

"가와사키 방면에서 집으로 돌아가려면 주행 차선의 반대쪽일 텐데 번거롭지 않았습니까?"

고스케가 눈살을 찌푸렸다.

"뭡니까, 그런 것도 의심합니까?"

"아니요, 의심하는 게 아니라 지도에서 위치를 확인하다가 문득 궁금해지더군요. 저라면 조금 더 달려서 집으로 가는 차선 쪽에 있는 레스토랑에 들어가지 않았을까 해서 말입니다."

"저는 위치 따윈 상관없습니다. 로열 다이너가 마음에 들어서 갔던 겁니다."

"뭐, 관심 있는 여성이 있으면 그런 수고쯤이야 별스러운 일도 아니겠죠."

고스케는 어처구니없다는 듯 한숨을 푹 내쉬고 의자 등받이에 몸을 기댔다.

"고스케 씨가 먼저 말을 걸었습니까?"

"이제 됐잖습니까. 그만 좀 하시죠!"

"그것만 대답해주세요. 부탁합니다."

"어째서입니까?"

달리 이유는 없다. 굳이 둘러대자면 고스케가 거부하는 모양새가 호기심을 자극했기 때문이다.

"관계를 명확하게 해두지 않으면 나중에 의문이 생겼을 때 골치가 아파서 말입니다. 부탁드리죠."

고스케는 마지못해 자신이라고 대답했다.

"몇 번 들르면서 귀엽다고 생각했습니다. 그녀도 차츰 저를 알은체해 주었고요. 조금씩 이야기를 나누면서…… 뭐, 그랬습니다."

"다카오카 씨도 함께 가신 적이 있습니까?"

"한 번인가, 같이 갔습니다."

"일이 끝나면 거의 함께 귀가했다고……."

"자세한 건 잊어버렸습니다!"

갑자기 등을 곧추세운 고스케가 의자에서 엉덩이를 들썩이고 코까지 벌름거렸다.

"뭐 하자는 겁니까? 젠장! 두 번인지 세 번인지는 저도 모릅니다. 그런 건 별로 상관없잖습니까! 그게 아저씨 사건과 무슨 관계가 있습니까, 네?"

구사카는 엉거주춤한 자세로 흥분해서 외치는 고스케를 진정시켜 의자에 바로 앉혔다.

"관계가 있는지 없는지 모르니까 묻는 겁니다. 너무 기분 나쁘게 생각하지는 말아주세요."

잠시 화제를 돌리기 위해 이번에는 자동차 이야기를 시작했다.

고스케는 스바루에서 나온 임프레자를 탄다고 했다. 할부냐고 묻자 자격 미달이라서 현금으로 구입했다고 대답했다. 부담이 컸겠다고 말하자 중고라서 그렇지도 않다고 했다.

제2장

1

관공서에서 제공한 편의였는지는 모르지만 나는 시나가와에 있는 보육원에 들어갔다. 보육원 명칭은 시나가와지토쿠가쿠엔. 건물은 낡았어도 그럭저럭 지낼 만했다.

밥이 나왔고 옷도 주었다. 학교가 바뀌면서 따돌림에서도 벗어났다. 하루하루가 그저 고마울 따름이었다.

"생각보다 적응을 빨리 하니 마음이 놓이는구나."

당시 원장은 그렇게 말했지만, 실은 시설 안에서는 따돌림을 비롯한 여러 가지 문제가 빈번하게 발생했다.

상급생 남자아이에게 못된 짓을 당한 여자아이가 여러 명이었다. 간식과 모아둔 용돈을 송두리째 빼앗긴 심약한 남자아이도 있었다. 고등학생이 되면 시설이 아닌 단독주택에서 공동생활을 한다. 따라서 보육원에서 가장 위세를 부리는 아이들은 중학교 3학년 녀석들이었다. 나는 그런 녀석들에게도 가능하면 저항했다.

"고스케! 너, 새로 들어온 주제에 건방 떨지 마라!"

"히로키 형 학교에서 분명 왕따당할걸. 그러니까 겨우 초등학교 3학년짜리 여자애한테 화풀이나 하지. 진짜 한심하다."

"뭐야? 이 새끼가!"

내가 먼저 싸움을 걸었다. 뜨거운 맛을 보여줄 도구는 미리 준비해두었다. 학교에서 오는 길에 우연히 주운 30센티미터 길이의 난간용 쇠파이프였다. 지금 생각해봐도 썩 괜찮은 무기였다. 가볍고 쥐기도 편한 데다 톱으로 잘라 길이를 조절하기도 쉬웠다.

뒷주머니에 찔러뒀던 쇠파이프를 빼서 녀석의 정강이를 한 대 후려쳤다. 그때 이미 승부는 정해졌다. 그런 다음 몸을 깔아뭉개자 녀석이 울음을 터뜨렸다. 사과하라고 다그쳤다. 아이들을 불러 모았다. 그 녀석에게 바지를 벗고 바닥에 무릎을 꿇고 엎드려 사과하라고 다시 한 번 다그쳤다. 마무리로 앉았다 일어나기를 천 번 시켰다. 당연히 아랫도리를 다 내놓은 채였다. 꾸물거리면 또다시 쇠파이프로 정강이를 때렸다.

원생 모두 그 녀석에게 크든 작든 괴롭힘을 당했던 터라 직원에게 고자질한 아이는 아무도 없었다. 그렇다고 해서 내가 그 녀석 대신 위세를 떨거나 하지는 않았다. 권력이라고 해야 하나, 얼핏 힘이 생긴 듯한 기분이 들기는 했지만 맹세하건대 결단코 하급생을 괴롭히는 짓은 하지 않았다.

마음이 평온하다고나 할까, 내가 별 탈 없이 지낸 것은 전적으로 아저씨라는 존재가 있었기 때문이다.

아저씨는 다른 아이들은 가고 싶어도 못 가는 디즈니랜드에 나를 데려가 주기도 했고 비프스테이크를 사주기도 했다. 나는 보육원에서 같이 지내는 아이들에게 미안한 마음이 들었다. 나만 혜택을 받는 것 같았다. 그래서 다른 부분은 양보하며 지냈다. 솔직히 아저씨가 없었다면 나 또한 그 녀석처럼 행동했을지도 모른다.

그러다 중학교 3학년 겨울 무렵이었다.

"고스케, 너 수험 공부는 착실히 하고 있지?"

물론 늘 스테이크를 먹지는 않았다. 대개 라멘을 먹는 날이 많았고, 그날은 오코노미야키를 먹으러 갔다. 아저씨는 돼지고기가 들어간 오코노미야키에 생맥주를 곁들였고, 나는 소고기를 넣은 오코노미야키와 우롱차를 먹었다.

"아뇨, 공부는…… 별로 안 했어요."

망하는 바람에 지금은 사라졌지만 그 가게의 오코노미야키는 기가 막히게 맛있었다.

"고등학교 진학은 어떻게 하려고?"

"에이, 고등학교…… 가야 하나요?"

솔직히 공부에는 신물이 났다. 인수분해는 왜 해야 하며 이차함수는 어디에다 써먹는지 이해가 가지 않았다. 아버지처럼 되고 싶지 않은 마음에, 하루빨리 스스로 돈을 벌고 싶었다. 고작 중학생에 불과했지만 마음은 급했다.

"그게 무슨 말이야, 고등학교에 안 가면 어쩌려고?"

"실은, 일을 하면 어떨까 잠깐 생각해봤어요."

"잠깐 생각해보고 일할 수 있을 만큼 사회는 만만한 데가 아니다."

아저씨가 말하는 뜻을 모르지는 않았다. 중졸이라는 학력으로 사회에서 살아가려면 아주 특별한 능력이 있거나 야심이 있어야 했다. 아니면 기술이라도 익혀야 했다. 그래서 나는 가능하다면 아저씨처럼 목수가 되고 싶었다. 도구 몇 개와 실력만 갖추면 전국 어디를 가더라도 굶어 죽지는 않겠다는 생각이 들었기 때문이다. 열심히 일하면서 착실하게 기술을 익히면 몇 년 지나지 않아 밥벌이는 할 것 같았다.

아저씨가 밥을 먹자고 불러낸 것은 내가 그런 마음을 먹도록 이끌기 위해 일부러 만든 기회였는지도 모른다. 이제 와 돌이켜보니 문득 그런 생각이 든다. 그래도 상관없다. 아저씨의 권유이기는 했지만 결코 억지로 선택한 길은 아니었으니까.

"고스케, 만약 목수 일이라도 싫지 않다면 나한테 오너라. 내가 요즘 계획하고 있는 일이 있거든. 이제 와서 말하긴 좀 쑥스럽지만 다카오카 건축 회사라는 이름으로 독립해서 현장 일을 따볼까 해."

눈앞에 놓인 철판에서 김이 뭉게뭉게 피어올랐다. 내 안에서도 그와 비슷한 기운이 끓어넘친다고 할까, 온몸에서 희망이 솟

아나는 듯했다.

"네? 정말 저를 써주실 거예요?"

양손으로 테이블을 세게 짚는 바람에 유리컵이 넘어지면서 철판에 우롱차가 쏟아졌다.

"앗!"

"어이쿠, 이런!"

엄청난 기세로 김이 솟아올랐다. 가게 안에 큰 소동이 벌어졌고 화재경보기까지 울렸다. 소방차가 올 정도는 아니었지만 나와 아저씨는 다른 손님들에게 몇 번이고 고개를 조아리며 사과해야 했다.

"어이구, 이 녀석을 정말!"

아저씨가 내 머리를 쥐어박는데도 나는 그러거나 말거나 마냥 기뻤다. 가게 밖으로 나오자마자 우리는 배를 쥐고 한바탕 깔깔대며 웃었다.

그 행복한 기분은 절대로 평생 잊지 못하리라.

나는 졸업할 때까지 기다리지 못하고 그해 겨울방학부터 목수 일을 배우기 시작했다. 일이라고 해봤자 정월에는 현장도 쉬기 때문에 쓰레기를 정리하거나 당시 아저씨가 신세 졌던 회사의 대청소를 돕는 정도였다.

"어? 겐 씨한테 이렇게 큰 애가 있었나?"

사람들은 아저씨를 '겐 씨'라고 불렀다. 이 업계에서는 아들을 현장에 데리고 오는 일이 종종 있었다. 아저씨는 그때마다

'아니, 친척 아이야.'라고 대답했다. 자기가 채용하기로 했다는 말도 덧붙이며 은근히 자랑스러워했다.

다만 한 가지, 당시 추억 중에서 마음에 조금 걸리는 일이 있다.

"이 설명서 버려도 되나요?"

어떤 것이었는지 자세히 기억나지는 않지만 시공 설명서 하나가 쓰레기통에 들어 있었다. 나는 버리면 안 되겠다는 생각이 들어 아저씨에게 확인 삼아 물어보았다. 그런데 아무 대답이 없었다. 못 들었나 하고 아저씨를 보니 아저씨 표정이 몹시 험악했다. 마치 사냥감을 노리는 늑대 같은 눈으로 정면을 뚫어져라 노려보고 있었다.

신축 주택 문밖의 어두침침한 길에 한 남자가 서 있었다. 내가 아버지의 짐을 돌려받으러 갔을 때 부의금을 건네주던 남자였다.

세련된 검은색 코트 깃 언저리에 붉은색의 화려한 무늬가 비쳐 보이던 기억이 떠올랐다. 저녁인데도 선글라스를 끼고 있었다. 초등학생일 때는 몰랐는데 다시 보았을 때는 키가 무척 크다는 인상을 받았다.

몇 초가 지나자 남자도 아저씨의 시선을 알아차렸는지 이쪽을 향해 히죽 웃었다. 그뿐이었다. 남자는 밖에 있는 누군가에게 그럼 이만, 하고 인사하는 듯한 포즈를 취하고는 어디론가 가버렸다.

아저씨가 문득 정신을 차린 듯 나를 향해 고개를 돌렸다.

"아! 지금 그거 찾는 중이었다."

아저씨는 내 손에 들려 있던 설명서를 가져가더니 그대로 사다리를 타고 2층으로 올라갔다. 이제 와서 생각해보면 그 두 사람은 오래전부터 아는 사이였던 듯하다.

나는 졸업과 동시에 시나가와의 보육원을 나와 아저씨 집에 얹혀살았다. 오타 구 나카로쿠고에 있는 연립주택이었다. 방이 두 칸, 15평 남짓한 크기였다. 허름했지만 화장실도 딸려 있어서 내가 지내기에는 충분히 안락한 '집'이었다.

목수라는 일은 생각만큼 쉽지 않았다. 하나부터 열까지 힘을 쓰는 일인 데다 기술이 따라야 했다. 단순히 재료를 하나 옮길 때에도 어딘가 부딪치기라도 해서 흠집을 내면 야단이 났다. 석고보드 같은 재료는 크고 무겁고 깨지기도 쉬워서 조금만 조심성 없이 내려놓으면 퍽 하고 금세 부러져 버렸다.

"고스케, 좀 더 조심해서 다뤄야 해. 재료는 공짜가 아니니까."
"네, 죄송합니다."

게다가 현장은 온종일 먼지투성이였다. 하루 일이 끝나고 수건으로 콧구멍을 후비면 말 그대로 검댕이 묻어 나왔다. 눈에도 먼지가 들어가서 자주 눈알이 뻑뻑했다. 전기톱 소리가 어찌나 시끄러운지 귀마개를 하는 사람도 있었다. 그 사람의 취미가 오디오 감상이어서 조금 유별난 경우였는지도 모르지만.

"못은 똑바로 박으면 똑바로 박히기 마련이야. 기울여서 치니까 꺾이지. 애초에 망치 쥐는 방법부터가 틀렸어."

"어떤 도구든 다 마찬가지지만 곱자는 특히 잘 다뤄야 해. 이게 비뚤어졌다간 모든 일이 틀어져 버리거든."

"넌 전기톱을 사용하기에 아직 일러. 팔 힘을 이용해서 그냥 톱으로 잘라라."

"줄자 끝은 여유가 있어서 정확하지 않아. 길이를 올바로 재려면 줄자의 10센티미터 지점을 0으로 잡아서 재도록 해."

익혀야 할 사항이 한두 가지가 아니었다. 도구 사용, 재료 자르기, 조립하기, 못 박기 등 기초적인 요령부터 건축자재의 종류, 일의 순서, 전문용어, 건축 역학, 깔끔한 마감 작업 방법, 사소한 눈속임 방법 그리고 다른 하청 업자와의 교제 등 이론과 실무에 이르기까지, 나는 모든 것을 배워나갔다. 그것이 어디에 유용한지도 알았고, 직접 보면서 일을 배웠으므로 힘들지 않았다. 그때 처음으로 무엇인가를 배우는 재미도 느꼈다.

"우아! 너 일기도 쓰는구나? 의외로 꼼꼼한 구석이 있네."

들켰을 때는 조금 멋쩍었지만 날마다 아저씨가 목욕하는 사이에 기록한 '목수 일기'는 언제부터인가 내 보물이었다.

"아저씨, 견목이라고 떡갈나무 있잖아요? 그건 한자로 어떻게 써요?"

"견목은…… 한자 말고 그냥 가타카나로 써도 돼."

아저씨는 나보다 한자를 더 몰랐다.

"기노시타 흥업의 '흥'은 왜 이 한자를 쓰는 거죠?"

"나도 몰라. 다음에 사장한테 한번 물어봐."

"사장이 누구예요? 저도 만난 적 있어요?"

"없을걸. 나도 거의 본 적이 없어."

"그럼 못 물어보잖아요."

맨 처음 일당은 5천 엔이었다. 보름에 한 번씩 모아서 받았다.

"음, 집세 내라고는 안 한다. 대신 네가 쓸 공구를 어서 갖추도록 해. 자기 돈으로 산 공구가 아니면 좀체 소중히 다루지 않으니까."

1년이 지나자 일당은 8천 엔으로 올랐다. 이를 계기로 나는 아저씨의 집에서 나와 혼자 살기로 했다. 방을 구할 때는 아저씨가 도와주었다. 단칸방에 욕실이 딸렸고 월세는 6만 2천 엔이었다. 신축 건물인 데다 아저씨가 사는 집보다 깔끔해서 어쩐지 죄송스러웠다.

"이건 독립한 기념이다. 보증금에 보태 써라."

아저씨가 봉투 두 개를 내밀었다.

"고, 고맙습니다. 근데 이건 뭐예요?"

하나는 축의금 봉투였고 또 하나는 한창 인기 있던 외국계 생명보험회사 로고가 적힌 봉투였다.

"아, 그건…… 만약 나한테 무슨 일이 생기면, 네가 보험 수익자니까 큰돈은 아니지만 청구해서 받도록 해라."

그 순간 온기와 냉기가 한꺼번에 덮치는 듯한 느낌이 들었다.

"그게 무슨 말씀이세요! 아저씨한테 무슨 일이 생기다니요?"

나를 가족처럼 믿어주는 마음은 참으로 감사했지만 '만약 나한테 무슨 일이 생기면' 같은 말은 솔직히 듣고 싶지 않았다. 상상만 해도 무섭고 외로웠다.

"이런 거 안 받을래요. 제가 어떻게……."

아저씨는 봉투를 든 내 손을 잡고 한없이 진지한 눈빛으로 나를 바라보았다.
"사실 이 안에는 너 말고 한 사람 더, 다른 사람을 보험 수익자로 삼은 증서가 들어 있다. 사정이 있어서 그 사람에게 이 일에 대해서는 말하지 않았어. 자칫하면 내가 죽어도 그 사람에게는 소식이 안 갈지도 몰라. 그래서 이걸 너에게 맡기려는 거야. 그러니까 나에게 무슨 일이 생기면 이 봉투를 열어서 그 사람에게 알려줘. 당신이 어느 보험의 수익자니까 청구해서 보험금을 타라고 전해주렴. 부탁한다."

태어나서 이런 경험을 다 하다니, 갑자기 마음속이 복잡해졌다.

신뢰. 보험금. 죽음. 불안정한 미래. 그리고 수수께끼.

차마 싫다고 거절할 수는 없었다. 그럴 자격이 나에게는 없었다. 아저씨는 직장에서나 일상에서나 그야말로 내 '아버지'였다. 그런 사람이 부탁하는 일이므로 고개 숙여 승낙했다.

"알겠어요. 그런데 왠지 아저씨가 그렇게 '만약'이라고 하시니까 저……."

아저씨는 내 어깨를 세게 두드렸다.

"어린애처럼 굴기는. 생명보험은 요즘 다들 기본으로 들어둔다고. 너도 아내가 생기면 자연히 생각하게 될 거다."

그때까지 아저씨에게 여자가 없다는 점을 이상하게 여기던 참이었다. 그래서 나는 아저씨가 '사정이 있어서'라고 한 말을 그런 의미로 이해하고 받아들였다.

내가 열여덟 살이 될 무렵이었다. 현장 근처에 있는 메밀국숫

집에서 돈가스덮밥을 먹고 있었던 것으로 기억한다.

"고스케, 너 면허 따라. 운전면허."

나도 염두에 둔 일이었다. 가마타 역 앞으로 운전면허 학원 셔틀버스가 지나다녔다. 만약 면허를 따야 한다면 그 학원에 다녀야겠다고 생각했다.

"그런데 일 마치고 다니기는 힘들지 않을까요. 일요일은 틀림없이 붐빌 테고."

"아니, 합숙 면허 학원이 면허 따기는 더 빠르고 확실하다더구나. 게다가 도쿄 도내에서 따는 비용보다 싸게 먹힌다니까. 사토루 씨 딸도 요전에 이와테 현에 가서 땄는데 합숙소도 생각보다 좋았다더라."

사토루 씨는 벽이나 천장에 회반죽을 바르는 기술자였다.

"네가 운전을 하면 나도 여러모로 편해질 테니."

"그럼요. 저 혼자 목재상에 다녀올 수도 있고요."

"그래그래, 일 마치고 집에 갈 때 한잔 마셔도 괜찮고 말이야."

"아! 뭐예요, 그걸 노리셨군요?"

아저씨는 면허 문제에 상당히 적극적이었다. 돈이 없으면 빌려줄 테니 빨리 신청하라고 팸플릿이며 신청서까지 모조리 가져다가 나에게 들이밀었다.

이러쿵저러쿵하는 사이에 나는 후쿠시마 현에 있는 운전면허 학원에 가게 되었다.

결과적으로는 잘된 일이었다. 한 번도 실수하지 않고 최단시간인 16일 만에 면허증을 땄다. 내 생애 첫 여행이었다. 도쿄가 아닌 다른 지역에서 오랫동안 머무르다 보니 기분 전환도 되었다.

하지만 돌아오고 나서가 큰일이었다.

"고스케. 홈 센터에 가서 드릴 날 좀 사 와라. 이거, 이런 두께로 사야 해."

"고스케! 마루요시에 천장 몰딩재하고 걸레받이가 들어왔다니까 빨리 받아 와."

마루요시는 단골 건재상이었다.

"보렴, 고스케. 이런 색깔의 못을 박으면 못대가리가 눈에 확 띄잖아. 못은 홈에 박는 거니까 좀 더 거무스레한 갈색이나 진갈색이어야 한다고. 이거 바꿔 와. 가는 김에 서까래도 두 묶음 받아 오고."

"서까래는 한 치 두 푼으로요, 한 치 세 푼으로요?"

'한 치 두 푼'은 3.6×3.9센티미터고, '한 치 세 푼'은 3.9×4.5센티미터다. 둘 다 가는 각목의 단면 크기를 뜻한다. 건축 업계에서는 아직도 '자'라든가 '치'라는 단위로 길이를 말하는 경우가 많았다.

"멍청아, 이 현장에서 한 치 세 푼 쓸데가 어디 있냐? 이제 거실 천장 안에 버팀목 박을 건데 당연히 한 치 두 푼이지."

"아, 그렇지. 죄송해요. 금방 다녀오겠습니다."

"어휴."

그 직후였다. 찌이익 하고 날카로운 소리가 나더니 아저씨가 갑자기 전기톱을 내팽개치고 바닥에 웅크렸다.

"앗, 겐 씨!"

"아저씨?"

서둘러 전기 기사 마쓰모토 씨가 달려갔다. 그런데 아저씨의 왼손이……

"젠장…… 톱날에 베였어."

"이봐! 괜찮아?"

괜찮을 리 없었다. 엄지와 검지 사이가 쭉 찢어졌고 그 사이의 살이 너덜너덜하게…….

"고스케, 얼른 응급차 불러!"

"됐어, 마쓰모토 씨. 괜찮아."

"괜찮긴 뭐가 괜찮아? 이 상처 보라고! 어쨌든 수건 좀! 깨끗한 수건 좀 가져와, 고스케!"

피가 철철, 철철…….

"고스케! 뭘 멍하게 서 있어!"

갑자기 차가운 무언가가 배에서 가슴과 목을 지나 얼굴로 솟구쳐 오르며 그와 동시에 정신이 혼미해졌다.

"우읍, 웩웩!"

"으악! 뭐야, 넌 왜 그래?"

나는 참지 못했다. 아버지의 푸르뎅뎅한 사체를 본 이래로 상처나 피를 보면 단 1초도 견디기 힘들었다. 울컥 구역질이 치밀었다.

"이봐, 이봐! 도대체 누가 응급 환자인 줄 모르겠네, 참."

결국 아저씨는 마쓰모토 씨의 부축을 받아 걸어서 현장 근처

정형외과로 갔다.

나는 그사이 다다미를 걷어낸 판자 바닥에 드러누웠다. 적신 수건을 이마에 얹은 채, 마감을 하지 않아 들보와 추녀가 그대로 드러난 천장을 물끄러미 올려다보았다.

2

레이코는 감별 수사로 다카오카 겐이치의 과거를 조사하기로 했다. 그 전에, 어제 간부 회의에서 통고받은 대로 미시마 고스케의 여자 친구인 나카가와 미치코를 만나야 했다.

그녀가 사는 곳은 가와사키 시 가와사키 구 와타리다무카이 초에 있는 원룸이었다. 게이큐가마타 역에서 네 정거장 지나 하쓰초나와테 난부선으로 갈아타고 첫 번째 역인 가와사키신마치 역에서 내리면 가장 가깝다. 미리 전화해서 약속을 잡았다.

"레이코 주임님예……."

초등학교 담벼락을 따라 걷는데 이오카가 촌스러운 가죽 장갑 낀 손을 비비며 말을 걸었다.

"도대체가 이름만 부르지 말라고 몇 번이나 말을 했는데 또 불러?"

예상은 했지만 조를 다시 짜는 일은 허락이 떨어지지 않았다.

"구사카 주임님과 사이가 안 좋십니꺼?"

차가운 바람이 목덜미로 스며들었다. 오들오들 떨었더니 목이 뻣뻣했다.

"궁금한 게 뭔데?"

"그기, 어제 상부 회의에서 말인데예."

상부 회의나 간부 회의나 의미는 동일하다.

"뭐야, 너 몰래 엿들었어?"

"아니라예. 우짜다가 이 큰 귀에 들어왔을 뿐입니더."

이오카가 손에 든 가방을 일부러 옆구리에 끼우고 양손으로 팔랑팔랑 귀를 튕기는 시늉을 한다.

"요 귀는예, 레이코 주임님의 정보라 카믄 아무리 쪼그만 소리라도 죄다 포착하거든예."

"네가 〈빨간 모자〉에 나오는 늑대야?"

여세를 몰아 한마디 덧붙여 기를 콱 죽여놓을까 하다가 말았다. 이오카는 날씨 참 차붑네, 딴청을 부리면서 가볍게 흘려 넘겼다. 그가 이렇게 제멋대로 행동할 때마다 레이코는 스트레스를 받아 정신적으로 피폐해지는 기분이었다.

"그런데 왜 그리 사이가 나쁜교?"

아아, 피곤하게 군다. 지긋지긋하다.

"아무려면 어때. 뭐, 특별한 일도 아니잖아? 옆 팀과 사이가 좋지 않은 것쯤이야 흔해빠진 일 아니야?"

"옆 팀이라고예? 같은 10계 아인교?"

"계는 같아도 반이 다르면 적이나 마찬가지지. 멍청하게 굴다간 이쪽이 피눈물을 쏟는다고."

그 말에 이오카가 히죽히죽 웃었다.

"뭐야, 기분 나쁘게!"

"그게 아니라예, 구사카 주임님 말뽄새 보니까네 여자들한네 인기 없것다 했심더."

그러는 너도 마찬가지야, 하는 말이 목구멍까지 올라왔지만 꿀꺽 삼켰다. 한마디 더 보탬으로써 다시 연애 이야기로 끌려들기는 싫었다.

이렇게 음란하고 욕정덩어리 아메바 같은 남자라도 변두리 클럽 일대에서는 인기가 많을지도 모른다.

뭐, 그런 거야 아무렴 어떻겠느냐마는.

목적지에 도착했다. '선하이츠 와타리다무카이초'라고 써 있는 3층 건물이었다. 우편함 수를 확인했다. 모두 12가구다.

"아따, 건물 억수로 멋지네예."

이오카 말마따나 신축 건물이라 깨끗했다. 외벽에 붙인 색색의 타일은 단풍잎을 연상케 했다. 세련미가 넘쳐서 근사하다.

"들어가지."

손목시계는 10시 28분을 가리키고 있었다. 시간을 정확하게 맞췄다. 1층 안쪽에서 두 번째, 102호 초인종을 눌렀다.

"네."

열아홉 살치고는 낮고 잠긴 목소리였다. 술을 많이 마셨나, 감기인가, 아니면 기분이 안 좋은가?

"오전에 전화드렸던 경시청의 히메카와 레이코입니다."

"아, 네…… 잠깐만요."

곧이어 도어체인을 푸는 소리가 나고 문이 빠끔 열렸다. 여자의 방다운 냄새가 온기와 함께 새어 나왔다.

"실례하겠습니다."

혼자 사는 젊은 여성에게는 가장 먼저 신분증부터 제시해야 한다. 그렇게 해서 경계심을 빨리 풀어야 일이 순조롭다.

"전화로 말씀드렸다시피 친구분인 미시마 고스케 씨에 대해 잠시 묻고 싶은데 괜찮겠어요?"

"아, 네. 들어오세요."

문을 활짝 열면서 옆에 선 이오카를 발견한 나카가와 미치코는 흠칫 놀랐다. 하지만 당황하지 않고 두 사람을 안으로 들였다. 미시마 고스케에게서 이미 연락을 받았다는 느낌이 들었다.

둘은 얼마나 가까운 사이일까? 어엿한 연인 사이일까, 아니면 아직 연인이라고 부를 정도는 아닐까? 만약 깊은 관계라면 부부와 마찬가지로 증언의 신빙성이 떨어진다고 봐야 했다.

미치코는 레이코와 이오카를 아담한 탁자로 안내하고 옆에 딸린 주방으로 향했다.

"편히 앉으세요."

"아, 네. 고맙습니다."

세 평쯤 되는 단칸방. 침대와 텔레비전, 서랍장이 있고 나머지 공간은 탁자가 다 차지한 작은 방이었다. 미용 전문학교를 다녀서인지 전문 서적과 잡지가 한쪽 벽에 쌓여 있었다. 나머지는 모두 검소해 보이는 물건들이었다. 겉멋 부리기를 좋아해서 미용사가 되려는 사람 같지는 않았다.

좋게 말하면 착실하고, 나쁘게 말하면 먹고살기에 급급해 보인다는 표현이 적절했다. 그 나이 또래의 소녀다운 오밀조밀함이나 여유로움, 특별히 관심을 쏟는 대상 따위는 눈에 띄지 않았다. 미키마우스나 미피 같은 아기자기한 캐릭터는 물론이거니와 아이돌 가수 가메나시라든가 인기 배우 브래드 피트와 관련된 물건 같은 것도 전혀 보이지 않았다. 조금 과격한 표현일지 모르지만 형무소의 독방을 방불케 했다.

미치코가 전기 포트에서 따뜻한 물을 따라 홍차를 내왔다. 립톤 티백이었다.

"드세요."

"고마워요."

"감사합니다. 잘 마시겠습니다."

미치코가 힐끗 레이코의 옆으로 시선을 옮겼다.

"아, 깜박 신경을 못 썼네요. 코트 이리 주세요."

둘둘 말아서 옆에 놓은 코트를 어딘가에 걸어주겠다는 말인 듯했다. 하지만 코트 주머니에는 중요한 물건이 몇 개 들어 있었다.

"아니에요, 고맙지만 괜찮아요."

레이코가 가볍게 거절하자 그녀도 고개를 조금 숙여 보였다. 세심한 부분까지 신경 쓰는 성격이 엿보였.

미치코는 적당한 키에 몸매가 꽤 가냘픈 소녀였다. 니트 속에 숨겨진 가슴은 빈약했고 데님 바지로 감싼 두 다리는 매력적이라고는 도저히 말하기 어려울 정도로 가늘었다. 이목구비는 균형 잡힌 편이지만 한 군데가 아쉬웠다. 입을 열 때마다 이오카

만큼은 아니더라도 커다란 앞니와 잇몸이 눈에 확 띄었다.

아! 그렇게 말했지, 오쓰카는…….

숨진 오쓰카는 이가 조금 나왔거나 코가 살짝 들렸거나 한 정도로 소소한 콤플렉스를 가진 아가씨가 귀여워서 좋다고 했다. 그때 레이코는 '난 그런 콤플렉스가 없어서 미안하군.'이라고 대꾸했던 것 같다.

그러고 보니 한마디 하고는 신경 써서 얼른 오므리는 입가라든가 말하기 전후로 수줍어하는 시선은 콤플렉스가 자아내는 특유의 귀여움이라고 할 만했다.

홀짝거리며 홍차를 마시던 이오카가 한숨을 푹 내쉬었다.

"아, 몸이 따뜻해지네예."

레이코도 찻잔을 들어 한 모금 마시고 나서 말을 꺼냈다.

"아침 일찍 전화해서 미안해요. 오늘 다른 볼일이 있었던 건 아니에요?"

미치코는 작게 고개를 끄덕이고 자기 찻잔으로 손을 뻗었다. 표정에 변화가 없었다.

"학교에 가야 했지만 그냥 쉬기로 했어요."

"어머, 죄송합니다. 그렇다면 제가…….”

그건 아니라고 말을 가로막기라도 하듯 미치코가 고개를 저었다.

"아침에 몸이 조금 찌뿌드드해서 쉬려던 참이었어요."

"여하튼 폐를 끼쳤군요. 지금은 괜찮으세요?"

"네, 이제…… 괜찮아요."

말은 그래도 형사들이 오래 있기를 바라지는 않을 터, 레이코는 본론으로 들어갔다.

"그럼 우선 미시마 고스케 씨와는 어떤 관계인지 물어도 될까요?"

미치코가 쑥스러워하는 기색도 없이 고개를 끄덕였다.

"뭐라고 해야 하나, 그냥 친구예요."

"어떤 친구죠?"

대답을 고르는 듯 고개를 갸웃한다.

"실은 제가 아르바이트를 하고 있는 패밀리 레스토랑에 손님으로…… 자주 오는 데다 나이도 비슷해서 친구가 되었어요."

"그랬군요. 그럼 그저께는?"

순간 미치코가 턱을 당기는 듯한 반응을 보였다. 미묘한 동작이었지만 무언가 틀림없이 마음에 동요를 일으킨 듯했다.

뭐지?

레이코는 잠자코 대답을 기다렸다.

"그저께는…… 제 근무시간이 조금 늦은 시간대로 바뀌어서 밤 10시부터 일했어요. 그리고 미시마가 가게에 온 건…… 제가 일을 시작하고 바로였던 걸로 기억해요."

'미시마'라고 이름이 아닌 성으로 불렀다. 평소에는 친근하게 '고스케'나 '고'라고 이름을 부르려나?

"미시마 씨는 몇 시쯤까지 있었나요?"

"12시 조금 전, 아마 그쯤이었을 거예요."

"혼자 있었어요?"

"네, 혼자서…… 책인지 뭔지를 읽었는데."

너무 질문만 퍼붓는 듯한 분위기도 바람직하지는 않다. 적당히 눈치를 봐가며 웃는 얼굴로 고개를 끄덕일 필요도 있었다.

"그럼 어떤 음식을 주문했는지 기억하세요?"

"음, 그러니까…… 코스모도리아였나. 그다음에는…… 커피, 아마 그렇게 주문했을 거예요. 저희 가게에는 드링크 바가 없거든요."

"가게에 가서 확인해도 될까요?"

"네? 뭘요?"

"고스케 씨가 혼자 가게에 왔는지 여부 말이에요."

그렇게 해도 문제없을 거라고 미치코는 대답했다. 그날의 회계 자료를 찾아보면 인원수, 성별, 나이대 등 다녀간 고객의 대략적인 정보를 확인할 수 있다고 한다. 단, 책임자가 어떻게 나올지는 미지수였다.

미치코가 레이코와 이오카를 번갈아 쳐다보았다.

"저, 그런데 무슨 일 있었나요?"

다 알면서 물어보는 것인지, 아니면 고스케에게서 아무 말도 듣지 못했는지, 어느 쪽이든 간에 레이코가 할 말은 정해져 있었다.

"네, 실은 미시마 고스케 씨와 함께 일했던 다카오카 겐이치라는 분이 돌아가셨어요."

미치코의 표정에는 아무런 변화가 없었다. 이건 어떻게 해석해야 할까?

"다카오카 씨라면, 미시마의 아버지 같은 분이신데요."

"네, 그렇죠."

"돌아가셨다니…… 혹시 살해당하셨나요?"

레이코는 잠깐 사이를 두었다가 천천히 고개를 끄덕였다.

"지금으로써는 단정하기 어렵지만 저희는 그렇게 보고 있어요. 이제 막 수사를 시작한 단계라서 아직 자세한 내용은 모르지만요."

그쯤에서 이야기를 끊고 홍차를 마셨다.

미치코가 몸에서 힘을 빼듯이 길게 숨을 내쉬었다.

이 아가씨는 지금 무슨 생각을 하는 걸까?

어쩐지 인상이 어두워 보였다.

이따금 흠칫흠칫하는 이 느낌은 무엇일까? 감추는 게 있어서일까, 아니면 그녀의 성격 탓일까? 질문에 대한 대답은 명료했다. 대화를 나눌 때 상대방의 눈을 똑바로 쳐다보는 점으로 보아 소심할 것 같지는 않았다. 하지만 그것은 웨이트리스라는 직업적인 특성으로도 해석할 수 있었다. 다시 말해 '사람을 대하는 기술'이 몸에 배어서 나오는 일종의 습관일지도 몰랐다.

레이코는 조금 더 들춰보기로 했다.

"그러고 보니 혼자 사나 봐요."

방 안을 빙 둘러보면서 물었다. 순간 미치코의 얼굴에 희미하게 그림자가 드리워졌다.

"네, 두 달 전부터요."

"부모님은요?"

"어머니는 일찍 돌아가셨고, 아버지는……."

모호한 틈이 생겼다.

"그러니까 10월 초에."

"어머나! 그런 일이."

레이코가 양손을 모으고 고개를 숙여 조의를 표하자 이오카도 옆에서 따라 했다.

"고인의 명복을 빕니다."

"고맙습니다."

"병이셨나요? 아니면 다른……?"

미치코는 묵묵히 고개를 저었다.

"일하시다가 사고로……."

"저런……."

그쯤에서 레이코는 입을 다물었다. 미치코가 말을 끊지 않도록 하기 위해서였다. 일부러 침묵을 유지하며 이어질 말을 기다렸다.

예상대로 미치코는 말려들었다.

"공사 현장에서 일어난 추락 사고였어요. 10층 외벽 발판에서 발이 미끄러지는 바람에 사방에 부딪치면서 떨어지셨대요. 온몸이 상처투성이셨지만 그나마 얼굴은 많이 다치지 않으셔서 얼굴 확인만 가능했죠."

공사 현장이라…….

다카오카와 고스케가 목수라는 점과 무언가 연관이 있을지도 모른다.

일단은 애도의 마음을 담아 고개를 끄덕였다.
"아버님은 그때 무슨 작업을 하던 중이셨나요? 외벽에 뭔가를 바른다거나?"
"아니요. 가설물 설비라고 하나, 그때는 발판을 설치하는 가설공사를 하셨어요."
"그때라면…… 그 전까지는 다른 일을 하셨다는 뜻인가요?"
미치코가 인상을 찡그렸다. 어디까지 캘 작정이냐고 불쾌감을 표출하는 것이겠지만 이쯤에서 물러날 레이코가 아니었다. 다시 입을 다물고 대답을 기다렸다.
이윽고 끈기가 다했는지 미치코가 한숨을 내쉬며 말을 이었다.
"그 전에는 아파트 건설 회사에서 영업 일을 하셨어요. 돌아가시기 직전에 현장 일로 옮기셔서……."
무슨 계기로 이직했는지 물으려던 레이코는 질문을 다음으로 미루었다. 더 이상은 삼가야 했다. 나카가와 미치코는 현재 최초 목격자의 알리바이를 입증하기 위한 참고인일 뿐이다.
문득 이오카가 입을 열었다.
"저, 참고로 한 개만 물을게예. 그…… 아버님이 마지막에 일하셨다는 회사 이름을 물어봐도 되겠는교?"
평소와 마찬가지로 얼빠진 말투였다. 미치코는 조금도 낯빛을 바꾸지 않았다. 오히려 레이코와 이오카 사이에 다른 누군가가 있기라도 한 듯 그곳을 지긋이 응시했다.
"기노시타 홍업이라는 회사예요. 아마 세타가야 구의…… 저도 자세히는 모르고요."

"기노시타 공업이라고예? 이렇게, 장인 공(工) 자로 표기하면 됩니꺼?"

이오카가 수첩에 한자를 써 보였다.

"아니요, 기노시타 흥업. 일 흥(興) 자를 써야 해요."

미치코가 고쳐주었다.

"아아, 기노시타 흥업. 예, 알겠심더."

오늘의 이야기는 그렇게 마무리를 지었다. 레이코는 이오카가 홍차를 마저 마실 때까지 기다렸다가 자리에서 일어났다. 지난번과 달리 이번에는 자신의 명함을 꺼내 이름 옆에 수사본부의 직통 전화번호를 써서 미치코에게 건넸다.

돌아가려고 현관 밖으로 나서는 레이코를 미치코가 저기, 하며 불러 세웠다.

"네, 무슨 하실 말씀이라도?"

"저, 미시마는…… 괜찮을까요?"

괜찮을지 묻는 의도는 몇 가지로 해석될 수 있었다. 고스케가 범인으로 의심받지는 않을지, 아버지처럼 의지했던 마음의 스승을 잃고 정신적으로 약해지지는 않을지, 이후 고스케가 위험에 처할 우려는 없는지.

레이코는 오늘 나눈 이야기로 미루어 보건대 미치코와 고스케가 생각만큼 깊은 사이는 아니라고 판단했다. 그런데도 그녀를 불러 세우면서까지 '괜찮을까요?'라고 물었다. 어쩐지 그 말은 아주 중요한 의미처럼 다가왔다.

레이코는 복잡한 의미가 담긴 미소를 지었다.

"아마도요. 그래도 혹시 걱정되면 전화해보세요. 분명히 무척 기뻐할 거예요."

다시금 웃어 보이자 미치코도 안심했다는 듯 미소로 답했다.

순수하게 사랑스러운 아가씨라는 느낌이 들었다.

가마타로 돌아온 레이코는 미리 준비한 수사 조회 서류를 구청에 제출하고 다카오카 겐이치의 주민표를 받았다. 주소 내력을 살펴보니 다카오카는 12년 전 이 주소로 전입했다. 이전 주소는 아다치 구의 미나미하나하타였다. 그곳에 실제로 살았는지 내일쯤 확인하러 가보기로 했다.

"레이코 주임님예, 대충 하입시더. 배 안 고파예?"

"어! 벌써 1시 반이네. 그래, 저기 들어가서 밥 먹지."

이오카는 가게가 마음에 안 드는 눈치였다.

"싫으면 안 와도 돼. 나 혼자 가지, 뭐."

쇠고기덮밥 전문점인 마쓰야에 들어갔다.

"지는 좀 더 데이트 기분을 낼 만한 데로다가……."

"내가 데이트 기분 따위 내기 싫다고 말했을 텐데. 자, 후다닥 먹고 얼른 나가지."

식사를 마친 뒤 곧장 가와사키로 돌아왔다.

로열 다이너 가와사키점.

일부러 혼잡한 시간을 피해 점심시간이 지난 무렵에 찾아갔다. 손님이 매장의 3분의 1밖에 차 있지 않아 실내는 한산한 편이었다.

"어서 오세요. 두 분이신가요?"

고개를 끄덕이고 미치코와 동년배로 보이는 웨이트리스의 안내를 받았다.

곧이어 '주문하실 메뉴를 정하시면…….' 하고 틀에 박힌 안내를 하는 중간에 말을 잘랐다.

"죄송합니다. 점장님이나 책임자 되시는 분을 좀 불러주시겠어요?"

영문을 몰라 어리둥절한 그녀에게 조용히 경찰수첩을 제시했다. 그녀는 금세 얼굴이 굳더니 짧게 인사하고 종종걸음으로 주방 쪽으로 물러갔다.

그리고 채 1분도 지나지 않아 매니저인 듯한 남자가 다가와 사이토라고 이름을 댔다.

레이코와 이오카는 나란히 자리에서 일어났다.

"바쁘신 중에 오시라고 해서 죄송합니다. 경시청의 히메카와 레이코입니다. 이쪽은 이오카 히로미쓰고요."

"안녕하세요."

서로 고개를 숙여 인사하고 레이코가 매니저에게 앉기를 권하자 그는 맞은편 자리에 앉았다.

"그런데 저에게 무슨 용건이……."

"아니요, 사이토 씨에게 용건이 있는 게 아닙니다. 여기서 일하는 직원 중에 나카가와 미치코 씨라고 계시죠?"

"네, 그렇습니다만."

특별한 반응은 보이지 않았다. 냉정하리만큼 차분하다.

"혹시 미치코 씨의 친구인 미시마 고스케 씨라는 분을 아시나요?"

"미시마 고스케라……."

외모를 설명하자 사이토는 누군지 알겠다는 듯 고개를 끄덕였다. 안색이 어두워졌다.

"미치코의 남자 친구한테 무슨……?"

여기에서는 둘 사이를 연인 관계로 아는 모양이었다.

"아니요, 특별히 그가 뭘 어떻게 해서가 아닙니다. 단지 그저께 밤 고스케 씨가 이 가게에 왔는지, 왔다면 몇 시경이었는지, 가능하다면 회계 자료를 확인해서 알려주셨으면 합니다."

사이토는 곤란하다는 표정을 지으며 고개를 숙였다.

"죄송합니다. 해당 자료는 영장이나 그에 준하는 서류를 제시하지 않으면 규정상 공개하지 못합니다."

그야 그렇겠지. 그 정도는 이쪽도 예상한 바다.

"그렇군요. 그럼 사이토 씨는 그저께 밤 10시경 여기에 계셨습니까?"

"네, 그저께는 아침까지 있었습니다. 몇 번인가 쉬느라고 홀에서 벗어나기는 했어도 가게 안에 있었습니다.

"그럼 그 청년이 왔는지 기억하시나요? 기억나는 범위에서 말씀해주시면 됩니다."

사이토는 잠시 기억을 더듬는 듯하더니 아아, 하고 고개를 끄덕였다.

"그저께 밤에는 분명히 왔습니다. 제가 기억하기로 틀림없이 미치코와 함께 왔습니다."

미치코와 함께?

"그건 무슨 의미인가요?"

"가게에 그가 먼저 들어왔습니다. 미치코는 아직 오지도 않았는데 어쩐 일인가 했죠. 그런데 어느새 미치코도 와서 음료를 준비하고 있더라고요. 그 타이밍을 보고 아아, 두 사람이 같이 왔구나, 옷을 갈아입느라고 남자가 먼저 들어왔나 보다, 생각했습니다."

요컨대 출근도 같이 했다는 말인가.

"그가 몇 시경까지 있었는지 기억하십니까?"

"몇 시라…… 보통은 항상 한 시간 반이나 두 시간 정도 있다가 갑니다. 그날 밤도 그러지 않았을까요. 다른 날보다 빨리 갔다면 어, 오늘은 웬일로 빨리 가나, 궁금해했을 테니까요."

"그가 돌아갈 때 홀에 계셨습니까?"

"있었죠. 맞아요, 있었습니다. 다른 손님이라면 기억을 못 해도 미치코의 남자 친구니까요. 아무래도 신경이 조금 쓰여서 그랬는지 확실히 기억이 납니다."

이건 또 무슨 의미일까?

"점원과 손님의 교제를 가게 측에서 금지하나요?"

레이코가 양손의 검지를 작게 교차시켜 엑스 표시를 해 보이자 사이토는 웃으며 아니라고 고개를 흔들었다.

"아닙니다. 물론 일하는 중에 남자 친구와 농땡이를 부린다면 주의를 주겠죠. 하지만 미치코는 그런 적이 없습니다. 한창 연애할 나이니까 누군가를 만나고 마음을 연다는 건 좋은 일이잖습니까..”

말을 마친 그가 문득 눈살을 찌푸렸다.

"뭔가 마음에 걸리는 점이라도?"

사이토는 아니요, 하고 말꼬리를 감추더니 미묘한 표정을 지었다.

"이건 제 단순한 노파심일지도 모르지만, 그날 밤 미치코가 여느 때와는 좀 달랐습니다."

"달랐다면 어떤 식으로요?"

"음, 별일은 아닙니다. 불렀는데 좀 늦게 대답했다거나 평소라면 가장 먼저 했을 일을 다른 아이가 정리하고 난 뒤에야 알아차려서는 고맙다고 인사하고…… 뭐, 그 정도였습니다.”

사이토가 말을 덧붙였다.

"아, 참! 소리에 과민하게 반응하더군요. 한 손님이 유리컵을 떨어뜨렸는데, 사실 저희는 그런 일에 익숙해서 별로 놀라지 않거든요. 그런데 미치코가 얼마나 놀라던지, 마치 겁먹은 사람처럼 보였습니다. 흐음, 다시 생각해보면 그게 아니었을지도 모르겠지만요.”

소리에 과민 반응을 보였다. 놀람, 공포…….

확증은 없지만 무언가 레이코의 뇌리를 스쳤다. 그녀도 과거에 그와 흡사한 상황을 경험한 적이 있었다.

틀림없이 나카가와 미치코는 뭔가 위협을 받고 있다.

그것도 십중팔구 직접적인 폭력과 관련된 문제다.

3

구사카는 미시마 고스케의 취조를 마친 뒤 사토무라와 구내식당에서 점심을 먹었다. 중국식 돼지고기덮밥과 가락국수 세트였다. 사토무라는 보기만 해도 입안이 얼얼할 만큼 시치미토가라시*를 듬뿍 뿌렸다.

"고스케도 요즘 젊은 애들처럼 철딱서니 없기는 마찬가지더군요. 쉽게 욱하는 데다 자제력도 부족하고 말이죠."

이곳 구내식당은 일회용이 아닌 옻칠을 한 나무젓가락을 사용했다. 일회용 나무젓가락을 쪼개는 데 서툰 구사카에게는 고마운 일이었다. 하지만 면발이 자꾸 미끄러지는 통에 면 종류를 먹기에 조금 불편했다.

"요즘 애들이 다 그렇지, 뭐."

문득 열네 살 먹은 아들 얼굴이 떠올랐다. 몇 년이 지나면 요시히데도 그렇게 변하려나.

설마 그렇게 되지는 않을 것 같다.

좋고 나쁘고를 떠나서 요시히데는 이제까지 투쟁심을 제대로 기르지 못했다. 자기 힘으로 곤경을 극복하려는 정신력이나 버티려는 강한 끈기가 없다. 물론 그 문제에는 아버지인 자신의 책임도 적지 않다고 인정하고 있지만.

"주임님은 어떻게 생각하세요?"

---

* 시치미토가라시(七味唐辛子): 고추를 비롯한 일곱 가지 맛을 섞은 일본의 조미료.

"뭘 어떻게 생각해?"

"고스케가 범행에 관여했을 가능성 말입니다."

구사카는 고개만 갸우뚱하고 아무 말 없이 젓가락을 숟가락으로 바꿔 들었다. 남들 귀가 열려 있는 장소에서는 수사에 대한 이야기를 피하고 싶었다. 사토무라의 입장에서야 여기 있는 사람들이 다 같은 편일지 모르지만 구사카에게는 생판 남이었다. 수사본부와 상관없는 그저 외부인일 따름인 것이다. 또한 함부로 개인적인 견해를 말하는 일도 가능하면 삼가고 싶었다.

"사토무라 씨, 그 문제에 대해선 나중에 얘기하지."

그제야 사토무라도 그의 의중을 감지한 듯했다. 식사를 마칠 때까지 그저 그런 잡담만 오갔다.

잠시 휴식을 취하자고 제안하자 사토무라는 일단 형사과로 향했다. 구사카는 강당으로 돌아갔다. 오늘 아침에 다 읽지 못한 주요 일간지를 훑고 싶었기 때문이다.

살인범 수사 10계가 움직였다는 정보는 경시청을 출입하는 기자들 사이에 이미 파다하게 퍼져 있었다. 문제는 그들이 어디까지 파악했는가 하는 점이었다. 수사본부를 설치한 곳이 가마타라는 사실만 아는지, 아니면 다마가와 강의 하천부지에서 대규모 감식 작업을 벌였다는 사실까지 파악했는지.

적어도 오늘 조간신문에는 그런 기사가 실리지 않았다. 기사로 다룰 만한 수사 내용은 아직 누설되지 않았다고 봐도 좋을 듯했다.

현재 수사본부는 가급적 이 사건의 정보를 공개하지 않는다는 방침을 명확히 내세우고 있었다. 매번 회의 말미에 반드시 수사본부 전원에게 비공개 방침을 철저히 지키라는 명령을 내렸다. 특히 구사카를 포함한 간부들이 입에서 신물이 나게 입조심을 시키는 이유는 범인이 피해자의 왼손을 차 안에 남겨두었다는 사실을 미처 깨닫지 못했을 가능성이 있기 때문이었다.

다행히 경찰 관계자를 제외하고 왼손에 대해 아는 사람은 미시마 고스케밖에 없었다. 만약 고스케와 관계없는 누군가가 왼손이 차 안에 남아 있었다는 사실에 관한 진술을 한다면, 바로 그자가 사건을 저지른 인물이라고 단정해도 된다. 하지만 그것은 어디까지나 현재 상황을 전제로 한 이야기일 뿐이다. 일단 사건이 기사화되면 결정적인 증거는 한순간에 사라져버리고 말 것이다.

포괄적인 정보가 필요할 때는 언론에 발표하는 편이 효과적이지만, 언론 발표는 손에 쥔 카드를 쓸모없게 만드는 양날의 칼이기도 했다. 단 한 명의 기자라도 눈치채고 관할 서를 이 잡듯이 뒤지기 시작하면 이 수사본부의 존재가 세간에 알려지는 건 시간문제였다. 그런 일이 벌어질 경우 어떻게 대응할지 미리 대책을 세워두어야 했다.

구사카는 하시즈메에게 입단속을 단단히 시켜야 한다고 거듭 강조했다. 하시즈메는 지방 관청에서 이동해 온 사람이라 수사 경험이 전혀 없는 특이한 관리관이었다. 게다가 지나치게 무책임하다는 이야기도 들렸다. 그가 함부로 나서는 일만큼은 절대로 없어야 했다. 거드름을 피우려고 작정하면 현장 상황은 눈곱만큼도 고려하지 않을 사람이었기 때문이다. 아는 내용을 죄다 떠들어대지 않는다는 보장이 없었다.

그나마 이마이즈미가 10계 계장이라 다행이었다. 사건의 맥을 짚을 때 약간 편파적인 경향은 있지만 실무적인 판단만큼은 믿고 맡겨도 좋은 상사다. 그가 하시즈메를 잘 제어해준다면 현장에 나가더라도 한결 마음이 놓일 것 같았다. 문제는 언제, 어떤 기자가, 수사본부의 누구에게 집요하게 달라붙을까 하는 점이었다.

다카오카의 사건 조사는 1과 형사들에게 맡기고 구사카 조는 우선 다카오카와 고스케의 관계를 조사하기로 했다.

오후에 구사카는 가장 먼저 사토무라와 함께 미시마 고스케가 4년 반 동안 지냈다는 시나가와의 보육원을 찾았다.

마중을 나온 시나가와지토쿠가쿠엔 원장 시미즈 노리코는 고스케가 있던 시기에는 부원장이었다. 방문 목적을 설명하자 그녀는 침통한 얼굴로 안타까워했다.

"그런 일이 있었다니, 고스케가 몹시 힘들어하겠어요."

다카오카에 대해서도 자세히 기억하고 있었다.

"어깨가 넓고 단정하게 생긴 사람이었죠."

"그렇군요."

구사카 일행이 안내받은 사무실은 교무실로 사용한다는 조그만 방이었다. 책상 세 개가 품(品) 자 형태로 놓여 있었다. 그 책상에서 조금 떨어진 곳에 있는 손님용 탁자에서 이야기를 나누었다.

"미시마 고스케가 우리 보육원에 들어온 이유는 피붙이라곤 단 한 사람뿐이었던 아버지를 사고로 잃어서라고 들었어요."

시미즈는 몹시 가슴 아픈 일이라는 듯 눈썹을 찡그리며 한숨을 내쉬었다.

"음…… 경찰은 잠깐 자살이 아닐까 하고 의심하기도 했죠."

금시초문이었다.

"자살 의혹이 있다는 말을 경찰이 원장님께 직접 했습니까?"

"네. 그때 듣기로는, 워낙 빚이 많아서 보험금으로 해결이 되네 안 되네 하는 문제도 있었던 모양이고…… 어쨌든 사고사로 마무리됐죠. 수사를 그렇게 오래 끌 이유가 없었다고요."

추락 사고로 위장한 자살. 사망보험금 사기.

이번 사건과 얼마나 관계가 있는지는 모르지만 염두에 두어야 할 사항이었다.

"빚진 금액이 어느 정도였는지 아십니까?"

"글쎄요, 거기까지는……. 당시 형사분들이 나중에 고스케를 찾아오는 사람이 있으면 바로 알려달라고 부탁도 했어요."

사고 당시 담당 지역 경찰이 얼마나 깊은 의혹을 품었을지 짐작이 갔다.

"실제로 찾아온 사람이 있었습니까?"

시미즈는 온화한 미소를 지으며 고개를 저었다.

"아니요. 다카오카 씨뿐이었죠. 그분은…… 참 그런 분도 없을 거예요. 쉬는 날이면 일부러 찾아오셔서 고스케를 데리고 놀러 가기도 하고 맛있는 음식도 사 먹이며 여러모로 신경 써주셨어요. 참 친절한 분이었죠."

"이런 시설에서 그런 경우가 흔합니까?"

"네, 몇 번인가 그렇게 만나보고 마음이 통하면 양자로 데려가시는 경우도 종종 있어요. 아니면 자원봉사와는 조금 다른 형태로 아이들에게 뭔가 해주고 싶다며 키다리 아저씨처럼 뒤에서 봉사해주시는 분도 간혹 계시고요."

문득 의문이 솟구쳤다.

"그럼 다카오카 씨는 고스케 씨를 양자로 삼고 싶다는 말도 하셨습니까?"

시미즈가 다시 고개를 저었다.

"아니요, 그런 적은 없어요. 염치없는 생각인 줄 알면서도 한 번 여쭤본 적이 있죠. 그랬더니 독신이라고 하시더군요. 그만한 사정이 있으셨을 거예요. 다카오카 씨…… 그 후에 결혼은 하셨는지 모르겠네요."

"쭉 독신이셨습니다."

"그랬군요."

구사카는 등을 곧게 펴고 헛기침을 했다. 조금 심각한 질문을 하겠다는 신호였다.

"그럼 참고로 여쭙겠습니다. 고스케를 찾아오는 사람을 알려달라고 말한 사람이 어느 경찰서 형사였는지 기억하십니까?"

구사카는 고스케 아버지의 죽음에 의혹이 있으리라고는 조금도 생각하지 않았으므로 전혀 관심을 두지 않았다. 따라서 고스케에게도 그에 대해서는 자세히 묻지 않았다.

"아, 어느 경찰서였더라…… 고스케가 전에 살던 데가 틀림없이 미타카 시였을 텐데, 그렇다고 아버지가 사고를 당한 곳도 꼭 그 근처라고 단정할 수 없겠죠?"

"그렇군요. 알겠습니다."

여기서 조급하게 굴 필요는 없다.

고스케와 다카오카의 연결 고리, 다카오카의 성품은 대강 확인했다. 새로운 정보는 고스케 아버지의 죽음에 대한 의혹. 애초에 기대했던 내용이 아니어서 더욱 만족스러운 수확이었다.

구사카는 정중하게 예의를 표하고 보육원에서 나왔다.

정문을 막 빠져나가는데 책가방을 멘 남자아이 두 명이 스쳐 지나갔다. 벌써 하교 시간인가. 시계를 들여다보니 오후 2시 반이 지나 있었다.

곧장 고탄다로 이동한 구사카 일행은 다카오카가 전에 근무했다는 중견 종합 기업 나카바야시 건설을 찾아갔다.

큰길가에 면한 나카바야시 건설의 빌딩은 7층짜리 건물이었다. 1층 안내 데스크에서 총무 책임자를 만나러 왔다고 하자 2층 응접실로 안내받았다.

2분쯤 지난 후, 총무부장이 나타나 구리하라라고 자기소개를 했다. 작달막한 키에 오동통한 남자였다.

"흠, 경시청에서 오셨다고요? 편히 앉으십시오."

"실례하겠습니다."

구사카는 명품에 그다지 관심이 없어서 그가 입은 양복이 어떤 브랜드인지는 몰랐지만 왠지 모르게 비싸겠다는 생각이 들었다. 번쩍거리는 황금빛 손목시계도 아마 롤렉스 같은 종류이리라.

구리하라가 소파에 기대듯 앉더니 길지 않은 다리를 힘겹게 꼬았다.

"무슨 용건으로 오셨습니까?"

누가 들어도 호의적이지 않은 말투였다. 형사의 방문을 달가워하는 사람은 많지 않으므로 구사카도 말투만 갖고 이러쿵저러쿵 평가할 생각은 없었다.

"혹시 9년 전 이쪽 현장에서 사고로 숨진 기노시타 흥업의 미시마 다다하루라는 분을 기억하십니까?"

구리하라는 어깨를 한 번 으쓱하고 입꼬리에 힘을 주며 모르겠다고 대답했다.

"그런 사고가 있었을지도 모르겠군요. 그런데 전 이 회사에 입사한 지 4년밖에 안 돼서요. 그 무렵 일은 잘 모릅니다."

"그럼 그 사고에 대해 아는 분을 좀 만날 수 있을까요?"

또 똑같은 몸짓을 해 보이며 거절 의사를 표시한다.

"그때 일을 누가 아는지조차도 전 모릅니다. 시간을 주시면 한번 알아보기는 하죠. 현장에서 인부들이 철수하고 돌아오는 시간이 빨라야 6시 반이나 7시쯤이지만요."

자기가 직접 알아볼 생각은 전혀 없는 듯했다. 이럴 때는 일단 한발 물러서는 것이 상책이다.

"그럼 이야기해주실 만한 내용이 생기면 이쪽으로 전화 주시기 바랍니다."

구사카는 명함에 휴대전화 번호를 적어서 건넸다. 구리하라가 명함을 받아 물끄러미 보더니 명함 지갑에 넣고 자기 명함도 한 장 빼서 내밀었다.

나카바야시 건설 주식회사, 상무이사, 총무부장, 구리하라 미쓰루.

구사카는 가볍게 고개를 숙이면서 '그럼 또 뵙겠습니다.'라고 말한 뒤 응접실에서 나왔다. 구리하라는 배웅도 하지 않고 그대로 앉아 있었다.

나카바야시 건설 출입구가 건너다보이는 카페에서 잠시 시간을 죽이며 동정을 살폈다. 드나드는 사람은 서류 가방을 든 양복 차림의 남자들뿐이었다. 눈여겨볼 만한 사람은 없었.

"뭔가 석연치 않은 게, 냄새가 나죠?"

구사카는 씩 웃어 넘겼지만 확실히 구리하라는 의심의 눈초리로 본다면 다분히 수상쩍은 남자였다.

"사토무라 씨, 잠시 이대로 지켜보고 있지. 난 인터넷 검색 좀 하다 올 테니까. 이상한 낌새가 보이면 전화하고."

"아, 네. 다녀오세요."

계산서를 들고 카운터에서 찻값을 지불한 뒤 카페에서 나왔다. 밖에서 보니 사토무라는 창가에 앉아 맞은편에 시선을 고정한 채 담뱃불을 붙이는 중이었다.

구사카는 등을 돌리고 걸음을 내디뎠다. 바람이 다소 차가워져 자기도 모르게 외투 주머니에 손을 넣었다. 손끝에 담뱃갑이 닿았다. 포장을 뜯었다. 한 개비도 피우지 않고 그대로 손에 쥔 채 걸었다. 라이터는 없었다. 만약 있었다면 당장이라도 한 대 물었겠지.

역 앞에 이르러 둘러보니 PC방 간판이 세 개나 보였다. 세 군데 다 그가 회원으로 가입하지 않은 곳이었다. 어차피 신규로 가입해야 한다면 어린애들이 몰리지 않는 조용한 곳이 좋을 듯해서 찬찬히 살폈다. 마침 '칸막이 설치', '금연석 완비', '편안한 분위기'라는 문구가 적힌 간판이 눈에 들어왔다.

간판 바로 아래에 있는 입구를 통해 2층으로 올라갔다.

"어서 오세요. 회원이세요?"

"아뇨, 처음입니다."

서둘러 가입하고 사용 시간을 한 시간 반으로 선택한 뒤 곧장 지정된 번호의 부스로 들어갔다. 전에는 사용할 일이 있을지 없을지 모르는 노트북을 종일 들고 다녔다. PC방이 성행하면서부터는 그럴 필요가 없어졌다. 립스틱 크기의 USB만 있으면 어느 PC방에서든 업무 처리가 가능했다. 회원 카드가 점점 쌓여가는 번거로움이 있지만 노트북 무게와 비교하면 그쯤이야 감수할 만했다.

안경을 쓰고 인터넷 브라우저를 열었다. 직접 가입한 기업 데이터베이스 사이트에 접속했다. 이어 USB를 단자에 꽂고 아이디와 패스워드를 입력했다.

아이디 인증이 끝나자 유료 회원용 검색 페이지가 나왔다. 검색 대상은 당연히 나카바야시 건설이었다.

회사명을 입력하고 엔터키를 누르자 순식간에 기업 정보가 도표 형식으로 떴다. 조직도에 있는 임원 이름을 하나하나 검색했다. 설립자와 출자자, 그룹 기업 칸에 들어 있는 이름 모두를 같은 방법으로 조회했다. 연결된 자회사와 관련 기업도 동일한 방법으로 조회했다. 조회 대상에는 물론 기노시타 흥업도 들어 있었다.

뒤이어 관련 기업에 연관된 또 다른 회사, 관련 기업 산하 자회사, 설립자가 나중에 만든 회사, 인수하거나 합병한 회사, 또는 사원을 대거 퇴출시키고 다시 일으킨 회사로 범위를 확대해 갔다.

한 시간 가까이 그런 순서로 조사하자 서서히 기업 간의 연결 구도와 그 배경에 존재하는, 무언가 의도를 지닌 '검은 그림자'가 눈에 들어오기 시작했다.

이윽고 구사카는 결정적으로 단서가 될 이름을 끌어내는 데 성공했다. 짐작한 대로군.

다지마 도시카쓰.

개인적으로 구입하여 USB에 저장해두었던 폭력단 관계자 데이터 파일도 확인해보니 틀림없었다. 다지마 도시카쓰는 다이와회 계열의 세 번째 단체인 지정 폭력단* 다지마 조직의 초대

---

* 일본은 1992년 '폭력단원에 의한 부당한 행위의 방지 등에 관한 법률'을 제정함으로써 일정 요건에 해당하는 폭력단을 '지정 폭력단'으로 구분하고 관리하기 시작했다.

두목 다지마 마사카쓰의 동생이었다.

 간신히 알아낸 이름에서 계보를 거슬러 올라가며 정리해보니 윤곽이 잡혔다. 다지마 도시카쓰의 딸인 미유키를 아내로 맞은 오가와 미치오라는 인물이 출자해서 만든 회사가 '주식회사 젤'이라는 건설 회사였다. 어마어마한 부채 때문에 업무 정지를 당했으나 일급 건축사이자 영업 상무이사인 나카바야시 다쓰오를 대표이사로 내세워 회사 이름을 바꾼 다음 운영을 이어 갔다. 그 회사가 '나카바야시 건축 사무소 주식회사'로, '나카바야시 건설'의 모체인 셈이었다. 현재 나카바야시 건설의 임원 명부에 오가와 미치오라는 이름은 없었다. 하지만 명부에서 세 명 정도는 오가와가 대표이사로 있는 '신도쿄쿄산'의 임원들과 이름이 겹쳤다. 관계는 계속되고 있다고 봐야 했다.

 이 자료를 통해 알아낸 중요한 사실은 나카바야시 건설이 다이와회 계열 다지마 조직의 자금 유통을 위한 회사일 가능성이 있다는 점이다. 표면적으로는 일반 기업이지만 다지마 조직에 이익을 제공하고 조직의 손발로 활동한다는 의혹을 사기에 충분했다.

 이 문제는 무슨 수를 써서라도 오늘 중으로 깊이 파헤쳐 봐야겠어.

 구사카는 수사본부에 전화를 걸어 오늘 밤 회의에는 참석하지 못한다고 이마이즈미에게 전했다.

 저녁 8시가 되어서야 겨우 조난 지구 담당자인 이가와라는 남자를 만났다. 안내받은 곳은 오후에 방문한 건물과 같은 2층이었지만 사무실은 한 칸 더 안쪽에 있었다.

"무슨 말씀이십니까? 9년 전 추락 사고라니요?"

"네, 혹시 기노시타 흥업에서 일하던 미시마 다다하루 씨를 기억하십니까?"

이가와는 언뜻 평범한 중년 샐러리맨처럼 보였다. 하지만 사람은 사귀는 벗에 따라 선인도 되고 악인도 된다는 말처럼, 구리하라와 매한가지로 태도가 불손한 남자였다.

"아, 기억납니다."

"그럼 미시마 씨에게 거액의 빚이 있었다는 사실도 아십니까?"

턱을 한 번 내젓는다.

"글쎄요. 그건 모르겠습니다. 그 사람은 기노시타 흥업 사람이잖습니까? 그런 걸 제가 알 턱이 있나요?"

"조금 전에 회사 안내도를 보니 가설공사과라는 부서가 있던데, 기노시타 흥업과 업무가 중복되더군요. 그런 업무는 어떤 시스템으로 이루어집니까?"

이가와는 목덜미를 긁적이며 짧게 한숨을 쉬었다.

"그게 말이죠, 독립 부서가 있기는 해도 그곳만으로 업무를 충당하지 못할 때가 많습니다. 특히 현장 일은 날씨에 따라 좌지우지되니까요. 계획을 잘 세워도 진행하다 보면 결국 일이 겹칠 때가 있죠. 그런 경우 발판 철거만 기노시타 흥업에 맡기기도 하고, 일손이 부족하면 인부들만 빌려 쓰기도 하고…… 뭐, 그런 식입니다."

"그렇군요. 잘 알겠습니다."

구사카는 잠시 숨을 돌리고 분위기를 바꾸었다.

"그러면 다카오카 겐이치 씨라고 아십니까?"

이가와는 다카오카, 다카오카, 하고 되뇌더니 금세 환한 표정을 지었다.

"아, 다카오카! 다카오카…… 그래, 겐 씨! 맞죠, 콧날이 곧고 잘생긴 데다 키도 훤칠하게 큰 사람? 네, 기억합니다."

다카오카의 외모에 대해 물으면 대부분 이렇게 이야기했다.

"겐 씨에게 무슨 일이라도?"

구사카는 '네, 좀……' 하며 대답을 얼버무리고, 물었다.

"다카오카 씨가 이 회사를 그만둔 때가 언제쯤이었습니까?"

"그건 아마…… 5년 전인가, 5년 반쯤 전이었을 겁니다."

"왜 그만뒀는지 아십니까?"

"네, 압니다."

이가와는 가볍게 고개를 끄덕이며 추억에 잠기는 듯했다. 그는 미시마 다다하루 사건과 다카오카 겐이치를 완전히 별개로 기억하고 있을 것이다.

"아시다시피 저희는 주로 규모가 꽤 큰 아파트나 빌딩 공사를 맡습니다. 겐 씨는 가까운 시가지의 기껏해야 단독주택이나 될까 하는 작은 공사를 맡고 싶어 했습니다. 그러니 그만둬야지 어쩌겠습니까. 그런 공사는 저희 회사에서는 취급하지 않으니까요."

"그만둘 때 옥신각신한 일은 없었습니까?"

이가와는 등받이에 몸을 기대면서 없었습니다, 없었어요, 하며 손을 크게 휘저었다.

"목수 한 사람 그만둔다고 해서 문제가 생기는 일은 별로 없습니다. 그보다 목수라는 게 보통 한 군데 오래 머무는 직업이 아니거든요. 그런 면에서 보면, 몇 년이더라…… 5~6년 있었나, 겐 씨는 꽤 오래 일한 편이었죠. 아파트나 빌딩 공사를 할 때 특별히 목수 한 사람, 한 사람의 기술은 별로 중요하지 않아요. 목재만 제대로 끼워 맞추면 누가 하든 상관없거든요. 사람에 따라 손발이 잘 맞아서 같이 일하기 수월하거나 그렇지 않은 경우는 있지만요. 각자 자기 일이 바쁘다 보니 목수들 중 누가 그만둔다고 해도 보통은 '그래, 그동안 수고했네.'라며 간단히 인사만 하고 보냅니다. 회사에 나오지 않고 거의 현장에서만 만나는 목수들끼리는 송별회도 하지 않죠."

"그렇군요."

거액의 빚을 진 미시마 다다하루는 이 회사의 공사 현장에서 추락해 사망했다.

그가 진 빚은 사망보험금으로 갚았을 가능성이 높다.

직원 대다수는 일반인이겠지만, 이 회사는 본질적으로 다지마 조직의 자금 유통 회사일 확률이 높다. 의혹이 점점 짙어졌다.

이 회사에서 일했던 다카오카 겐이치는 사망한 미시마 다다하루의 아들을 부모 대신 돌보았다.

그리고 다카오카 겐이치는…….

"겐 씨는 잘 지냅니까? 얼마 전에 가와사키였나, 현장에서 우연히 마주쳤는데······.”

구사카는 고개를 저으며 이가와의 얼굴을 똑바로 응시했다.

“다카오카 겐이치 씨는 돌아가셨습니다.”

“네?”

깜짝 놀라더니 할 말을 잃은 듯한 이가와의 얼굴은 전혀 가식적이지 않았다. 사건 현장에서 잔뼈가 굵은 구사카이니만큼 그 정도는 충분히 읽어낼 수 있었다. 물론 그 느낌이 100퍼센트 맞는다는 뜻은 아니고, 단순히 인상에 불과하지만.

4

어젯밤 구사카는 수사본부에 돌아오지 않았다.

아침 회의에서도 전날 미시마 고스케를 만나 취조한 내용과 다카오카가 이전에 근무했던 회사를 방문한 결과만 간략하게 보고했다. 상황이 상황이니만큼 성의 없게 흘려버린다고 판단하기에는 아무래도 미심쩍은 구석이 있었다.

하룻밤 사이에 무슨 일이 있었나?

레이코는 구사카의 따발총 같은 보고에 멀미가 날 지경이었는데 갑자기 그가 입을 닫아버리자 더 불안해졌다. 무언가 중대한 단서를 잡았지만 공적을 차지하기 위해 혼자 끌어안고 뜸을 들이는 게 아닐까, 내가 알았을 때는 이미 할 일이 아무것도 남아 있지 않을 만큼 수사가 진행되어 있는 건 아닐까, 하는 초조함이 밀려왔다.

하긴, 나도 단서를 잡는다면 똑같이 행동하겠지만…….

자기가 그런 생각을 갖고 있어서 결국 다른 사람도 그럴 거라 의심하게 되는 거야, 그렇게 억지로 이유를 갖다 붙이며 스스로를 탓하고 나니 마음이 한결 편해졌다.

"이제 슬슬 가보실까예?"

"그래, 가지."

어제 새로 산 오리털 재킷의 소매에 팔을 집어넣었다. 그런데 뒷자리에 앉아 있던 기쿠타가 인사도 하지 않고 등을 보이며 출구로 향한다.

뭐야, 저렇게 쌀쌀맞게 굴 필요까지는 없잖아.

애초에 이오카와 한 조가 된 것은 레이코의 뜻이 아니었다. 다시 말해 이오카가 그녀에게 추파를 던지는 것이나 승진해서 기쿠타와 같은 계급이 된 것이나 레이코로서는 어쩔 도리가 없는 일이라는 뜻이다. 두 사람이 멱살잡이를 할 때 말렸다고 해서 그녀가 이오카 편을 들었다고 오해하다니 유치하기 짝이 없었다.

나 참, 어쩌라고…….

나갈 준비를 마친 이오카는 변함없이 허리를 배배 꼬며 레이코가 움직이기를 기다렸다.

후유! 이놈이나 저놈이나.

코치 브랜드의 가방을 들고 출구로 걸음을 옮겼다.

좌우지간 하루라도 빨리 이 사건의 수수께끼를 풀어서 본부가 해산되고 나야 모든 사태가 수습될 것이다.

오늘부터는 아다치 구 미나미하나하타에서 다카오카 겐이치의 과거를 조사해야 한다.
서둘러 현장에 도착한 순간 레이코는 몹시 당황스러웠다.
"여기가 분명히 맞을 텐데?"
"아이코, 이래 변해버렸네예."
주민표에 기록되어 있는 주소를 찾아갔지만 다카오카가 예전에 살았다는 곳에는 14층 높이의 아파트가 들어서 있었다.
주변 건물들도 비교적 새 건물이었다. 이 지역에 12년 전의 다카오카 겐이치를 아는 사람이 과연 몇 명이나 남아 있을지 의문이었다.
우선 아파트 관리실을 찾아갔다. 관리인은 60세 정도로 보이는 마른 남자였다. 얼굴을 보니 시골집 처마 끝에 매달린 단무지가 떠올랐다.
"거참, 죄송하구먼요. 나도 3년 전에 이리로 이사 와서 옛날 일은 잘……"
"그럼 근처에 이 동네에서 오래 사신 분은 안 계실까요?"
"글쎄요. 그 길 왼쪽으로 조금 가면 이발소가 있는데 오래되어 보입디다."
걸음을 재촉했다. 4층짜리 아파트 1층에 들어선 이발소는 새로 생긴 지 얼마 안 되어 보이는 데다 깨끗하고 세련됐다. 가게 주인도 30대 초반의 젊은 남자였다.

"12년 전요? 그때쯤 저는 신주쿠 쪽에 있는 가게에서 일을 배우느라 여기에는 없었습니다."

"그럼 그때 이 가게는 어느 분이 운영했나요?"

"저희 아버지요. 6년 전에 돌아가셨지만요."

"그러시군요. 그럼 어머님은?"

"아버지가 돌아가시고 2년 후에……."

"혹시 저 아파트가 들어서기 전에 살았던 다카오카라는 분을 아시나요?"

"음, 잘 모르겠는데요. 저는 다케노쓰카에 살아서요."

이발소 주인은 일곱 집 건너에 있다는 부동산 사무실을 소개해 주었다.

"미안해서 어쩌나, 지금 사장님이 자리를 비우셔서……."

이번에도 허탕이다. 사무를 보는 아주머니밖에 없었다.

"아! 2번지에 있는 마루젠 씨라면 알지도 모르겠네. 초등학교 맞은편에 위치한 부동산 사무실이에요."

걸어서 5분 거리인 그곳은 사무를 보는 사람조차 없었다. 모두 자리를 비웠다.

"이 동네는 전멸했네예."

"그런 말 하지 마."

약 한 시간 동안 동네를 돌아다녔지만 단서는 좀처럼 나오지 않았다.

도리 없이 4번지 관할 서에 가서 주민 정보를 의뢰해 찾아보기로 했다. 지역 주민의 가족 구성에서 생년월일까지 세세하게 조사해두었다면 그 자료는 유익한 정보의 원천이 될 게 틀림없다. 하지만······.

"기록을 그리 꼼꼼하게 해놓지 않으셨군요."

"죄송합니다."

당직 중이던 40대 경장은 턱을 쭉 내밀며 성의 없이 사과했다.

"우선 근처에 있는 부동산을 하나도 빠뜨리지 말고 모두 알려주세요."

그러자 '네, 그 정도는 문제없습니다.'라며 갑자기 활기차게 대답했다.

"여기가 요시자와 부동산입니다."

"거긴 벌써 갔다 왔습니다."

"그럼······ 여기, 유한회사 마루젠입니다."

"거긴 아무도 없었습니다."

"네? 그럼 다음은 여기, 스즈키 부동산 판매점입니다."

가보지 않은 곳이다. 이오카가 곧바로 주소를 메모했다.

"다른 곳은요?"

"다음은······ 여기 있군요. 산코 주택 판매점. 부동산은 대략 이 정도입니다."

"알겠어요. 고마워요."

우선 가장 가까운 산코 주택 판매점을 찾아갔다. 비교적 규모가 큰 부동산 회사의 지점이니만큼 유감스럽지만 12년 전부터 쭉 여기서만 근무한 사원은 한 명도 없다고 했다.

마지막으로 찾아간 곳에서 마침내 단서를 잡았다.

"아, 그 아파트요! 잘 알죠."

스즈키 부동산 판매점이었다. 풍채가 좋은 50대 사장의 이름은 스즈키 다이치였다. 그는 우쭐거리며 자신 있게 말했다.

"미나미하나하타 그린타운 말이죠? 거기는 철거 문제로 말썽이 많았어요. 당시에는 오래된 상점이나 낡은 아파트가 많았으니까요."

레이코는 사무실 내부를 둘러보았다.

"혹시 12년 전 지도를 아직 갖고 계시나요?"

"네, 그럼요. 물론 있죠."

"이 주소가 원래는 어떤 곳이었는지 아세요?"

수첩에 적힌 다카오카의 옛 주소를 보여주었다. 스즈키는 철제 책꽂이에서 대형 파일을 꺼내 천천히 펼쳤다.

"거기는…… 아! 다카오카 씨네 가게 주소군요."

"상점을 운영하셨나요?"

"네, 담배와 막과자를 팔았죠. 완구도 팔았고요. 폐업 직전에는 파리만 날렸지만."

레이코는 미나미우라와에 있는 본집 근처의 자주 가던 막과자 가게를 떠올렸다.

담배를 파는 창구가 출입구 옆에 있고, 가게 앞에 색색의 고무공이 든 주머니가 매달려 있다. 실내에는 형광등이 달려 있고, 상자에 든 〈가면 라이더〉 벨트라든가 소박한 과자, 식초에 절인 오징어, 과자 따위를 파는 구멍가게였다. 레이코는 굵은 설탕이 붙어 있는 커다란 눈깔사탕을 가장 좋아했다. 식초에 절인 다시마도 좋았다. 다시마를 싫어하는 여동생 다마키에게는 종종 콩고물 묻은 사탕을 사주고는 했다.

"뭐든지 괜찮습니다. 다카오카 씨 가게에 대해 말씀해주시겠어요?"

스즈키는 고개를 끄덕이더니 이야기를 하느라 깜박 잊었다는 듯 자리에서 벌떡 일어났다. 차를 내오려는 모양이었다.

"차 좀 드세요."

"감사합니다."

흐름상 좀 더 긴 이야기를 기대할 만한 좋은 징조였다.

스즈키는 뜨거운 차를 홀짝이며 과거를 회상하는 듯한 눈빛으로 이야기를 꺼냈다.

"부부가 같이 가게를 운영했죠. 저희 아버지가 여기서 장사를 시작하셨을 무렵에 다카오카 씨도 가게를 열었다고 했으니 한 50년 전이겠군요. 하기야 저도 꼬맹이였을 때부터 들락거렸으니까요. 오래된 가게였죠."

그때부터 잠시 화제가 바뀌어 막과자 이야기를 나누었다.

막과자는 아무리 세상이 변해도 옛날 그대로를 고수한다. 가격의 차이는 있겠지만 스즈키가 어렸을 때 사 먹던 과자나 레이코가 어렸을 때 사 먹던 과자나 별반 차이가 없었다. 제품 종류도 거의 바뀌지 않았다.

"지금도 선샤인 60 빌딩에 있나 보데예. 막과자 전문점이예."

이오카가 또 사족을 붙이는 바람에 샛길로 빠진 대화는 좀체 핵심으로 돌아오지 못했다.

"은근히 맛있었어요, 자두 막과자."

"예. 혓바닥이 뻘개지도록 먹었심니더."

"어머, 간사이에도 같은 과자가 있었구나!"

레이코가 한마디 거들었다.

"무신 소린교? 이래 봬도 지가 도쿄 태생이라예."

뜻밖의 사실을 알았다.

어디 태생이건 내가 알 바는 아니지만.

이러니저러니 하는 사이에 화제는 자연스럽게 본래 주제로 돌아왔다.

"아파트가 들어선다는 얘기가 나오더니 조금씩 철거가 시작되더군요. 그게, 우리 집 아이가 중학교 올라갈 무렵이었으니까 15년 전인가 그쯤이네요."

"좀 전에 철거 문제로 말썽이 많았다고 하셨는데……."

"네, 거품 경제가 막 끝났을 때였는데 그래서 그랬는지 야비한 짓거리들이 횡행했어요."

'야비한 짓거리'라는 표현이 상당히 흥미로웠다.

"예를 들면 어떤 일이 있었죠?"

"수도관의 개폐 장치를 비틀어놓거나 애완동물의 눈을 찔러서 멀게 했죠. 심하게 피해를 본 곳은 다카오카 씨 가게에서 두 집 건너에 있는 메밀국숫집이었어요. 사실인지 확실하지는 않지만 어떤 사람이 그 집 국수를 먹고 식중독에 걸리는 바람에 가게 문을 닫아야 했답니다. 피해 입은 사람이 아파트 건설 회사 관계자였다는 둥, 메밀국숫집에 고기를 대주던 정육점을 끌어

들여 시킨 짓이라는 둥 흉흉한 소문이 많이 나돌았죠."

근래에는 그런 일이 현저히 줄었지만 15년 전이라면 땅 투기꾼들이 암암리에 활동했을 가능성이 높다.

"어느 건설 회사였는지 기억하세요?"

"네, 나카바야시 건설이라는 회사였어요. 시나가와인가 그쪽에 있다는……."

얼핏, 어디선가 들어본 이름이었다.

나카바야시 건설…… 어?

다카오카가 이전에 근무한 곳이 나카바야시 건설이라고 아침 회의에서 틀림없이 구사카가 말한 것 같은데?

"다카오카 씨 가게도 그 회사로부터 괴롭힘을 당했나요?"

스즈키는 기억을 떠올리려는 듯이 입을 삐죽 내밀었다.

"글쎄요. 그런 일이 있기 훨씬 전에 이미 아저씨가 돌아가셔서 말이죠. 아주머니 혼자 한동안 꾸려나가다가 곧 문을 닫았어요. 그리고 아파트 짓는 일로 한바탕 소동이 났을 때는 아주머니도 이미 돌아가신 다음이었을 겁니다. 아주머니 장례식을 치렀을 때만 해도 아직 메밀국숫집이 장사를 하고 있었으니까요. 맞아요. 아주머니는 그 소동을 모르고 돌아가셨습니다."

"그 집에 아들이 있었죠?"

"어? 잘 아시네요?"

"겐이치라고."

"글쎄요. 이름은 정확히 기억나지 않는데……."

스즈키는 다카오카 겐이치라고 성과 함께 이름을 되뇌었지만 아무래도 기억이 나지 않는 모양이었다.

"아들이 막과자 가게를 계속 운영하지는 않았나요?"

"음, 그게 사실 계속하기는 어려운 일이었죠. 주위에 편의점도 있고 어린이는 점점 줄어드는 데다 담배도 자동판매기에서 다 팔게 됐으니까요. 아마 그 집 아들은 대학을 나와서 회사원이 되었을걸요."

맙소사! 다카오카 겐이치가 대졸에, 더구나 목수가 되기 전에는 회사 생활을 했다고?

"무슨 회사였죠?"

설마 나카바야시 건설이었을까?

"음, 그게…… 가스 회사였나? 아니, 그건 메밀국숫집 아들이었나? 확실하지가 않네요."

"네…… 지금 이 근방에 사시는 분들 중에서 당시 사정을 잘 아는 분이 계실까요?"

스즈키가 갑자기 안주머니에 손을 넣어 명함 크기의 계산기를 꺼내더니 물었다.

"혹시 다카오카 씨네 아들이 지금 몇 살인지 아십니까?"

"올해 마흔 셋입니다."

"마흔 셋이라면……."

굵은 손가락으로 작은 버튼을 능숙하게 두드린다.

"저보다는 한참 어리군요. 그래도 그 또래 중에 아직도 그 지역에 사는 사람이 몇 명 있기는 해요. 신문 가게 딸이나 꽃집 아들도 있죠. 원하신다면 제가 그 사람들에게 연락해보겠습니다.

잘하면 동급생이 있을지도 모르고, 한두 살 차이가 나더라도 근처에 살았다면 함께 어울렸을 테니 잘 알 겁니다."

"그런가요? 그렇게 해주신다면 정말 큰 도움이 될 거예요. 감사합니다."

레이코는 명함을 꺼내서 자신의 휴대전화 번호를 적은 다음 무슨 일이 생기면 연락해달라는 부탁과 함께 건넸다. 스즈키는 양손으로 명함을 받아 들고 찬찬히 살펴보았다.

"레이코 형사님. 어느 여배우와 닮았다는 생각을 아까부터 했는데 도저히 이름이 떠오르지 않는군요."

레이코는 천천히 생각해보고 다음에 만날 때 꼭 말해달라며 인사를 하고 그 부동산에서 나왔다. 다음에 만날 때는 그가 유명한 미녀 배우의 이름을 대줘야 할 텐데.

버스로 다케노쓰카 역까지 돌아왔다. 점심을 먹어야 할지 간식을 먹어야 할지 어중간한 시간이라서 미스터도넛을 찾아 들어갔다. 레이코는 새우그라탱파이와 쇼콜라프렌치, 아메리카노를 시켰고, 이오카는 프렌치꽈배기니 더블초콜릿이니 하며 여러 종류를 주문했다.

"남자가 돼가지고 그게 뭐야, 그렇게 단것만 잔뜩⋯⋯ 다섯 개씩이나!"

"무신 말씀인교, 도넛은 달달해야 지맛인 기라예."

시간이 시간이니만큼 가게 안은 와글와글 북적였다. 2인석은 쓸데없이 친밀한 사이로 보일 우려가 있어서 썩 내키지 않았지만 마땅한 자리가 없었다. 레이코는 이야기가 새어 나가지 않도록 옆에 테이블이 없는 창가 좌석을 찾아 앉았다.

"이거 맛있네예. 반 쪼가리 나눠드릴까예?"

"됐어."

그나저나…….

피해자인 다카오카 겐이치가 막과자 가게의 아들이라니 뜻밖이었다. 게다가 대학을 나와서 한동안 회사 생활을 했다니.

"다카오카 겐이치는 대학을 졸업하고 몇 년이나 회사를 다녔을까? 원래 전문 기술직이란 게 고작 1년 가지고는 웬만한 기술을 다 익히긴 어렵지 않나? 회사원 출신의 목수라니, 굉장히 파격적이야."

커피를 한 모금 입에 머금었다.

"참말로 맛있네."

이오카는 도넛에 푹 빠졌다.

"하물며 자기 땅을 뺏어 가다시피 한 회사에 취직하다니 좀 이상하지 않아? 애완동물의 눈을 찔러서 멀게 한 회사인데. 두 집 건너 있는 메밀국숫집에는 식중독 균이 든 재료를 납품해서 가게 문을 닫게 만들었다고 하고. 그런 사정을 빤히 알면서 그런 회사에 취직하는 건 좀 그렇잖아?"

"그건 그러네예."

레이코도 파이를 집어 들었다.

"역시 뒤에 폭력배가…… 있을지도 몰라."

이오카가 갑자기 우물거리던 입을 다물었다. 턱을 당기고는 입안에 든 음식물을 꿀꺽 삼켰다. 얼굴을 앞으로 내밀고 목소리를 낮췄다.

"주임님, 모르셨능교?"

"어? 뭘?"

아아, 역시 새우그라탱파이를 능가하는 파이는 없다.

"나카바야시 건설이라 카믄 다지마 조직 계열 아인교?"

파이를 한입 가득 밀어 넣은 다음이라서 천만다행이었다. 입 안이 비었다면 비명을 지를 뻔했다.

"으음, 정말이야?"

"하모예."

"왜 그거 회의 때 말 안 했어?"

"그야, 다 아는 얘긴 줄 알았지예."

이런 멍청이, 바보, 천치 같으니라고.

"나 참, 기가 막혀서. 아는 얘기든 모르는 얘기든 일단 말은 해야 하는 거 아냐?"

"글키 알은체했다가 모두가 아는 내용이라꼬 구사카 주임님한테 핀잔 들으면 싫다 아입니꺼!"

"그런 경우에는 '알고 계시리라 사료됩니다만 만약을 위해서'라고 먼저 말해두면 되잖아."

"아하, 맞네. 역시 레이코 주임님이십니더."

지친다. 엄청난 무력감이 어깨부터 등까지 짓눌러 온다.

"나카바야시 건설이 다지마 조직의 자금 유통 회사라는 사실, 틀림없어?"

"하모예. 시나가와 서 조직범죄 대책과에 있는 동기 놈하고 한잔하다가 우연히 얘기가 나왔는데 그렇다고 하더라고예. 나카바야시 회사는 그룹 차원에서 부동산이나 주택 판매, 호텔 쪽까지 손을 뻗고 있다고 했심더. 요컨대 그 토지를 매수할라꼬 못된 짓을 했던 놈들은 나카바야시 건설이 아이고 나카바야시 부동산 쪽이라는 얘기겠지예."

이오카 너, 그렇게까지 자세히 알면서……

"다른 얘기는 없어? 알면서 모른 체했다거나, 말할 기회를 놓쳐서 못 했던 얘기 또 없냐고?"

"있지예. 레이코 주임님은 오늘도 참말 아름답네예. 우째 고로코롬 귀엽습니꺼?"

아, 정말이지 이 파이로 저 낯짝을 확 문질러버리면 얼마나 속이 후련할까.

5

레이코가 수사본부로 돌아왔을 때는 구사카도 이미 복귀해서 보고서를 쓰는 중이었다.

히메카와 반 멤버 중에는 이시쿠라와 유다가 돌아와 있었다.

"미나미하나하타는 어땠습니까?"

이시쿠라가 차를 건넸다. 평소라면 어림도 없는 일이다. 자기가 마시려던 차에 레이코 일행이 돌아와서 이왕 하는 김에 인심을 쓴 것이 분명했다.

"어, 고마워요."

"고맙십니더. 잘 마실게예."

레이코도 마음만 먹으면 차를 내는 일쯤은 거들 수 있다. 여자니까 차 좀 내오란다고 해서 언짢아하거나 거부할 생각은 없다. 나이 많은 동료가 내주는 차를 받아 마시며 베테랑을 부려먹었다고 고소해하는 취미도 없다. 그런 문제는 되도록 유연하게 생각하는 편이다.

"고스케의 과거 행적 몇 가지를 알아내긴 했는데 이 사건과 관련이 있는지는 아직 확실하지 않네요. 그쪽은 어땠어요?"

이시쿠라 조는 다카오카의 업무 관계를 조사하고 있었다.

"먼지 한 톨도 못 찾았습니다. 다른 업자와의 금전 관계도 정확했고, 일도 건성으로 하는 법이 없었죠. 그의 신조가 성심성의였답니다. 미시마 고스케도 예의 바른 청년이었고, 두 사람은 부자지간 이상으로 사이가 좋았다고 소문이 자자하더군요. 왜 살해당했는지 도무지 짐작이 가지 않습니다."

그때 기쿠타 조가 돌아왔다. 그 조도 업무 관계 탐문을 맡고 있었다.

"왔어? 수고했네."

"수고하셨습니다."

인사를 했는데 이쪽은 쳐다보지도 않는다.

짜증 난다.

"기쿠타, 잠깐 이리 와봐."

소맷자락을 잡아끌자 고개를 숙인 채 네, 하고 대답했다. 따라오려고 일어나는 이오카에게 레이코는 손짓으로 명령했다.

"넌 이거나 이어서 써놔. 표준어로!"

수사 보고서를 떠맡겼다.

출구로 걸음을 옮기자 기쿠타가 잠자코 따라온다.

자, 어디가 좋을까? 식당 영업은 끝났지만 같은 층에는 보는 눈이 많다. 검도장이 좋겠다. 토요일이니까 오늘은 연습하는 사람도 없겠지.

레이코는 계단을 올라갔다. 기쿠타가 쫓아왔다.

7층. 짐작했던 대로 보건실과 검도장이 한 층을 다 차지한 그곳에는 사람 그림자도 보이지 않았다. 발소리를 내기가 미안할 만큼 조용했다. 레이코는 어두컴컴한 도장 입구에서 가볍게 목례를 하고 안으로 들어갔다.

나무판자가 깔린 신발장 앞에서 뒤를 돌아보았다. 기쿠타의 얼굴에 그림자가 드리워져 잘 보이지 않았다. 반대로 그녀의 표정은 또렷이 보일 터였다.

"뭐 하자는 거야?"

그림자는 뻣뻣하게 서서 아무 말도 하지 않았다.

"그런 태도를 보이는 이유가 뭐냐고? 뭐가 마음에 안 들어서 그래?"

묵묵부답.

"내가 어쩌길 바라는데? 이오카는 원래 저렇잖아? 벌써 세 번이나 같이 일해봤으니 잘 알 거 아냐? 이제 그만 좀 해. 혹시 내가 이오카를 좋아하기라도 한다는 거야?"

콧소리가 거칠어졌다. 자기가 무슨 물소인 줄 아나.

검도 도구에 밴 땀 냄새가 주위에 가득 차 있었다. 바로 뒤에 도구함이 있으리라.

검도장 안쪽, 길가로 난 창문 아래에는 이불이 산더미처럼 쌓여 있었다. 이불의 하얀색만 어둑어둑한 공간 속에 희미하게 떠올라 있었다. 본부에서 나온 남자 수사관들이 잠잘 때 사용하는 이불이었다. 요 이틀 동안 레이코는 근처 캡슐 호텔에서 선잠을 잤다.

바깥 도로의 신호등에 빨간불이 켜졌는지 질주하던 차량의 소음이 뚝 끊겼다.

어쨌든 기분이 풀릴 때까지 어디 한번 해보자.

"키스하면 화 풀 거야?"

안 들렸나? 아니, 이 정도 거리에서 그럴 리 없다.

"키스할 테니까 화 풀래?"

부동자세로 여전히 묵묵부답이다.

환장하겠네, 정말…….

레이코는 기쿠타의 다부진 어깨에 두 손을 올리고 까치발을 들고 키스를 했다.

찐 고구마 껍질 같은 감촉이었다.

기쿠타의 목에서 꿀꺽 소리가 났다.

"……죄송합니다."

레이코는 손을 떼고 어깨를 살짝 스치며 그의 옆으로 지나갔다. 그가 끌어안는다 해도 거부하지 않을 생각이었다. 하지만 그런 일은 없었다.

"그만 가자, 기쿠타 경사."

"네."

어두운 공간에서 환한 복도로 나왔다. 두 사람의 경쾌한 발소리가 주위에 울려 퍼졌다.

"기쿠타!"

"네."

"……바보!"

"네."

걸음을 서두르자 기쿠타도 빠르게 따라왔다.

계단을 뛰어 내려가자 같은 박자로 따라 내려왔다.

회의는 바로 시작되었다.

어젯밤에 결석한 구사카가 첫 번째 순서로 보고했다.

"오늘 아침에 간단히 설명드렸지만 최초 목격자인 미시마 고스케를 취조한 내용을 다시 한 번 보고하겠습니다."

다카오카 건축 사무소의 일반적인 업무 내용부터 최근에 얽힌 사정들까지 보고했다. 여느 때처럼 모래알 같은 내용도 빠뜨리지 않는 따발총 보고의 부활이었다.

가와사키 현장 업무와 주방 개조, 견적 산출까지 모든 일을 미시마 혼자 감당하기는 어렵다. 미수금 문제가 조금 있었는데 모두 소액이었다. 그 미수금은 원래 다카오카의 몫이었다. 고스케의 일당은 정확히 지불했다. 손에 난 상처를 보고 확신했다.

그 상처를 입게 된 상황을 고스케는 목격······.

보고 내용은 고스케와 다카오카가 만난 계기로 이어졌다.

"9년 전 기노시타 흥업에 근무하던 미시마 다다하루는 9층에서 가설공사를 하던 중 발판을 헛디뎌서······."

엉겁결에 이오카와 눈이 마주쳤다.

아침 회의에서 다카오카가 전에 근무한 곳이 나카바야시 건설이라는 얘기는 분명히 들었다. 노트에도 그렇게 적어놓았다. 하지만 미시마 고스케의 아버지가 근무한 곳까지는 듣지 못했다.

다른 몇 명도 알아차린 모양이었다. 갑자기 주위에서 웅성거리기 시작했다.

레이코는 구사카가 발표를 일단락 짓는 시점에서 손을 들었다.

"히메카와, 의견 있나?"

상석에 앉은 이마이즈미가 레이코를 손으로 가리켰다.

"네!"

레이코는 앉은 채로 대답했다.

"구사카 주임님은 어제 본부에 돌아오지 않으셔서 잘 모르시겠지만, 나카가와 미치코의 아버지도 그 기노시타 흥업 현장에서 추락사했습니다."

구사카의 시선이 레이코 쪽을 향했다. 안경 렌즈에 하얀 형광등 빛이 비쳤다.

몇 초간 침묵이 이어졌다.

다음에 이을 말을 찾지 못한 듯했다.

두 사람은 스무 살과 열아홉 살이다. 한 사람은 목수고, 한 사람은 미용사를 꿈꾸는 패밀리 레스토랑의 점원. 지극히 평범한 연인 관계로 보였던 두 사람의 아버지가 시기만 다를 뿐 똑같은 회사에서 똑같은 추락 사고로 사망했다.

"미안한데 어제 자료를 훑어볼 시간이 없었다. 나카가와 미치코의 아버지는 언제 사망했지?"

"두 달 전입니다. 기노시타에 입사한 시점은 사망하기 얼마 전이었다고 합니다."

"나카가와 미치코는 미시마 고스케와 어떻게 해서 만났다고 하던가?"

레이코는 노트를 앞 페이지로 넘겼다.

"가게에 자주 들르는 손님이었고 나이도 비슷해서 부담 없이 이야기를 나누다 보니 친구가 되었답니다."

"그렇다면…… 고스케가 말한 내용과 거의 같군."

구사카는 정면을 향해 자세를 바로 했다.

"그런데 미시마 고스케가 가와사키 현장에서 돌아오는 길에 들른 것이 계기였다고 한 진술에는 의문이 남습니다. 미치코가 일하는 로열 다이너는 가와사키에서 돌아오는 길 반대편 차선에 있죠. 고스케는 원래부터 로열 다이너를 좋아했다고 주장했지만, 흥분해서 말투가 거칠었고 다른 이야기를 할 때와는 확연히 다른 태도를 보였습니다."

이마이즈미가 팔짱을 끼고 상체를 뒤로 젖히며 물었다.

"그런 행동을 자네는 어떻게 보나?"

구사카는 아래를 향해 한숨을 길게 내쉬었다.

"이 정보에 거짓이 몇 가지나 들어 있는지는 현시점에서 단정하기 어렵습니다. 하지만 적어도 두 사람의 만남이 처음부터 우연은 아니라고 봅니다. 같은 회사 직원의 자녀끼리 사귀는 일이라면…… 뭐, 거기까지는 그렇다 칠 수 있겠죠. 그러나 재직 시기는 다르지만 둘 다 똑같은 회사에서 추락 사고로 사망했고, 그런 두 사람의 자녀가 패밀리 레스토랑이라는 임의의 장소에서 우연히 만나 교제를 시작하다니, 우연도 그런 기막힌 우연이 또 있을까요?"

"그래서?"

이마이즈미는 가끔씩 이런 식으로 괜한 심술을 부렸다. 대답을 회피하려는 구사카에게서 강제로 인상이나 억측을 끌어내려고 했다.

"거기에 어떤 의도가 작용했을 가능성이 있습니다."

"의도라면 누구의 의도지?"

"지금 시점에서는 모르겠습니다."

"짐작해본다면 누굴까?"

구사카가 어금니를 악물었다.

레이코도 이따금 묘한 기분에 휩싸일 때가 있었다. 어째서 구사카는 저토록 완고하게 짐작을 배제하려고 할까.

"둘 중 하나를 짚는다면 고스케가 좀 더 유력하지 않을까요? 물론 둘 다 아닐 가능성도 있습니다. 그 부분에 대해서는 전혀 짐작이 가지 않습니다."

"알겠네. 계속하지."

구사카는 헛기침을 하며 안경테를 밀어 올렸다.

"다카오카 겐이치가 미시마 고스케에게 같이 일하지 않겠느냐고 권한 시기는 중학교를 졸업하기 전이었습니다. 다카오카는 그때까지만 해도 나카바야시 건설에서 일했을……."

그때였다.

"잠깐만예."

느닷없이 이오카가 손을 들었다.

이 멍청이!

아무리 궁금한 점이 있더라도 말을 중간에 끊다니 매너는 엿 바꿔 먹었나. 더군다나 그 대상이 구사카라니, 그야말로 난감하기 짝이 없었다.

아니나 다를까, 구사카의 눈초리가 날카로워졌다. 그 시선이 이쪽을 향했다.

"뭐야, 아직 말하는 중이잖아!"

그만두면 좋으련만 이오카는 손을 든 채 그대로 일어섰다.

"그거이…… 그란데 말입니더, 아, 아시겠지만예, 나카바야시 건설은 다지마 조직의 계열 회사입니더."

말하는 문맥까지 엉망진창이었다. 심지어 구사카가 발표할 두 번째 보고 내용과 겹쳤다.

분위기 파악 좀 해라, 제발!

심각한 침묵이 흘렀다. 무겁고 싸한 냉기마저 감돌았다. 진창에 빠진 기분이 딱 이럴지도 모르겠다.

그러나 이오카는 한심하게도 여전히 오른손을 들고 있었다.

"내가 이제부터 그 내용을 보고하려고 하잖아!"

"예?"

"나카바야시 건설이 다지마 조직의 자금 유통 회사라는 정보는 우리도 파악했다. 그 내용을 보고할 참이었다고. 하고 싶은 말은 내 보고가 끝난 다음에 해!"

"네에."

이오카가 맥없이 움츠러들었다. 장국의 뜨거운 김에 오글오글 춤을 추며 늘어지는 가쓰오부시 같았다.

"죄송합니다."

그도 모자라 울상까지 짓는다. 우습지만 웃지도 못할 노릇이었다. 애초에 그의 발언을 부추긴 사람은 다름 아닌 레이코였으니 말이다.

"계속하겠습니다. 지금 말이 나온 대로……."

구사카는 나카바야시 건설 및 나카바야시 그룹이 다이와회 계열 다지마 조직의 초대 우두머리인 다지마 마사카쓰의 친척 오가와 미치오가 투자한 자본으로 만들어진 회사라는 사실을 지적했다.

"기노시타 흥업의 설립이나 운영에 오가와 자본이 투입되었다는 사실은 아직 확인하지 못했습니다. 하지만 가설공사를 발주하는 통상적인 거래에도 나카바야시 건설이 기노시타 흥업에 뭔지 모를 압력을 가했으리라 짐작됩니다. 결산보고서는 아직 확인하지 않았지만 1년에 서너 건은 아파트 건설 공사를 발주했다고 합니다. 이 내용은 나카바야시 건설에 자주 출입하는 토목 자재 회사 지바코자이의 직원인 39세의 무라이 세이치 외에도 여러 사람이 증언했습니다. 한편 미시마 고스케의 아버지이자 9년 전 추락 사고로 숨진 미시마 다다하루는 사망 당시 1,200만 엔의 생명보험에 가입한 상태였습니다. 보험 수익자는 기노시타 흥업, 보험료를 납입한 곳도 같은 회사였습니다. 이 내용은 당시 추락 사고를 검증했던 다카이도 서 형사과 자료에서 확인했습니다. 추가로 다음 내용도 확인했습니다. 미시마 다다하루는 13년 전, 즉 사망하기 4년 전에 파산 신청을 했습니다. 그 후에도 생활은 어려웠고 소위 검은돈에까지 손을 대는 바람에 사망 직전에는 빚이 약 천만 엔까지 불어났다고 합니다. 미시마의 이 채권을 최종적으로 떠맡은 곳이 다지마 조직의 금융업자인 조이크레딧 주식회사입니다. 조이크레딧 주식회사와 기노시타 흥업의 관계는 아직 확인하지 못했습니다. 미시마가 사망한 뒤 아들 고스케는 시나가와지토쿠가쿠엔이라는 보육원에 맡겨졌습니다. 현재 원장으로 있는 시미즈 노리코 씨의 증언에 따르면 당시 미시마 고스케를 찾아온 사람은 다카오카 외에는 아무도 없었다고 합니다. 또한 경찰에게 미시마 다다하루의 빚은 보험금으로 해결되었다는 말을 들었다고 했습니다. 유감스럽게도 그 경찰이 누구였는지는 아직 알아내지 못했습니다."

딱 한 번 회의에 빠졌을 뿐인데, 도대체 어떤 방법과 수단을 동원했기에 저렇게 많은 정보를 알아냈는지 레이코는 궁금하기 그지없었다.

정말 대단한 사람이야.

미시마 고스케와 나카가와 미치코의 아버지가 둘 다 기노시타 흥업에서 같은 방식으로 추락사했다는 사실은 꽤나 충격이었다. 게다가 미시마 다다하루 사건에는 사망보험금 사취 의혹까지 있었다.

하시즈메가 책상에서 몸을 불쑥 내밀었다.

"구사카, 자네 대체 뭘 조사하고 다니는 건가?"

구사카가 안경을 벗었다.

"뭘 조사하다니요. 최초 목격자인 미시마 고스케의 알리바이와 그것을 증언한 나카가와 미치코와의 관계, 다음은 피해자와 미시마가 만난 계기인 미시마 다다하루의 사망에 대해 조사했습니다만."

"그게 다카오카 겐이치 살해 사건과 직접적인 관계가 있나?"

"잘 모르겠습니다."

"그렇게 잘 모르는 부분까지 일일이 조사할 필요는 없잖아?"

"잘 모르니까 조사하는 겁니다. 쓸데없는 일이 아닙니다."

이런 식의 논쟁은 지금까지 몇 번이나 반복되었다. 오늘도 재방송이다.

"보고 듣는 내용에서 작은 실마리까지 닥치는 대로 조사하다간 아무리 시간이 많아도 부족하지 않겠나?"

"다른 조가 올리는 보고 내용과 비교해서 특별히 저희 조가 뒤처지진 않는다고 봅니다."

"자네 정도의 수사 능력이면 대상을 좀 더 좁혀서 수사할 경우 더욱 앞서갈 거라는 말을 하는 거야."

"저도 나름대로는 좁혀서 알아보고 있습니다. 실제로 시나가와지토쿠가쿠엔 원장의 과거까지는 조사하지 않았습니다."

"그건 하나 마나지. 설령 미시마 다다하루의 사망 사건에 보험금 사취 의혹이 있다고 해도 이미 시효가 끝났잖아?"

"이제 와서 그것을 캐내 입건하려는 게 아닙니다. 본 사건과 인과관계가 있지 않은지를 알아보려는 조사일 뿐입니다."

"최초 목격자의 아버지가 9년 전에 추락사한 사건을 말인가? 자네, 진심으로 그렇게 생각하나?"

"물론입니다. 관계가 전혀 없다고 확정할 만한 증거를 발견할 때까지 이 문제에서 손 떼지 않을 생각입니다."

다른 40여 명의 수사관들은 투명 인간이 된 듯한 모양새였다. 곁눈질로 보니 옆자리에서는 빨리 진행하라는 신호를 열 번 이상 쏘아댔다.

시선을 앞으로 돌리자 이마이즈미와 눈이 마주쳤다. 이마이즈미는 고개를 한 번 끄덕이고 헛기침으로 논쟁을 마무리했다.

"보고할 내용이 아직 남았나, 구사카?"

"네, 나카바야시 건설 총무부장인 구리하라 미쓰루와 조난 지구를 담당하는 이가와 히데히코와 나눈 이야기가……."

"그걸 계속하게."

구사카가 따발총 보고를 다시 시작했다.

미시마 다다하루에 대해서는 두 사람 다 잘 모르고 다카오카에 대해서는 이가와가 잘 알았다. 회사를 그만둔 때는 5년 반 전으로, 그때까지 5~6년 근무했다. 나카바야시와 다카오카 사이에 별다른 다툼은 없었다…….

"오늘 발표는 여기까지입니다."

그 정도면 충분해요. 실컷 들었다고요.

"질문 있나?"

없어요, 없어.

"그럼 다음 차례는 미조구치 경사."

"네."

자리에서 일어서는 미조구치의 옆얼굴에도 질린 기색이 역력했다.

"어제에 이어 보고하자면, 다카오카 겐이치의 가택수색에서 압수한 물품을 조사했지만 주목할 만한 성과는 없었습니다. 다카오카는 주로 현금으로 거래한 듯합니다. 계좌에 업무 관련 입금 내역이 있었는데 다음 날에는 전액 인출한 상태였습니다. 요컨대 계좌는 단순히 넣다 뺐다만 하는 우편함에 불과했죠. 잔고는 2만 3천 엔가량이었고, 전기 요금이나 그 밖의 모든 공과금을 직접 지정 계좌로 납부했는지, 돈의 흐름은 전혀 파악할 수 없었습니다."

미조구치가 서둘러 보고를 마무리한 뒤 도야마 경사에게 보고 순서가 넘어갔다.

"저희 조에서는 큰 움직임을 포착했다고 말씀드리겠습니다."

쓸데없이 무게를 잡아 사람들을 초조하게 만드는 꼴을 보니 어지간히 자신 있는 모양이었다.

"다카오카의 거주지 주변에 영업망을 갖고 있는 생명보험회사 12개 업체의 지점을 돌아보았습니다. 그 결과 아쿠토 생명 오모리미나미 지점에서 다카오카를 피보험자로 지정한 보험계약을 확인했습니다."

가라앉았던 강당에 작은 파문이 일었다. 자세를 바로잡느라 옷매무새를 가다듬는 소리가 들렸다. 눈과 귀가 일제히 도야마에게 향했다.

"그것도 두 계좌였습니다. 두 건 모두 4년 반 전에 계약한 계좌입니다. 하나는 사망보험금 천만 엔, 보험 수익자가 미시마 고스케였습니다. 다른 하나는 보험금이 5천만 엔······."

귀가 먹먹할 정도의 침묵이 온 실내를 휘감았다.

5천만 엔이라면 결코 무시하지 못할 금액이다.

"보험의 수익자는 나이토 기미에. 한자는 '안쪽'의 나이(內), '등나무'의 토(藤), '임금'의 기미(君), '강'의 에(江)를 씁니다. 49세로, 아다치 구 기타센주에서 선술집을 운영하는 독신 여성이죠."

아다치 구라면 미나미하나하타가 속한 곳이다. 다카오카의 옛집이 있던 곳이기도 하다. 도쿄로 말하면 조호쿠 지역이다. 현 주소인 오타 구보다 훨씬 가깝다.

인상을 쓰고 있던 이마이즈미가 집게손가락을 곧게 세워 보이며 물었다.

"다카오카와는 무슨 관계인가?"

"그건 아직 확인하지 못했습니다. 하지만 적어도 혈연관계는 아니라고 추측합니다."

"가게와 주거 분위기가 어떻던가?"

"카운터 바에 여섯 자리, 다다미방에 테이블 세 개가 있는 곳으로 20명쯤 들어가면 꽉 차는 가게였습니다. 종업원을 두지 않고 여자 혼자 꾸려가는 듯했는데, 그 건물 2층에 기미에의 주거지가 있었습니다. 가게 평판이 좋아서 정식을 파는 점심시간에는 1시쯤까지 무척 붐볐습니다."

이마이즈미가 싱긋 웃었다.

"음식은 먹어봤나?"

"네, 오늘은 방어구이와 닭고기조림, 된장국, 채소절임 세트였습니다. 양념 맛이 조금 진했지만 맛이 괜찮더군요. 근처 회사원이나 기술자들이 단골이라고 했습니다. 밤에는 어떤지 모르지만 마시다 남은 소주를 보관해두기도 한다니까 장사가 잘되는 편 아닐까요? 부동산 주인은 그 집이 기미에 소유라고 했습니다."

"아직 직접 접촉하지는 않았군."

도야마가 고개를 끄덕였다.

"네, 오늘은 우연히 들른 손님인 척했습니다. 보고는 대충 이 정도입니다."

"알았네. 나이토 기미에 쪽에는 내일부터 행동 감시 요원을 붙인다. 다음은 신조 경장!"

"네."

나머지 두 사람이 보고한 내용에는 쓸 만한 단서가 별로 없었다.

이윽고 레이코의 순서가 돌아왔다.

"저희 조는 다카오카 겐이치의 예전 주소지 주변 탐문에 들어갔습니다. 유감스럽게도 현재로써는……."

해당 지역에 아파트가 들어서서 12년 전의 다카오카를 직접 아는 인물은 만나지 못했다. 다행히 오래전부터 그 지역에서 부동산 사무실을 운영해온 남자가 협조해주어 많은 이야기를 들었다. 다카오카의 부모는 막과자 가게를 운영했으나 다카오카는 그 가게를 잇지 않고 대학 졸업 후 취직했다. 부모가 죽은 후 아파트 신축 문제가 불거졌고, 철거 문제로 주민과 건설사 사이에 불화가 발생했던 모양이다…….

"그 아파트 건설을 교섭한 곳이 나카바야시 건설입니다만 철거 문제는 나카바야시 부동산이 중심에 있었을 것으로 추측됩니다."

간부와 다른 수사관들의 반응은 미묘했다.

물론 나카바야시 그룹이 관여했는지 여부는 중요한 관심사였지만 앞서 지나간 구사카의 보고 때문에 강한 인상을 심어주지는 못했다.

이마이즈미의 시선이 레이코를 향했다.

"그 후에 다카오카가 나카바야시 건설에 취직하다니…… 거참 꺼림칙한 이야기군."

"네, 구사카 주임의 보고 내용으로 보자면 다카오카가 나카바야시 건설을 그만둔 때는 5년 반 전입니다. 5~6년이나 근무를 했다는 이야기는 다카오카가 나카바야시 건설에 입사한 시기가 미나미하나하타의 집이 철거된 직후였다는 계산이 나옵니다. 그 경위에 대해서는 내일부터 다시 정확하게 조사할 계획입니다."
 "이상인가?"
 "네."
 "뭐 질문할 건 없나?"
 달리 없었다.

제3장

1

그해 여름, 어느 날 저녁.
공사 천막이 드리워진 현장 입구의 넓은 그늘.
청소하느라 물이 질펀한 지면.
보강용으로 깔아놓은 두꺼운 철판.
나는 거기에 우두커니 서 있던 고스케에게 다가갔다.
눈이 제 아버지를 쏙 빼닮았다.
하지만 그 아이를 본 순간 내 마음속에는 진정 다른 감정이 일었다.
나는 그 아이에게서 예전의 내 아들을 보았다. 당시 고스케는 열한 살이었다. 내 기억 속에 남은 아들은 다섯 살 때 그대로였지만 겹치는 부분이 많았다.

둥글고 앳된 얼굴. 올려다볼 줄밖에 모르는 동그랗고 귀여운 눈동자. 조그마한 어깨. 가무잡잡한 피부. 마음껏 뛰어놀기 위해서만 존재하는 다리근육. 맨발에 꿰신은 운동화.

나는 복받치는 감정을 억누르고 아이 앞에 쪼그려 앉았다. 애써 밝은 목소리로 입을 열었다.

"나는 네 아버지의 친구였단다."

사실 그리 아름다운 관계는 아니었다. 나는 방관자였고 공범자였으며 제 몸 하나 챙기려고 배신을 저지른 자이기도 했다.

그런 내가 피해자인 이 아이에게 착한 양의 탈을 쓰고 감히 뭘 하려는 것인가. 식사? 그걸로 어쩌자고? 잠시 배고픔을 달래주면 그것으로 위로가 될까. 죄책감이 사라지나. 고작 그깟 짓으로 숱하게 쌓아온 죄와 벌에서 도망칠 수 있다고 생각하나?

그래도 고스케와 함께 보내는 시간은 꿈만 같았다.

사람들 틈에서 놓치지 않으려고 내 손을 꽉 잡은 손의 감촉. 무엇이 좋을지 메뉴를 내밀며 주고받는 눈길. 맛있네, 맛있어요, 하며 같은 음식을 맛보는 기쁨. 놀이공원에서 순서를 기다리는 지루함. 동물의 탈을 뒤집어쓴 사람과 찍은 기념사진. 전철 안에서 잠든 아이 얼굴. 등에서 느껴지는 묵직함. 어깨 너머로 들려오는 잠꼬대. 아빠!

가슴이 떨렸다. 나는 삶의 기쁨을 되찾았다.

이 아이에게 무엇을 더 해주면 좋을까.

날마다 행복한 고민을 했다.

돈 말고 훨씬 더 소중한 것은 없을까. 어릴 때 내가 가지지 못했던 것 중에서 잊고 살았던 무언가가 있지는 않을까.

삭막한 묘지처럼 보이던 잿빛 도시가 점점 빛깔을 띠기 시작했다. 하루라는 시간이 소중했다. 일주일이라는 단위가 그저 일곱 날이 아니라 그 이상의 의미를 가졌다. 휴일도 빈둥대며 보내는 날이 아니었다. 한 주를 마무리하며 포상을 주고 새로운 한 주를 시작한다는 명확한 구분을 지었다.

여름 더위에도 웃었고 겨울 추위에도 웃었다. 자신이 새로운 나날을 보내게 되었다는 사실에 양심의 가책을 느끼지 않았다면 거짓말이다. 하지만 사람은 벌만 받아서는 살아가지 못한다. 용서받지 못할 죄만 안고 앞으로 나아가는 데는 한계가 있다.

나는 깨달았다. 아니, 기억을 끄집어냈다.

누군가가 나에게 의지하는 기쁨을, 나를 필요로 해주는 충실감을 온몸으로 느꼈다.

더 이상 실패는 하고 싶지 않았다. 이 아이를 지키자. 이 아이가 살아가는 데 필요한 모든 것을 해주자. 돈은 주지 못해 가슴이 아프다. 하지만 돈을 대신하는 것이라면 무엇이든지 아낌없이 몽땅 주리라.

그 대신 조금이면 된다. 아주 조금만, 이 죄 많은 남자에게 삶의 기쁨을 나누어주렴.

6년 동안 근무했던 나카바야시 건설에 사표를 내고, 나카노에 들어서는 아파트의 바닥재 시공을 할 때였다.

"여어! 다, 카, 오, 카, 씨!"

바보 취급을 하듯 놀리는 말투로 부르는 소리가 들리기에 뒤를 돌아보니 입구에 그 남자가 서 있었다.

기노시타 흥업의 총무계장 도베 마키오. 공사 현장에 어울리지 않는 검은색 코트는 언제나 그를 상징했다. 검은색 에나멜 가죽 구두가 또각또각 발소리를 내며 다가왔다.

나는 그를 무시하고 네일 건*의 총구를 바닥재 이음매에 댔다. 방아쇠를 당겼다. 못을 하나씩 박았다. 텔레비전 드라마에 자주 나오는 소음기 달린 권총 소리와 흡사한 소리가 났다.

"다카오카 씨, 나카바야시 그만둔다며?"

갑자기 네일 건에 압축공기를 공급하는 압축기에서 요란한 굉음이 나기 시작했다.

"나한테서 도망가려고? 그렇게는 안 되지, 다카오카 씨."

어리광 부리듯 끈적거리는 목소리와 뒤섞이는 광기.

나는 속으로 혀를 찼다.

"듣고 있나, 다, 카, 오, 카…… 겐이치, 씨."

못을 박고, 박고, 또 박았다. 쏘고, 쏘고, 또 쏘았다.

"기껏 일자리까지 만들어줬더니 말이야, 그런 나한테 인사도 없이 그만두다니! 거 좀 매정하지 않나?"

방아쇠의 안전장치를 걸고 네일 건을 그 자리에 내려놓았다.

압축기에서 나는 요란스러운 소리는 멈추지 않았다.

---

* 네일 건(nail gun): 공기 압력을 이용하여 못을 자동으로 박기 위해 만든 공구.

나는 일어나서 자세를 바로잡았다.

"여러모로 신세를 많이 졌습니다. 이번에 나카바야시 건설을 그만두고 독립……."

"이 새끼가 장난하나, 어?"

도베가 발치에 놓여 있던 재떨이 대용의 빈 깡통을 걷어찼다. 크림색 석고보드 벽에 검은 얼룩이 지고 작은 홈이 파였다.

"당신은 말이야. 내 허락 없이는 마음대로 살면 안 되는 인간이라고. 그 사실은 본인이 더 잘 알잖아? 당신은 다카오카 겐이치니까."

"압니다."

창문 아래에서 '후진합니다. 조심하세요.' 하는 소리가 반복해서 들렸다.

"도망가려는 게 아닙니다. 그냥 더 작은 현장에서 안정적으로 일하고 싶습니다. 그뿐입니다."

"집은? 이사할 작정 아냐?"

"아니요, 이사는 하지 않습니다. 지금 있는 곳에서 계속 살 계획입니다."

도베 주위를 휘감았던 광기가 변덕스러운 회오리바람처럼 어딘가로 사라졌다.

"어, 그래?"

"네. 도베 씨 말씀대로 저는 다카오카 겐이치입니다. 어딜 가든 무슨 일을 하든 도망칠 생각은 하지 않습니다."

도베는 금세 기분이 풀렸는지 더 이상 내 말을 귀담아들으려

하지 않았다.

"그래그래! 에이, 뭐야. 다카오카 씨, 놀라게 하지 마. 나 당황했잖아."

히죽히죽 웃으며 자기가 더럽힌 벽을 손으로 문질러 닦는다.

"근데 미안해서 어쩌나? 이거, 위에다 벽지든 뭐든 바를 거지? 괜찮겠지?"

"그럼요. 파인 곳도 퍼티로 메우면 됩니다. 괜찮습니다."

더러워진 손바닥을 재차 벽에 문질러댄다.

"다카오카 씨, 오늘 저녁에 한잔하지. 내가 송별회 해줄게. 역 앞에 '파티오'라는 클럽이 있으니까 일 끝나면 그리로 와."

나는 그런 곳에 갈 만한 주제가 못 된다고 거절했지만 도베는 들은 척도 하지 않았다. 자기가 사는 술은 마시고 싶지 않느냐며 또 행패를 부리려고 해서 별도리 없이 '정 그러시다면…….' 하고 받아들였다.

내가 파티오라는 가게에 들어섰을 때 도베는 이미 얼큰하게 취기가 올라 있었다.

"어이, 다카오카 씨! 여기야, 여기. 이쪽에 앉아."

자기 왼쪽에 나란히 앉은 두 여자 사이에 앉으라고 채근했다. 그의 맞은편에는 또 한 여자가 있었다.

"이 사람은 다카오카야. 내 친군데 잘생겼지?"

"정말! 인기 짱이겠다."

예상한 대로 나는 주눅이 들어 묵묵히 자리만 지켰다.

유흥가에서 일하는 여자는 돈을 가진 자와 그렇지 않은 자를 예리하게 잘 가려낸다. 분위기를 깨뜨리지 않을 정도의 표면적인 서비스로 응대하며 도베와 나에게 분명한 차이를 두고 균형을 잡았다. 하긴 모르는 사람이 보더라도 나와 도베가 다른 부류라는 사실은 확연히 알 터였다.

"저기 있잖아, 도베 씨는 혈액형이 뭐예요?"

"엉? 난 말이지, H*형."

돈 좀 가진 놈들은 이런 장소에서 무슨 짓을 해도 허용되는 법이다.

"아이, 밝히기는. 진짜로 말해봐요."

"하하하. 아…… A, A형이야."

"진짜? 그렇게 안 보이는데! 얘들아, 그렇지?"

"맞아. B형, 절대로 B형 같아."

"도베 씨, 한 번 더 정확하게 검사해보는 게 좋을 거예요."

모두 박장대소했다. 나도 한 번은 함께 웃었다.

"좋아, 그럼 다카오카 씨는 무슨 형인데?"

"아, 저도 A형입니다."

다시 한 번 폭소가 터졌다.

"말도 안 돼. 두 사람이 같은 혈액형이라니, 그럴 리가."

"잘못 안 거야, 도베 씨는 절대로 A형이 아니야."

그런 잡담이 오가는 사이에 나와 도베 사이에 앉아 있던 여자

---

* H: 변태(變態)를 일본어로 하면 헨타이(Hentai)가 된다. H는 헨타이의 약어로 음란한 행위를 뜻하는 비속어.

가 자리에서 일어났다.

"죄송해요. 금방 돌아올게요."

나는 그 틈을 타 도베에게 귓속말을 했다.

"저기 죄송한데, 잠깐 할 말이⋯⋯. 그게, 4년 전 미시마 다다하루 사건 말인데요, 그건 잘 처리되었나요?"

도베가 담배를 물자 맞은편에 앉은 여자가 곧바로 불을 붙여주었다. 푸른빛이 도는 일회용 라이터로.

"아, 맞다. 당신 그거 목격했다고 했지. 근데 왜? 그 후에 짭새한테서 무슨 말이라도 들었어?"

"아니요. 그 장소에서 잠깐 설명만 하고 말았습니다."

"거봐, 그 일은 전혀 문제 될 게 없다니까."

"그런 말이 아니라⋯⋯."

고스케의 이름을 꺼내지 않으려면 어떻게 물어야 좋을까.

"그때⋯⋯ 빚은 모두 청산했습니까?"

도베는 고개를 가볍게 끄덕이고 담배 연기를 잔뜩 뿜어댔다.

"그야 당연하지. 내가 하는 일이 그건데, 뭐."

"깨끗하게 해결했단 말씀이군요."

"그럼. 당신이 묻기 바로 전까지 까맣게 잊었을 정도니까."

재차 확인하고 나서야 마음이 놓였다. 이런 곳까지 쫓아온 보람도 조금은 생긴 셈이다.

들어온 지 한 시간쯤 지나서 그만 가보겠다고 했다. 도베도 흡족한지 옮긴 곳에서도 잘해보라며 내 어깨를 두드렸다.

"뭔가 곤란한 일이 또 생기면 말해. 언제라도 들어줄 테니까,

다, 카, 오, 카, 씨."

나는 가볍게 고개를 숙여 답하고 발길을 돌렸다.

두 번 다시 이자의 얼굴을 마주하지 않겠다고 다짐하면서.

그림자조차 보고 싶지 않았건만 도베는 잊을 만하면 내 앞에 나타났다.

그는 예전부터 알고 지내던 전기, 수도, 가스 업자 등 흔히 '기술자'로 불리는 사람들과 변함없이 친분을 유지했다. 그런 거래처를 통해서 내가 일하는 곳 정도는 쉽게 파악하리라고 짐작했기에 나도 어느 정도는 각오하고 있었다.

다만 내 안부가 궁금해서 찾아온다고는 생각하지 않았다. 내 동향이 몹시 신경 쓰였든가, 아니면 어지간히도 심심해서가 아니었을까.

고스케와 함께 일을 시작한 후에도 변함없었다. 나는 도베가 고스케의 존재를 알아차릴까 봐 늘 노심초사했다.

술 마시던 그날 밤, 도베는 미시마 다다하루 문제는 깔끔하게 마무리 지었다고 말했다. 하지만 도베 같은 부류의 사람은 나중에 또 오지 않는다는 법이 없다. 어떤 트집을 잡을지 몰랐다. 고스케가 돈 벌 때쯤을 가늠해두었다가 사실은 아버지의 빚이 남아 있다며 터무니없는 이자를 얹어 청구할지도 모를 일이었다. 그런 거짓말쯤은 태연하게 주워섬기고도 남을 작자였다.

고스케를 옆에 두는 것 자체가 위험에 빠트리는 짓은 아닌지 고민도 했다. 그러나 그렇다고 고스케를 멀리 보냈다간 무슨 일이 일어났을 경우에 대처할 방법이 없었다. 나는 도베의 그림자를 두려워하면서도 끝내 고스케를 떼어놓지 못했다. 나만 정신 바짝 차리면 문제없다, 내가 옆에 있는 한 도베가 고스케를 다치게 할 일은 없다, 그렇게 스스로 달래며 하루하루를 보냈다.

고스케는 학교 공부는 잘하지 못했어도 결코 머리가 나쁜 편은 아니었다. 업무를 터득하는 속도가 빨랐고, 생각보다 몸도 다부져서 힘이 셌다.

잘 먹고, 잘 움직이고, 잠도 잘 잤다. 1년 사이에 몰라볼 정도로 건장해졌으며 일솜씨도 눈에 띄게 늘었다.

한 가지 아쉽다면 열다섯 살부터 현장 일을 한 탓인지 키가 별로 자라지 못했다. 미안한 마음이 들었지만 내가 사과한다고 해서 해결될 문제는 아니었다. 본인도 크게 신경 쓰지 않는 듯해서 말을 꺼내지는 않았다.

처음에는 하루에 5천 엔, 1년째부터는 8천 엔으로 일당을 올려주었다. 그 후로 어쨌는지는 잊었지만 열여덟 살이 된 걸 축하하는 의미에서 1만 8천 엔으로 올려준 일은 기억한다.

현장은 토요일에도 쉬지 않아서 고스케는 한 달에 보통 25일 일하고 약 45만 엔을 벌었다. 이런저런 세금은 차치하더라도 열여덟 살의 벌이치고는 나쁘지 않았다. 하지만 이 바닥의 일당직은 그 이상 크게 오르지는 않는다. 더 많은 돈을 벌고 싶다면 일당 벌이는 관두고 독립해서 직접 현장을 잡아야 한다. 나는 고스케가 그 정도까지 실력을 갖추도록 키워주고 싶었다.

나와 고스케 그리고 서로 속내를 아는 동료들.

가끔은 문제가 발생할 때도 있었다. 기껏 공사를 끝내놓았더니 시공사가 말을 바꿔 억지를 쓴다든가, 우리가 설계도를 잘못 파악해서 일을 중개했던 건축소의 공사 대금이 깎이는 일 등이었다. 하지만 나나 고스케에게나 모두 값진 경험이었다.

대금 문제가 발생해도 고스케에게는 정해진 일당을 정확히 지불했다. 사양해도 나는 반드시 건넸다. 모르는 이들은 물러 터졌다고 말할지도 모른다. 하지만 고스케는 그 의미를 충분히 이해했다. 현장에서 실수한 문제를 돈으로 무마하는 것은 쉽다. 그러나 이후에 일을 잘해서 신용을 만회하는 것은 그보다 훨씬 어렵다. 그렇기에 고스케는 두 번 다시 똑같은 실수는 저지르지 않았다. 나는 그 점이 가장 자랑스러웠다.

그러던 어느 날이었다. 올해 10월 중순경.

"겐 씨, 기노시타에서 또 그 일을 저지른 모양이야."

전기 업자인 마쓰모토가 현장에서 귀띔했다.

"'또'라니?"

나는 주위를 살폈다. 고스케는 마침 3시부터 갖는 휴식 시간에 먹을 음료수와 과자를 사러 나간 참이었다. 마쓰모토와 나 말고는 아무도 없었다.

"어디 현장인데?"

마쓰모토는 콧등을 찡그리고 대답했다.

"나카바야시. 나카바야시 건설이 무사시코스기에 짓고 있는 아파트야. 공사장 일이 처음이라는 인부가 10층에서 떨어져 즉

사했다는군. 대체 어쩌려는 속셈인지⋯⋯."

가슴속에서 찌르는 듯한 통증과 함께 심장이 마구 요동쳤다.

이번에도 도베 짓이라는 사실은 확인할 필요도 없었다.

"마루요시의 아키모토 씨가 말하기로는 이런 일은 한 번도 해본 적 없어 보이는 초짜가 들어와서 이상했다는 거야. 그래도 보름 정도 지나니까 파이프나 금속 자재는 운반하더래. 치워달라고 하면 덤프트럭을 옮기러 나서주기도 하고 말이지. 그러다가 갑자기⋯⋯ 쿵! 그런 거지, 뭐."

미시마 다다하루의 참혹한 죽음이 떠올랐다.

"그런데 말이야, 시마타니 설계사한테 듣자 하니, 떨어져 죽은 사람은 나카가와라는 사람인데 역시 빚이 있었대. 아는 사람의 연대보증을 서는 바람에 그렇게 됐다지, 아마? 전에는 다른 주택 판매 회사에서 영업인가 뭔가를 했다나 봐. 낯익은 얼굴이었다는데, 우연히 마주쳐서 말을 걸었더니 슬그머니 도망치듯 숨어버리더래. 이상하다 싶어서 예전 회사에 들렀다가 물어봤대, 나카가와 씨 그만뒀냐고. 그랬더니 상무가 슬그머니 귀띔하기를, 회사 돈에 손을 대서 잘렸다고⋯⋯."

온몸에 전율이 느껴지고 목 언저리에 소름이 돋았다. 겨드랑이에서는 식은땀이 흘렀다.

"잘 모르겠지만 결국 그때부터 사채에 손을 댄 게 아니겠어? 그렇다면 고스케 아버지네 상황과 완전히 똑같잖아? 이러지도 저러지도 못하는 놈을 기노시타 현장에 밀어 넣고 적당한 시기를 기다렸다가 발판에서 떨어지라고 강요하는 수법 말이야. 그러고는 사고로 처리해서 보험금을 가로채는 거지. 그걸 받아주는 기노시타도 기노시타지만, 나카바야시도 참······."

고스케 아버지 이야기는 이제 그만하라고 말하려 했다.

그러나 한발 늦었다.

"잠깐만요, 제 아버지와 똑같다니 무슨 말씀이세요?"

정신을 차리고 보니 손에 편의점 봉투를 든 고스케가 바로 앞 복도에 서 있었다.

"그게 아니라······ 고스케."

변명을 하려고 했지만 고스케는 내 쪽으로 오지 않고 직접 마쓰모토를 다그쳤다.

"마쓰모토 아저씨, 적당한 시기를 기다렸다가 발판에서 떨어지라고 하는 게 뭔데요?"

고스케가 어깨를 잡고 흔들어대자 마쓰모토는 괴로운 표정으로 한숨을 쉬었다.

"아니, 아무것도 아니야."

"이러지도 저러지도 못하는 놈을 기노시타 현장에 떠맡기다니요! 그게 무슨 말이냐고요, 네? 마쓰모토 아저씨!"

"그만해, 고스케."

내 손을 뿌리치며 고스케는 악마같이 무서운 표정으로 돌아보았다.

"아저씨, 알고 계셨어요?"

"아니, 그게······."

"그러고 보니 아버지가 돌아가셨을 때 아저씨도 나카바야시에 계셨죠? 그럼 뭐예요, 제 아버지는 죽으려고 일부러 기노시타에 취직했다는 말인가요? 적절한 시기를 기다렸다가 떨어지려고 기노시타 현장의 건물 발판에 올라간 거예요? 그거 알고 계셨어요, 아저씨? 아버지가 죽기 전에 아저씨는 그 사실을 알고 계셨냐고요?"

아무 말도 못했다. 고스케가 멱살을 잡고 흔들어대는데 어떤 말도 할 수 없었다.

"대답 좀 해봐요! 알았냐고요? 아버지가 빚을 갚기 위해 자살하려는 걸 알고도 말리지 않았느냔 말이에요?"

"그만해라, 고스케."

"뭐야, 당신! 아버지 친구라고 했잖아! 그런데…… 말이 다르잖아. 정말 그랬다면 죽는 걸 내버려 둔 거잖아! 아니면 뭐야, 당신도…… 설마 당신도 그놈들과 한패였던 거야?"

"고스케!"

마쓰모토가 뒤에서 고스케 양쪽 겨드랑이에 팔을 집어넣어 목덜미에서 깍지를 끼더니 그대로 뒤로 내팽개쳤다.

"고스케, 너는 입이 열 개라도 이 사람한테, 겐 씨한테 그런 말을 해선 안 돼!"

고스케는 합판을 깐 바닥에 팔다리를 늘어뜨리고 주저앉은 채 망연자실했다.

"이 사람이 지금까지 어떤 심정으로 너를 가르쳤는지 알기나 해? 다른 사람들은 몰라도 우리처럼 오랫동안 같이 일한 인부들은 그때 일을 다 알아."

나는 그의 팔을 잡았다.

"마쓰모토……."

"아니야, 가만있어 봐. 오늘은 말을 해야겠네. 친척도 아니고 아무 관계도 없는 너를 위해서 겐 씨가 어떻게 했는지 알아? 아직 애송이라 부족하지만 잘 봐달라고, 네가 보지 않을 때 사람들에게 머리를 숙여가며 부탁하곤 했어. 너에게 무슨 일이 생기면 가장 먼저 자기한테 말해달라면서, 책임은 모두 자기가 지고 열심히 가르칠 테니까 부디 너그럽게 봐달라고 말이야. 그렇게 이 사람은 너를 위해서 친아버지도 못 할 일을 수도 없이 해왔다고. 그런 겐 씨한테 네가 그런 말을 해서는 절대 안 되는 거지!"

고스케는 천천히 일어나 현장에서 나갔다.

나와 마쓰모토는 쫓아가려 하지 않았다.

복도에 떨어진 봉투를 주워 안을 보았다. 간장 맛 전병과 막과자처럼 낱개로 포장된 초콜릿, 음료수 세 캔이 들어 있었다. 따뜻한 커피는 나를 위해 샀을 테고, 녹차는 마쓰모토, 콜라는 고스케 몫이었다. 평소대로 '사 와.' 하면 통하는 각자의 취향이었다.

마쓰모토가 꾹 참았던 한숨을 길게 내쉬었다.

"내 말이 좀 심했나?"

물론 나는 그를 원망할 자격이 없었다.

"아니야. 내 잘못이지, 뭐. 제대로 말해줬어야 했는데……."

녹차를 마쓰모토에게 건네고 나란히 담배를 피워 물었다.

마일드세븐이 유독 썼다.

2

12월 7일 일요일. 오전 10시 40분.

구사카는 미시마 고스케의 집 근처에 위치한 작은 카페에 있었다.

"미안합니다, 쉬는 중일 텐데."

고스케가 테이블에 시선을 내려뜨리고 턱만 조금 움직여 대답했다.

"괜찮습니다."

어느 곳에나 있을 법한 지극히 서민적인 가게였다. 아침 식사 메뉴는 토스트에 달걀과 베이컨 세트였다. 점심은 일본식으로 만든 스파게티와 오므라이스. 혼자 온 손님 대부분은 신문이나 만화 잡지에 시선을 고정하고 있었다.

사토무라를 포함한 세 명 모두 모닝 세트로 메뉴를 통일했다. 커피는 간판에 적힌 대로 UCC 제품이었다. 향과 맛은 그저 그랬다.

"지난번에 물었던 나카가와 미치코 씨에 대해서인데요."

안색을 살폈다. 달리 이렇다 할 반응이 없었다.

"나카가와 씨의 아버지인 나카가와 노부로 씨도 두 달 전쯤 기노시타 흥업의 공사 현장에서 추락 사고로 사망하셨죠. 알고 있었습니까?"

고스케가 테이블 끝에 놓인 담뱃갑으로 손을 뻗었다. 라크 마일드 한 개비를 꺼내 물고 일회용 라이터로 불을 붙였다. 그 움직임에서 특별히 동요하는 기색은 보이지 않았다.

"그랬습니까?"

이 한마디는 참으로 중요한 대답이었다.

두 사람의 아버지는 시기만 다를 뿐 같은 기노시타 흥업의 공사 현장에서 추락 사고로 사망했다. 고스케는 그런 사실을 자기는 전혀 몰랐다는 입장을 표명한 셈이다.

모를 리가 없다. 그것이 수사본부 전원의 견해였다. 아버지의 사고사를 부정한다는 것은 그에게 죄가 있고 없고를 떠나서 위증할 각오가 단단히 되어 있다는 증거였다.

물론 우리가 모르는 사정이 있다는 것만큼은 유의해야지.

"몰랐습니까? 그럼 또 한 가지, 다카오카 겐이치 씨가 고스케 씨를 보험 수익자로 지정하여 가입한 생명보험이 있었습니다. 그 일은 알았나요?"

조금 전과는 다르게 눈빛에 어렴풋이 변화가 일었다. 나카가와 노부로에 대한 질문은 어느 정도 각오했지만 보험 관련 질문을 받으리라고는 예상하지 못한 듯했다.

"네, 그 얘기는 아저씨에게 들었습니다."

"다카오카 씨에게 증서도 받았습니까?"

가택수색을 했지만 다카오카의 집에서 그런 종류의 서류는 발견하지 못했다.

"글쎄요, 기억이 잘 나지 않습니다."

보험을 계약한 시기는 4년 반 전. 고스케가 다카오카와 같이 일하기 시작한 지 1년 정도 지났을 무렵이다. 계약 자체는 둘째

치고 증서가 있는지 없는지도 불분명하다니 수긍하기 어렵지만 다른 방법이 없었다.

"또 한 가지, 나이토 기미에라는 여성을 압니까?"

이번에는 보험 관련 질문을 했을 때보다 훨씬 더 동요하는 기색이었다. 거꾸로 따져보면 나카가와 노부로 사건을 알면서 시치미를 뗐다는 견해를 강하게 뒷받침하는 증거였다.

"나이토…… 뭐라고요?"

"기미에, 나이토 기미에입니다."

고스케가 고개를 갸웃하더니 생각에 잠겼다. 담배 한 모금을 들이마셨다가 연기가 앞으로 퍼지지 않게 고개를 돌려 통로를 향해 내뿜는다.

"아, 시모샤쿠지이에서…… 음, 아니었나?"

"뭔가 짚이는 거라도?"

다시 한 모금 들이마시고 재떨이에다 재를 턴다.

"그게…… 전에 일하러 간 현장 중에 나이토라는 분의 집이 있었던 것 같아서요. 그 집 아주머니가 기미에 씨인지는 모르겠지만……."

"장소가 시모샤쿠지이였다고요?"

"네, 시모샤쿠지이의 나이토 씨 댁……. 맞아요, 그렇게 말했던 기억이 납니다. 아! 아니다. 사이토 씨 댁이었나? 시모샤쿠지이, 사이토…… 음, 어느 쪽이었지?"

"몇 년 전쯤의 현장입니까?"

"2년인가 3년 전입니다. 다카오카 씨의 수첩만 있으면 금방 알 텐데……."

 나이토 기미에가 사는 곳은 아다치 구 기타센주다. 네리마 구의 시모샤쿠지이에 사는 건 어쨌든 다른 사람이다. 기미에가 최근 2~3년 사이에 이사를 했다면 이야기는 달라지지만 말이다.

 구사카는 고개를 끄덕이며 다시금 그의 안색을 살폈다.

 나카가와 노부로에 대해서는 무반응으로 시치미를 뗐다. 자기가 보험 수익자로 지정된 보험금에 대해서는 약간 동요하는 기미를 보이면서도 안다고 인정했고, 증서의 유무는 모른다고 했다. 나이토 기미에에 관해서는 그런 현장에서 공사한 기억은 있다는 정도에서 얼버무렸다.

 이것이 모두 미리 짜놓은 연기라면 대단한 녀석이라고 칭찬해줄 만했다. 그러나 그렇지 않다면 미시마 고스케는 분명히 나이토 기미에를 모른다. 그런 직감이 들었다. 어디까지나 경험에 의한 가설에 불과하지만 말이다.

 "알겠습니다. 그럼 또 생각나는 내용이 있으면 언제라도 괜찮으니 연락 주십시오."

 고스케는 알겠다고 대답한 후 혹시 일기장에 적혀 있을지도 모르니 찾아보겠다고 덧붙였다. 그가 일기를 쓴다는 건 조금 의외였다.

 이튿날인 월요일 오후, 구사카 일행은 세타가야 구 도도로키에 있는 기노시타 흥업을 방문했다.

 사옥은 L 자형으로 지은 4층 건물로 별로 크지 않았다. 검붉은색 외벽이 상당히 낡아 보였다. 그럴듯하게 꾸며놓은 창문과 베란다를 보아서는 위층을 주거지로 사용하는 듯했다.

사옥과 벽돌 담장으로 둘러싸인 빈터에 자동차는 한 대도 없었다. 오른쪽 담벼락에는 거대한 철제 선반이 있었고 4미터는 족히 되는 쇠파이프가 수십 개 세워져 있었다. 자세히 보니 파이프에는 콘크리트와 페인트가 군데군데 들러붙었다.

정면 1층에 사무실인 듯한 곳이 있었다.

"실례하겠습니다."

회사 이름이 적힌 유리문을 열자 바로 앞에 카운터가 보였다. 안쪽에는 사무용 책상 네 개가 한데 모여 있었다. 사원은 세 명이었다. 유니폼을 입은 여자 두 명과 양복 차림의 남자 한 명. 오른쪽 벽에는 공사 일정표와 인부들에게 할당된 작업 내용을 적은 화이트보드가 붙어 있었다.

"어떻게 오셨습니까?"

카운터에서 가장 가까운 자리에 있던 사무원이 일어나며 물었다. 안경을 쓴 비교적 젊은 여성이었다.

"경시청에서 나왔습니다. 업무 중이신데 갑자기 찾아와서 죄송하지만 사장님 계십니까?"

그녀는 눈을 가늘게 뜨더니 잠시 기다려달라며 고개를 숙여 보이고 왼쪽 문으로 향했다. 노크를 한 다음 문을 열고 손님이 오셨다고 전했다.

바로 50대 후반으로 보이는 보통 체구의 남자가 얼굴을 내밀었다.

"네, 무슨 일이십니까?"

미간을 찌푸렸지만 불쾌해하는 표정은 아니었다.

"불쑥 찾아와서 죄송합니다. 경시청에서 나왔습니다. 잠시 여쭙고 싶은 말이 있는데 시간 괜찮으십니까?"

경찰수첩을 제시하고 가능한 한 부드러운 어조로 양해를 구했다.

상대는 '아, 네.' 하며 고개를 숙였다.

"전 사장 기노시타입니다. 구체적으로 무슨 용건이신지?"

"네, 두 달 전에 사고로 사망한 나카가와 노부로 씨와 9년 전에 추락사한 미시마 다다하루 씨에 대해 알아볼 게 있어서 찾아왔습니다."

그제야 곤란하다는 듯이 안색이 변했다.

"네, 그러시다면 우선 이쪽으로 오시죠. 야시로, 차 좀 부탁해."

기노시타는 처음에 응대했던 여직원에게 지시하고 자기 사무실로 구사카 일행을 안내했다. 사장실은 꾸밈새가 훌륭했다. 묵직해 보이는 집무용 책상과 소파 세트가 널찍하게 놓여 있었다. 옥의 티라면 바로 옆에 주택이 있어서 맞은편 창문이 어둡다는 점이었다.

2인용 소파 뒤에는 후지산을 그린 유화가 걸려 있고, 책상 너머 벽에는 '초지일관'이라 적힌 붓글씨 액자가 보였다.

명함을 교환하고 안내받은 소파에 앉았다.

곧이어 여직원이 차를 내왔다.

"실례하겠습니다."

야시로라고 불린 여직원은 뭔가 말하고 싶은 듯이 구사카를 쳐다보더니 결국은 인사만 하고 나갔다.
　기노시타가 곤란하다는 표정으로 차를 한 모금 마시고 먼저 말을 꺼냈다.
　"좀 전에 말씀하신 두 사건 모두 확실하게 경찰 조사를 받았습니다. 사고로 결론이 났다고 들었는데요."
　"네, 저희도 그렇게 알고 있습니다. 그래서 오늘은 사고 이후 정황을 확인하려고 방문했습니다."
　"사고 이후라니요?"
　구사카는 기노시타에게서 눈을 떼지 않은 채 고개를 끄덕였다.
　"기노시타 흥업이 미시마 다다하루 씨 앞으로 1,200만 엔의 생명보험을 들었고 그 보험금을 수령했죠."
　"그건……."
　당연한 일이라고 말을 자르려는 기노시타를 구사카는 손으로 저지했다.
　"이해합니다. 작업 자체가 위험을 동반하는 만큼 현장에서 일어날 사고를 대비하는 건 당연하겠죠. 또한 그에 따른 인부 가족의 보상 문제도 있고 해서 고심 끝에 내린 결정인 줄은 저희도 충분히 압니다."
　기노시타가 테이블 가장자리로 시선을 피했다.
　"그런데 미시마 다다하루 씨에게는 사망하기 전에 천만 엔가량의 빚이 있었더군요. 그 사실을 알고 계셨습니까?"
　기노시타는 바짝 긴장하며 고개를 끄덕였다.

"네, 그 내용은 경찰 쪽에서 들었습니다."

"그럼, 나카가와 노부로 씨에 대해서는 어떻게 알고 계십니까? 미시마 씨와 마찬가지로 빚 때문에 힘들어했다는 이야기를 들으셨습니까?"

긴장을 했는지 내쉬는 숨이 고르지 못했다.

"글쎄요, 그건 기억이 잘 안 나는데……."

"아, 네. 불과 2개월 전 일인데…… 그럼 이 내용은 어느 분이 잘 아실까요?"

뭔가 생각이 났는지 기노시타가 갑자기 고개를 들었다. 하지만 이쪽으로는 초점을 맞추지 않았다.

"그 내용을 좀 더 상세히 아시는 분이 여기 안 계십니까?"

눈동자의 움직임이 산만해졌다. 나카바야시 건설의 직원과 비교하면 분명히 안절부절못하는 태도였다.

"이 회사의 보험이나 복리 후생 업무는 모두 사장님이 담당하십니까?"

아닙니다, 하는 한마디가 조건반사 처럼 입에서 튀어나왔다.

"그럼 어느 분이?"

대답을 바로 못 하고 머뭇거린다.

"직원 17명 가운데 12명이 현장 인부라는 사실은 이미 알고 있습니다. 조금 전에 차를 내준 야시로 씨가 그런 업무를 맡고 있습니까?"

"아닙니다, 그 여직원은……."

"그럼 다른 여성 직원입니까? 아니면 안쪽에 계시던 양복 차림의 남자 직원입니까?"

잠시 뜸을 들였다. 기노시타는 텅 빈 테이블 중앙에 시선을 고정하고 생각에 잠겼다.

집무용 책상 맞은편 구석에는 두께가 15센티미터는 족히 될 만한 장기판이 놓여 있었다. 기노시타는 장기를 둘 때처럼 머릿속으로 예상 질문과 답변을 되풀이해서 생각하는지도 몰랐다.

예를 들면 이런 식으로……. 보험 업무는 제 아내가 담당합니다. 그러면 부인을 이리로 모셔 올까요? 지금 이곳에 없습니다. 언제 돌아오십니까? 오늘 밤엔 돌아오지 않습니다. 여행 중이십니까? 어디로? 그건 말씀드리기가 좀……. 그런 문답이라도 고민하는 걸까.

"기노시타 사장님?"

구사카의 추측에서 별로 빗나가지 않았는지 기노시타의 안색이 순식간에 괴로운 빛으로 물들었다.

안쪽 주머니에 손을 넣고 작게 혀를 찬다.

"시, 실례하겠습니다."

기노시타가 소파에서 일어나 책상 위에 놓인 담뱃갑을 가져왔다. 독한 피스였다. 마지막 한 개비였는지 담배를 입에 물자마자 크림색 담뱃갑을 움켜쥐어 찌그러뜨린다.

탁자에 놓인 라이터로 불을 붙이고 진한 연기를 내뿜었다. 조금이나마 기분이 진정된 듯 보였다.

"저, 보험 업무는…… 도베 마키오라는 총무과 직원이 담당합니다."

"저쪽에 계셨던 남자분입니까?"

"아닙니다, 오늘은 출근하지 않았습니다."

"휴무입니까?"

짧게 고개를 젓는다.

"그런 문제만 전문으로 담당하는 직원이라 현장 인부들과는 근무 방식이 조금 다릅니다."

"사무실엔 언제 돌아오십니까?"

"글쎄요, 오늘은 만나기가 조금 어려울 겁니다."

"그럼 내일은?"

"내일도 아마……."

기노시타는 언제 나올지도 모르고 연락도 닿지 않는다고 거듭 말했다. 물론 의심스러운 점투성이였지만 굳이 캐묻지는 않았다.

이름과 나이만 확인했다.

도베 마키오, 41세. 주소는 메구로 구 유텐지.

다시 날짜를 잡아서 방문하겠다고 말해두고 기노시타 흥업을 나왔다.

"주임님, 왜 좀 더 캐묻지 않으셨습니까?"

사토무라가 목소리를 낮추며 구사카의 표정을 살폈다.

"어쩌면 도베는 최근 일주일 이상 회사에 안 나왔을지도 모르네."

"네엣?"

사토무라는 할 말을 잃고 우물거렸다.

"사무실에서 나올 때 화이트보드를 얼핏 훑어봤지. 출근자 명단에 야시로, 가와카미, 니키가 똑같이 붉은색으로 적혀 있더군. 아마 니키라는 사람이 또 다른 여직원이고 가와카미가 양복 입은 남자일 거야. 기노시타라든가 사장이라고 적힌 칸은 없었네. 그 밖의 다른 직원은 한 명을 제외하고 현장별로 나뉘어 적혀 있었고, 나머지 한 사람 이름은 빈 공간에 있었는데 이토라는 이름이었지. 아마 퇴사했거나 휴가를 간 직원일 거야. 그런데 도베 이름이 어디에 적혀 있었는지 아나?"

사토무라가 고개를 저었다.

"28일에 적혀 있었네. 월별 예정 업무를 기록하는 보드니까 아마 지난달 28일에 기입했다는 뜻이겠지. 다른 직원은 출근이나 현장 근무, 퇴사 칸에 이름이 기입되어 있었는데, 도베라는 이름만 일정표 쪽에 있었단 말이야. 나는 이 차이점에 아무런 의미도 없다고는 생각하지 않네."

그때 등 뒤에서 '저어⋯⋯.' 하는 소리가 들렸다.

자기들을 부르는 소리라고는 생각하지 않았지만 뒤를 돌아보니 야시로라는 여직원이었다. 황록색 코트를 입고 헐떡이며 하얀 입김을 내뿜었다.

"네, 무슨 일이시죠?"

"저, 잠깐 도베 씨에 대해 말씀드리고 싶은 게 있어서⋯⋯."

입김 때문에 안경이 뿌예졌다.

구사카는 자기도 모르게 뿌연 안경 너머로 눈을 치뜨고 그녀를 노려보듯 쳐다보았다.

한 시간 정도는 자리를 비워도 괜찮다고 해 근처에 있는 아담한 카페에 들어가서 커피 세 잔을 주문했다.
"도베 씨에 대해 하실 말씀이?"
그녀는 물 한 컵을 단숨에 들이켜고 주변을 두리번거렸다.
"우연히 사장님과 하시는 말씀을 들었는데요, 도베 씨가 보험 관련해서 무슨 문제라도 일으켰나요?"
그렇게 질문한들 구사카도 조금 전에 처음 들은 이름이었다.
"아니요, 그런 건 아닙니다."
"그럼 체포는 안 하시나요?"
아무리 어리다지만 어엿한 사회인인데 언행에 조심성이라고는 눈곱만큼도 없었다.
"왜 도베 씨가 체포될 거라고 생각하시죠?"
커피가 바로 나왔다. 그녀는 안경에 김이 서려서 답답한지 벗어서 옆에 내려놓았다.
커피 잔의 검은 수면을 가만히 주시했다.
"뭐라고 해야 할지⋯⋯ 아주 악질이에요, 도베라는 놈은!"
"악질이라니요?"
"말하자면 그놈은 조폭이라고요."
도베 마키오가 조직폭력배라고?
"그건 좀 위험한 이야기군요. 제가 보기에 기노시타 흥업은 평범한 회사 같던데요. 그런 회사가 왜 조폭을 고용합니까?"

그녀는 흥분을 가라앉히려는지 몇 번인가 조용히 숨을 내쉬었다.

"형사님은 나카바야시 건설이라는 회사 아세요?"

엉겁결에 사토무라와 눈을 마주쳤다.

"네, 압니다."

"그 회사, 배후에서 조폭이 조종하죠?"

이렇게 어린 아가씨가 그런 사정까지 알다니.

"글쎄요. 그런 소문도 들리기는 합니다만. 그 소문과 도베 씨가 무슨 관계라도 있습니까?"

"도베라는 사람, 정식으로는 어떤지 모르지만 사실은 나카바야시에서 파견 나온 사원이에요. 본인도 그렇게 말했고요."

그렇군.

몇 가지 단서가 머릿속에서 꼬리를 물고 연결되었다.

야시로가 이야기를 계속했다.

"그래서인지는 저도 잘은 모르지만 처음부터 일주일에 한두 번만 출근한다고 했어요. 출근해도 제대로 하는 일이 없었고요."

"오늘도 출근하지 않으셨더군요."

"네, 며칠째 코빼기도 안 보여요."

"언제부터 출근하지 않았습니까?"

그녀는 무릎에 손을 내리고 날짜를 꼽았다.

"지난주 수요일에 잠깐 얼굴을 내비치고는 그 뒤로 쭉 안 나왔을걸요."

지난달 28일은 너무 앞서 생각했나? 하지만 지난주 수요일이면 12월 3일이다. 다카오카가 죽은 날이다. 그 후로 출근하지 않았다면?

우연의 일치일지 모르지만 귀가 솔깃한 제보다.

"제대로 하는 일이 없다고 하셨는데 구체적으로 어떻다는 말씀입니까?"

그녀는 어금니를 꽉 깨물고 침통한 표정으로 고개를 끄덕거렸다.

"여자 탈의실에도 서슴없이 들어왔어요. 그러곤 정말이지 인사는커녕 변태 같은 짓이나 하고 허구한 날 치근대기 일쑤였어요. 저한테 그런 짓을 할 때는 사장님이 직접 나서서 한마디 해 주셔서 괜찮았지만, 오늘 함께 일하던 그 여직원에게는…… 본인은 별일 없었다고 했지만 제 생각에는 무슨 일이 있었을지도……."

그녀는 냉정을 되찾으려는지 커피를 한 모금 마셨다.

"1년 내내 술 냄새나 풍기고, 그러면서 다른 현장 인부들이 있는 시간대에는 절대로 오지 않았어요. 환갑이 넘은 인부한테도 꼼짝 못 하는 주제에 여직원들한테는 완력을 쓰고, 그런 놈이에요."

"기노시타 사장님은 왜 그런 골치 아픈 자를 회사에 두는 겁니까?"

야시로는 더욱 말하기 괴롭다는 듯 시선을 떨어뜨렸다.

"정확히는 모르겠어요. 그런데 사장님이 안 계실 때 3층에서 사모님과 다투는 소리가 나고…… 도베가 실실거리며 위층에서 내려온 적이 있었어요. 사모님은 젊고 아름다운 분이에요. 사모님에게 만약 무슨 일이 생겼거나 가령 협박이라도 당했다면요, 사장님도 그놈을 함부로 자르지는 못할 거예요."

그녀가 하는 이야기를 곧이곧대로 받아들여서는 곤란하겠다고 생각했다. 그러면서도 도베 마키오라는 남자의 이미지가 조금씩 머릿속에서 그려졌다.

"그럼 그런 상황에서 당신은 왜 기노시타 홍업을 그만두지 않았습니까?"

순간 야시로는 화가 난 듯 눈썹을 치켜세웠다.

"그야 도베 빼고는 다들 좋은 분이니까요. 현장에서 일하는 분들도 경리과의 가와카미 씨도, 사장님도 사모님도, 모두 좋은 분들이세요. 그래서 저만 도망가기에는……."

야시로는 테이블 쪽으로 상체를 바짝 붙이면서 물었다.

"도베를 체포하지는 못하나요?"

그 질문에는 고개를 저어야 했다.

"아무 이유 없이 저희 쪽에서 체포하기는 불가능합니다. 물론 그쪽에서 피해 사항을 확실하게 명시해서 형사 고발을 하신다면 지체 없이 협력하겠습니다. 그렇게 하실 생각은 없으시죠?"

야시로는 어깨를 늘어뜨리고 힘없이 고개를 끄덕였다.

"역시 그건 불가능한가 보군요."

그래도 오늘 몇 가지 정보는 입수했다.

도베는 나카바야시 건설에서 파견한 사원이라는 형식으로 기노시타 홍업에서 근무하며 보험계약 업무를 담당했다. 미시마 다다하루와 나카가와 노부로 두 사람의 보험금 사취에 관여했을 의혹이 매우 짙다. 그 일과 다카오카 겐이치 살해 사이에 무슨 연관성이 있는지는 아직 가타부타 말하기 어렵지만 관련이 없다고 보는 편이 훨씬 더 부자연스러웠다.

더욱이 도베는 다카오카가 죽은 12월 3일 이후 기노시타 흥업에 출근하지 않았다.

"야시로 씨, 당신들이 당한 피해로 도베를 고발하기는 여러모로 어렵습니다. 재판에서 이기지 못할 수도 있습니다. 하지만 지금 저희가 수사 중인 사건에 도베가 관여했다면 체포할 가능성이 있습니다."

야시로의 새까만 눈동자가 커졌다.

"그러니까 야시로 씨."

"네."

"당신에게 몇 가지 부탁드리고 싶은 게 있습니다."

그녀는 진지한 표정으로 끄덕였다.

"우선 도베 마키오의 휴대전화 번호를 알려주십시오. 그리고 가능하면 야시로 씨가 도베에게 연락해서 출근하도록 유도해주세요. 만약 전화가 연결되어서 도베가 출근하면 그 즉시 저한테 연락해주세요. 그쪽에서 먼저 나타난 경우라도 마찬가지입니다. 바로 회사로 달려가겠습니다. 무슨 이유를 대서건 그를 가지 못하게 붙잡아주시면 됩니다. 알겠습니까? 가능하겠어요?"

야시로는 알겠다고 대답하고 곧바로 자기 휴대전화로 누군가에게 전화를 걸었다.

"사에 씨? 나야. ······응, 괜찮아. 지금 형사님과 이야기하는 중이야. 그런데 말이야, 도베 휴대전화 번호 좀 지금 바로 문자로 보내줄래? ······아니, 형사님이 부탁하셔서. ······응, 괜찮아. ······고마워. 부탁할게."

잠시 후 그녀의 휴대전화에서 낯익은 멜로디가 흘러나왔다. 틀림없이 비틀즈의 곡이었다. 곡명은 잊어버렸다.

"전화번호 왔어요! 형사님, 무선통신 할 줄 아세요?"

모른다고 대답하자 크게 실망한 표정을 지었다.

사토무라에게 물으니 안다고 대답했다.

왠지 당하지 않아도 될 창피를 당한 기분이었다.

3

레이코는 요 며칠 스즈키 부동산 중개소를 운영하는 스즈키 다이치 사장의 소개로 몇몇 사람을 만났다. 다카오카 겐이치가 미나미하나하타에서 살던 때를 기억한다는 사람들이었다.

초등학교 동창과 중학교 동창이었다. 그 밖에도 한두 학년 차이 나는 선배와 후배도 있었다. 그러나 철거 직전의 다카오카와 친분이 있었다는 사람은 한 명도 없었다.

"어렸을 때는 별로 눈에 띄지 않았어요."

"있는지 없는지도 모를 만큼 조용한 사람이었어요."

"소심하고 약골이어서 아이들에게 자주 괴롭힘을 당했지."

"그런 녀석이 있었나?"

사진을 보여주었지만 그들이 기억하는 다카오카와 일치하는 점은 하나도 없었다.

어릴 때는 그랬었구나.

마땅한 사람을 찾지는 못했지만 자기가 의도한 대로 탐문 수사를 계속했다. 이미 10여 년이 지난 일이었다. 다카오카야라는 막과자 겸 장난감 가게가 있었다는 사실은 다들 기억했다. 부부가 함께 가게를 운영했다는 것도 기억난다고 했다. 하지만 그 가겟집 아들이 어떻게 지내는지는 모른다는 대답뿐이었다.

그때쯤 스즈키에게서 다시 연락이 왔다.

"일전에 이야기한 사라시나라고, 다카오카야에서 두 집 건너에 있던 메밀국숫집요. 그 집 아들과 연락이 닿았습니다."

서둘러 연락을 취해 신주쿠에서 만나기로 했다. 장소는 기노쿠니야 서점 본점과 같은 줄에 위치한 카페였다.

입구에 들어서서 약속을 정할 때 알아둔 번호로 전화를 걸었다. 신주쿠 거리가 내다보이는 창가 쪽 자리에 앉아 있던 남자가 문 쪽을 바라보았다. 전화를 끊고 인사를 하며 다가갔다.

"실례합니다. 사와이 유지 씨신가요?"

30대 초반으로 보였다. 호남형의 제법 세련된 느낌이었다.

"네, 사와이입니다. 히메카와 레이코 씨?"

이오카와 함께 명함을 주고받은 다음 맞은편에 앉았다. 명함을 보니 제법 유명한 가스 기구 회사 직원이었다. 소속 부서는 인사과였다. 스즈키 사장의 기억이 거의 들어맞았다.

사와이는 이미 커피를 주문했기 때문에 레이코 일행도 같은 메뉴로 통일했다.

"무슨 일이십니까? 다카오카 겐이치 형 일이라니요?"

"혹시 사와이 씨는 그 다카오카 겐이치 씨와 친하셨나요?"

그가 이야기를 시작하려는데 마침 종업원이 커피를 가져왔다. 잠시 대화를 멈추었다.

"죄송하지만 그 전에 나이를 좀 여쭤봐도 괜찮을까요?"

사와이는 씩 웃더니 서른여덟이라고 대답했다. 그 나이라고는 도무지 믿기지 않았다. 기껏 해야 두세 살쯤 위일 줄 알았다. 풍기는 분위기가 모델 출신 배우 같았다.

"그럼 다카오카 씨와는 다섯 살 차이가 나겠군요."

"그렇습니다. 그래서 어렸을 때는 저를 자주 보살펴 주었습니다. 초등학교 때는 등교도 같이 했고요. 비록 1학년 때뿐이었지만요."

"어떤 분이셨습니까?"

얼굴에 복잡 미묘한 미소가 엿보였다.

"어디로 보나 소심한 성격이었습니다. 부끄러움을 많이 타서 앞에 잘 나서지도 못하는 형이었습니다. 그래도 저한테는 친절했습니다. 늘 저를 정성껏 보살펴 주었죠. 아, 글쓰기 재주가 뛰어났어요. 여름 방학이면 독서 감상문 쓰기 숙제가 있잖아요? 그걸 다카오카 형이 거의 해주다시피 했습니다. 형은 책벌레라서 읽지 않은 책이 없었어요. 감상문도 1학년은 1학년에 맞게, 2학년 때도 그에 알맞은 문장으로 그럴듯하게 써주었죠. 도움을 많이 받았는데…… 저는 그걸 원고 용지에다 베껴 쓰기만 하면 되었으니까요. 정말 좋은 형이었습니다."

미시마 고스케를 자기 밑에 두어 일을 가르치고 부모 노릇까지 했다는 이야기와 통하는 부분이 있었다. 하지만 글쓰기를 잘했다는 말은 의외였다. 게다가 책벌레라니. 목수인 다카오카의 이미지와는 동떨어진 느낌이었다.

"만들기 숙제는 도와주지 않았나요?"

사와이는 고개를 저었다.

"아니요, 만들기는 오히려 형이 더 서툴렀습니다. 그쪽은 제가 더 잘해서 저 혼자 다 했습니다. 여러모로 신세를 많이 졌죠. 은혜를 갚고 싶어도 다섯 살이나 어리다 보니 형이 하는 일을 도와주지는 못했습니다."

다카오카가 만들기를 못했다고?

의아해하는 레이코를 이상하게 여긴 사와이는 이오카와 레이코의 얼굴을 번갈아 쳐다보았다.

"저기, 그런데 겐이치 형에게…… 무슨 일이 생겼습니까?"

"아, 아니요. 그 일은 차차 말씀드리겠습니다."

일부러 스즈키 사장에게는 다카오카 겐이치가 죽었다는 사실을 알리지 않았다. 따라서 사와이도 아직 모를 터였다.

커피를 마시며 잠시 시간을 두었다. 세 사람 다 묵묵히 커피를 마시고 한숨을 쉬었다.

"그러면 사와이 씨가 다카오카 겐이치 씨를 마지막으로 만난 때가 언제쯤이었나요?"

갑자기 안색이 어두워졌다.

"그건······ 아마 형이 그곳을 떠나기 1주인가 2주 전으로 기억합니다."

자세한 설명을 부탁하자 그는 침통한 표정으로 고개를 끄덕였다.

"그러니까 벌써 12년이나 흘렀군요. 저는 영업부에 있을 때라서 자동차로 시내 곳곳을 바쁘게 돌아다니곤 했습니다."

"그 무렵 메밀국숫집은?"

"그보다 훨씬 전에 망했습니다. 그놈들이 일부러 식중독에 걸리는 음모를 꾸며 가게를 망하게 만들었으니까요."

그랬다더군요, 하고 고개를 끄덕이자 사와이는 놀라서 알고 계셨습니까, 하며 물었다. 스즈키 사장에게 들었다고 하자 수다스럽기는, 하고 잠시 회상에 잠긴 듯 가볍게 웃었다.

"가게를 잃은 부모님은 망연자실하셨죠. 결국 그런 처지다 보니 갓 입사한 신출내기가 부모님을 부양해야 하는 상황이었습니다. 마침 여동생 둘도 취직을 해서 거들어주어 불행 중 다행이었죠. 여동생 둘한테까지 학비를 댈 형편은 도저히 아니었거든요."

잠시 시선을 내리고 짧은 한숨을 쉬었다.

"그런 사정 때문에 그 동네는 항상 마음에 걸렸습니다. 그러던 어느 날 영업 차 근처를 지나다가 오랜만에 들렀는데 일대에 불 켜진 집이 하나도 안 보이더라고요. 정말이지 공동묘지처럼 죽은 듯 변해 있었습니다. 자세히 살펴보니 딱 한 집에 불이 켜져 있더군요. 그 집이 형네 가게였습니다. 아버님과 어머님은 돌아가셨어도 아직 형은 살고 있구나, 하고 반가워서 근처에 차를 세우고 찾아갔죠."

레이코는 지금은 아파트가 있는 지대에 집 몇 채가 옹기종기 모여 있고, 불이 다 꺼져 있는 광경을 머릿속에 그려보았다. 공동묘지는 좀 과장된 표현이지만 분명히 초라하고 비참했던 쇼와* 시대를 연상케 했다. 물론 햇수로 따지면 헤이세이** 시대에 일어난 사건이다.

"괜히 큰 소리를 냈다가 형이 나를 땅 투기꾼으로 오해할지도 모른다는 생각이 들더군요. 목소리를 낮춰서 '저 사와이예요, 메밀국숫집 아들 사와이 유지요!' 하면서 초인종을 누르고 바깥문을 두드렸어요. 나올 기미가 전혀 안 보이더라고요. 주위를 둘러보니 옆집도 헐리기 전이었습니다. 그곳으로 들어가서 어릴 때 자주 다녔던 좁은 통로라고 해야 하나, 틈새 같은 데로 게처럼 걸어서 집 뒤편으로 갔어요. 거기에 가면 창문으로 안쪽 거실이 들여다보였거든요. 그랬더니……."

사와이의 얼굴이 심하게 일그러졌다.

"형이 거실 맞은편에 있는 욕실 앞 복도에 웅크리고 앉아 있더라고요. 두 손으로 식칼을 쥐고는 꼼짝 않고 그 식칼만 쳐다보고 있더군요."

레이코는 순간 다카오카가 누군가를 죽이려 했다는 이야기

---

* 쇼와(昭和): 1926년부터 1989년까지 사용된 일본 연호.
** 헤이세이(平成): 1989년부터 현재까지 사용하고 있는 일본 연호.

인가 보다고 예상했다. 그런 상황은 자기도 예전에 목격한 적이 있었다. 하지만 아무래도 그런 흐름은 아닌 모양이었다.

"저는 직감적으로 자살하려나 보다고 생각했습니다. 창유리를 두드리며 '형! 겐이치 형!' 하고 외쳤어요. 정 알아차리지 못하면 유리를 깰 작정이었습니다. 그런데 형이 이쪽을 쳐다보더라고요. 처음에는 누군지 몰랐을 겁니다. '나야, 나, 사와이 유지요!' 하고 외치자 '하아' 하고 좀 뭐랄까, 표현은 안 좋지만 망령 든 사람처럼 맥없이 웃으며 제 쪽으로 다가왔습니다."

사와이는 더욱 깊게 한숨을 쉬더니 이야기를 계속했다.

"현관문을 열어줘서 안으로 들어갔습니다. 그때까지도 형은 손에서 칼을 놓지 않았어요. 새빨갛게 녹슨 고물 칼이었습니다. 저는 그걸 들고 뭘 하는 거냐고 소리쳤습니다. 그랬더니……."

잠시 마음을 가라앉히려는지 머뭇거렸다.

눈치 없이 나대기로 소문난 이오카도 진지하게 듣고 있었다.

"칼을 갈고 싶은데 숫돌이 없다고…… 아무리 찾아도 숫돌이 보이지 않는다고, 나잇살이나 들어가지고 우는 겁니다. 얼굴을 보니 눈 위에 혹이 나 있더라고요. 혹시 그 일대에서 땅 투기를 했던 나카바야시 부동산을 아십니까?"

레이코는 네, 하고 고개를 끄덕였다.

"형은 별일 아니라고, 술에 취해서 좀 다투다가 혹이 났다며 둘러댔지만 나는 아니라고 직감했습니다. 술을 아무리 많이 마셔도 그렇게 무턱대고 싸울 사람은 아니니까요. 온순하고 차분한 사람이거든요. 그런 사람이라 더 심하게 괴롭힘을 당했을 겁니다. 나카바야시는 우리 집에 식중독까지 끌어들일 정도였으니까요. 무슨 짓이든 합니다, 그 인간들은."

레이코는 거기까지 들으면서 역시 뭔가 마음에 걸리는 느낌을 받았다.

사와이가 평가한 다카오카는 남과 다툴 사람이 아니다, 글 쓰는 재주가 있다, 만들기가 서툴다, 동창들 사이에서는 인상이 희미하다, 무엇으로 보나 괴롭힘을 당하는 쪽이었다는 내용이었다. 목수고, 완력이 강해 보이고, 미시마 고스케의 부모 역할을 자진해서 떠맡은 다카오카의 이미지와는 상당히 달랐다.

사와이가 갑자기 겸연쩍어하며 엉뚱한 말을 했다.

"저, 10년도 넘었으니까 이젠 거의 시효가 끝났겠지요?"

"네?"

사와이는 더욱 씁쓸하게 웃으며 고개를 숙였다.

"그런 다음 형과 한잔하러 갔습니다. 결국 그날 돌아갈 때 음주 운전을 해서······."

레이코는 웃으며 가볍게 눈을 흘겼다.

"그 이후로 조심하셨다면야 문제없습니다."

"그럼요. 지금은 음주 운전 안 합니다."

레이코는 요새는 가차 없거든요, 하고 덧붙였다. 사와이는 전혀 안 합니다, 하며 멋쩍은지 머리를 긁적였다.

그러는 사이에 사와이의 얼굴에는 다시 그늘이 비쳤다.

"한잔하러 가서······ 이런저런 얘기를 들었습니다. 전화가 쉴 새 없이 오고 휴대전화를 새로 바꿔도 금방 알아낸다고 했습니다. 우편함에 썩은 고양이 시체를 쑤셔 넣은 적도 있었다더군요. 정말 너무하지 않습니까?"

이런 이야기를 들으면 레이코는 항상 특정 종류의 분노를 느꼈다. 가해자가 아니라 피해자를 향한 분노였다. 조바심과도 비슷하리라.

"그런 문제는 경찰과 의논해야죠."

그 말에 레이코를 쳐다보는 사와이의 눈빛이 처음으로 냉랭해졌다. 시선은 조금 전에 건네받은 명함으로 내려갔다.

"레이코 씨는 그러니까…… 가스미가세키에 있는 경시청 분이 맞죠?"

요즘 사람들은 드라마를 많이 봐서인지 본부와 관할의 차이를 정확히 인식하고 있다. 경찰청과 경시청의 차이도 제대로 알고 있다.

"네, 그렇습니다."

"그런 대단한 곳에 계시는 분은 잘 모르실 겁니다. 그 지역의 경찰은 말이죠, 완전히 쓰레기예요. 고양이 시체 정도는요, 파출소 순경이 와서 한 줄 쓱 쓰고 가버리면 끝이에요. 수사는 고사하고 야간 순찰도 거의 안 하니까요. 오죽하면 나카바야시한테 뒷돈이라도 받은 게 아니냐고 다들 수군댔겠어요."

그건 그렇다 해도 사와이가 모르는 부분이 조금 있었다. 파출서 경찰이라고 다 그렇진 않다.

레이코도 경찰이 되자마자 가스미가세키 경시청 본부에서 근무하지는 않았다. 대학을 졸업한 뒤 경찰 임용 시험에 합격하여 경찰학교를 졸업하고 배치된 곳은 시나가와 서였다. 거기서 히몬야 서로, 다시 요쓰야 서로 이동한 후 본부로 올라왔다. 따라서 관할 서가 어떻게 돌아가는지 모를 리 없었다. 그 속에 떠도는 나태함과 탐욕스러움은 넌덜머리가 나도록 보았다. 그로 인해 눈물을 흘리는 시민의 얼굴도…….

사와이의 마음을 충분히 알고 있었기에 이 자리에서는 잠자코 머리를 숙일 뿐이었다.

"그런 불미스러운 일이 있었을 줄은 몰랐습니다. 대단히 죄송합니다. 제가 사과드린다고 해서 마음이 풀리지는 않으시겠죠. 하지만 같은 경찰관으로서 부끄럽기 짝이 없네요."

이오카도 덩달아 옆에서 머리를 숙였다.

사와이는 아, 아닙니다, 하며 상체를 숙였다.

"경찰을 탓할 생각은 아니었습니다. 계신 곳이 그런 부서가 아니라는 건 잘 압니다. 미안합니다. 제가 괜히 쓸데없는 말을 했습니다."

하지만 그건 그렇고, 하고 레이코는 생각을 가다듬었다. 사과까지 해놓고 조금 간사하다는 마음도 들었지만 반론을 시도했다.

"그 지경까지 몰렸다면 다카오카 씨가 더 빨리 퇴거하는 편이 낫지 않았을까요? 다행이라고 하기엔 좀 그렇습니다만 부모님도 이미 타계하셨고요. 그렇게 신변의 위협을 느끼면서까지……."

"맞습니다."

사와이도 수긍했다.

"저 역시 그렇게 생각했습니다. 그때 처음 들은 이야기였지만 생전에 아버님께서 진 빚이 남아 있어 토지와 집을 모두 저당 잡힌 상태였나 보더라고요. 형은 그 빚이 집세인 줄 알고 조금씩 갚았고요. 하지만 채권자는 저당권을 갖고 있던 만만치 않은 곳이었습니다. 필시 나카바야시하고 사이가 좋지 않은 회사였을 겁니다. 좀처럼 빚 청산을 해주지 않는다고 했습니다. 요컨대 형은 나카바야시의 아파트 건설을 방해하는 도구로 이용된 모양새였어요."

"역시나……."

부채로 인한 속박. 빈곤의 대물림. 그런 말이 뇌리를 스쳤다.

"그때까지 형은 여러 직장을 전전했습니다. 당시는 영어 교재였던가 뭔가를 팔러 다닌다고 했는데, 취직하기가 어디 그리 쉽습니까? 게다가 빚을 청산하려고 개인 파산을 했지만 회사에 그 사실이 알려지기라도 하면 바로 쫓겨나고 말지요. 회사 입장에서 볼 때 빚쟁이는 언제 회사 돈에 손을 댈지 모른다는 의식이 깔려 있으니까요. 이래저래 집을 내줘도 지옥, 그대로 살아도 지옥이었을 겁니다."

해가 기울었는지 햇살이 비스듬히 들이비쳤다. 사와이의 커피 잔에 곁들인 티스푼이 별똥별처럼 반짝거렸다.

"안타까웠지만 그때 저는 형에게 도움이 될 말을 한마디도 해주지 못했습니다. 무슨 일 있으면 꼭 연락하라느니, 도와주겠다느니, 따위의 말이나 늘어놓고……."

"그게 다카오카 씨가 퇴거하기 1~2주 전이었나요?"

"네, 아마 보름 정도 지나서였나, 다시 가봤더니 형 집도 그 옆집도 전부 빈터가 되어 있었습니다. 주위에 있던 집들 몇 채도요. 전체의 절반 정도였을까요? 아아, 결론이 났구나, 하는 심정으로 돌아왔습니다. 그 후 가르쳐준 휴대전화로 연락해보았지만 연결이 안 되더라고요. 심기일전해서 열심히 잘 살기만을 바랐습니다."

레이코는 사와이가 다카오카의 현재 상황을 묻지 않을까 싶어 선수를 쳤다.

"그 후 다카오카 씨는 오타 구로 이사해서 목수가 되었어요."

"네?"

짐작한 대로 깜짝 놀란 사와이는 균형 잡힌 얼굴을 우스울 정도로 찡그렸다.

"설마요! 형이 목수라니, 말도 안 돼요. 그건 절대로 불가능합니다."

"지금까지 말씀하신 대로라면 저도 그렇게 생각합니다. 하지만 실제로 젊은 직원까지 두고 어엿한 회사를 운영했습니다."

"팔도 가늘고 비실비실한 사람입니다. 그런 사람이요?"

비실비실하다니. 얼마 전 미시마 고스케가 제출한 사진을 보았지만 다카오카 겐이치는 결코 비실비실해 보이지 않았다. 오히려 우람한 체구에 가까웠다. 물론 사와이의 머릿속에 남아 있는 다카오카는 오래전의 다카오카이므로 어느 정도 외모가 변했을 가능성이 있었다. 하지만 20년이 흘렀다고 해서 사람의 외모가 그렇게까지 크게 변할지는 의문이었다.

"저, 잠깐 기다려주세요. 이오카, 사진 좀."

"예예, 바로 보여드리겠습니다."

이오카는 업무용 수첩 뒷면을 펼쳐 수납이 있는 면에서 다카오카의 사진을 꺼냈다. 레이코가 받아서 사와이에게 보여주었다.

"그러니까 이분이죠?"

"네에?"

사와이는 미간을 찌푸렸다.

"이 사람이 누굽니까?"

순간, 세 사람의 시선이 교차했다.

"그러니까 다카오카 겐이치 씨가……."

사와이는 레이코의 눈을 똑바로 쳐다보더니 고개를 저었다.

"아닙니다, 이 사람은 겐이치 형이 아니에요."

"네?"

"이렇게 날카롭게 생기지 않았습니다. 이런 늑대 같은 인상이 아니고 오히려 더 이렇게…… 마른 양 같겠군요. 처진 눈에 물러터지고 주름 없는 영감처럼 생긴 얼굴입니다."

어설프게 웃으며 흉내까지 내 보였다.

"참 어이가 없군요. 형사님, 이 사람은 동성동명인 다른 사람 같은데요?"

그럴 리 없다. 틀림없이 나카로쿠고에 살기 전 주소가 미나미하나하타의 아파트 자리였다. 주민표를 조사했다. 다른 사람일 리 없다.

사와이가 이 사람에게 무슨 일이 생겼냐고 물었다. 레이코는 어리둥절한 상태에서 사고를 당해 돌아가셨다고 대답했다.

물론 사와이가 놀랄 일은 아니었다. 그저 안됐군요, 하며 고개를 약간 숙였다.

사와이와 헤어진 레이코는 목적도 없이 해 질 녘의 신주쿠 거리를 걸었다.

다카오카 겐이치는 다카오카 겐이치가 아니었다.

그 말이 맹렬한 속도로 뇌 속을 마구 휘저었다.

"어찌 된 영문인지 당최 모르겠네예. 도대체 무신 일이 우찌 돌아가는지."

그러더니 갑자기 옆에서 비린내가 풀풀 나는 비닐 봉투를 내밀었다.

"뭐야?"

"뭐라 카더라, 마른오징어 채라고 하던가. 아, 여기서는 말린 오징어라 하는교?"

"아니, 마른오징어 채 스루메야. 말린 오징어 아타리메는 장사꾼들이 장사가 잘되라는 미신적인 믿음에서 부르는 명칭이야. 그건 그렇고, 이건 왜 갖고 다녀?"

"고마 배가 출출하거나 머리가 복잡할 때 씹으면 좋습니더. 안 드실래예?"

"줘봐."

두 사람은 마른오징어를 입에 물고 신주쿠 거리를 걸었다. 이

따금 지나치는 사람들의 시선을 느꼈지만 아랑곳하지 않았다.

그보다는 지금까지 다카오카 겐이치인 줄 알았던 사람이 다카오카 겐이치가 아니라는 점이 중요했다.

어디서 잘못되었을까. 어디서 단추를 잘못 끼웠을까.

오징어도 어쩌다가 한번 먹으니 맛이 좋았다.

"이오카, 조금 더 줘."

"아, 예, 여기 있습니다."

잠깐 정리를 해봐야겠다.

어릴 때 가깝게 지냈던 사와이 유지가 분명하게 말했다. 사진 속 남자는 미나미하나하타에 살던 다카오카 겐이치가 아니다. 다시 말해 소심하고, 눈에 잘 띄지 않으며, 괴롭힘을 당하고, 글쓰기를 잘하고, 만들기가 서투른 다카오카는 나카로쿠고에 살았던 목수 다카오카가 아니다.

"오징어 맛 괜안치예?"

"으응."

엉뚱한 발상일지도 모르지만 막과자 가게 아들 다카오카 겐이치는 나카바야시 조직에게 살해당했다는 추측도 가능하다. 나카바야시가 그를 살해하고 대신 다른 사람을 내세웠다. 그자가 나중에 나카로쿠고에서 다카오카 겐이치라고 불리는 인물이 되었다. 그래, 그렇게 뒤바뀌었다면 그 사람이 나카바야시 건설에 들어가 목수가 되었다 해도 이상할 일은 아니다.

아니, 그건 아니다. 사와이 말로는 다카오카의 집을 저당 잡은 곳이 나카바야시가 아닌 다른 회사라고 했다. 다카오카가 죽으면 토지 매매가 더욱 복잡해진다. 나카바야시 입장에서 막과자 가게 아들을 살해하는 것은 결코 좋은 계책이 아니었을 터.

"주임님, 보기보담 오징어 잘 드시네예."

그렇다면 자살일까.

사와이가 목격한 상황으로 보자면 당시 다카오카는 언제 스스로 목숨을 끊어도 이상하지 않을 만큼 정신력이 극도로 미약한 상태였다. 돌발적으로 자살을 선택할 가능성도 충분했다는 뜻이다.

예를 들면 이런 식의 흐름이다.

늘 그래왔듯 나카바야시 측 직원이 공갈 협박을 하러 갔는데 집 안에서 숨진 다카오카 겐이치를 발견한다. 나카바야시에게 매우 불리한 상황이다. 어쨌든 다카오카 겐이치가 살아 있어야 자기들에게 유리하기 때문이다. 그렇지 않으면 다른 회사로 땅이 넘어가는 복잡한 문제에 얽히고 만다.

그런 상황에서 그들은 어떻게 했을까.

죽은 다카오카를 대신해 생판 다른 사람을 내세워 재빨리 땅을 처분한다. 그러기 위해 돈은 얼마든지 쏟아부었으리라. 그 토지를 저당 잡은 회사 측 요구에 따라 값을 지불하여 저당권을 풀고 명의를 변경해서 빈터로 만든다. 건물을 헐어버리면 누군가 자살했다는 사실과 대역을 내세웠다는 증거는 사라진다.

"잠깐만예, 주임님, 너무 마이 드시는 거 아입니꺼. 인자 없십니더."

"그럼 또 사 와."

"아이고…… 글다 배탈 납니더."

잠깐만, 대역이 반드시 필요하지는 않다. 만약 필요했다손 치더라도 나카바야시 회사의 착실해 보이는 사원을 다카오카로 가장하면 끝날 문제 아닌가.

이상하다. 퍼즐 한 조각이 모자란다.

오징어가 더 필요하다.

4

하야마 노리유키 경장은 사흘 동안 아다치 구 기타센주에서 다카오카 겐이치의 사망보험금 수익자로 설정된 나이토 기미에의 행동을 감시하는 임무를 맡았다.

49세의 독신 여성이다. 겉으로 보기에는 선술집이지만 점심시간에는 식사도 가능한 '나이토'라는 가게를 운영한다. 감시 대상자가 눈치채지 못하도록 탐문 수사를 한 결과 가게는 10여 년 전부터 있었다고 한다.

같은 탐문조의 노무라 경사와 하야마가 각각 다른 날짜에 한 번씩 식사를 하러 갔다. 노무라가 갔을 때는 반찬으로 전갱이튀김이 나왔고 하야마가 갔을 때는 채소볶음이 나왔다. 메뉴는 날마다 반찬이 바뀌는 정식 하나였는데, 일부는 미리 만들어놓은 밑반찬 종류였다. 종업원을 쓰지 않고 모든 일을 기미에 혼자 하려는 고안으로 보였다.

여러 번 식사를 하러 가면 주인이 손님의 얼굴을 익히기 마련이다. 나이토 기미에와 다카오카 겐이치가 어떤 관계인지 아직 파악하지 못한 상태이므로 얼굴을 기억하지 못하도록 주의를 기울여야 했다. 하야마와 노무라가 나이토 기미에를 지켜보는 곳도 가게에서 대각선 맞은편에 위치한 노상 주차장이었다.

오전 10시 2분, 소형 트럭 한 대가 가게 앞에 멈추었다.

"매일 오는 차네요."

"그러게요."

계급은 하나 차이지만 나이는 아홉 살이나 많은 노무라가 한참 어린 하야마에게 존댓말을 쓰는 이유는 전적으로 하야마가 수사 주도권을 쥔 형사부 수사 1과 소속이기 때문이었다. 그렇지 않다면 이 노무라라는 남자는 별 용건이 없어도 호통부터 쳐댔을 타입이었다.

매일 한 차례씩 들러 신선한 식품을 배달하는 트럭. 그런데 오늘은 운전기사가 다른 사람이었다. 하야마는 노무라도 이 사실을 눈치챘는지 궁금했지만 굳이 물어볼 문제는 아니어서 자신이 잘 기억해두기로 했다.

"그런데요, 그쪽 주임님…… 참 예쁘단 말이죠."

노무라는 어지간히도 레이코가 마음에 드는 모양인지, 무슨 말만 하면 레이코가 화제로 등장했다. 그럴 때는 존댓말도 생략했다.

"남자 친구 정말 없나요?"

"글쎄요. 잘 모르겠습니다. 저도 1과에 들어온 지 아직 3개월

밖에 안 됐으니까요."

"누가 있는 거 같은 낌새 없어요?"

"글쎄요, 있는지 없는지. 그런 쪽에는 제가 좀 둔해서…… 죄송합니다."

어젯밤에 교대 요원이 와서 가마타로 복귀했고, 경찰서에서 목욕을 한 뒤 잠시 눈을 붙였다. 오늘 아침 회의에 참석한 일 외에는 사흘 내내 이 차 안에서 지냈다. 탐문도 할 겸 교대로 차 밖으로 나가지만, 24시간 중에 고작 두 시간 정도였다. 하야마는 잠복도 형사의 본분이라고 여겼지만 노무라는 그렇게까지는 생각하지 않는 듯했다.

"이런 중년 여자나 감시하라니, 정말 흥미라고는 눈곱만치도 없는 일을 맡았어요. 왜 하필이면 뻐드렁니에 사투리나 쓰는 그런 놈이 레이코 주임하고 한 조가 된단 말입니까?"

자세히는 몰라도 기쿠타 경사에게 들으니 이오카 경사와 레이코 주임은 짧지 않은 인연이라고 했다. 짐작은 했지만 노무라에게 그렇게 설명해도 납득할 리 없었다. 어설픈 의견은 대화를 질질 끌 뿐이다. 하야마는 더 이상 대꾸하지 않기로 했다.

히메카와 레이코는…….

그녀를 특별하게 의식하기는 하야마도 마찬가지였다. 그것은 다른 남자 수사관들이 품는 감정과는 조금 다른 의미였다.

간접적인 원인이 있다면 열네 살 때 겪은 어떤 사건이 계기였다.

당시 하야마는 나카노에 있는 사립 중학교에 다녔다. 초등학교에서 시험을 치르고 입학한 중학교였다. 그 후 대학까지 에스컬레이터식으로 진학할 예정이었다. 하지만 그 사건을 계기로 모든 장래가 어긋나고 말았다.

기억에서 지워지지 않는 중학교 2학년 가을 어느 날이었다. 농구부 활동을 마치고 집으로 가던 길이었다. 어두운 주택가에 철책도 없이 흰 선만 그려져 있는 도로, 낯익은 뒷모습이 보였다. 중학교 진학을 앞두고 수험 공부를 지도해준 가정 교사였다. 근처에 사는 여대생으로 당시 대학 4학년이었다. 이미 취직도 한 상태였다는 사실은 나중에야 알았다.

느닷없이 커다란 물체가 그녀를 덮쳤다.

도로가 교차한 곳에서 튀어나온 그림자였다.

옷에 달린 후드를 머리에 뒤집어쓰고 조깅을 하고 있었던 듯한, 상하 운동복 차림의 실루엣이었다.

모든 일은 순식간에 일어났다.

비명도 들리지 않았다. 그저 그녀의 몸이 어두운 아스팔트 지면에 풀썩 쓰러지는 소리만 들릴 뿐이었다.

후드를 쓴 그림자는 왼쪽으로 달아났다. 바로 맞은편에서 걸어오던 양복 차림의 남자가 곧장 그녀에게 달려왔다.

"왜 그래요? 괜찮으세요?"

응급차 좀 불러달라고 외쳐대는 그의 목소리에 인근 주민 몇 사람이 길가로 나왔다. 그런 상황에서도 하야마는 꼼짝하지 않고 그곳에 서 있었다. 응급차와 경찰차가 도착하고 누군가 본 사람 없느냐고 경찰관이 소리치는데도 다리가 얼어붙어서 앞으로 나서지 못했다.

칼에 찔린 여대생 아리타 레이코는 사망했다. 사건은 면식 없는 남자가 우발적으로 저지른 단순 범행으로 결론이 났다.

하야마는 그 후 줄곧 후회했다.

왜 그때 목격했다고 나서지 못했을까. 체격과 입은 옷, 자기가 본 증거는 틀림없이 수사 과정에 크게 도움을 줄 정보였다.

한편으로 하야마는 그 커다란 그림자가 두려웠다. 그림자가 언젠가 자기를 찾아오지 않을까, 입막음을 하려고 죽이러 오지는 않을까, 매일 밤마다 잠자리에서 혼자 떨었다.

오랫동안, 오랫동안…….

4년 후 하야마는 대학에 진학하지 않고 고등학교를 졸업하자마자 경찰이 되는 길을 택했다. 가장 큰 이유는 자기를 구하려는 마음 때문이었다. 자기가 비겁자가 아니라는 사실을 스스로 증명하고 싶었다.

형사가 되어 미해결로 남은 아리타 레이코 사건을 혼자서라도 재수사하고 싶었다. 실제로 형사가 된 지금에 와서 보면 비현실적인 목표였지만, 그렇다고 해서 포기한 것은 아니었다. 그 마음은 여전히 굳건했다. 시효는 앞으로 4년이 남았다.

그와 동시에 더 이상 그림자를 두려워하지 않는 사람이 되고 싶었다. 경찰이라는 명함, 유도나 검도 등 비롯한 다양한 훈련을 통해 몸에 붙은 체력, 법률 지식, 수사 지식, 범죄 지식. 24시간 빈틈없는 경찰이기를 갈망했다. 그 외의 다른 자신은 필요 없었다. 하야마 노리유키는 경찰이자 형사라는 생명체였다.

그것이 현실로 이루어지기까지는 아직 시간이 필요했다. 지금껏 누구에게도 그 사건을 털어놓지 못했다. 다만 노력을 한 보람은 있었다. 아직 경험이 부족한 나이인데도 올해 이례적으로 수사 1과에 발탁되었다. 그곳에서 만난 사람이 히메카와 레이코 주임이었다.

한자 표기를 보면 성도 이름도 달랐다. 얼굴도, 체형도, 공통점이라고는 하나도 없었다. 그저 레이코라는 이름만 같았다. 그것만으로도 하야마는 왠지 모르게 특별한 느낌이 들었다.

'하야마, 숙제 제대로 해 왔어?'라고 묻던 아리타 레이코의 목소리가 '하야마 씨, 보고서 제대로 제출했어?'라고 묻는 레이코 주임의 목소리에 싫든 좋든 겹쳐 들렸다. 나는 절대 그 사람을 잊지 말아야 한다. 레이코 주임이 말을 걸 때마다 자신도 모르게 그런 생각에 사로잡혔다.

그럴 때마다 레이코는 뭐 다른 의견이라도 있나, 하며 쏘아봤다. 스스로 생각해도 자신의 태도가 이상했으리란 것은 알았다. 하지만 쉽게 꺼낼 만한 이야기는 아니었다. 결국 아닙니다, 하고 무뚝뚝하게 대답함으로써 상황을 얼버무렸다. 마음 한 구석에서는 언젠가 기회가 닿으면 꼭 털어놓고 싶다는 생각을 했다.

오후 2시 반이 되자 움직이려는 기미가 보였다.

나이토 기미에가 가게 문을 닫고 길을 나섰다. 평소에 하고 있던 머릿수건과 앞치마 차림이 아니었다. 검은 모직 코트를 걸치고 갈색 치마를 입었다. 촌스럽기는 해도 그녀 나름대로 차려

입은 외출복임에는 틀림없었다. 큼지막한 유니클로 쇼핑백을 옆구리에 꼈다.

"가시죠!"

"그러죠. 자, 활기차게 한번 가봅시다."

노무라를 따라 기미에를 미행하기 시작했다. 기미에가 만약 버스를 타면 조금 번거롭긴 해도 택시로 뒤쫓을 계획이었다. 그러나 그녀는 기타센주 역까지 15분이나 걸어서 조반선 전철을 타고 두 번째 역인 가메아리 역에서 내렸다. 그곳에서 다시 5분가량 걸어 어느 건물로 들어갔다.

가메아리 중앙 병원이었다. 입간판에는 내과, 외과, 피부과, 소아과, 신경내과 등 다양한 진료 과목이 표기되어 있었다.

"어디 몸이라도 안 좋은 걸까요?"

"글쎄요."

기미에는 외래 진료 접수처로 가지 않고 곧바로 엘리베이터 쪽으로 향했다.

"아아, 병문안 왔나 보네."

노무라는 옆에서 쉴 새 없이 떠들었다. 좀 잠자코 있으면 좋으련만. 그러나 왠지 그런 부탁을 하기에는 어려운 상대였다. 레이코가 말하는 '수사 1과 팀원'이라면 상대의 나이가 많든, 지위가 높든 할 말은 해야 한다. 하지만 현실에서는 그러기가 여간 어렵지 않았다. 하야마는 특히 이런 경우 그냥 묵묵히 넘겨버리고 말았다. 솔직히 그쪽이 편했다.

기미에는 4층에서 내려 간호실 창구에서 기재 사항을 기록했다. 그녀가 창구를 벗어난 후에 내용을 슬쩍 확인했다.

성명: 나이토 기미에
환자: 나이토 유타
환자와의 관계: 친척

그녀가 들어간 곳은 509호실이었다. 복도에서 언뜻 보기에 6인실인 듯했다. 문 입구에 걸린 환자 명판을 보니 나이토 유타라는 이름이 있었다. 노무라에게 눈짓을 하고 일단 그대로 지나쳤다.

마침 정면의 막다른 곳이 휴게실이라 거기서 509호의 정황을 살피기로 했다.

"미혼인 기미에의 조카라면 기미에한테 남동생이나 여동생이 있다는 말일까요?"

"그렇겠군요. 제가 잠깐 가서 넌지시 물어보고 오겠습니다."

그곳은 노무라에게 맡기고 하야마는 간호사실로 향했다.

간호사실 안쪽의 줄이 여러 개 들어간 캡을 써서 수간호사로 보이는 사람에게 말을 걸었다. 30대 중반으로 얼굴이 갸름하게 생긴 여자였다. 조금 날카로워 보였다.

"실례합니다."

다른 사람들이 눈치채지 못하도록 가슴 부근에서 형사수첩을 제시했다. 그녀는 주위를 신경 쓰더니 가볍게 고개를 숙여 인사한 뒤 무슨 일이시죠, 하고 하야마를 올려다보았다.

"509호실에 입원한 나이토 유타 씨는 지금 몇 살입니까?"

영장을 제시하지 않는 경찰관에게 대답을 해야 하나 고민하는지 그녀는 잠시 509호실 쪽을 쳐다보며 머뭇거렸다.

"아마…… 열여덟 살일 거예요."

"무슨 일로 입원했습니까?"

간호사는 또다시 머뭇거렸다.

"교통사고로……."

"언제부터입니까?"

한숨을 가늘게 내쉬었다. 그것만으로도 심상치 않다고 짐작했다.

이어 질문에 대답하겠다는 듯이 고개를 끄덕였다.

"이 병원으로 옮겨 온 지는 4년 정도 되었지만 지금 상태로 지낸 지는 아마 12~13년 정도 되었을 거예요. 의식은 있지만 대화는 불가능해요. 말하자면 전신 마비예요."

사고가 난 때가 13년 전이라면 유타는 당시 다섯 살이었다는 이야기다. 나이토 기미에는 그때 서른여섯 살, 다카오카 겐이치는 서른 살이었다. 미시마 고스케는 일곱 살, 미시마 다다하루는 서른여섯 살, 나카가와 미치코는 여섯 살, 나카가와 노부로는 서른두 살.

"어떤 사고였는지 아십니까?"

"글쎄요. 사고 후 바로 입원한 곳은 다른 병원이라서……."

"어느 병원인지 혹시 아십니까?"

"죄송하지만 자세한 내용은 사무실을 통해 알아보셨으면 좋겠습니다. 저로서는 더 이상 말씀드리기가 곤란해서요."

그렇겠지. 이해는 한다. 사건에 직접 관련되지도 않은 사람에게 너무 집요하게 캐묻는 건 위험하다. 인권 문제로 비화되지 않는다는 보장이 없다. 그만 물러나는 게 상책이었다.

"죄송합니다. 협조해주셔서 감사합니다."

휴게실로 돌아와서 지금 들은 이야기를 노무라에게 전했다.

"저는 지금부터 도서관에 가서 그 사고에 대해 알아보겠습니다. 노무라 씨는 이대로 계속 기미에 씨를 미행해주십쇼."

노무라는 입을 삐죽이며 알겠다고 대답했다.

휴대전화로 인터넷 검색을 하니 병원 가까이에 가메아리 도서관이 있었다. 1킬로밖에 안 되는 거리여서 도착하는 데 10분도 채 걸리지 않았다.

빠릿빠릿하게 움직여서 13년 전 각 신문의 축쇄판을 모았다. 모은 신문을 열람용 탁자에 늘어놓고 1월 1일부터 꼼꼼하게 훑었다. 사회면에서 교통사고에 관한 기사만 찾으면 되니 그다지 어려운 작업은 아니었다.

나이토 유타, 다섯 살. 나이토 유타, 다섯 살······.

도중에 노무라에게서 연락이 왔다. 기미에가 다시 움직인다고 했다. 가게로 곧바로 돌아가는지, 들르는 곳은 없는지 다시 연락 달라는 부탁을 하고 전화를 끊었다.

페이지를 넘겼다.

나이토 유타, 다섯 살. 나이토 유타, 다섯 살······.

근 한 시간 만에 가까스로 찾아냈다. 13년 전 5월 28일 월요일 조간 기사였다.

27일 오후 5시 45분경 사이타마 현 가와구치 시 국도에서 도쿄 아다치 구 우메다에 사는 건축 회사 직원 나이토 가즈토시(31세) 씨가 운전하는 승용차가 중앙분리대를 들이받고 위로 솟아 옆으로 넘어지면서 함께 타고 있던 아내 아사코(26세) 씨가 머리를 강하게 부딪쳐 사망, 장남인 유타(5세) 중태, 가즈토시 씨도 가슴에 중상을 입었다. 사고는 나이토 씨 차 옆으로 접근하는 다마 넘버의 덤프트럭을 피하려다가 발생한 것으로 보인다(가와구치 서 조사).

나이토 가즈토시는 당시 서른한 살, 아사코는 스물여섯 살. 기미에가 당시 서른여섯 살이었으니까 아사코가 여동생이라면 열 살이나 터울이 진다. 그보다는 다섯 살 차이가 나는 가즈토시가 남동생일 가능성이 높겠다고 판단했다.

나이토 가즈토시는 올해 마흔네 살이다. 덤프트럭이 원인이긴 해도 자기가 일으킨 교통사고로 아내를 잃고 아들을 전신 마비로 만든 남자는 지금 어디에서 무엇을 하고 무슨 생각을 하며 살까.

하야마는 도서관 현관으로 나와 휴대전화를 열었다. 단축 번호 3번을 눌렀다.

"네, 히메카와 레이코입니다."

"여보세요, 하야마입니다."

"응, 무슨 일이야?"

이상하게도 전화로는 레이코와 대화하기가 편했다.

"주임님, 오늘 나이토 기미에가 움직였습니다. 기미에는 오후부터 가메아리에 있는 종합 병원에 가서 나이토 유타라는 조카를 문병했습니다. 조카는 열여덟 살이고, 전신 마비 환자입니다. 13년 전에 일어난 사고가 원인으로…… 아, 제가 지금 도서관에 있는데, 신문 기사를 찾아봤더니 유타의 부모는 나이토 가즈토시와 나이토 아사코라는 부부였습니다. 아내는 그 사고로 사망했고, 나이토 가즈토시도 중상을 입었습니다. 나이로 봐서는 나이토 가즈토시가 기미에의 남동생일 가능성이 유력합니다만."

"당시 몇 살이었는데?"

정신없이 말을 빨리했는데도 내용을 정확하게 파악한다. 역시 대단하다.

"서른한 살이었습니다. 올해로 마흔네 살이 되는 셈입니다."

"직업은 나와 있지 않았어?"

"그게 건축 회사 직원이었습니다."

"아, 그래."

생각에 잠겼는지 레이코는 잠시 말이 없었다. 아마도 차분함과 민첩함이 복잡하게 뒤섞인 시선으로 먼 곳을 바라보고 있으리라.

비유하자면 고양잇과의 맹수가 멀리 있는 사냥감을 집중해서 응시하는 듯한, 혹은 맹금류가 급강하를 앞두고 바람을 읽는 듯한 그런 눈빛으로 말이다.

갑자기 침묵이 깨졌다.

"하야마, 그 내용을 계장님께 연락해서 바로 조사하도록 해. 시간이 빠듯하겠지만 아직 구청에 들어가기 괜찮지?"

시계를 보았다. 오후 4시 28분이다.

"구체적으로 뭘 조사할까요?"

흠, 하고 내뿜는 숨소리만 귀에 전해졌다.

"나이토 가즈토시의 생사."

"그건 왜……?"

"내 직감에 말이야, 나이토 가즈토시…… 아마도 이미 죽었을 거야."

바늘로 찌르는 듯 아프고 싸늘한 뭔가가 등줄기의 모든 모공을 자극했다.

"알겠습니다."

전화를 끊고 수사본부로 다시 걸려고 하는데 거꾸로 전화가 왔다. 노무라였다.

"네, 여보세요."

"아, 노무라입니다. 기미에가 지금 가게로 돌아왔습니다. 그런데 전봇대 뒤에 수상한 사람이 있었습니다. 누구일 거 같아요?"

하야마는 모른다고 대답했다.

"미시마 고스케입니다. 저 자식, 기미에의 주소를 어떻게 알았을까요?"

미시마 고스케가 나이토 기미에를?

"기미에와 고스케가 만났습니까?"

"아니요, 기미에는 눈치채지 못하고 가게로 들어갔습니다."

"고스케는 노무라 씨가 감시하는 걸 눈치챘습니까?"

"아뇨, 저는 눈에 띄지 않아서 알아채지 못했을 겁니다. 모르는 척하면서 지나쳤습니다."

"고스케는 어떤 행동을 보였습니까?"

"한참 동안 가게 상황을 살피고는 가버렸습니다. 근처에 소형 트럭을 세워두었는데 그걸 타고 어디론가 갔습니다."

"틀림없이 고스케였습니까?"

"네, 오른쪽 어깨가 조금 지저분한 오렌지색 오리털 재킷을 입었습니다. 차 번호도 적어두었으니까 나중에 어떻게든 확인할 수 있을 겁니다."

전체적인 윤곽은 아직 드러나지 않았지만 뭔가 사건에 진전이 있음을 감지했다. 그런 기미가 바싹 느껴졌다.

"노무라 씨, 제가 일단 그쪽에 들를 테니까 오늘 밤은 보고하러 가시죠. 지금 수사본부에 연락하겠습니다. 그 참에 교대 요원도 대기시켜달라고 하겠습니다."

알았다고 대답하는 노무라의 목소리가 한껏 들뜬 듯이 들렸다.

5

심야에 열린 수사 회의에서는 묘한 흥분이 감돌았다.

우선 레이코가 첫 보고를 시작했다.

"이번 사건의 피해자로 지목했던 다카오카 겐이치는 실제로 다카오카 겐이치가 아닐 가능성이 있습니다. 오타 구 나카로쿠고의 전 주소인 아다치 구 미나미하나하타에서 몇몇 사람들에게 들은 바에 따르면 다카오카 겐이치는 소심하고 독서를 즐기며 괴롭힘을 당하기 쉬운 소년이었습니다. 대학을 졸업한 뒤 여러 직업을 전전하다가 살던 집에서 퇴거하기 직전에는 영어 교재를 팔러 다녔다고 합니다. 대부분의 증언은 앞서 거론한 사와이 유지라는 사람에게 들은 내용인데요. 사와이는 이 다카오카 겐이치의 사진을 보고 전혀 다른 사람이라고 단언했습니다."

보고에 따른 반응은 흡족했다. 간부들도 각자 말의 의미를 머릿속에서 정리하는 듯했다.

"죽은 다카오카 겐이치는 다카오카 겐이치가 아닙니다. 그렇다면 도대체 누구일까요? 오늘 그에 대해 무척 흥미로운 보고가 들어왔습니다. 하야마 경장이 발표하겠습니다."

하야마에게 배턴을 넘겼다.

"네, 발표하겠습니다. 오늘 나이토 기미에 씨에게 남동생이 있다는 사실을 알아냈습니다."

나이토 가즈토시, 향년 32세. 본인이 낸 교통사고로 아내 아사코가 사망, 외아들 유타는 전신 마비 상태. 사고 1년 후 그는 사망했다고 기록되어 있었다.

"조금 전 니시아라이 서에 확인한 결과, 나이토 가즈토시는 12년 전 4월 9일 새로 짓고 있던 빌딩 1층에서 목매달아 죽었다고 합니다. 현장은 나카바야시 건설의 건물이었습니다."

장내가 술렁거렸다. 흡족하다.

"니시아라이 서는 사건에 문제가 없다고 판단해 자살로 처리했습니다. 진짜 자살인지는 내일 현장 조사 같은 실제 자료를 토대로 면밀히 확인할 예정입니다. 또한 나이토 기미에 집 근처에서 그곳의 정황을 살피는 사람을 경사가 목격했는데 미시마 고스케로 보였다고 합니다. 수사 관계자에게 들은 정보로 주소를 알아낸 게 아니라면 미시마 고스케는 애초에 나이토 기미에의 주소를 알고 있었다는 뜻이 됩니다."

구사카가 손을 들자 이마이즈미가 발언을 허락했다.

"미시마 고스케를 만났을 때 나이토 기미에라는 이름은 언급했지만 기타센주에 산다는 말은 하지 않았습니다. 혹시 미시마와 접촉한 다른 수사관이 있는지 확인해주시기 바랍니다."

"구사카 주임 외에 미시마와 접촉한 수사관 있나?"

아무도 대답하지 않았다.

구사카가 말을 이었다.

"당시 미시마는 나이토 기미에에 대해 전혀 모른다고 했습니다. 대답에 응하는 태도에서 부자연스러운 점은 없었습니다. 물론 그것이 속임수일 가능성이 있다고 해도 부정할 만한 증거는 없습니다. 하지만 주소를 아는 게 확실하다면 나중에 누군가에게서 정보를 얻은 게 분명합니다."

이마이즈미가 고개를 갸우뚱했다.

"뭔가 마음에 걸리는 거라도 있나?"

"네, 지난번 보고 때 제가 미시마는 다카오카에게서 보험증서를 받았을지도 모른다는 요지로 발언한 적이 있습니다. 그 후 보험증서를 찾았다는 이야기는 듣지 못했습니다. 하지만 미시마가 증서를 발견하고 확인한 결과, 거기에 나이토 기미에를 보험 수익자로 지정한 증서가 동봉되어 있었다면, 그곳의 주소도 알게 되었을 겁니다."

레이코는 자기가 보고하려는 내용까지 구사카가 말하지 않을까 조마조마했다. 다행히도 그런 일은 벌어지지 않았다.

"하야마는 보고할 내용 더 없나?"

"네, 없습니다."

레이코가 손을 번쩍 들었다.

"히메카와, 말해봐."

레이코는 다시 일어나서 말을 이었다.

"지금 하야마가 언급한 나이토 가즈토시라는 인물은 13년 전 사고로 가족을 잃고, 1년 뒤 자살했습니다. 먼저 그때 사망보험금이 지급되었는지 조사할 필요가 있다고 봅니다. 다음은 나이토 가즈토시가 자살한 때와 다카오카 겐이치가 오타 구 나카로쿠고의 현 주소로 이사 온 시기가 거의 비슷하다는 점에 주목해야 합니다. 덧붙이면 이번에 죽은 다카오카 겐이치는 진짜 다카오카 겐이치가 아닐지도 모른다는 의혹을 배제할 수 없습니다. 이런 점을 종합해보면 이 사건의 피해자인 다카오카 겐이치가……."

본인이 말하면서도 신이 났다.

"나이토 가즈토시일 가능성이 있다고 생각합니다."

"이의 있습니다."

구사카가 앉은 자리에서 손을 들었다.

"그 근거가 뭔가?"

여태 뭘 들었단 말인가. 그 근거는 방금 설명했건만.

"결론은 다카오카 겐이치는 진짜 다카오카 겐이치가 아니라는 겁니다. 그 가짜 다카오카가 아무 관계도 없는 나이토 기미에를 5천만 엔의 수익자로 설정했다는 사실입니다. 상식적으로 생각해봐도 나이토 기미에를 수익자로 정한 것은 그녀에게 크게 신세를 졌거나 혈연관계이지 않고서는 불가능한 일입니다. 본래 생명보험이라는 게 무턱대고 제3자를 수익자로 설정할 수 있는 게 아닙니다. 가짜 다카오카가 어떤 식으로 보험회사에 설명해서 기미에를 보험 수익자로 설정했는지는 확실하지 않지만, 그의 정체가 나이토 가즈토시라면 이해가 갑니다. 또한 사와이의 증언에 따르면 미나미하나하타에 있던 다카오카 겐이치는 언제 자살해도 이상하지 않을 만큼 정신적으로 피폐한 상태였다고 했습니다. 당시 다카오카를 궁지로 몰아넣은 것이 나카바야시 그룹입니다."

아무도 끼어들지 않는다. 계속하자.

"아마도 진짜 다카오카는 미나미하나하타의 자기 집에서 목을 매어 죽었을 겁니다. 그 시체를 나카바야시 부동산의 누군가가 발견하고 나카바야시 건설 현장으로 옮겨 처리한 겁니다. 그때 그 시체가 다카오카 겐이치라고 밝혀지면 토지 거래에 지장이 생기므로 다른 사람이라고 해야 할 필요가 있었겠죠. 그 사람이 바로 나이토 가즈토시입니다. 이 문제는 지금부터 조사해 봐야 알 일이지만, 전신 마비 상태로 지내는 아들 나이토 유타의 입원 치료비는 한 해 치만 해도 엄청난 금액이었을 겁니다. 따라서 당시 나이토 가즈토시의 경제 상황이 어땠는지도 확인해야 합니다. 만약 힘든 상태였다면 자살을 해서 기미에에게 사망보험금을 받도록 해야겠다는 결심을 해도 전혀 이상하지 않았을 거라는 얘기입니다."

간부들 표정을 훑어보았다. 별 이상 없다. 이야기를 계속 이어가자.

"그 상황을 교묘하게 이용한 곳이 나카바야시 그룹입니다. 나이토 가즈토시는 죽지 않았고, 다카오카 겐이치의 시체를 나이토 가즈토시로 위장해서 현장에서 자살한 것처럼 꾸민 겁니다. 그렇게 해서 기미에는 일단 가즈토시의 사망보험금을 수령합니다. 틀림없이 기미에도 시체 확인을 했을 테니 그 시체가 남동생이 아니라 다른 사람이라는 사실은 알았겠지요. 그러나 사실대로 말하지 않았습니다. 사전에 가즈토시에게 들은 이야기가 있었을 테니까요. 이후에 미나미하나하타에서 뗀 다카오카 겐이치의 호적을 그대로 나이토 가즈토시에게 양도합니다. 교환 조건으로 가즈토시는 나카바야시가 미나미하나하타의 토지와 건물을 취득하는 것에 협력합니다. 그 후 가즈토시는 다카오카 겐이치 행세를 하며 나카로쿠고에서 새로운 생활을 시작합니다. 그런 와중에 가짜 다카오카는 사고로 위장한 미시마 다다하루의 자살을 목격하고, 그 후 미시마 고스케를 우연히 만납니다. 미시마 고스케와 나이토 유타는 두 살 차이입니다. 아버지를 잃고 어찌해야 할지 몰라 하는 어린 고스케에게 가짜 다카오카가 도움의 손길을 내민 건 어쩌면 오히려 당연한 심리라고 봅니다."

하시즈메 관리관이 상체를 앞으로 내밀었다.

할 이야기가 아직 더 남았는데······.

"그리고 다카오카 겐이치로 바뀐 나이토 가즈토시는 다시 생명보험에 가입해서 나이토 기미에를······."

"잠깐만!"

젠장, 여기서 끝내야 하나.

"네, 말씀하십시오."

"매번 그렇지만, 자네는 터무니없는 이야기를 잘도 지어내 줄줄 늘어놓는군."

"네? 터무니없다니 무슨 뜻입니까?"

하시즈메가 관자놀이를 긁적거렸다. 가발을 썼다는 소문이 정말이라면 딱 그 부근이 가발의 경계선이다. 가려울 만도 하다.

"현재까지 입수한 증거와 자네의 주장은 연결되지가 않아."

"다카오카는 다카오카가 아니고, 나이토 기미에에게는 다카오카와 비슷한 또래의 남동생이 있었고, 두 사람 다 경제적으로 궁핍한 상태였으며, 모두를 망라한 형태로 마치 거미줄처럼 나카바야시의 그물이 둘러져 있습니다."

"쓸데없는 비유는 하지 마."

"실례했습니다. 하지만 현재 입수한 증거를 모두 연결해보면 말이죠."

드디어 머리 꼭대기를 긁어대기 시작했다. 참기 힘들 정도로 가려운 모양이다.

"그러니까 그렇게 연결 짓고 싶으면 빈틈을 좀 더 메운 다음에 추리하라고!"

"이 다카오카의 사진을 갖고 나이토 가즈토시의 지인을 찾아가보면 금방 답이 나옵니다. 다카오카 겐이치는 나이토 가즈토시입니다."

하시즈메가 주먹으로 탁자를 내리쳤다.

"그래서, 뭐? 그것과 이번 사건이 무슨 관계가 있다는 거지? 피해자가 다카오카든 나이토든, 그 사람을 죽인 자가 대체 누구냐고?"

그렇게 물으니 조금 뜨끔했다.

"범인이나 후딱후딱 찾아내라고. 그런 식으로 저쪽의 누가 이쪽의 누구라고 말하면 도통 이해를 못 하잖아!"

그래서 그것을 설명하려는 건데…….

"아니, 그래서 피해자 배경을 말입니다."

"됐어, 그만해. 증거를 좀 더 보강해서 확실하게 발표하도록. 대강 짐작으로 얘기하지 말고. 다음은 누군가?"

이마이즈미가 다음 보고를 진행시켰다.

"기쿠타, 보고."

"네."

기쿠타의 염려스러워하는 시선을 어깨 너머로 느꼈다. 레이코는 넌지시 고개를 끄덕이며 괜찮다는 표시를 했다.

이어지는 보고 내용에서도 큰 진전은 없었다.

하천 수사 쪽은 시체의 남은 부분을 찾지 못했고, 주변인 탐문 쪽은 다카오카 겐이치에게 살의를 품을 만한 사람을 찾아내지 못한 채 제자리걸음이었다. 유일하게 현장 탐문 팀이 재미있는 보고를 했다. 요즘은 야구장 쪽보다 그 건너편 노숙자 집단 일부가 최근 들어 꽤나 위세를 떤다는 이야기였다.

"날마다 바비큐도 해 먹는 모양이라고······."

하지만 그 이야기도 하시즈메가 일축해버렸다.

"노숙자들도 장외 경마 정도는 한다고. 잘만 찾으면 버려진 음식 속에 먹을 만한 고기가 있고 말이야."

남은 사람은 구사카였다. 평소에는 그가 가장 먼저 보고를 했지만 오늘은 조금 늦게 복귀하는 바람에 뒤로 밀렸다. 레이코의 순서가 끝난 뒤 바로 보고할 참이었지만 마침 그때는 전화가 와서 자리를 뜬 상태였다.

레이코는 다시 한 번 그의 표정을 살폈다. 미묘하게 자신감에 차 있는 모습을 보니 불안했다.

"어제 보고 때, 기노시타 흥업의 보험 업무 담당자가 도베 마키오라는 사람이라고 말씀드렸죠. 오늘은 그 도베를 조사하던 중 몇 가지 흥미로운 정보를 확보해서 보고를 올릴까 합니다."

구사카가 손에 든 자료를 한 장 넘겼다.

"도베 마키오, 41세, 1970년 7월 22일 출생. 어머니는 도베 유코, 6년 전 병으로 사망, 향년 62세. 다지마 조직 초대 우두머리인 다지마 마사카쓰의 전 애인입니다."

회의장이 술렁였다. 관할 담당자 중 누군가가 '오늘 발표는 시작부터 굉장하군!' 하고 내뱉었다.

"그러나 도베 유코는 낳아준 어머니가 아니라는 소문이 있습니다. 낳아준 어머니는 오가와 미유키라고 합니다. 다지마 마사카쓰의 남동생인 다지마 도시카쓰, 그는 조직폭력단과는 무관한 인물로 부동산 관리 회사 회장입니다. 오가와 미유키는 그의 외동딸로서 나카바야시 건설 회사를 시작한 오가와 미치오의 현재 아내입니다. 그 미유키가 열네 살 때 낳은 아이가 마키오라는 소문이 있습니다. 아이 아버지는 마사카쓰, 즉 미유키는 친족인 큰아버지의 아이를 낳은 것입니다. 이 이야기를 말해준 사람들의 이름은 밝히지 못합니다만, 전 다지마 조직원이었던 사람들 여럿이 증언한 내용이라 뜬구름 잡는 헛소문은 아니라고 확신합니다."

재미는 있는데 그게 수사에 무슨 도움이 되냐며 하시즈메가 투덜거렸으나 이마이즈미는 계속하라고 재촉했다.

"네, 도립 고등학교를 졸업할 때까지 도베는 그야말로 모두가 인정하는 악인이었다고 합니다. 싸움 실력은 젬병이었지만 감쪽같이 여자를 꾀는 재주가 뛰어났다고 합니다. 주머니 사정도 좋았고 그러다 보니 그를 따라다니는 부하들도 적지 않았다고 합니다. 성인이 된 후에는 친어머니의 권유였는지 나카바야시 그룹 일에 관여하기도 했는데 제대로 된 일은 아니었다고 합니다. 10년쯤 전부터 그나마 기노시타 흥업에서 자리를 잡아 안정된 생활을 했다는 게 지금까지의 상황입니다."

다시 자료를 넘겼다.

"도베가 기노시타 흥업을 계약자 겸 보험 수익자로 지정하고 직원을 피보험자로 지정하는 보험계약을 차례차례 성립시킬 수 있었던 이유는 그런 재주가 있어서라고 짐작합니다. 도베는 보험회사의 여자 영업 사원을 연달아 꾀어서는 육체관계를 맺었습니다. 그런 다음 보험계약을 할 때는 서류 심사 부서에 압박을 가하거나 서류를 고의로 고치는 일도 다반사였다고 합니다. 이 내용도 제보자 이름은 공개하기 어렵습니다만, 이미 보험회사를 퇴직한 직원으로 도베와 실제로 육체관계를 가졌던 여성의 증언입니다."

구사카는 고개를 들어 정면을 쳐다보았다.

"다카오카 겐이치가 살해된 3일 이후 도베는 기노시타 흥업에 출근하지 않았습니다. 따라서 3일 이후의 행적을 한시라도 빨리 조사해야 합니다. 이상입니다."

구사카치고는 아주 간략하게 정리한 보고였지만 깊이 있는 내용이었다.

도베 마키오, 상습적으로 여자를 농락하는 보험금 사기꾼.

하시즈메가 다시 몸을 내밀었다.

"그런데 말이야, 레이코나 자네나 왜 그렇게 기를 쓰고 주변 사정만을 들추고 다니나? 핵심을 캐내라고, 핵심을!"

"레이코 주임의 접근 방법과 제 방법은 많은 점에서 차이가 있다고 봅니다."

그게 뭔데, 하는 말이 목까지 올라왔지만 눌러 삼켰다.

"내가 보기엔 마찬가지야. 그럼 그 도베가 다카오카를 죽였다는 심증이라도 있나?"

"없습니다. 있는지 없는지도 모르겠습니다. 그러니까 그것을 알기 위해 행적을 쫓고 싶다고 말씀드리는 겁니다."

"그럼 묻겠는데, 도베가 다카오카를 죽인 동기는 뭐라고 짐작하지?"

구사카가 코로 조용히 한숨을 내쉬었다. 잘 안다. 진의는 모르겠지만 그 마음은 충분히 안다.

"레이코가 보고한 내용이 어디까지 정확한지는 모르겠습니다만……."

"이봐요, 구사카 주임!"

레이코가 말과 동시에 오른손으로 탁자를 쳤다.

구사카는 흰자위를 드러내며 레이코를 힐끗 쳐다보았다.

"불쾌했다면 나중에 사과하지. 지금은 일단 들어봐."

미치겠네. 저 인간 때문에 정말 돌아버리겠다.

구사카는 상석을 향해 돌아섰다.

"가령 피해자인 다카오카 겐이치와 문제의 나이토 가즈토시가 바뀌었다고 가정한다면, 도베가 연관되었을 가능성은 충분히 있습니다. 그렇다면 피해자인 다카오카, 즉 나이토는 도베가 저지른 많은 사건의 산 증인인 셈입니다. 자신을 포함해서 미시마 다다하루, 나카가와 노부로, 그들 말고 또 있을지도 모릅니다. 그 계략을 빌미 삼아 역으로 도베를 협박했을 가능성도 있습니다."

자신의 미간 주위에서 번쩍 불꽃이 튀는 것을 레이코는 감지했다.

그 내막은 레이코도 아직 모른다.

"도베를 협박하다가 도리어 살해당했거나, 아니면 미시마나 나카가와 경우와 수법은 다르지만 청부 살인 쪽도 고려해봐야 합니다."

이마이즈미의 눈빛이 험상궂어졌다.

"기미에에게 보험금을 받게 하려고 다카오카, 즉 나이토가 도베에게 자기를 살해해달라고 의뢰했다는 말인가?"

"가능성 있는 이야기입니다. 전혀 배제하지 못합니다."

"그러니까 말이야."

하시즈메가 코를 후비며 끼어들었다.

"좀 더 현실적인 이야기를 하자고, 어?"

하지만 하시즈메의 말에 동의하는 사람은 한 명도 없었다.

수사 회의에 이어 간부 회의가 끝나고 시계를 보니 곧 11시였다. 동료들은 어디서 한잔하고 있을 테지만 합류해봤자 늦게까지 술이나 마실 것 같아 레이코는 별로 내키지 않았다. 2~3일 전부터 봐두었던 역 앞 헬스장에 가서 사우나라도 해야겠다고 생각했다.

그렇게 마음먹고 나갈 채비를 하는데 화장품 파우치를 열다가 클렌징 오일이 다 떨어졌다는 사실이 생각났다. 하지만 괜찮다. 가는 길에 편의점이 있다. 그 편의점이 로손이었지. 그렇다면 판클(FANCL)이라도 있겠군.

갈아입을 옷과 화장품 파우치, 휴대전화와 지갑을 가방에 쑤셔 넣고 경찰서에서 막 나오는데 바로 앞에 낯익은 코트를 입은 사람의 등이 보였다.

"계장님!"

걸음을 멈춘 이마이즈미에게 종종걸음으로 다가갔다.

"이제 식사하러 가세요?"

"아니, 면도기가 좀……."

이마이즈미의 수염은 숱이 많고 몹시 뻣뻣하다고 했다. 전기면도기로는 깨끗하게 깎이지 않아서 3중이나 4중 날이 선 T 자 모양의 일회용 면도기를 사용한다고 들었다.

"편의점 가시려고요?"

"어, 자네는?"

"사우나라도 가려고요. 참, 저도 편의점에 잠깐 들를 참이었는데 같이 가시죠."

피곤한지 오늘따라 이마이즈미의 걸음걸이가 지나치게 느렸다. 그편이 오히려 대화를 나누기 좋았다.

레이코는 저기, 하고 운을 떼며 이마이즈미의 안색을 살폈다.

"왜?"

걱정할 만큼 피곤해 보이지는 않았다.

"아니, 뭐…… 그게, 오늘 처음 하는 이야기는 아니지만……."

"뭐야, 확실히 말해. 보나 마나 구사카 문제겠지?"

엉겁결에 레이코는 피식 웃고 말았다.

"계장님한테는 못 당한다니까. 맞아요. 뭐랄까…… 항상 느끼는 일이지만, 구사카 주임님은 왜 그렇게 예단을 거부하는지 이해가 안 가요."

거의 같은 높이인 이마이즈미의 얼굴에 쓸쓸한 웃음기가 돌았다.

"자네, 구사카가 4계에서 가쓰마타와 같이 일했던 건 아나?"

가쓰마타? 구사카가 그 간테쓰와 같이 일을 했다니.

"아뇨, 전혀 몰랐어요."

그렇겠지, 하며 이마이즈미는 천천히 고개를 끄덕였다.

"구사카가 아직 경사였을 때였어. 가쓰마타가 경위를 단 직후였으니까 공안으로 가기 전에 있던 일이야. 뭐, 둘 다 한 성깔들 하잖아. 사소한 일에도 욱하고, 툭하면 회의에서 논쟁을 벌이기 일쑤였지."

"그때 계장님은요?"

"나도 경위였는데 그땐 내가 9계에 있었나…… 그래서 그때 상황을 전부 지켜본 건 아니야. 대충 그랬다는 것만 알지."

"그렇군요."

편의점에 도착했지만 사우나보다 이 이야기가 더 재미있을 것 같았다.

"여기서 잠깐만 기다리세요."

안에서 따뜻한 커피를 사 들고 나와 이마이즈미에게 건넸다.

레이코는 콘스프를 골랐다.

"이거 드시겠어요?"

"아니, 난 커피가 좋아."

캔 마개를 따고 가볍게 건배했다.

한 모금 마시자 하얀 입김이 더욱 하얗게 흩어졌다.

"대충 말하면 구사카가 속은 거였어, 가쓰마타에게."

이마이즈미는 인상을 찌푸리며 고개를 끄덕이고는 한 모금 더 마시고 말을 이었다.

"세타가야 구 교도에서 발생한 강도 살인 사건의 수사본부였지. 구사카는 어떤 남자를 용의자로 지목했어. 간부들도 모두 밀어붙이라고 응원했어. 하지만…… 바로 직속상관이었던 가쓰마타만 아무 말도 하지 않았어. 그것이 오인 체포였다는 사실을 알면서도 모른 체했던 거야."

"왜 그런……."

"밀어내려는 의도였지. 가쓰마타는 구사카의 실력을 높이 샀거든. 그렇다 보니 당시 상황을 알고 있는 형사들은 가쓰마타가 그 증거도 조작해놓은 게 아니냐는 말까지 했었지. 진상은 모르지만…… 어쨌든 가쓰마타가 그걸 나중에 뒤집었어. 구사카가 용의자를 끌고 온 후 며칠 지나 이자가 진짜 범인이라며 독자적으로 용의자를 내세웠지. 물론 그쪽이 실제 범인이었지. 구사카의 체면은 땅바닥에 떨어졌고, 실점을 혼자 다 떠맡는 바람에 당시 1차 경위 시험에 통과는 했지만 2차 시험은 보지도 못하고 떨어졌어."

이제 와서 레이코가 화를 내봐야 소용없는 일이었지만 그래도 그렇지, 어처구니없는 이야기였다. 이유 없이 폭발해버리고 싶은 심정이었다. 사우나고 뭐고 복싱 맹훈련이라도 해야 하나.

"그 일 이후 구사카는 스스로에게 예단을 허락하지 않는…… 아니, 누구에게도 허락하지 않는 완전무결한 수사를 장점으로 내세우게 되었네. 몇 년이 지나고 나서야 가쓰마타가 투덜거렸지. 자기가 어마어마한 괴물을 만들었다고 말이야."

이마이즈미는 커피를 다 마신 뒤 잘 먹었어, 하고는 캔을 쓰레기통에 던져 넣었다.

"그렇다고 자네까지 애써 조심할 필요는 없잖아. 뒤집을 수 있으면 다 뒤집어버려. 구사카도 그러기를 바랄 테니."

"네엣?"

자기도 모르게 입에서 반문이 나왔다.

"구사카도 거듭 자네를 무척 높이 평가하더군. 나는 그걸 알지. 녀석은 그저 입으로든 태도로든 드러내지 않을 뿐이야. 지금 그 녀석은 자네가 생각하는 만큼 쫀쫀하지 않아."

이마이즈미는 레이코의 어깨를 툭 치고 가게 문을 열었다.

"자, 그럼 내일 또 보자고. 수고했어!"

편의점 유리문이 천천히 닫혔다.

이건 아닌데, 어쩌면 좋담.

이마이즈미를 뒤쫓아 다시 본부로 들어가기에는 왠지 머쓱한 분위기가 되고 말았다.

제4장

1

 전기 업자 마쓰모토 씨에게서는 더 이상 아무 이야기도 듣지 못했다. 나는 다른 관계자들을 찾아다니며 넌지시 알아보았다.
 건자재상과 미장이, 목재상에다 수도 수리점 등. 다들 별로 친분이 없었는지 그런 사고가 있었다는 사실은 알아도 유족의 연락처까지 아는 사람은 없었다. 마침 장례식을 도와줬다는 어느 설계사가 외동딸의 연락처를 수첩에 적어둔 것이 있었다.
 이름은 나카가와 미치코. 가와사키 구 와타리다무카이초의 아파트로 보이는 주소와 휴대전화 번호였다.
 곧장 찾아갔지만 그날 밤에는 집에 없었다. 다음 날 시간을 조금 당겨서 8시쯤 가보았으나 그날도 없었다. 가까스로 그녀를 보게 된 것은 세 번째 들렀을 때였다.

저녁 7시 반이었다. 건물 앞까지 다가가자 애써 물을 필요도 없이 102호 문이 열렸다.

몸도 팔다리도 내 절반밖에 되지 않는 가녀린 몸매의 여자아이였다. 문밖으로 나와 휙 돌아서서 문을 잠갔다. 회색 반코트에 청바지 차림이었다. 이런 시간에 어딜 가는 것일까. 놀러가려고 한껏 멋을 낸 차림새는 아니었다.

그녀는 가까운 역에서 반대쪽으로 걸어갔다. 근처에 장을 보러 가는지도 모른다. 나는 일단 뒤를 따라 걸었다.

10분쯤 걸어서 그녀가 들어간 곳은 15번 국도 도로변에 있는 로열 다이너라는 패밀리 레스토랑이었다. 늘 지나치기만 하고 들어간 적은 없는 곳이어서 잠시 주저했다.

나는 손님인 척하며 가게에 들어갔다. 8시 정각이 되자 그녀가 홀에 나타났다. 호출 버튼을 누르지 않고 직접 그녀에게 말을 걸었다. 여기요, 주문 좀 할게요. 비프카레 세트, 음료는 콜라로. 네, 알겠습니다. 주문하신 내용 확인하겠습니다.

피곤한 기색이 역력했지만 무척 예뻤다. 샐러드와 비프카레는 다른 남자가 가져다주었지만 콜라는 그녀가 가져왔다.

그날은 말을 걸지 않고 일단 상황만 살폈다.

그 후 한두 번은 아저씨와 함께 갔다. 아저씨가 동행하지 않으면 혼자 갔다. 그녀가 레스토랑에 나오지 않은 날은 간단한 식사만 주문해서 얼른 먹고 차를 주차해둔 채 그녀의 아파트로 향했다. 뒤쪽으로 돌아가서 보면 불이 켜져 있을 때도 있었고 꺼져 있을 때도 있었다.

나는 그 단계에서 망설였다.

로열 다이너에 들락거리면서 손님과 점원이라는 먼 사이이긴 해도 서로 안면을 익혔기 때문이었다. 얼굴을 모르는 상태에서 불시에 찾아가는 편이 좋지 않았을까. 몇 번이나 가게에 얼굴을 비추고 사실은……, 하고 말을 꺼내면 되레 의심을 사지 않을까.

그러던 어느 날 밤, 기회가 찾아왔다.

불이 꺼져 있기에 없는 줄 알았는데 집 안에서 갑자기 사람이 나왔다. 그녀가 아니었다. 키가 크고 머리카락은 짧으며 거무죽죽한 긴 코트를 입은 남자였다. 남자는 뒤도 돌아보지 않고 그대로 건들건들 내가 있는 쪽으로 걸어왔다. 가로등 불빛에 그 얼굴이 또렷하게 보였다.

그 남자다.

나에게 부조금을 건넸던 남자. 아저씨가 노려보던 남자, 틀림없이 기노시타 흥업의…….

남자는 나를 힐끗 쳐다보았지만 알아보지 못한 듯 그대로 지나갔다. 나는 뭐가 어떻게 된 건지 영문도 모른 채 멍하니 길바닥에 서 있었다.

곧 102호 문이 다시 열리고 그녀가 나왔다. 본 적이 있는 회색 반코트를 걸쳤고 아래는 맨발이었다. 맨발에 슬리퍼를 신었다. 오른손으로 옷깃을 여미고 왼손에는 컵으로 보이는 뭔가를 들었다.

조미료 통인 듯했다.

옷깃을 잡고 있던 오른손으로 통 속에 든 하얀 가루를 한 움큼 덜어 쥐고는 문 앞에 뿌렸다. 또 한 움큼 쥐어 뿌렸다. 벌어진 옷깃 사이로 애처로울 만큼 하얀 피부가 드러나 보였다.

아마도 소금일 것이다. 그것을 뿌리는 손의 움직임이 점점 빨라졌다. 이윽고 통째로 뒤집어서 내용물을 모두 쏟아내더니 급기야 통마저 땅바닥에 내동댕이쳤다.

텅 빈 플라스틱 통 소리.

그녀는 머리를 감싸고 그 자리에 웅크렸다.

나는 그녀를 향해 천천히 걸어갔다.

"저……."

그녀는 멍한 얼굴로 말을 거는 나를 올려다보았다. 내가 누구인지 금방 알아차린 모양이었다. 미간에 날카로운 주름이 잡혔다.

"당신은?"

황급히 일어서서 당황한 손놀림으로 앞자락을 여미며 옆으로 돌아섰다.

"아니, 왜…… 여기는 어떻게?"

내가 조미료 통을 줍자 울먹거리며 그것을 낚아챘다.

"미안. 나 사실은…… 그쪽을 알아요. 그래서 가게에 자주 갔던 거예요. 지금 나간 남자, 기노시타 흥업 사람이죠?"

쏘아보는 눈초리가 한층 더 매서워졌다.

"잠깐, 뭐죠?"

"나 그쪽 아버님에 대해서 하고 싶은 이야기가 좀……."

한순간 긴 머리가 확 하고 곤두선 것처럼 보였다.

그녀는 또다시 조미료 통을 땅바닥에 내던지더니 돌아서서 문을 열었다. 어깨를 부딪치며 혼자 안으로 들어가서는 얼른 문을 잠그려 했다. 나는 재빨리 문틈에 발을 끼우려 했지만 제대로 밀어 넣지를 못했다. 발끝만 걸리는 바람에 밀려나고 말았다.

"잠깐만요, 나카가와 씨!"

문을 두드리자 표면 처리 강판과 벌집 구조의 종이로 채워진 패널 소리가 섞여서 났다. 알루미늄 새시에 틈이 없었고 패킹도 새것인지 금속성 소리는 전혀 나지 않았다.

"저기요, 나카가와 씨! 잠깐만 열어봐요. 이야기 좀 해요."

바로 문 안쪽에 서 있다는 것을 기척으로 알았다.

"부탁해요. 나카가와 씨! 제가 이러는 건……."

문이 갑자기 열리는 바람에 나는 이마를 세게 부딪쳤다. 눈에서 파란 불꽃이 번쩍했다.

"헉, 아야!"

"조용히 좀 하세요. 주위에서 뭐라고 하겠어요."

한쪽 눈으로 내려다본 발치에 백열등 불빛이 새어 나왔다. 앞을 보니 문밖으로 얼굴을 내민 그녀가 나를 흘겨봤다.

순간 몸이 부르르 떨렸다.

"알았어요. 지금 옷 갈아입을 테니까 조금 있다 들어와요. 기다려요."

문이 쾅 닫히고 잠금장치와 체인을 동시에 거는 소리가 났다.

나는 조미료 통을 다시 주워 들었다.

금이 크게 가고 모서리가 깨져 있었다.

10분쯤 기다리자 문이 열렸다. 들어오라는 허락도 받았고, 앉으라는 말도 들었다.

그녀가 자칫 오해를 하지 않도록 그녀와 나 사이에 있는 탁자에서도 거리를 두어 벽 쪽에 바르게 앉았다. 방이 워낙 좁아서 별 의미는 없을지도 모르지만.

니트와 청바지로 갈아입은 그녀는 묘하게 가게에서 볼 때보다 커 보였다. 이유는 잘 모르겠다. 아마도 존재가 생생하게 느껴졌기 때문이리라.

나는 이름을 밝히고 그녀의 아버지와 잠시 현장에서 같이 일한 목수라고 거짓말을 했다. 같은 입장이라고 말하면 뭔가 객관성을 잃는 기분이 들어서였다.

기노시타 흥업에 나쁜 소문이 돈다는 말을 먼저 꺼냈다. 전에도 비슷한 추락 사고가 있었는데, 혹시 아버님께 빚이 있지는 않았는지 물었다. 그녀는 한동안 잠자코 듣기만 했다. 추가로 몇 가지 가설도 들려주었다. 절반은 내 경우를 가져다 끼워 맞춘 추론이었다. 내가 들려주고 싶었고, 그녀에게 듣고 싶었던 내용이 거의 맞아떨어진 듯했다.

이야기를 조리 있게 잘하지는 못했다. 하지만 시간을 들여서 천천히 이야기했다. 그녀는 마침내 다 알아들었다는 듯 고개를 끄덕였다.

"처음에는 일하다가 사고로 돌아가셨으니까 내 생활은 모두 회사가 책임진다고 하더니……."

이 아파트를 얻어주고 이사 준비까지 전부 그 남자, 도베 마키오가 해주었다고 했다. 처음에는 수상한 사람이라고 오해도 했지만 여러 면에서 친절하게 신경을 써주었고 실제로 지금 생활 역시 그 덕분에 유지한다고 그녀는 말했다.

"회사가 들어둔 생명보험이 1,500만 엔 있으니까 그것으로 당장 생활비며 학비도 걱정 없을 거라고……."

학교는 미용 기술을 배우는 전문학교에 다닌다고 했다.

"그런데 이곳으로 이사를 오자마자 태도가 변했어요. 보험금은 모두 아버지가 진 빚을 갚는 데에 충당했다더군요. 그래서 나한테는 한 푼도 지불할 수 없다고 했어요. 오히려 이 집 보증금이며 이사 비용이며 2학기 수업료까지 모두 청구했죠. 100만 엔이 넘어요."

"어째서……?"

그녀의 얼굴에 애처로운 미소가 번졌다.

"미용사가 되려면 돈이 제법 들어요. 브러시든 콤이든 뭐든 도구는 전부 자기 부담이죠. 학교도 국립이 아니라서 수업료가 비싸고…… 매년 학비만 100만 엔 이상 들어요. 집세도 9만 엔이나 하죠. 막상 옮기자니 이사할 돈도 없고……. 아버지가 돌아가시고 나서 알았어요. 아버지 통장에는 3만 엔 정도밖에 남아 있지 않다는 사실을요."

그녀는 새하얀 천장을 올려다보았다. 결국 버티지 못하고 투명한 눈물 방울이 목 언저리까지 흘러내렸다. 하얗고 긴 목. 어깨에 걸쳐진 곧고 검은 머리.

"회사에서는 더 이상 보살펴주지 못하니까 내 명의로 빚을 얻으라고 도베 씨가 말했어요. 실제로 여기에다 서류를 늘어놓고 빨리 서명하라고, 도장 찍으라고 호통을 쳤어요. 얼마나 무서웠는지. 하지만 그것을 썼다간 정말 돌이키지 못할 일이 생길 것 같아서 싫다고 했어요. 못한다고 했어요. 그랬더니……."

그녀는 이제 눈물을 참으려고도 하지 않았다.

"벗으래요. 빚이 없는 걸로 해줄 테니까 자기 앞에서 다 벗으래요. 원하면 졸업할 때까지 도와주기도 하겠다고…… 그런 말을 하면서요."

나는 그녀의 얼굴을 차마 똑바로 보지 못했다.

"어려서부터 미용사 되는 게 꿈이었어요. 아버지도 응원해주셨고요. 포기하고 싶지 않았어요. 그래서…… 그런 조건이라면 뭐 어때요? 딱히 닳아 없어지는 물건도 아니고…… 애인이 있는 것도 아니고…… 아무도 나에게는…… 나는……."

탁자에 올려놓은 자기 주먹에 얼굴을 얹고 그녀는 오열하기 시작했다.

어떻게 해야 할지 모른 채 나는 꼼짝 못 하고 그저 발 저림을 견뎌냈다.

곁에 다가가서 괜찮다고 어깨라도 감싸주어야 했을까. 하지만 만지지 말라고 뿌리칠지 모른다는 생각에 용기가 나지 않았다. 애당초 괜찮긴 뭐가 괜찮다는 건지.

 하지만 그녀를 이대로 두지는 않겠다고 마음먹었다. 그것만큼은 스스로 다짐했다. 기노시타 흥업이 빚 구덩이를 메우기 위해 그녀의 아버지를 사고사로 처리했다는 사실은 틀림이 없다. 그런 처지를 이용해서 도베가 그녀를 곤경에 몰아넣은 것도 사실이었다. 그러나 구체적으로 무엇을 어떻게 해야 할까. 어떻게 해야 그녀를 이 상황에서 구할 수 있단 말인가.

 "이제 그만 울어요."

 일순 오열이 끊겼다. 하지만 곧 이번에는 더 세게 울음을 터뜨렸다.

 "그자가 더 이상 여기에 오지 못하게 해주세요. 도와주세요."

 연신 거친 숨을 몰아쉬면서도 내 목소리는 들리는 모양이었다.

 "돈 문제라면 내가 어떻게든 할 수…… 저기, 내가 신세 지고 있는 다카오카 씨라고…… 친부모님 같은 분인데 의논도 해보고…… 나도 모아놓은 돈이 전혀 없는 건 아니니까…… 100만 엔 정도라면 까짓것 어떻게든 될 거예요."

 그녀는 조금씩 얼굴을 들어 앞을 바라보았다. 불규칙했던 호흡은 어느새 차가운 미소로 변해 있었다.

 "당신, 그거 무슨 뜻이지? 위선?"

 나는 그녀가 하는 말의 의미를 금방 파악하지 못했다.

 그녀는 웃음을 터뜨렸다.

 "몰랐네. 내가 그런 여자인 줄은…… 힘들게 모은 돈 내놓으면서까지 한번 안아보고 싶은, 그런 여자구나, 내가."

하하하, 하고 목소리까지 높였다.

"아니, 그게 아니고…… 나는 단지……."

"뭐가 아닌데? 뭐, 그럴 가치도 없다고? 잘난 척하지 말라는 거야?"

"아니, 그게 아니라……."

"결국 그런 거잖아? 당신 말은 그런 뜻이잖아? 돈 가져다줄 테니 도베에서 당신한테로 갈아타라고, 그런 이야기잖아? 좋아, 그러죠. 당신이라면 애인이라고 해도 남 보기에 모양새도 나고. 게다가 돈까지 준다면야 꿩 먹고 알 먹는 셈이니까."

느닷없이 두 손을 교차해서 니트 자락을 움켜쥐었다.

"이봐!"

단숨에 머리 위까지 끌어 올려 옆에다 벗어버렸다.

형광등 불빛. 백짓장처럼 하얀 피부. 핑크빛 브래지어 안에 있는 그것은 안쓰러울 정도로 빈약한 가슴이었다.

이어서 곧장 자신의 청바지 벨트로 손을 옮겼다.

"일단 안아보세요. 그리고 마음에 들면 본계약을 하자고. 마음에 안 들면 거절해도 돼요."

"그만둬요."

"나, 이 정도로는 이제 상처받지 않으니까 사양할 필요 없어요. 별 볼일 없는 여자라는 거…… 나 자신이 잘 알고 있으니까."

"그만 좀 해요!"

나는 벌떡 일어나 그녀 등 뒤에 있는 침대에서 이불을 끌어당겨 가냘픈 그녀의 몸을 감쌌다. 얼핏 쳐다본 침대 시트에는 군데군데 얼룩이 남아 있었다.

얼른 눈을 돌리고 이불로 감싼 그녀를 끌어안았다.

"아니라고 하면 거짓말일지도 모르지만, 그래도 지금은 그런 말 하지 말아요."

부드러운 촉감 속에 감싸인 가녀린 몸과 체온은 안아 올린 새끼 고양이의 감촉과도 흡사했다.

"나에게는 다카오카 씨가 있었어요. 내 곁에 아무도 없을 때 그 아저씨가 나를 구해줬어. 하지만 당신한테는 아무도 없는데…… 그런 도베라는 한심한 작자가 상대라니 너무하잖아요. 그건 아냐."

이불 틈에서 손톱을 짧게 자른 가지런한 손가락이 나왔다. 표면을 더듬듯이 천천히 뻗어 이윽고 내 팔에 닿았다.

"따뜻해."

그때 들린 시계 소리는 지금도 내 귀에 남아 있다.

도베가 언제 올지는 전혀 모른다고 했다. 느닷없이 오후나 밤에 전화가 오고 지금 갈 테니까 집에 있으라는 식이라고 했다. 아르바이트가 있든 학교 과제가 있든 그런 건 개의치 않는다고 했다. 한번은 도베보다 그녀가 집에 늦게 도착한 적이 있었는데 양쪽 따귀를 몇 차례나 얻어맞았다고 했다.

그날 밤 이후 나는 일이 끝나면 곧바로 그녀 집으로 갔다.

"돈을 너무 쏟아붓는 거 아니야?"

아저씨가 말했다.

아저씨에게는 일단 여자 친구가 생겼다고 말씀드렸다. 기노시타 흥업에 얽힌 내용은 비밀로 했다. 쓸데없는 걱정을 끼치고 싶지 않아서였다.

"거기, 패밀리 레스토랑에 있는 아가씨지?"

"네."

"아가씨 예뻐?"

"뭐…… 그렇죠. 예뻐요."

"거기에 그렇게 예쁜 아가씨가 있었나?"

아직은 이르지만 조만간 아저씨께 소개할 계획이었다.

"좀 성급한지는 모르지만 그…… 결혼할 생각까지 있는 거야? 그래?"

사실 아직은 애인이라고 할 사이도 아니지만 나는 이미 그렇게 마음먹고 있었다.

"머지않아 그러려고요. 아직 몇 번 만나지도 않았고 그녀가 아직 학생이라서…… 한참 걸려야 할지도 모르지만요."

"부모가 안 계시다고 했지, 아마?"

"네. 두 분 다 돌아가셨어요."

나카가와 미치코라는 이름을 대면 아저씨가 눈치채려나. 그녀를 알아보지 못했기 때문에 이름을 물었을 때도 나는 쑥스러워하는 척하며 얼버무렸다.

"때가 되면 나한테는 소개해라, 알았지?"

"네, 물론이죠. 그럼, 가보겠습니다."

일을 마치면 곧바로 집에 돌아가서 샤워를 하고 다시 또 차를 타고 나갔다. 그녀는 대부분 내가 도착하기 전에 돌아와 있었지만 가끔은 내가 더 빨리 와 있을 때도 있었다.

"아, 미안. 지금 문 열어줄게. 춥지? 춥겠다. 아이, 어떡해!"

"아니, 괜찮아."

그녀의 집에 가는 일이 이제는 당연한 일과가 되었다. 저녁 식사는 그녀가 직접 차려주기도 하고, 근처에 나가 사 먹기도 했다.

식사를 마치면 그녀와 함께 레스토랑으로 향했다. 차로 데려다준 후 나는 집으로 돌아갈 때도 있었고 일이 끝나는 시간에 맞춰 데리러 갈 때도 종종 있었다.

걷기도 했다. 함께 걸을 때 그녀가 팔짱을 끼기도 했지만 나는 절대로 그 이상의 행동은 취하지 않았다. 도베와 결말이 날 때까지 우리는 시작해선 안 된다. 그렇게 다짐했다.

그리고 바로 그날이 왔다.

12월 3일. 온종일 추적추적 내리는 초겨울의 비에 기분이 가라앉은 밤이었다.

"나야, 미치코."

마침 일을 마치고 집에 막 돌아왔을 때 그녀에게서 전화가 왔다. 다급한 목소리에서 나는 모든 상황을 파악했다.

"전화 온 거야?"

"응, 7시에 오겠대. 나 무서워."

시계를 보았다. 6시 반이었다.

"지금 바로 갈게. 그 자식이 와도 절대로 문 열어주지 마."

"응, 알았어. 그래도 빨리 와!"

"금방 갈게. 금방 갈 테니까 걱정하지 말고."

그렇게 전화를 끊자마자 바로 뛰어나갔다.

서둘지 말자. 조급해하지 말자. 충분히 그 전에 도착할 수 있다.

나는 그렇게 마음을 달래면서 주차장으로 달려가 초조함을 억누르며 핸들을 잡았다. 차가 달리는 도중에도 줄곧 주문을 외듯이 되뇌었다.

평소에는 근처 노상 주차장에 차를 세웠지만 그날은 아파트 바로 앞에 댔다. 그렇게 하길 잘했다. 이미 도베는 집 앞에 와서 문을 두드리는 중이었다.

나는 권투 상자에서 도구를 꺼내 들고 바로 달려갔다.

"야! 문 열라고 하잖아, 안 열어?"

두드려도 반응이 없자 발로 차기까지 한다. 그쯤에서 내가 들이받았다.

도베는 어, 하고 비틀거리다가 옆으로 픽 쓰러졌다.

"뭐야…… 이거, 너, 무슨 짓이야, 어?"

나는 문 앞을 막아섰다.

"이제부터 이 집에는 얼씬도 하지 마! 알았어? 알아들었으면 당장 꺼져!"

도베는 연신 눈을 깜빡거리며 안개비 사이로 나를 쳐다보았다.

"너 뭐야?"

엎드려서 땅을 짚고 일어서려 했다. 잠시 비틀거렸지만 결국 일어섰다.

나는 한 걸음 더 내디뎠다.

"내 말뜻 모르겠어? 더 이상 이 집에 오지 말라고. 사기로 갈취한 보험금도 모자라서 여자를 붙잡아두기까지 해? 이 비열하고 치사한 놈!"

도베는 미간에 잔뜩 힘을 주었다.

"이 거지 같은 놈이 다 아는 듯이 말하네. 뭐야, 엉?"

"아, 맞아. 나도 당신한테 10만 엔이나 받아봐서 다 알아. 그때 정말 고마웠어. 감사하다고 인사까지 했지. 그런데 말이야, 이런 음모가 뒤에 있는 줄은 몰랐지. 이렇게 야비한 인간일 줄이야. 당신, 그거 해서 얼마나 가로챘어? 100만? 200만?"

갑자기 인상을 풀었다.

"그러고 보니 너 혹시 다카오카네서 일하던……?"

"이제야 기억이 나시나, 이 술주정뱅이야!"

"10만이라…… 그럼 너 그때 그……!"

"그래, 이제 기억나나? 그나마 다행이네. 아직 노망은 안 난 모양이군."

도베는 눈썹을 떨어가며 키득대기 시작했다.

"나 원, 참…… 뭐가 뭔지. 야! 그래서 뭐야, 설마…… 너 그 계집한테 반한 거야?"

나는 대답하지 않았다. 대답하면 우리 둘의 순수한 마음에 먹칠을 하는 기분이 들었다.

"그런…… 그런 년은 말이야, 고작 100만 엔에 평생 다리나 벌려주는 가난한 계집애라고. 대체 그런 계집년의…… 어디가 좋다는 거야?"

"닥쳐!"

"그년은 내가 또 잘 알지. 그거지? 그야말로 우엉 같지? 삐삐 말랐으면서 거긴 털이 엄청 수북하게 나서는 말이야."

나는 목에 떡이라도 걸린 것처럼 갑자기 숨 쉬기가 힘들어졌다. 목소리마저 나오지 않았다.

"그런 주제에 할 때마다 훌쩍거리고 흐느끼면서도 아주 미친 듯이 좋아하는 거야. 아아, 하아, 하며 얼마나 소리를 질러대는지. 젖가슴도 변변치 않은 게 젖꼭지만 툭 튀어나와서는."

이 자식, 이 자식을…….

"뒤로 돌아, 하면 착 돌아서서 등을 구부리고 엉덩이를 대주지. 너도 해봤어? 뒤로 말이야. 그거 죽이지?"

별안간 목에 걸렸던 게 쑥 빠졌다.

그 순간, 들어본 적도 없는 굉음이 내 배 속에서 솟구쳤다.

나는 난간 중간에서 파이프 하나를 뽑았다. 몸이 바닥에 닿을 만큼 푹 숙이고는 죽을힘을 다해서 도베의 정강이를 후려쳤다.

"크악!"

나뒹구는 도베를 다시 걷어찼다. 마구 짓밟았다. 온갖 욕설을 퍼부었다.

도베는 그만하라고, 용서해달라고 빌며 애원했다. 바닥에 나뒹굴어 흙탕물을 뒤집어쓴 꼴로 납작 엎드려서 잘못했다고 빌었지만 폭발한 나의 감정은 멈추지 않았다.

정신을 차려보니 미치코가 나를 말리고 있었다.
"그만해. 더 때리면…… 죽을지도 몰라. 그랬다가는 고스케 당신이 큰일 나!"
도베는 지진이 나서 책상 밑으로 기어든 초등학생처럼 웅크리고 바들바들 떨었다. 그 지경이 되고도 히죽히죽 웃었다.

2

레이코는 9일 회의 이후 줄곧 같은 생각에 빠져 있었다.
가짜 다카오카 겐이치, 즉 나이토 가즈토시.
상습적으로 여자를 농락하는 보험금 사기꾼 도베 마키오.
배후에서 움직이는 다이와회 계열 다지마 조직의 존재. 그 협력 기업인 나카바야시 그룹.
기노시타 흥업에 아버지를 빼앗긴 아들과 딸, 미시마 고스케와 나카가와 미치코.
나이토 기미에. 그리고 그 조카이자 가즈토시의 친아들 나이토 유타.
현시점에서 이 모든 사람들과 연결되는 인물을 꼽는다면 단연 도베 마키오였다. 그의 복잡한 성장 과정이 이 사건의 진상에 얼마나 얽혔는지는 확실하지 않다. 그러나 다카오카가 살해된 3일 이후로 그의 행방이 묘연해진 점은 그냥 넘어가지 못할 문제였다.

수사본부는 11일 히메카와 반의 이시쿠라 경사 조를 아다치 구 우메다로 보냈다. 나이토 가즈토시가 살아 있을 때의 사정을 조사하도록 지시했다. 그 결과 나이토와 나카로쿠고에 살았던 다카오카의 풍채와 얼굴 생김새가 완전히 똑같다는 사실이 여러 관계자의 증언으로 밝혀졌다. 또한 자살하기 직전까지 일했던 건축 사무소도 찾아내 한때 나카바야시 건설의 하청을 맡았다는 사실도 알아냈다.

이시쿠라는 13년 전 사고를 처리했던 사이타마 현의 가와구치 서까지 다시 찾아가서 교통과장을 설득해 당시 사고 조서를 빌리는 데도 성공했다. 조서에 있는 지문과 발견된 손의 지문을 대조했다. 그 결과, 오타 구 나카로쿠고의 다카오카 겐이치와 아다치 구 우메다에 살던 나이토 가즈토시가 동일 인물이라는 사실이 밝혀졌다.

그러나 호적상 나이토 가즈토시는 이미 사망했다고 나온다. 또한 이번 사건의 남자 피해자는 아직도 사회적으로 '다카오카 겐이치' 외에 어떤 인물도 아니다. 이상의 이유로 수사본부는 편의상, 피해 남성에게는 이제까지 부르던 대로 '다카오카 겐이치'라는 명칭을 사용하기로 결정했다. 즉, '다카오카 겐이치'를 언급하는 경우에는 언제나 '나카로쿠고에 살던 목수 다카오카 겐이치'를 가리키는 것이다. 사람이 뒤바뀌었다는 내용을 처음에 지적한 레이코가 피해자를 '나이토 가즈토시'로 바꾸어 부르자고 제안했지만, 달리 문제 될 이유가 없었다. 피해자는 다카오카 겐이치였다.

이 무렵 레이코가 하나의 맥락을 찾아냈다. 나이토 가즈토시의 새 이름인 다카오카 겐이치가 가슴에 품었던 '부성(父性)'이다.

그는 과거에 자신의 호적까지 버려가면서 누나인 나이토 기미에에게 사망보험금을 받게 한 일이 한 번 있었다. 현재 확인한 액수만으로도 2,600만 엔에 달했다. 물론 그것은 전신 마비로 병원에 누워 있는 친아들 나이토 유타의 지속적인 치료를 위해서였다. 기미에가 유타를 정성껏 보살피는 것으로 봐도 그의 의도는 분명했다.

대신 다카오카는 미시마 고스케의 부모 역할을 맡았다. 호적을 버리고 생이별을 한 아들에게 못해준 부모 노릇을 고스케에게 해주고 싶었을 것이다. 그 마음을 상상하기는 어렵지 않았다.

요컨대 다카오카 겐이치를 움직이게 한 모체는 언제나 강렬한 부성이었다. 그 점은 틀림없었다.

하지만 그것과 도베 마키오와는 어떤 관련이 있을까. 도베가 다카오카를 살해해야만 했던 사정은 무엇이었을까.

지금까지 수집한 정황 증거로 보면 도베가 아무 이득도 없는 다카오카 겐이치를 살해할 이유가 없었다. 사실 그의 사망 문제가 불거짐에 따라 경찰의 수사망이 배후의 대어 쪽으로 확대될 조짐도 보였다. 경시청 입장에서는 다지마 조직까지 연달아 공격할 수 있는 '최상의 증거'였다. 그런 중요한 단서를 쥐고 있을지도 모르는 위험한 인물을 도베가 왜 살해했을까.

다만 도베 마키오라는 남자의 기질로 보아 다지마 조직이나 주변 사정까지 고려해서 행동에 나섰을지는 의문이었다.

어쨌든 손 하나를 남기고 범행에 사용한 차량도 방치한 채 행방을 감추었다. 다카오카를 살해한 일은 사전 계획 없이 우발적으로 저지른 범행으로 보는 쪽이 자연스럽긴 했다.

사건 이전의 도베 입장도 그랬다. 근친상간으로 태어났다는 복잡한 사정은 둘째 치고 어쨌든 다지마 조직 초대 회장의 친아들임에는 틀림없었다. 그럼에도 나카바야시 그룹에 남지 못하고 기노시타 흥업 같은 영세 기업으로 밀려났다.

결국 자리를 잡은 곳이 여자 꾀는 재주를 발휘해서 보험금이나 사취하는 비열한 사기꾼이라는 위치였다. 어쩌면 기노시타 흥업까지 흘러간 이유도 폭력단원으로서는 아예 쓸모가 없었기 때문은 아닐까. 완력이 약하다는 정보도 그런 추측을 적잖이 뒷받침했다.

그런 사기꾼의 입장으로 오랜 시간을 보낸 도베와 신분을 속이고 살아가는 다카오카. 거기에 고스케가 얽혀 있었다. 어쩌면 나카가와 미치코까지 얽혀 있을지도 몰랐다.

다카오카의 행동 원리는 부성에 바탕을 둔다. 그렇다면 고스케를 지키려고 취한 행동이 뭔가 도베와의 사이에 문제를 야기한 게 아닐까.

도베와 고스케의 첫 만남은 9년 전으로 거슬러 올라간다. 도베는 미시마 다다하루를 사고로 위장해서 살해했거나 자살을 강요해서 죽도록 했다. 고스케로서는 도베가 부모의 원수인 셈이다.

그래. 틀림없이 그렇게 생각하는 쪽이 타당하리라. 고스케는 도베가 암적으로 벌이는 일을 폭로하려 했다.

그러기에는 시간이 너무 지나지 않았을까? 아니, 그렇지 않다. 9년 전이라고 하면 고스케는 열한 살의 초등학생이었다. 그 나이에 보험금인지 뭔지의 음모를 간파하기는 불가능하다. 그렇다. 9년이 지난 후에야 비로소 그런 의혹을 갖기에 이르렀을 것이다.

그럼 왜 이제 와서?

그 계기가 바로 미치코일지도 모른다.

하지만 어떻게?

열아홉 살의 미치코라면 아버지의 죽음에 의문을 품기에 결코 어린 나이가 아니다. 하지만 그녀 쪽에서 같은 처지에 있던 미시마 고스케에게 먼저 다가가기는 쉽지 않은 일이다. 흐름상 고스케가 미치코에게 접근했다고 보는 편이 자연스럽다.

어떤 계기였는지는 몰라도 틀림없이 뭔가가 있다.

어쨌든 둘은 만나게 되었다. 그리고 서로의 처지에 의문을 가졌다.

자, 그럼 거기서부터는 어떻게 하지? 도베가 다카오카를 살해할 때까지의 과정을 어떤 식으로 추측해야 할까.

고스케와 미치코가 도베의 악행에 대해 다카오카와 의논했다고 치자. 그때 다카오카는 어떻게 대응했을까. 도베가 벌이는 암적인 일을 이미 알고 있는 다카오카는 고스케와 미치코가 갖는 의문에 대해 어떤 입장을 취했을까.

부성을 중히 여겨 도베의 악행을 표면화하려고 했을까. 그랬다가는 자신의 정체가 탄로 날지도 모르는데. 무엇보다 다카오카 겐이치라는 이름으로 들어두었던 생명보험이 파기된다. 나중에 죽는다 해도 나이토 기미에는 사망보험금을 수령하지 못한다. 물론 다카오카 겐이치의 본래 호적을 탈취한 죄도 추궁받는다. 다만 이 문제는 공소시효가 만료되었을 가능성이 높다.

보험계약뿐이지만 기미에를 통해서 아직도 유타의 아버지라는 입장을 버리지 않았다. 그런 다카오카가 도베의 악행을 폭로하는 길은 택하지 않았을 것이다.

그렇다면 도베의 행위를 모른 체하고 두 사람에게도 묵과하도록 설득했을까.

그렇다. 도베의 악행을 일부러 인정하지 않는다면 그것으로 끝난다. 아예 모르는 척 시치미를 떼버리면 간단하다. 하지만 그러지 못할 사정이 있었다면?

두 젊은이의 입을 막은 후에도 해결되지 않는 무언가가 있었다면…….

잘 모르겠다. 모르겠지만 레이코는 적어도 구사카가 예로 들었던 도베가 사주한 청부 살인 쪽은 아니라고 믿었다. 일단 근거가 없었다. 그냥 근거 같은 건 없는 느낌이었다.

수사본부는 다음 단계의 중심이 되는 세 가지 방침을 새로 세우고 인원 배치를 폭넓게 변경했다.

우선 행동 감시 팀이다. 나이토 기미에, 미시마 고스케, 나카가와 미치코에게 각각 24시간 감시 태세로 최소 한 팀씩 2인 1조가 붙는다. 교대 요원까지 포함하면 총인원은 6개 조 12명이다. 레이코도 이오카와 함께 나카가와 미치코의 행동 감시 팀에 투입되었다. 나이토 기미에와 관련된 다카오카 겐이치가 나이토 가즈토시인지 여부 확인은 현시점에서는 실행하지 않기로 결정했다. 그걸 확인한다고 해서 수사가 진전되는 것도 아니었다. 차라리 멀리서 동향을 살피며 누가 기미에에게 접촉하는지를 살피는 쪽에 의미를 두었다. 또한 하야마는 니시아라이 서에서 나이토 가즈토시의 자살 관련 조서를 열람했지만 특별히 새로운 정보는 입수하지 못했다고 보고했다.

다음은 도베의 행적 조사 팀이다. 여기에는 13개 조 26명을 배치했다. 여자관계를 조사하거나 보험을 추적하고 단골가게와 친구 사이를 조사한다. 사체 손괴 현장인 나카로쿠고 주변에서도 탐문 수사를 계속하는 중이었다. 도베의 친모인 오가와 미유키가 사는 곳이나 다지마 조직 주변, 나카바야시 그룹의 각 회사도 감시 대상에 들어간다. 구사카와 기쿠타 조는 이 팀에 속했다.

남은 사람들은 하천부지 수색을 맡았다. 지금까지는 가장 별 볼일 없는 역할로 취급되었지만, 수사란 일반적인 방법으로 해결되지 않는 경우가 허다한 법이다. 15일이 지나서야 다카오카 겐이치의 몸통으로 보이는 신체 부위를 발견했다.

장소는 차량이 버려진 현장에서 약 4킬로 떨어진 하천 하류의 미나미로쿠고 1가, 하수도 펌프장 뒤의 강가였다. 그곳도 가마타 서 관할로, 관할구역을 벗어나지 않고 발견되어 다행이었다.

"지금 당장 도호 대학으로 가봐."

레이코는 이마이즈미에게서 연락을 받자마자 서둘러 오타구 오모리니시에 있는 도호 대학 법의학 교실로 갔다.

해부실 앞에 도착하자 이미 형사 조사관이나 검시 담당자, 담당 검사와 기동감식 등 십여 명이 입회한 가운데 사법해부를 실시하는 중이었다. 복도 의자에는 구사카와 그의 파트너인 사토무라 경사, 하시즈메 관리관이 있었다.

"제가 좀 늦었습니다. 상황이 어떤가요?"

구사카는 평소에 사용하는 디지털카메라를 가방에서 꺼내 버튼을 꾹꾹 누르더니 레이코에게 건넸다. 알아서 보라는 식이다.

고마움을 표하고 한 장씩 차례로 보았다. 사진은 모두 여덟 장이었다. 감식이 가능할 만큼 선명하게 찍히지는 않았지만 사체 상태를 파악하기에는 충분했다.

혈액이 모두 빠져나간 허연 몸통에는 머리도 사지도 없었다. 머리는 턱 바로 밑에서, 양팔은 어깨에서, 양다리는 고관절에서 절단되어 있었다. 남은 목 부분을 제외하면 거의 오각형인 셈이었다. 다음은 남자의 성기 부분이었다. 음경은 잔뜩 부풀어 오른 음낭에 매몰되어 보이지 않았다. 복부는 팽창과 수축을 반복했는지 섬뜩한 거미집 모양의 균열로 덮여 있었다.

"생각보다는 심하게 손상되지 않았어, 그렇지?"

의외다 싶을 만큼 깨끗했다.

어라? 그런데 이 사체…… 좀 이상하다.

수중에 유기된 때가 3일 밤이라면 오늘로 12일째다. 물고기 밥이 되기에 충분한 시간이다. 그런데 그런 식으로 손상된 부위가 거의 보이지 않았다.

그럴 리가 없을 텐데…… 왜 그럴까……?

막연한 위화감이 들었다. 그렇다고 레이코 스스로 그 정체를 당장 확인할 상황은 아니었다.

일단 구사카에게 카메라를 돌려주었다.

"손상된 곳이 정말 별로 없군요."

"그 이유는 바로 발견 직전까지 보존되어 있었다는 얘기지. 비닐이나 뭔가로 손을 써서."

구사카가 카메라 스위치를 끄려 할 때 레이코가 잠깐, 하고 막았다.

"그런데 여기, 목 언저리가 좀 크게 파였어요."

사진으로 봐서 오른쪽, 시체로 보면 인두부의 왼쪽 피부가 반원형으로 떨어져나간 것처럼 보였다.

"어어, 뭐야. 이거야말로 물고기가 뜯어 먹은 흔적이 아닐까?"

"그렇군요."

해부는 레이코 조가 도착하고 한 시간 반쯤 지나서야 종료되었다. 그사이 국과수에서 보낸, 사체 손괴 현장에서 채취한 혈액 정보가 도착해 두 사람의 DNA 대조 작업도 병행해서 진행했다.

집도한 의사는 감정서를 작성하기 위해 바로 다른 방으로 이동했다. 대신 해부에 입회한 형사 조사관 후지시로가 레이코 조에 자세하게 설명해주었다.

"이번에 발견된 부위에 사인으로 특정할 만한 외상은 없었다. 지금 위장 내용물까지 분석하고 있는데 내장 상태로 보아 독극물일 가능성도 희박하다."

하시즈메가 관자놀이를 긁적이고 그런데, 하며 끼어들었다.

"어쨌든 혈액형은 일치한 거지?"

후지시로와 하시즈메는 같은 경정으로, 형사 조사관은 사체 검안 전문가인 동시에 최고책임자다.

"물론이지. 하지만 DNA 감정을 완료할 때까지는 자네들이 찾는 사체라고 단언하지 못해."

"여기저기서 시체 토막이 따로따로 나올 리가 없잖아!"

"알 게 뭐야? 나는 내가 맡은 일만 할 뿐이야. 잠자코 감정 결과나 기다려보자고. 일치하지 않으면 가마타에 수사본부를 또 하나 설치하라고 1과장한테 말해야겠군."

"자네는 쉽게 말하는데, 수사본부를 두 군데나 설치했다간 그 경찰서 결딴날걸. 그렇지 않아도 요즘 거기서 내주는 도시락이 어찌나 형편없는지. 앞으로는 사건 해결 때까지 계속 편의점 주먹밥으로 때워야 한다면 나는 사양하겠네."

"자네 도시락 따위 내 알 바 아니거든."

레이코 입장에서야 누구 편도 들 수 없지만 기분으로는 후지시로 편을 들어주고 싶었다.

하시즈메가 손목시계를 쳐다보았다.

"몇 시에나 나올까?"

"뭐가?"

"DNA 감정 결과 말이야. 알면서 그래?"

지금은 오후 4시 10분.

"현장에서 채취한 혈액이 도착한 지 한 시간쯤 됐지? 그럼 자정에는 나오겠지, 뭐."

하시즈메는 정수리를 긁적거렸다.

"안 돼, 안 돼, 절대 안 돼. 9시까지는 나오게 해. 9시까지."

"무슨 말이야? 그럼 겨우 여섯 시간밖에 없잖아?"

"지난번에는 일곱 시간 만에 다 끝냈어."

"그건 국과수니까 가능했지."

"어느 쪽이든 상관없어. 어쨌든 한 시간 더 단축시켜. 노력하면 틀림없이 가능해."

"자네 바보야? 노력은 무슨. 누구보고 노력하라고? PCR 장치와 자동 분석기에 응원가라도 불러주라는 말인가? 잘 알지도 못하면서 쓸데없이 재촉하기는. 잠자코 기다려."

레이코 뒤에서 이오카가 킥킥 웃음을 터뜨렸다.

"자네야말로 현장 사정을 조금이라도 이해해줘. 사인은 특정할 수 없다고 하고, 감정도 빨리는 못 끝낸다고 하고. 한밤중에 그런 결과를 들어봤자 뭐 하겠어. 회의는 벌써 끝난 후라는 말일세."

"그럼 회의를 뒤로 늦추면 안 되나?"

"나는 수사 회의가 끝난 후에도 간부 회의까지 하느라 매일 밤 철야란 말이야!"

거짓말. 졸기만 하는 주제에.

"어쨌건 안 되는 건 안 돼."

"아니야, 돼! 반드시 돼!"

하시즈메는 관리관씩이나 되어서 이런 터무니없는 억지를 태연하게 부린다.

그때 구사카가 레이코의 어깨를 가볍게 두드렸다.

"나는 우리 팀에 돌아갈 테니 무슨 일 있으면 알려줘."

그 말만 하고는 총총걸음으로 복도를 지나 밖으로 나갔다.

내가 언제까지 이런 웃음거리나 구경하고 있을 줄 아세요?

속으로는 그렇게 툴툴거리면서도 레이코는 쉽게 그 자리를 뜨지 못했다.

그건 그렇고 그게 무엇이었을까?

몸통 사진을 보았을 때 느낀, 무어라 말로 표현하기 힘든 위화감. 그것이 잿빛 안개가 되어 지금 레이코의 의식을 조금씩 어둡게 덮쳐왔다.

결국 후지시로가 이겼다. 도호 대학에서 정식으로 감정 결과가 도착한 때는 새벽 2시였다.

"빌어먹을, 귀에 털이나 난 자식이……."

하시즈메의 하품 섞인 원성을 들으며 간부 전원이 감정 결과에 초점을 모았다.

예상대로라고 해야 할지, DNA 감정 결과 미나미로쿠고에서 발견된 몸통 부위는 나카로쿠고의 차고에서 채취한 혈액과 니시로쿠고에서 발견한 차량 안의 혈액 및 왼손과 동일인의 것으로 판명되었다.

사체 감정서 내용도 후지시로의 설명과 대부분 일치했다.

사인으로 볼 만한 외상은 없었고 내장 상태에서도 별다른 큰 이상은 발견되지 않았다. 친절하게도 사인은 질식이나 과다 출혈이 아닌, 다른 원인일 것이라는 의견까지 기재되어 있었다. 장기에 울혈이나 빈혈이 보이지 않는다는 게 그 이유라고 적혀 있었다. 요컨대 독살이나 교살처럼 머리에서 대량 출혈이 일어날 만한 타살은 아니라는 의미였다.

그럼 어떻게 살해했다는 거야?

또한 비고란에는 신체적 특징으로 담석성 담낭염 때문에 담낭 적출 수술을 시행한 흔적이 있다고도 써 있었다.

다만 레이코가 주목한 인두 부분 왼쪽에 있는 피부 결손에 대해서는 별다른 설명이 없었다. 결손 부위의 크기는 기재되어 있었다. 직경 7센티미터 정도의 반원형이라고. 정확히 목의 절단면 절반을 차지하는 형태다. 상처가 패인 깊이는 1.2센티미터. 결손이 생긴 원인은 한마디 설명도 적혀 있지 않았다.

그러나 결손 부위에 대한 설명이 없는 것과 이 몸통 부위를 처음 보았을 때 느낀 위화감은 서로 다른 종류였다. 뭔지는 모르겠다.

"그렇다면 이 피부가 손상된 이유는 뭘까요?"

하시즈메와 이마이즈미, 구사카와 가마타 서의 가와다 형사과장, 같은 살인범 수사계의 다니모토 계장까지 다섯 명이나 있었지만 모두 졸린 탓인지 아무도 반응하지 않았다.

"저, 계장님, 여기 목에, 피부가 왜 파였을까요?"

"으음."

아예 쳐다보는 곳조차 다르다. 레이코가 묻는데도 다니모토는 위장의 내용물 기록에만 신경을 쏟고 있어서 페이지를 넘기려고도 하지 않았다.

"구사카 주임님, 왜 이렇다고 생각하세요?"

"물고기겠지."

"물고기라면 그런 이빨 자국이 있다든가 없다든가 기재하지 않았을까요?"

"물에 불어서 녹아 떨어졌겠지."

"그럼 그렇게 기재했겠죠?"

"녹아버렸다면 물고기인지 아닌지 어떻게 알아?"

안 되겠다. 모두 피곤해서 그런지 두뇌를 움직이려는 기색이 조금도 없다.

자기 힘으로 결론을 끌어내지 못하는 레이코도 별반 다르지 않았지만 말이다.

하룻밤 푹 자고 나니 아이디어가 반짝 떠올랐다.

아침 회의가 끝나기 무섭게 우선 어제 나온 부검 감정서부터 복사했다. 사진은 꼼꼼하게 스캐닝해서 전용 프린터로 출력했다. 그것을 감정서에 첨부해 단단히 봉했다.

"이오카, 우체국이 저쪽이지?"

"아, 예. 지가 안내하겠십니더."

가마타 우체국에 가서 등기 속달로 부쳤다.

부치고 곧바로 구니오쿠에게 전화를 걸었다.

"아, 여보세요? 선생님, 저예요."

"어, 레이코? 웬일이야?"

목소리에서 언제나 느껴지던 활기나 생기가 없다.

"왜 그러세요? 목소리에 기운이 없으시잖아요."

"아무 일도 없다는 듯이 '저예요.'는 무슨······."

"왜 그러세요? 삐졌어요?"

지난번에 너무 단호하게 거절해서 그런가?

"그래, 그날부터 난 마음에 상처를 입고 겨우겨우 하루하루를 지낸다고······."

"그런 말씀 마시고요. 부탁이 있으니까 좀 들어보세요."

"뭔 소리야, 사과도 안 하면서 천연덕스럽게."

이럴 땐 무시가 상책이다.

"우선 제 얘기 좀 들어보세요. 이쪽 수사본부에서 조금 흥미로운 사체가 발견됐어요. 그런데 말이죠, 도호 대학 측 선생님이 사인을 밝혀내지 못하는 거예요. 그렇담 역시 이 분야의 대가이신 선생님께 보여드리지 않는다는 게 말이 안 되잖아요? 그래서 지금 그쪽으로 자료를 보냈으니까 선생님께서 좀 봐주세요."

잠시 침묵이 흘렀다. 구니오쿠 선생님도 참, 왜 이러신담.

"대답 좀 해요!"

"레이코가 가지고 오는 게 아니고?"

"아아, 죄송해요. 벌써 부쳤어요."

"그럼 내가 보고 나서 결과는 어떻게 알려주지?"

"연락 주세요. 전화든 메일이든 상관없어요."

"그건 싫은데. 레이코가 직접 결과를 들으러 온다면 봐줄 수 있지만."

이럴 줄 알았다.

"들으러 갈 만큼 가치가 있는 견해라면 기쁘게 찾아뵐게요."

"그 수에 누가 넘어갈 줄 알고? 하여튼 결과라도 들으러 오겠다고 약속해. 그러지 않으면 그런 서류 따윈 뒤 닦아서 버려버릴 거야."

"치질 걸리실걸요."

"난 강철 항문을 가진 남자라고."

"아휴! 선생님, 품위 좀 지키세요."

통화하는 동안에 그럭저럭 기분이 좋아진 것 같아서 다행이었다.

"아무튼 내일이면 도착하니까 서둘러서 꼼꼼하게 봐주세요."

"어느 택배 회사로 오는 거야? 고양이야, 비각이야?"

"택배가 아니라 등기 속달인데요."

"난 지금도 여전히 우편 행정을 민영화하는 문제엔 반대 입장이야."

"그런 얘긴 그만하세요. 지금은 바쁘니까 만나서 천천히 들어드릴게요. 부탁이에요, 아셨죠? 부탁드려요."

"만나면 우에노의 도빈무시를……."

전화를 끊었다.

됐다. 이것으로 시체 문제는 오케이다.

3

구사카는 수사관이 대부분 빠져나간 강당에 남아 10시부터 열리는 기자회견에 참석했다.

도쿄 주요 언론사로 구성된 '7사회'와 경시청 출입 기자단 '기자클럽', '뉴스기자회'의 보도 기자와 방송국 두세 곳까지 합쳐 약 30명이 모였다.

가마타 서 서장인 나카무라 총경과 부서장 아다치 경정, 형사부 수사 1과장 와다 총경 그리고 하시즈메가 상석에 앉았다. 나카무라 서장이 발표를 맡았다.

"어제 오전 11시 미나미로쿠고 1가에 있는 다마가와 강가에 남성의 몸통으로 보이는 시신 일부가 떠내려왔다는 보고를 받고 경찰이 확인했습니다. 경시청과 합동으로 특별 수사본부를 설치해 현재 신원을 파악하는 중입니다."

수사본부 내부에서는 피해자를 '다카오카 겐이치'로 통칭하였으나 사건을 공개할 경우 세간의 의문을 살 여지가 있겠다는 이유로 이번 피해자의 이름 발표는 미루기로 했다.

"시체는 40대 남성입니다. 머리와 양팔, 양다리는 아직 발견되지 않았습니다. 현재 저희가 보고할 내용은 이상입니다."

기자가 손을 들자 아다치 부서장이 지명했다. 마이아사 신문에서 나온 오제키라는 경시청 출입 기자였다.

"이달 초부터 가마타 서가 수상한 방치 차량에 대해 대대적인 수사를 벌이고 있다는 정보가 있습니다. 그 정보와 관련한 사건으로 판단해도 되겠습니까?"

이 정도 질문은 우리 쪽에서도 예상하고 있었다.

"그 사건은 현재 수사 중입니다."

다음은 아사요 신문의 후루타 기자였다. 이 사람 역시 경시청 출입 기자다.

"나카로쿠고 주변에서도 그 무렵부터 빈번하게 탐문 수사를 하는 모양인데 그것에 대해서도 말씀해주시겠습니까?"

"그 사건도 수사 중입니다."

"그럼 관련이 있다고 추측하시는 겁니까?"

"현재로써는 뭐라고 말씀드리기가 어렵습니다."

또 다른 경시청 출입 기자로 요미니치 신문의 하시모토가 질문했다.

"저희 쪽에는 4일 다마가와 강둑에서 발견된 차량에서 사람 손이 나왔다는 정보가 있습니다. 그것과 이번에 발견된 몸통의 DNA 감정은 마친 상태입니까?"

그 순간 강당 안의 모든 소음이 사라졌다. 주변에 있던 기자들의 얼굴빛이 일제히 변했다. 구사카도 이 질문은 예상하지 못했다. 여기까지 정보가 샐 줄이야.

어디서 새어 나갔을까? 경시청 본부일까, 아니면 특별본부 수사관일까?

경찰서장은 어떻게 대응할까, 하고 옆에 앉은 와다가 귓속말을 했다. 어떻게든 임기응변을 발휘해서 넘어가 주면 좋겠는데.

"네, 감정은 했습니다만 아직 결과는 나오지 않았습니다."

무턱대고 부정하는 것보다는 나았지만 최선의 대답은 아니었다. 가능한 한, 잘린 손 사건은 대충 얼버무려서 처리하기를 바랐다.

"결과는 언제쯤 나옵니까?"

와다가 또다시 귓속말을 했다. 앞줄에 앉은 기자는 왼손으로 가린 와다의 입 모양까지 읽어내려는 듯 뚫어져라 시선을 고정했다.

"내일 중으로는 나올 겁니다. 모레 발표할 예정입니다."

다시 요미니치 신문의 하시모토가 집요하게 물고 늘어졌다. 이 사건을 예사롭지 않다고 여겨 관심을 갖고 사전 준비를 한 모양이었다.

"토막 사체이므로 당연히 타살로 보고 수사를 하실 텐데요. 사인은 무엇입니까?"

"이번에 발견된 몸통에서 사인을 특정할 만한 상처나 증상은 보이지 않았습니다."

"그렇다면 머리에 충격을 가해서 살해한 것으로 판단해도 되겠습니까?"

"어쨌든 사인은 아직 밝혀지지 않은 상태입니다."

이렇게 가다가는 끝이 없겠다고 느꼈는지 와다가 마이크를 들고 상체를 앞으로 내밀었다.

"현재 수사 중입니다. 저희가 아는 내용은 손이 발견되었다는 사실과 어제 몸통이 나타났다는 사실입니다. 이상입니다."

"손은 오른쪽입니까, 왼쪽입니까?"

"이만 마치겠습니다."

와다가 끝을 맺고 하시즈메가 서장을 재촉해 배석자 전원이 일어나자 기자회견도 자연스럽게 끝났다.

어쨌든 다마가와 강에서 몸통이 나왔고 버려진 차에서 손이 나왔다. 오른쪽인지 왼쪽인지는 정확하게 발표하지 않았다. 여기까지를 주지의 사실로 여겨 이제부터 수사해야 한다.

구사카는 요 며칠간 도베 마키오의 행적을 쫓았다. 출발점은 역시 기노시타 흥업이었다.

같은 회사 사무원인 야시로 도모미에 따르면 도베가 회사에 얼굴을 내민 날짜는 3일 오후 3시경이었다고 했다.

야시로와 가와카미, 니키, 사장인 기노시타를 포함한 네 사람이 사무실에서 차를 마시는 중이었다고 했다. 그때 도베가 불쑥 나타났는데 술 냄새를 풍겼지만 취한 정도는 아니었다.

도베는 어깨가 좀 뭉쳤네, 하며 니키의 어깨를 주무르고는 그대로 두 손을 미끄러지듯 아래로 내려 가슴을 스쳤다고 했다.

기노시타와 가와카미가 나무라자 도베는 장난이야, 장난, 하며 가와카미의 어깨를 세게 두드렸다고 했다.

거듭해서 장난인 거 알지, 하며 니키에게 볼을 비벼대자 기노시타가 또다시 꾸짖었는데 히죽거리며 화장실에 갔고, 볼일을 마치고는 아무 말 없이 그대로 나갔다고 했다. 결론은 출근은 했지만 화장실에 들른 게 다였다는 이야기였다.

그 후 도도로키 역 근처 '팔러 스팡크'라는 파친코 가게에서 그의 모습을 목격했다는 정보가 있었다. 대략 3시 반에서 5시 반 사이였다. 도베가 옆으로 지나가면서 엉덩이를 건드렸다는 여자 점원이 저 사람 아직도 있네, 하고 의식한 때가 5시 20분. 하지만 5시 반쯤에는 보이지 않았다고 했다. 기노시타 흥업에서 입수한 사진과 운전면허증을 보이자 그자가 틀림없다고 증언했다. 만일을 위해 가게 안에 설치된 폐쇄회로 카메라 기록에서 도베로 보이는 인물이 3시 27분에 들어와서 5시 22분에 나간 사실까지 확인했다.

범행 시각을 9시 반으로 추정한다면 네 시간이 남는다. 파친코에 싫증난 도베는 그다음 어디로 향했을까?

근처 음식점과 유흥업소도 돌아보았지만 목격했다는 증언을 얻지 못했다. 결국 그 시점에서 사건 전 도베의 행적이 끊겼다.

물론 메구로 구 유텐지에 있는 자택 주변에서도 탐문 수사를 벌이고 있었다. 미조구치 경사 쪽 몇 조가 맡았는데 범행이 발생한 3일 이후는 물론이고, 이전에도 주변에 사는 사람들은 도베를 목격하지 못했다.

5층 건물, 지은 지 10년 정도 된 빌라였다. 5층은 건물 주인이 거주한다고 하니 4층까지 임대를 하는 셈이다. 1층에는 거주자용 주차장과 임대 사무실이 있었다. 2층부터 한 층에 네 가구씩 있었고, 도베가 사는 곳은 302호였다. 다른 세대는 일반 회사원 가정이 대부분이라서 도베와는 생활하는 시간대가 맞지 않았다. 그 점이 목격 증언을 별로 얻지 못한 원인이었다.

 도베는 32세의 호스티스와 동거 중이었다. 그 여자는 전과 다름없이 생활하는 듯 보였다. 여자는 오후 4시경 집에서 나가 한밤중에 택시로 돌아오거나 아침에 첫차로 돌아왔다.

 수사관이 직접 자택을 방문해서 도베가 집에 없다는 사실을 확인했다. 동거녀 말로는 보름씩이나 집을 비우는 일이 드물다면 드문 일이지만 이제껏 아예 없었던 일도 아니라며 별로 신경 쓰지 않는다고 했다.

 "어쩌면 내가 없을 때 왔다 갔을지도 모르죠."

 그녀는 그렇게 말하면서 현관에서 날카로운 소리로 웃었다고 한다.

 동거를 시작한 지는 2년, 어지간히도 애정이 식었는지 무관심해 보였다고 탐문 수사를 맡은 도야마 경사가 말했다.

 구사카 조는 시내 각 도처에서 탐문 수사를 하고 잠복 교대가 필요한 경우에는 어느 곳이든 가서 대신 맡았다.

 잠복해서 감시할 대상은 보험 관련을 포함해 과거에 관계를 가졌던 여성들이다. 특히 단골 술집과 유흥업소, 오래된 친구,

추가로 오가와의 자택이었다. 호적상으로는 관계가 없지만 생모라는 오가와 미유키가 사는 집이었다.

오가와 자택을 대상으로 잠복에 들어가려 할 때 휴대전화가 울렸다. 번호가 뜨지 않는 발신자 표시 제한 전화였다.

"여보세요."

"나, 마키하라네."

마키하라 다케오였다. 경시청 조직범죄 대책 4과 주임 경위다. 용건은 대강 짐작이 갔다.

"무슨 일이십니까?"

"할 얘기가 있네. 지금 오가와 자택 근처에 있지?"

어딘가에서 이곳을 지켜보기라도 하나.

지유가오카 역에서는 걸어서 5분 거리다. 조용한 오후의 주택가를 한눈에 훑어보았다. 마키하라처럼 생긴 사람은 없었다.

"지금 여기서 말입니까?"

"아니, 그 앞에 일방통행로 왼쪽으로 가면 '리셀'이라는 카페가 있어. 거기서 보자고."

"알겠습니다."

파트너인 사토무라에게는 잠복하는 조와 합류하라고 지시하고 구사카는 카페로 향했다.

워낭이 달린 문을 열자 구석 자리에 앉은 형사부 수사 2과 주임 구보타 경위가 눈에 들어왔다. 구태여 구석진 곳에 자리를 잡은 이유가 무엇일까. 2과는 선거법 위반이나 뇌물 사건, 기업

범죄 전반을 담당하는 부서다. 폭력단을 전담하는 조직범죄 대책 4과와는 다소 수사 범위가 겹치기도 한다. 같은 용건이라고 짐작해도 될지 모르겠다.

주위에 다른 손님은 없었다.

"오랜만입니다."

구사카가 맞은편에 앉았는데도 구보타는 눈썹 하나 까딱하지 않았다. 입구에 막 들어선 마키하라도 곧장 다가왔다.

구사카는 마키하라가 앞에 앉기를 기다렸다가 말을 꺼냈다.

"대체 무슨 일로 모인 겁니까?"

마키하라는 손을 들어 종업원에게 커피 셋, 하고 주문했다. 그와 동시에 구보타가 입을 열었다.

"다지마와 나카바야시 쪽에 붙인 수사관을 모두 물리게."

둘 다 구사카보다는 조금 나이가 많지만 느닷없이 명령조로 나오니 어이가 없었다.

"다른 부서 사람에게 그런 식으로 명령해도 되는 겁니까? 기본적으로 앞뒤 사정 정도는 설명을 하셔야죠."

마키하라가 곁눈질을 하며 몸을 앞으로 기울였다.

"자네들이 다지마 조직을 들쑤셔놓을까 봐 그러네. 조용히 물러나주게."

"그런 문제는 상부를 통해 전달하십시오. 이런 자리에서 저에게 말씀하시면 곤란합니다."

구보타가 목소리를 낮추었다.

"상부를 통하지 못하니까 이렇게 부탁하는 거잖아."

부서는 달라도 두 사람은 같은 경위다. 그 위로는 계장급인 경감과 관리관 등의 경정이 있고 더 위로는 과장이나 참사관인 총경이 있다. 구보타가 말하는 '통하지 못하는 상부'란 필시 그 상급자들이다.

"어째서 통하지 못합니까?"

"그 이유를 말해도 되는 문제라면 처음부터 얘기를 했지."

옆에서 마키하라도 고개를 끄덕였다.

"통하지 못하는 건 통하지 못할 중대한 이유가 있다고, 그렇게 이해해주게."

말하자면 상부의 누군가가 다지마 조직이나 나카바야시 그룹과 손잡고 무언가 부정을 저지른다는 뜻이었다. 그리고 이들은 그 사안을 합동으로 내사하는 눈치였다. 그런 문제는 경무부 감찰관에게 맡기면 해결되지 않을까 하는 생각이 스쳤다.

"저희 쪽에서도 심심풀이로 다지마나 나카바야시를 파헤치는 게 아닙니다."

"그쪽이 맡은 건 그거 아냐? 다마가와 강 토막 사건."

기자회견을 오늘 아침에 했다. 아직 신문에 실리지도 않았다. 텔레비전이나 라디오에서 들었나, 아니면 내부 정보가 새어 나갔나.

마키하라가 볼살을 추켜올리며 히죽거렸다.

"용의자로 추정하는 자가 도베 마키오라며?"

거기까지 알았다면 분명히 내부 정보다. 누군가가 발설했다.

"아직 용의자로 단정하지는 않았습니다. 그저 참고인에 지나지 않습니다."

"도베 마키오라면 아무리 다지마나 나카바야시 쪽을 파헤쳐도 건질 게 없을걸."

"왜죠?"

커피가 나왔다.

종업원이 물러가자 구보타가 다음 말을 이었다.

"도베는 벌써 오래전에 다지마 출입을 금지당했네. 나카바야시 건설을 나와서 기노시타 흥업으로 밀려난 것도 그때였지. 지금 도베는 완전히 외톨이 늑대야."

"다지마 조직의 금융업자와 손을 잡지 않았습니까?"

"그런 일은 위에서 관여하지 않아. 도베가 제멋대로 하는 일이야. 사채업은 아랫것들이 하는 일이니까. 누가 하든 간부는 신경도 안 쓴다고."

마키하라가 집게손가락을 세우며 끼어들었다.

"참고로 알려주겠는데, 도베가 오가와 자택에 가까이 갔다가는 잘못하면 맞아 죽을 수도 있다네."

구사카는 고개를 갸웃거렸다.

"오가와 미유키가 친어머니잖습니까?"

"혹시 그 집의 오가와 아이코라는 딸을 본 적 있나?"

아니라고 고개를 저었다.

"미치오와 미유키의 딸인데 여간 못생긴 게 아니야. 미유키는 한때 새삼스럽게 생모 노릇을 하고 싶었는지 도베를 자기 집에 드나들도록 했다네. 그때 아무래도 도베가 친여동생인 아이코를 겁탈했나 보더라고. 어디까지나 소문에 불과한 이야기지만 도베는 치마만 두르면 똥개한테도 달려든다는 호색꾼이야. 있을 법한 이야기지."

듣고 보니 납득이 갔다. 기노시타 흥업의 여직원 두 명도 봐줄 만한 외모는 아니었다.

"당연히 오가와 집에서는 출입을 금지했어. 결국 다지마 조직과 나카바야시 그룹에서 내쫓겼고 그 신세로 겨우 기어든 곳이 기노시타 흥업이었네. 물론 오가와 미치오나 나카바야시 패들도 녀석이 기노시타 흥업에 있다는 사실은 알아. 그래도 너무 궁지로 몰아붙이면 또 무슨 짓을 저지를지 모르니까, 다지마나 나카바야시의 힘을 빌려서 위세를 떨고 다녀도 내버려 두는 실정이야."

설사 그 내용이 사실이라도 타 부서 사람의 말을 곧이곧대로 받아들여서 자신이 맡은 일을 그르칠 수는 없다.

"그렇지만 말입니다. 제 재량으로는 양쪽 수사관들을 물리지 못합니다. 최소한 계장님 허락은 받아야 합니다."

마키하라가 눈살을 찌푸렸다.

"누군가? 10계 계장이라면 이마하루 경감인가?"

이마이즈미의 이름은 이마이즈미 하루오다. 본부에서 오래 근무한 형사는 그를 주로 '이마하루'라는 애칭으로 불렀다.

"네."

"관리관은?"

"하시즈메 경정입니다."

구보타가 고개를 저었다.

"그자는 안 돼. 입이 너무 가벼워. 이마하루 경감에서 그치는 선으로 처리해주게."

혹시 조금 전의 내부 정보를 흘린 사람이 하시즈메 경정인가?

"말씀하시는 뜻은 대강 이해했습니다. 하지만 문제는 제가 들은 내용을 말씀드리고 수사관을 물리라고 하면 계장님도 쉽게 납득하지 못할 겁니다. 그러니 지금 이 내용을 두 분 명의로 해서 공문으로 보내주십시오. 대외비 보고서로 처리하겠습니다."

"야! 너……?"

언성을 높이는 마키하라를 구보타가 제지했다.

"시간을 좀 주면 내가 작성하지. 단, 철수 요청은 명기하지 않겠네."

"그건 상관없습니다. 그리고 또 하나, 저희에게도 포상을 주십시오."

마키하라의 표정이 더욱 험하게 바뀌었다.

"뭔데?"

구보타가 답을 재촉했다.

"네, 도베에 대한 가택수색 영장을 발부받을 만한 증거를 넘겨주십시오."

"가택수색이라, 압류할 범위는?"

"뭐든지 좋습니다. 권총으로 영장을 발부받아서 권총이 나오면 좋겠지만 각성제로 받아도 상관없습니다. 확실히 드러날 만한 결정적 증거로 부탁드립니다."

"그런 게 왜 필요해? 도베라면 자네 쪽에 보험금 사기 증거가 있을 거 아냐? 그걸로 영장 신청하면 되잖아?"

구사카는 고개를 저었다.

도베가 보험금 사기 관련 서류를 신중하게 보관했을 리 없었다. 그것으로 영장을 발부받아 가택을 수색했는데 아무것도 나오지 않는다면 망신만 당할 뿐이었다. 실제 목적하는 바는 도베의 사진이나 지문, 그 외의 잡다한 정보 입수였다. 애초에 다른 목적으로 수색을 하려는 것이다. 표면상의 이유쯤은 확실하게 해두어야 불리한 상황을 막을 수 있었다.

"증거를 주시겠습니까, 안 주시겠습니까? 저희가 어떻게 움직일지는 거기에 달렸습니다."

"알겠네."

구보타가 대답하자 마키하라도 마지못해 수긍했다.

구사카는 자리에서 일어섰다.

"그럼 부탁드립니다. 잘 마셨습니다."

바로 가게에서 나왔다.

비가 부슬부슬 내리기 시작했다.

걸어가는데 다시 전화가 왔다. 이번에는 집에서 온 전화였다. 아내인 노리코였다. 근무 중에는 가급적 전화를 걸지 말라고 했으니 뭔가 중요한 일이 생겼다는 뜻이다.

"여보세요."

"여보, 지금 통화 괜찮아요?"

"잠깐은 괜찮아."

안도의 한숨과는 거리가 먼 한숨 소리가 들렸다.

"저, 그게…… 요시히데가 오늘 또 학교를 조퇴하고 와서…… 지금 방에서 자고 있어요."

시계를 보니 오후 3시 40분이었다. 동아리 활동이 하기 싫어 일찍 돌아왔나?

"어디 아프대?"

"배가 아프다고는 하는데 조퇴할 만큼 많이 아파 보이지는 않고……."

"그럼 그냥 자게 내버려 둬. 미안해."

머릿속으로 달력을 펼쳤다.

"지금 상황이 너무 안 좋아. 앞으로 일주일은 집에 못 들어갈지도 모르겠어. 자세한 이야기를 듣고 싶긴 한데, 당신이 조금만 더 참아줘."

"네, 알았어요."

아들 요시히데는 성격이 여린 편이다. 요즘은 조퇴하는 일도 잦다고 하니 따돌림이라도 당하는 건 아닌지 모를 일이다. 신경 써서 살펴야 할 상황인 것 같다.

"요시히데는 아무 말 안 해?"

"네, 물어보니까 괜찮다고, 배가 조금 아플 뿐이라고……."

"누가 괴롭히는 건 아닌지 물어봤어?"

"네, 슬쩍 운은 떼어봤어요."

"확실하게 물어봐야지. 부모가 어중간한 태도로 모르는 척 그냥 넘기는 게 가장 나쁘다고."

"당신은 요시히데가 어떤지 안 봐서 몰라요."

그렇게 말하면 할 말이 없다.

"알았어. 늦을지도 모르지만 내일이나, 늦어도 주말에는 한번 집에 가도록 해볼게."

"네, 꼭 그렇게 해주세요."

"아무튼 억지로 학교에 보내지는 마. 정 싫다 하면 고등학교만 나와도 경찰관은 될 수 있으니까."

경찰관으로서 버틸 근성이 있는지 없는지는 나중에 생각할 일이다.

"공부는 본인이 하려는 의지만 있으면 언제 어디서든 할 수 있으니까."

"그럼요, 나도 그렇게 말했어요."

"그럼 됐어. 어디가 아픈 게 아니면 밥은 꼭 먹이고 방에만 틀어박히지 않도록 신경 써. 자주 방에서 나오게 해서 텔레비전도 같이 보고 식탁에서 밥을 먹도록 해주고, 알았지?"

"알았어요."

"미안해. 당신이 신경 좀 많이 써줘야겠어."

"당신도 빨리 집에 오세요."

"알았어. 끊을게."

"그럼, 수고하세요."

전화가 끊긴 것을 확인하고 휴대전화를 주머니에 넣었다.

이렇게 전화를 끊고 나면 언제나 자기혐오에 빠졌다. 자신이 아주 몰인정한 인간처럼 느껴졌다.

경찰관이라는 일은 말하자면, 자기가 좋아서 하고 있는 경우가 많다. 하지만 가족에게는 어쩔 수 없어서 힘들게 일한다는 듯이 보이려는 부분도 어느 정도 있다.

사실 신칸센을 이용하지 않고 사이타마에 있는 집에서 경시청 본부까지 출퇴근하기란 여간 힘든 일이 아니었다. 더욱이 이 가마타 현장까지는 실제로 불가능했다.

하지만 조금 무리하면 하룻밤 정도는 언제든지 다녀올 만한 거리였다. 아들이 궁지에 몰려 고민하고 있다면, 집에 가서 이야기를 들어주고 용기를 북돋아주든 뭐든 어떻게 해줘야 하는 게 아닐까.

그렇게는 못할망정 일을 핑계 삼아 냉정하게 말하며 아내에게 가정을 떠맡기는 남자라니. 바빠서 못 가는 게 아니라 사실은 '가지 않을' 뿐이다.

집에 가지 않은 오늘 하루 사이에 아들이 돌이키지 못할 사태에 빠진다고 상상하면, 솔직히 몸이 움츠러들었다. 아직은 그렇게까지 심각하지 않을 거라고 스스로 다독였다. 동료들이 있는 일터로 돌아오면 길어야 5분 안에 집안일은 까맣게 잊을 테니까.

왜 이렇게 무정한 것일까.

구사카는 내심 그렇게 중얼거리며 사토무라가 잠복해 있는 현장으로 걸음을 재촉했다.

4

12월 18일 목요일. 오전 10시 반.

기쿠타는 도베 마키오의 거주지인 메구로 구 유텐지의 빌라 '글로리아 유텐지' 302호실 가택수색에 합류했다.

가택수색을 벌인다는 발표는 어젯밤에 났다. 마치 그 발표와 교체라도 하듯 다지마 조직과 나카바야시 그룹 주변을 잠복하던 수사관들에게는 다른 업무가 주어졌다. 기쿠타에게도 해당 사항이 전달되었다. 나카바야시 부동산에 대한 잠복을 풀고 유텐지로 이동하라는 지시였다.

레이코는 어딘가에서 손을 쓴 압력 조치라고 직감했다.

"다지마 조직을 건드리면 이르든 늦든 누군가가 그런 명령을 내릴 거라고 예상은 했어. 문제는 말이야, 누가 그 명령을 내리고 누가 받아들이고, 그 대가로 무엇을 받았느냐, 이거겠지. 현금은 아닐 테고, 흐름으로 봐서는 가택수색에서 나올 증거겠지. 대체 도베와 사는 그 여자가 각성제를 한다는 이따위 내용을 우리 수사본부에서 누가 조사했다는 거야? 아무도 그런 말 없었잖아?"

맞는 말이었다. 수색 허가 영장에 맞춰 발부된 압류 허가 영장에는 총기나 도검류, 보험계약에 관한 서류, 지문 및 이 사건과 연관이 있다고 판단하는 서류 일체라고 제시되어 있었다. 추가로 불법 약물의 종류도 명기되어 있었다. 현재 도베에게 걸린 혐의뿐 아니라 과거와 현재의 주변 상황에서부터 여자관계까지 포함한다고 분명히 적혀 있었다.

그렇다면 실제 목적은 단서의 반증을 위한 가택수사라고 레이코는 짐작했다.

"그게, 도베의 여자를 뒤진다고 해서 뭐가 나오겠어요? 요는 보험금 사기에 관련된 서류가 있는지 없는지 불안하니까 다른 건으로 영장을 발부받은 거잖아요? 나중에 시끄러워지면 난처하니까, 우선 처음은 확실히 나올 만한 증거로 영장을 받았다, 이거죠. 권총과 각성제를 가지고 있다는 증거는 믿을 만한 곳에서 들어왔을 테고요. 우선 그걸 빌미 삼아 뭔가 다른 흥미로운 증거가 나오면 나중에 가서 압류 영장만 새로 받으면 되니까요. 오히려 그 '흥미로운 증거'야말로 이번 가택수색의 진짜 목표일걸요. 뭐, 열심히 해보라고 하세요. 확실하게 말이에요."

레이코는 오늘 두 번째로 나카가와 미치코의 참고인 조사를 할 예정이라고 덧붙였다.

수색 대상인 도베의 자택은 방이 두 칸인 구조였다. 세 평 남짓한 방 두 칸과 거실 겸 주방이 있었고, 화장실과 욕실은 분리되어 있었다. 내연녀 고바야시 미카코는 거실 탁자에 앉아 가마타 서 여경의 감시 아래 상황을 주시했다.

기쿠타는 이제부터 침실로 사용하는 다다미방의 화장대 서랍을 조사해야 했다.

"잠깐, 거기는 다 내 물건이라고요. 상관없잖아요!"

의자에서 일어서려는 미카코의 어깨를 수사관이 가만히 눌렀다. 그렇게 반응하면 '바로 거기에 있다'고 인정하는 셈이나 마찬가지다.

예상한 대로 3단 서랍 중 중간 서랍에서 나일론 소재의 필통이 나왔다. 지퍼를 열자 흰 가루가 든 비닐봉지가 다섯 개 들어 있었다.

"각성제 찾았습니다."

구사카가 욕실에서 바로 나왔다. 미카코를 한 번 흘낏 보고는 기쿠타 쪽으로 다가왔다.

"이시즈 주임님, 이쪽으로 좀 와주십시오."

"네."

옆 거실에 있던 감식과 이시즈 주임이 카메라를 멘 채 들어왔다. 기쿠타가 손에 들고 있는 비닐봉지를 보고 우선 사진을 찍었다. 이어서 그의 지시에 따라 기쿠타는 필통이 들어 있던 서랍을 손가락으로 가리키는 자세를 취했고, 다시 필통을 꺼내 지퍼를 열고 봉지를 꺼내는 동작을 취했다. 밑에 들어 있는 주사기도 꺼내서 들어 보였다. 각각 한 장씩 사진을 찍었다.

"네, 오케이입니다."

"수고하셨습니다."

인사를 마친 구사카가 손을 내밀자 기쿠타는 필통을 통째로 건넸다. 구사카는 거실로 가지고 나갔다.

"미카코 씨, 이 물건은 누구 것입니까?"

미카코는 입을 열지 않았다.

"대답 안 하셔도 괜찮습니다. 지금부터 이것을 여기서 검사할 테니까요. 이 가루를 물에 녹여서 약물 반응 검사 종이에 묻힐 겁니다. 색이 파랗게 변하면 각성제입니다. 그런 경우에는 소변 검사에 협조해주셔야 합니다. 알겠습니까?"

역시 대답이 없었다.

"이시즈 주임님, 시작하시죠."

"네."

이것으로 가택수색은 대성공이었다.

기쿠타가 다시 다른 곳에 손을 대려 하는데 이번에는 등 뒤에서 목소리가 들렸다. 붙박이장을 뒤지던 신조 경장이었다.

"주임님, 권총이 나왔습니다."

신조 경장은 붙박이장에서 플라스틱 옷상자를 꺼내 위 칸에 올려놓았다. 이시즈 주임 대신 다른 감식원이 촬영했다. 32구경입니다, 하는 소리가 들렸다.

기쿠타는 태연히 하던 작업을 계속했다.

붙박이장 아래 칸에서 아직 사용하지 않은 디오르의 립스틱 케이스가 나왔다.

문득 그날 밤 레이코의 입술이 떠올랐다.

자신의 철없는 질투심을 단 2초 만에 해소해준 그 부드러운 입술. 양어깨에 걸쳤던 그녀 손의 무게. 아련히 느껴지던 봉긋한 가슴. 은은한 머릿결 향기. 피부의 촉감. 감은 눈의 긴 속눈썹. 처음으로 가까이서 본 자그마한 귀. 하얀 목덜미.

그녀가 보인 행동은 무슨 의미였을까.

이오카 탓에 몹시 기분이 상한 자신을 보다 못해 인정상 그랬을 뿐일까, 아니면 이제부터 본격적으로 교제를 해보자는 의사

표시였을까?

그러고 나서 12일이 지났다. 레이코에게서는 별다른 말도 없었고 기쿠타 또한 그날 일에 대해 묻지 않았다.

아침에는 회의를 강당에서 진행하므로 얼굴을 본다. 회의가 끝나면 대원들은 모두 각자 자기 담당 구역으로 흩어진다. 레이코는 관련자 주변에서 잠복근무에 들어가고 기쿠타는 도베의 행적을 추적한다. 낮 동안은 전혀 마주칠 일이 없다. 하루 종일 수사를 마치고 경찰서로 돌아오면 저녁 8시부터 회의를 한다. 회의 30분 전에라도 양쪽 다 돌아온다면 잠깐이나마 말을 걸 시간이 있을 텐데, 공교롭게도 그런 기회를 만들지 못하고 오늘에 이르렀다.

하기야 말을 걸 시간이 있다 해도 그녀 옆에는 언제나 이오카가 버티고 있었다. 그 녀석이 기쿠타, 레이코 주임에게 무슨 볼일이고, 하고 캐묻기라도 한다면 난처한 얼굴로 아무 일도 아니라며 슬그머니 돌아서겠지. 그런 자신이 한심하기 짝이 없지만 아마 그럴 게 분명하다. 지금까지도 줄곧 그래왔으니까.

고백한 경험은 이제껏 딱 한 번밖에 없었다. 고등학교 때 좋아한 여학생이 있었다. 3학년 축제 때, 5 대 5로 마음에 드는 상대를 지명하는 게임에 기쿠타도 끼었다. 각오를 단단히 하고 마음에 둔 여학생의 이름표를 들었는데 어이없게도 기회를 놓치고 말았다.

고등학교 졸업 후 바로 경시청에 입사했다. 경찰학교를 졸업하고 배속된 센주 서 시절에는 유흥업소에서 살다시피 했다. 자신의 의지였다기보다는 선배들에게 반강제적으로 끌려다녔다.

총각 딱지를 떼면 여자에 대한 관심이 조금은 적극적으로 변하지 않을까 했지만 유감스럽게도 전혀 그렇지 못했다. 모처럼 좋아한다고 고백하는 교통과 후배에게도 애매한 태도로 대했다. 고등학교 동창이 주선해준 미팅에서 마음이 통하는 여성을 만났지만 다시 만나자는 약속을 하고도 전화조차 하지 않았다. 아니, 못했다.

그나마 오모리 서로 이동하고 나서 평범한 연애를 해보았다. 스물네 살 때였다. 단골로 다니던 술집 주인의 딸이었다. 얼굴도 몸매도 남들 못지않았고 성격도 무난했다.

"기쿠타 씨, 놀러갈 일 있으면 우리 딸 좀 데리고 가줘요. 남자 친구라곤 영 없는 눈치라서 걱정이야."

처음에는 농담인 줄 알았는데 정말로 사귀었다.

교제한 지 1년쯤 지났을 무렵이었다. 가게가 폐업을 하면서 주인과 딸은 고향인 홋카이도로 떠났고 결국 그녀와도 다시 만나지 못했다. 1년가량 편지를 받았지만 답장을 한 번밖에 안 했더니 어느새 편지도 끊겼다.

이상이 기쿠타 가즈오의 연애 경력이었다.

"그 립스틱이 그렇게도 의심스러워?"

돌아보니 구사카를 비롯한 수사관 모두가 기쿠타 주위에 모여들어 쳐다보고 있었다.

"아니, 엇!"

얼른 제자리에 놓으려던 것이 그만 립스틱을 던지고 말았다.

립스틱은 벽에 부딪치고 도로 튕겨져 나왔다.

"아얏!"

하필이면 도야마 경사 이마에 맞을 줄이야.

"아, 죄송합니다."

"기쿠타, 너!"

어쨌든 가택수색은 깔끔하게 마무리되었다.

소변검사에서 양성반응이 나온 고바야시 미카코는 각성제 단속법 위반 현행범으로 체포되었다.

그녀를 태운 수사용 경찰차와 감식 팀 자동차가 현장을 떴다. 구사카는 남은 수사관들도 수사본부로 돌아가라고 지시했다.

단, 기쿠타만 빼고.

"잠깐 커피 한잔할까?"

기쿠타의 어깨를 툭 치고는 큰길 쪽으로 걸음을 옮겼다.

"아, 네."

구사카가 개인적으로 말을 걸기는 처음이었다. 대체 무슨 꿍꿍이일까.

옆에서 나란히 걷는데도 특별히 뭔가를 이야기하려는 기미는 보이지 않았다. 표정에서도 별다른 감정은 엿보이지 않았다. 현장에서 잠시 쓸데없는 상념에 빠지긴 했지만 그 문제로 잔소리하려는 분위기도 아니었다.

"주임님, 무슨······?"

"응?"

"뭔가 하실 말씀이라도 있습니까?"

"왜, 특별히 화젯거리가 없으면 부하에게 차 한잔 마시자고도 못하나?"

부하.

현재 기쿠타는 살인범 수사 1과 10계 경사다. 따라서 주임 경위인 구사카 마모루의 부하라는 표현도 사실 틀리지 않았다. 이번 사건처럼 여러 계원이 하나로 합쳐 수사본부에 들어오면 조나 팀이라는 조직의 틀은 사라진다. 당연한 일이자 자연스러운 상황이다. 하지만 여전히 거북한 점도 있다.

기쿠타의 직속상관은 히메카와 레이코 주임이다. 적어도 기쿠타는 그렇게 여겼다. 베테랑인 이시쿠라 경사는 다르겠지만 유다나 하야마도 기쿠타와 같은 마음일 거라고 생각했다.

레이코와 구사카는 애초부터 성격이 맞지 않았다. 그런 탓에 최근 몇 달간은 계속 팀원이 절반으로 나뉘어 수사에 임했다. 그럼에도 양쪽 모두 좋은 실적을 올리는 터라 상부에서도 굳이 합치려고 하지 않았다. 오히려 두 팀으로 나눠 계속 운용하며 편리하게 이용하기까지 했다. 레이코 또한 단순한 그 방법을 좋아했다.

구사카는 탐탁해하지 않을지도 몰랐다. 10계는 10계이기에 같은 계원으로서 차별하지 않는다는 그런 주의랄까. 그렇다면 자신도 묻고 싶은 게 있었다.

기쿠타는 아닙니다, 하고 모호하게 대답하고는 말을 바꿨다.

"저, 오늘 수색영장 말인데요, 주임님은 뭘 찾아낼 목적이었습니까?"

구사카는 입을 뾰족 내밀고는 음, 음, 하고 웅얼거렸다.

"솔직히 말하면 이거다, 하고 정한 건 없었어. 물론 도베의 지문을 채취하려는 목적이 있긴 했지만 그것도 중요한 사항은 아니었지."

"아니라니요? 무슨 그런 말씀을."

모호함을 아주 싫어하는 구사카가 그런 성의 없는 대답을 하리라고는 생각지도 못했다.

"왜? 확실한 목적이 없으면 안 되나?"

"아니요, 왠지 구사카 주임님답지 않아서요."

구사카는 씁쓸히 웃었다. 이 또한 의외의 반응이었다.

"뭐, 솔직히 말하면 뭔가 하나 나와주길 기대했지. 뭐가 됐건 나오길 바랐어. 끝까지 파고들면 도베가 다카오카를 죽인 동기와 연관된 증거가 나올지도 모른다고 말이야. 그런 의미에서는 사용하지 않은 권총이 나온 게 수확이라면 수확이었지. 도베는 그 권총을 소지하고 있으면서도 사용하지 않았고 갖고 다닐 계획도 없었어. 즉 다카오카를 살해한 것은 우발적이었다는 말인데, 그렇다고 동기를 파악했다고는 말하지 못해."

기쿠타는 저도 모르게 씩 웃고 말았다.

구사카가 의아하다는 듯이 물었다.

"우스워?"

"아니요, 그저……."

"뭐가?"

"아뇨, 그게 아니라, 구사카 주임님이 그런 불확실한 수색을 강행하실 줄은…… 짐작도 못한 일이라서……."

구사카는 또다시 씁쓸히 웃었다.

"형사에게 직감은 필수 요소야. 그 정도는 나도 유념하고 있어. 하지만 직감만 갖고 용의자의 범위를 좁히는 건 위험한 발상이라 주의를 줄 뿐이야. 솔직히 말하면 나는 레이코의 그런 점이 겁이 나. 언젠가 돌이키지 못할 실수를 하지 않을까 싶어서 보고 있으면 조마조마해."

오늘은 구사카 주임이 의외였다. 온통 뜻밖의 말뿐이다.

"처음 들었습니다. 구사카 주임님이 레이코 주임님을 그렇게 보셨다는 말씀은."

"나도 지금 처음 말하는 거야. 그런 생각을 한 적도 별로 없었지만 내가 걱정하는 건 수사에서 레이코에게 밀리고 안 밀리고의 문제가 아니야. 오히려 레이코가 큰 실수를 했을 때 누군가 다치지 않을까 그게 두려운 거지. 다치는 사람은 피의자일지도 모르고 피해자의 유족일지도 몰라. 경시청이나 레이코 자신일지도 모르고. 이마이즈미 계장님이나 하시즈메 관리관일 가능성도 있어. 그 실수가 누군가의 인생을 망쳐버릴지도 몰라. 그렇게 된다면 무서운 일 아니겠나?"

기쿠타는 잠자코 고개를 끄덕였다.

"문제는 레이코 자신이 왜 그렇게 판단했는지를 설명하지 못한다는 점이야. 곰곰이 생각해보면 그런 사고 회로에도 나름대로 논리는 있을 텐데 말이지. 하지만 레이코는 그 설명에 대한 책임을 지려고 하지 않아. 결과가 좋을 거라고 판단하면 그대로 밀어붙인단 말이지. 나는 그게 못마땅하다는 거야. 내 체질과도 안 맞는 사고방식이고. 어쨌든 가능하다면 고쳐주고 싶어."

벌써 카페를 몇 군데나 지나쳤다. 그런데도 구사카는 아무 데도 들어갈 기미를 보이지 않았다.

"구사카 주임님은 레이코 주임님이 가진 사고 회로의 근간이 무엇인지 아십니까?"

잠시 사이를 두더니 고개를 저었다.

"아니, 모르겠어. 그런데 뭔가 말하기 직전에는 반드시 먼 곳을 응시하더라고. 멍하니 다른 쪽을 보고 있다가 갑자기 일어나서 터무니없는 말을 쏟아내곤 하지. 무슨 뜻인지 설명해보라고 해도 그냥 그런 생각이 드는데 어떻게 하느냐고 태연하게 말해버려. 듣는 사람은 기가 막힐 노릇이지. 특별한 경우가 아니면 같이 일하기 힘든 사람이야."

사실 레이코는 자주 그렇게 말한다.

"영감(靈感)이 작용하는 걸까요, 레이코 주임님에게만?"

"미안한데 난 그런 말장난 안 좋아해."*

당신의 그렇게 거침없고 직선적인 말투를 그녀는 싫어하는 겁니다, 한마디 덧붙이고 싶었다.

"죄송합니다."

카페를 또 한 곳 지나쳤다.

---

* 레이코의 이름 가운데 '玲'와 영감의 한자 '靈'의 음이 똑같이 '레이'인 것을 이용한 우스갯소리.

"주임님, 오늘따라 왜 저에게 그런 말씀을 하시는 거죠?"

구사카는 답답하다는 듯 미간을 찌푸렸다.

"음, 뭐라고 해야 하나. 요즘 자네들 사이가 영 어색해 보여서 그래."

"네?"

불시에 정곡을 찔렸다. 명치에 한 방 맞은 듯한 충격을 받았다. 어색해 보인다니…….

앞에서 자전거가 다가왔다. 기쿠타는 마침 다행이다 싶어 구사카 뒤에 나란히 서서 자전거를 피했다. 쑥스러움에 붉어진 얼굴을 지금 그에게 보이고 싶지 않았다.

"아니, 그게 아니라……."

"자네들, 사귀나?"

이런.

"만약 그렇다면 결혼하지 않으면 곤란해. 출세에도 영향이 있고. 둘 다."

"아닙니다. 그러니까 그게……."

"아니면 자네가 경사라서 경위인 여자한테 프러포즈하기가 어렵다는 말인가?"

내가 신경 쓸 문제를 언죽번죽 잘도 쑤시네.

"사람 참 답답하긴. 확실하게 하란 말이야. 하다못해 사귀면 사귄다고 당당하게 말하면 되잖아?"

"그러니까, 저……."

"뭐야, 아직 아닌가. 아직 사귀는 건 아니야? 그래?"

"아, 네, 뭐……."

성난 듯이 한숨까지 몰아쉬었다.

"후유! 거참, 덩치만 커가지고 보기보다 한심하군. 실망했어."

아니, 이런 일로 실망까지.

결국 편의점에서 캔 커피를 사 들고 가게 앞에서 마셨다.

따뜻함과 달콤함에 어느 정도 기분이 누그러졌다.

문득 기쿠타는 묻고 싶은 충동을 느꼈다.

"주임님, 결혼이란 어떤 겁니까?"

구사카는 허공을 올려다보며 가늘게 한숨을 쉬었다.

"글쎄, 예를 들면 색이 다른 찰흙 덩어리를, 이렇게 한데 꽁꽁 뭉쳐서 잘 만지고 굴려서 다시 둥글게 하는 거라고 할까?"

알 듯 모를 듯 했다.

"그…… 덩어리 안에서 섞인 두 가지 색은 부부 각자의 색이겠지. 두 가지 색이 덩어리 속에서 따로따로 색을 띠든지, 고르게 잘 섞이든지, 혹은 하나의 색이 다른 한쪽을 완전히 감싸든지. 다만 어느 쪽이든 겉모습은 반드시 둥글어야 하지. 두 덩어리가 서로의 형태를 허물어서 조금 더 큰 한 덩어리가 되고자 하는 과정이랄까. 짧은 시간에 그렇게 되지는 못해도 그렇게 되도록 노력하는, 그것이 결혼이고 가정 아니겠나?"

"그러면 아이는요?"

"아이는…… 그 안에서 톡 하고 생기는 또 다른 색의 작은 덩어리겠지. 어느 색에 가까울지는 또 그때그때 따라 다를 테고."

그렇구나.

"주임님 자녀분이 몇 살이죠?"

"벌써 열네 살이야. 중학교 2학년이지."

남은 캔 커피를 단번에 마셔버렸다.

"아이는 언젠가 독립된 하나의 덩어리가 되어 부모 곁을 떠나가지. 그때 가능한 한 둥근 덩어리가 되도록, 혼자서도 굴러갈 수 있도록 도와주는 게 부모 역할 아니겠나?"

그때 구사카가 먼 곳을 바라보는 눈빛은 레이코와는 또 다른 눈빛이었다. 직장에서는 결코 보이지 않았던, 이를테면 구사카 마모루라는 개인의 진솔한 얼굴이었다.

5

레이코 일행은 나카가와 미치코의 행동 감시를 맡았다.

미치코가 다니는 학교는 집과 같은 와타리다무카이초에 위치한 가와사키 미용 전문학교였다. 걸어서 3분 거리. 아르바이트를 하는 로열 다이너까지는 걸어서 5분. 필요한 물품을 사러 가는 가와사키 역 부근도 1킬로미터 이내였다. 그녀는 평소 전철이나 버스는 전혀 타지 않는 듯했다.

본부가 24시간 감시 태세에 들어간 뒤로 미치코는 아직 한 번도 미시마 고스케를 만나지 않았다. 고스케가 차를 가지고 있으므로 미치코가 먼저 움직일 리는 없었다. 잠복 형사들 입장에서는 이렇게 편한 감시 대상이 없었다.

12월 18일 목요일, 미치코는 평소대로 아침부터 학교에 가서 수업을 받았다. 용의자도 아닌데 형사가 주변을 어슬렁거렸다가는 자칫 불쾌감을 줄 우려가 있기에 행선지를 놓치지 않을 만큼만 거리를 두고 감시했다. 오늘은 털목도리가 달린 검은색 오리털 재킷을 위에 걸쳤다. 비슷한 옷을 입은 학생이 여럿 있었지만 미치코의 털목도리가 유독 흰색이라서 다행히 헷갈릴 일은 없었다.

"주임님, 도베에 대해서는 언제 물어보실 낀데예?"

"글쎄, 언제 물어볼까?"

점심시간은 12시 40분부터 오후 1시 30분까지였다. 미치코는 도시락을 챙겨왔는지 그 시간에도 밖에 나오지 않았다. 그렇다면 학교가 끝나고부터 아르바이트 갈 때까지 빈 시간을 이용해야 한다. 수업은 오후 4시 40분에 끝난다. 아르바이트 가는 시간은 일정하지 않지만 저녁 8시에 가는 경우가 대부분이다.

결국 레이코 일행은 방과 후까지 기다렸다가 집에 돌아가려는 미치코를 불러 세웠다.

"미치코 씨."

뒤를 돌아보는 미치코는 조금도 놀라는 기색이 없었다.

"네."

"잠깐 시간 좀 내주겠어요?"

"아아, 네."

어디 카페라도 들어갈까 하고 주변을 두리번거리는데 미치코가 자기 집으로 가자고 했다. 고마워서 선뜻 받아들였다.

"잠시만 기다려주세요."

아파트 앞에서 1~2분 기다리자 집 안으로 들어오게 했다.

"잠시 들어가겠습니다."

좋게 말하면 정리가 잘된 방이었고 나쁘게 말하면 여전히 아무것도 갖추지 않은 방이었다. 미치코가 겉옷을 걸어주려 했지만 레이코는 이번에도 사양했다.

"실례 좀 할게요."

지난번과 같은 자리에 앉아 미치코가 내준 홍차를 마셨다. 어쩐지 미치코는 지난번보다 한결 차분해 보였다. 형사가 찾아온 게 두 번째라 익숙해진 걸까.

한숨 돌리고 안정된 분위기에 맞춰 이야기를 꺼냈다.

"오늘 찾아온 이유는 돌아가신 아버님에 대해 묻고 싶은 게 있어서예요."

미치코는 컵에 고정했던 시선을 들어서 잠시 이오카와 레이코를 번갈아 보았다.

"네, 말씀하세요."

"아버님이 기노시타 흥업이라는 회사에서 근무하셨고 그 현장에서 사고를 당하셨다는 이야기는 지난번에 들었죠. 그런데 사고 무렵이나 그 후에 혹시 도베 마키오 씨라는 기노시타 흥업 직원분한테 보험 얘기를 들었나요?"

침착하다. 수상할 만큼 미치코는 평정을 유지하고 있었다.

"네, 그런 이야기는 들었어요. 여기로 이사 올 때도 그분께 신세를 많이 졌어요. 그게 어쨌다는 거죠?"

마치 준비라도 해둔 듯한 대답이었다.

"그렇다면 기노시타 흥업 측에서 아버님인 나카가와 노부로 씨를 피보험자로 지정하고 회사를 보험 수익자로 지정해서 계약한 보험의 사망보험금 일부가 다른 사람을 통해 당신에게 들어왔다는 말인가요?"

표현이 너무 장황했는지 미치코는 의아한 표정을 지었다.

"다시 말하면 기노시타 흥업에서 아버님 앞으로 들어둔 생명보험의 보상금 일부로 미치코 씨가 이사할 때 도움을 받았냐는 말입니다."

"네, 그럴 거예요."

"그렇다면 도베 마키오 씨와 당신은 안면이 있다는 뜻이네요?"

표정이 바뀌면서 분명하게 고개를 끄덕였다.

"네, 몇 번인가 봤어요."

"어디서죠?"

시선이 한곳에 멈추었다.

뭔가 곰곰이 생각하는 눈치였다.

"가와사키에 있는 카페에서요."

정말일까. 방금 지어낸 거짓말은 아닐까.

"어느 가게였는지 기억하세요?"

"'도토루'였을 거예요."

"도토루는 가와사키 역 주변에만 해도 대여섯 군데나 있는데 어디였죠?"

당황하는 기색이 역력했다.

"마루이…… 근처였나?"

"언제쯤이었어요?"

"아버지가 돌아가시고 바로였어요."

"도베는 어떤 남자였나요?"

순간 그녀의 눈이 초점을 잃었다.

바로 이거다.

로열 다이너의 매니저 사이토는 3일 밤 미치코의 모습이 조금 이상했다고 했다. 작은 소리에도 과민하게 반응하고 겁먹은 듯 보였다고.

레이코는 그 이야기를 들었을 때 미치코가 폭력이나 무언가 피해를 당한 직후가 아니었을까 하고 의심했다. 레이코 자신이 폭행을 당한 경험이 있기에 짐작할 수 있는 일이었다. 성난 사람의 목소리나 물건이 부딪치는 소리, 부서지는 소리, 그런 소리에 자기도 모르게 민감하게 반응한다. 자신과 완전히 똑같은 경험을 하지는 않았다 해도 큰 소리나 폭력, 파괴로 인한 자극에 하염없이 약해진다. 3일 밤 미치코는 바로 그런 심리 상태가 아니었을까.

그런 가정하에 도베를 다시 생각해보았다.

구사카가 보고하기로, 도베는 여자라면 앞뒤 가리지 않고 누구에게나 달려드는 타입이라고 했다. 열아홉 살, 그런대로 예쁘장한 얼굴, 더구나 이처럼 가냘픈 여자아이라면 그런 인간이 아무 짓도 하지 않고 그냥 놔뒀다는 게 더 부자연스럽지 않을까.

공교롭게도 미치코가 말한 대로 도베는 아파트의 위치도 알고 있다. 만약 무슨 일이 있었다면 바로 이 방에서 일어나지 않았을까.

"그럼 다른 질문을 하겠습니다. 혹시 3일 밤 도베 씨가 여기에 오지 않았나요?"

미치코는 말없이 고개만 세차게 흔들었다.

이것으로 대답은 충분했다.

저녁 6시 반, 레이코 일행은 유다 조에게 뒤를 맡기고 미치코의 아파트에서 나왔다.

"저 아가씨 쪼매 가엾네예."

이오카는 돌아오는 길에 틈만 있으면 그렇게 중얼거렸다. 그 여운의 일부는 레이코의 기억 속 깊은 바닥까지 스며들어, 저 시커먼 여름 밤, 딱딱한 공원 땅바닥에 떠밀려 쓰러진 소녀의 귀에까지 닿았다.

하지만…….

끝난 일이다. 이미 지난 과거다.

"구사카 주임 말로는예, 도베는 그날 오후 기노시타 흥업에 잠시 얼굴을 비쳤다가 저녁까지 파친코를 했다고 하싯지예? 그라모 그다음에는 그쪽으로 갔을까예?"

"글쎄, 도베라는 인간은 정말 한가했나 봐."

"그 후에는 나카로쿠고로 갔다는 얘기겠지예?"

"그렇겠지. 그런데 지금 이 내용, 회의에서는 보고 안 할 거니까 그렇게 알아둬."

"예?"

이오카가 두 눈썹을 치켜세웠다.

"나카가와 미치코와 도베에 대해서 말입니꺼?"

"그래, 맞아. 미치코와 도베에게 무슨 일이 있었던 간에 그 부분은 손대지 않고 이 사건을 정리할 거야."

그 말에 이오카는 더욱 낮은 소리로 꿍얼댔다. 하지만 반론은 하지 못했다.

"도베가 나중에 저 아이와의 관계를 발설하면 그때는 어쩔 수 없겠지. 하지만 그래도 난 저 아이를 피해자로 내세워서 수사를 진행하기는 싫어. 살해한 사람은 도베고 살해당한 사람은 다카오카야. 그 두 사람 사이에서 끝낼 이야기라면 그 선에서 매듭짓고 싶어. 미치코를 더 이상 사람들 앞에 끌어내는 일은 하고 싶지 않아. 그러니까 이오카도 도와줘."

"아, 예에."

큰길로 나와서 곧바로 택시를 잡았다.

웬일로 이오카는 경찰서로 돌아갈 때까지 몇 분간, 거의 입을 열지 않았다.

수사 보고서에는 미치코의 하루 행적을 적고 도베 마키오와는 안면이 있는 사이라고만 기록했다.

행동 감시에 인원이 배치되다 보니 회의에 출석한 인원수는 조금 줄었다. 자연히 보고 내용은 주로 도베의 아파트에 대한 가택수색 쪽이었다.

도베의 내연녀 고바야시 미카코는 불법 약물 소지 및 사용 현행범으로 체포되었다. 또한 벽장에서 발견된 32구경 권총, 일명 '콜트 포켓'은 미사용이라는 사실이 확인되었다. 실탄도 아홉 발이 압수되었지만 권총 자체에는 한 발도 장전되어 있지 않았다. 고바야시 미카코는 이 권총에 대해서는 전혀 몰랐다고 진술했다.

이어서 이번에 채취한 지문과 나카로쿠고의 차고에서 압수한 셔터용 쇠막대기에 찍힌 지문이 일치했다는 보고도 있었다.

"지문이 겹치는 상태로 보아 도베는 시체를 해체하기 직전 이 쇠막대를 잡았으리라 추측합니다. 따라서 도베가 다카오카를 직접 살해했다고 증명하기는 어렵지만 범행 당일 나카로쿠고 차고에 출입했을 가능성은 충분히 높습니다. 또한 도베가 권총을 소유하고 있으면서도 사용하거나 들고 다니지 않았다는 사실에도 주목해야 합니다. 만약 도베가 진짜 범인이라면 이 사건은 어디까지나 우발적인 범행이지 계획적인 범행은 아니었다고 확신합니다. 오늘은 이상입니다."

구사카의 보고도 핵심에 닿을 듯 말 듯 어중간한 선에서 머물렀다.

"질문은?"

손을 드는 사람도 없었다.

회의는 비교적 빨리 끝났다.

수사본부를 설치한 지 2주째.

수사관들의 얼굴에도 조금씩 피곤한 기색이 역력해지기 시작했다. 천하의 구사카도 오늘은 일단 집에 가야겠다며 간부 회의가 끝나기 무섭게 강당에서 뛰어나갔다. 그의 집은 사이타마에 위치한 후키아게라는 곳이다. 지금 이 시간에 전철이 있을지 걱정스러웠다.

레이코도 시계를 보았다. 10시 37분. 가마타에서 미나미우라와의 집까지 가려면 게이힌도호쿠선으로 한 시간가량 걸린다.

"저도 오늘은 집에 가야겠어요."

그 말에 아직 강당에 남아 있던 기쿠타가 엉거주춤 일어섰다.

"아, 그럼 제……."

"응, 뭐?"

이어질 말을 기다렸다. 설마 '집까지 모셔다드리겠습니다.'라는 말은 아닐 거라고 믿었다. 그랬다간 기쿠타가 집에 돌아가지 못하는 상황이 벌어질 것이다. 그렇다고 부모님이 사시는 집에 다짜고짜 묵게 할 수도 없는 노릇이었다.

"여, 역까지…… 모셔다드리겠습니다."

그래, 겨우 거기까지겠지, 뭐.

"그래, 부탁해."

레이코는 웃는 얼굴로 고개를 끄덕였다. 다행히 주변에 이오카가 보이지 않았다. 편의점이라도 갔나, 아니면 화장실인가. 어쨌든 녀석에게 들키기 전에 얼른 빠져나가야 했다.

아직도 북적거리는 밤 11시의 번화가를 빠져나갔다.

기쿠타는 달리 할 말이 있는 듯 레이코의 오른쪽에서 보조를 맞추어 걸었다.

지난번에 키스한 일에 대해 뭔가 하고 싶은 말이 있으리라는 짐작은 했다. 그건 시작일까, 아니면 그것으로 끝난 일일까.

레이코 역시 자기 마음을 종잡을 수 없었다.

분명히 기쿠타를 좋아했다. 지금 주위에 있는 누구보다도 그를 소중히 여겼고 의지하기도 했다. 하지만 사귄다든가 결혼이라든가 거기까지는 아직 마음이 닿지 않았다. 그에게 불만이 있어서가 아니라, 아마 레이코 자신의 문제 때문이리라.

여자로서의 자신과 형사로서의 자신, 그 경계를 좀 더 확실히 해두지 않고서는 장래 일까지 헤아리기는 어려웠다.

역에 도착해서 JR 개찰구까지 다가가 일단 멈춰 섰다. 사람들의 통행을 방해하지 않도록 슬쩍 한쪽으로 비켜섰다.

"고마워."

기쿠타는 아사쿠사 절의 용맹한 수호신 같은 자세로 우뚝 멈춰 섰다. 지나가는 사람들 눈에는 레이코가 야단이라도 맞는 것처럼 보일지도 모른다.

"주임님, 저는……."

"응."

기쿠타가 말주변이 없다는 것은 이미 알고 있다. 절대로 재촉하지 말아야 한다. 천천히 기다려줘야 한다.

"저, 주임님을……."

시간을 오래 끌면 레이코도 마냥 기다리지만은 못 한다. 마음

상태가 너그러울 때 얼른 말해주지 않으면 곤란하다.

"그게……"

안 돼. 안 돼. 미간에 주름을 잡으면 안 돼. 상냥하고 차분하게 기다려줘야 해.

삐죽삐죽 자라나 억세 보이는 수염. 그 한가운데 있는, 색깔까지 고구마 같은 입술이 작게 달막거렸다.

"조, 조……"

좋아합니다, 이거지? 나도 알아. 알지만 그래도 듣고 싶어. 확실하게 말했으면 좋겠어. 내 귀로 듣고 싶어. 그래, 그래서 기다리는 거야. 기다리는데, 기다리면 오늘은 분명히 말해줄 거지? 나를 좋아한다고 틀림없이 말해줄 거냐고? 내가 앞으로 몇 초나 기다리면 될까?

"이야! 레이코 주임님, 요 계셨네예!"

망했다. 오늘도 망했다.

"수고했어. 자, 그럼."

레이코는 목소리가 들려오는 쪽은 돌아보지도 않고 그대로 기쿠타를 지나쳐 개찰구로 향했다.

기쿠타는 커다란 어깨를 부르르 떨었다. 아무리 독한 사람도 눈물을 흘릴 때가 있다는 말은 들어보았지만 울음을 터뜨릴 듯한 표정의 수호신은 드물지 않을까.

자신을 조롱하는 악마의 목소리가 등 뒤에서 울렸다.

"앙! 레이코 주임예, 어라? 기쿠타, 니는 여서 뭐 하노?"

탁, 둔탁한 소리와 함께 날카로운 비명이 들렸다.

레이코는 뒤돌아보지 않고 전철 홈으로 향했다.

레이코가 집에 도착한 시각은 밤 12시가 조금 넘어서였다. 현관 조명은 꺼져 있었지만 밖에서 본 거실에는 불빛이 보였다.

"다녀왔어요."

빨랫감이 가득 차서 터질 듯한 가방을 현관에 두고 먼저 거실을 들여다보았다.

소파에 앉아 있는 아버지가 고개를 돌렸다.

"그래, 늦었구나. 미리 전화라도 하지 그랬어. 차로 데리러 갔을 텐데."

"아니, 괜찮아요. 회의가 빨리 끝나서 갑자기 오게 됐어요. 엄마는? 벌써 주무세요?"

"어, 지금 막 잠들었다."

여름에 심장병을 앓은 어머니는 밤늦게까지 깨어 있는 일이 줄어들었다.

"너, 저녁은 먹은 게냐?"

"네, 오후 늦게 조금 먹었어요."

아버지는 텔레비전 심야 방송을 보면서 잠을 청하는 술 한잔을 즐기는 중이었다.

에이, 술 마셔서 운전 못 하시면서.

아니면 연락을 빨리 했으면 마시지 않았을 거라는 뜻일까.

"저런, 저녁을 제대로 못 먹은 거냐?"

"으음, 주먹밥하고 튀김 같은 거였어요."

"겨우 그깟…… 아빠가 뭐라도 만들어주련?"

"아니에요, 됐어요. 정말 됐어. 이 시간에 먹으면 살쪄요."

말은 그렇게 해도 툭하면 밤늦게까지 주점에서 술을 마시곤 했다.

"살찌긴, 그럼 내일은 쉬는 거냐?"

"음, 아직은 쉬지 못해요. 어쩌면 앞으로 일주일쯤 쉬는 건 꿈도 못 꿀걸요."

어이없고 안쓰럽다는 표정.

"너무 무리하지 마세요, 경위님."

레이코의 아버지는 지극히 평범한 회사원이었다. 아마 경위라는 단어의 의미도 레이코가 승진하고 나서야 알지 않았을까.

"아빠, 지금 세탁기 돌리면 안 될까요?"

"안 돼, 돌리지 마라. 그냥 거기다 내놔. 그럼 내일 엄마가 하겠지."

"근데, 엄마 몸은? 요즘은 어떠세요?"

"그렇게 나쁘지 않아. 괜찮을 거야."

"네, 그나마 다행이에요."

안방이 있는 복도 쪽을 한 번 쳐다보고 다시 눈을 돌리니 아버지는 이미 텔레비전 화면으로 고개를 돌렸다.

짙은 감색 가운을 걸친 등. 레이코는 그 둥그스름한 아빠의 등을 옛날부터 좋아했다.

아니, 옛날이라 해도 어릴 때라는 의미는 아니다. 그건 정확히 12년 전이었다. 레이코가 폭행 사건을 겪고 그나마 겨우 보통 사람의 일상을 회복하기 시작한, 오늘처럼 추운 겨울밤이었다.

늦게까지 잠이 오지 않아 1층에 내려갔는데 부엌에 불이 켜져 있었다. 어머니나 동생인 다마키가 불 끄는 걸 잊었나 했는데 얼핏 들여다보니 누군가가 있었다. 깜짝 놀라 비명을 지를 뻔했으나 아버지라는 사실을 알고 그대로 삼켰다.

아버지는 지금 입은 가운과 비슷한 색의 가운을 입고 싱크대 앞에 웅크리고 앉아 있었다.

뭘 하시는 거지?

이상하다 싶어서 살펴보니 아버지는 양손에 식칼을 쥐고 그것을 물끄러미 바라보고 있었다.

아니, 칼날의 반사를 통해 뭔가를 확인하는 듯했다.

이어 그 양손을 머리 위로 들었다. 식칼을 쥔 채 둥글게 굽은 등이 떨리기 시작했다.

우시는 건가?

"레이코…… 미안하다. 나…… 못하겠구나."

순간 레이코는 자신에게 하는 말인가 해서 놀랐지만 아니었다. 혼잣말이었다.

그 일을 계기로 처음 알았다.

아버지는 상상 속에서 범인을 죽이려고 했다. 실행은 하지 못해도 마음속으로나마 자신의 딸을 폭행한 남자를 찔러 죽이려 했다.

하지만 마음속에서조차 아버지는 실행하지 못했다.

아빠…….

떨고 있는 아버지의 등을 그러안고 매달리고 싶은 충동에 사로잡혔다.

딸을 위해 누군가를 죽이고 싶다고 생각한 아버지였다. 그 결심을 상상 속에서조차 실행하지 못하고 단념한 아버지였다.

"아빠."

레이코가 조용히 부르자 아버지는 당황한 듯 일어서서 그녀 쪽으로 등을 돌렸다.

"어…… 레이코, 아직 안 잤구나?"

목소리까지 떨리고 있었다.

황급히 식칼을 싱크대 안에 감추는 눈치였다.

"왜, 잠이 안 와?"

걱정을 끼치고 싶지 않아서, 아니라고 대답했다.

"그럼 얼른 자거라."

"네."

대답은 했지만 그 자리를 뜨기가 쉽지 않았다. 왠지 모르게 그때는 아빠에게 자신의 심정을 전하고 싶었다.

아버지의 깊은 한숨 소리가 들렸다. 울었다는 사실이 부끄러워 감추려는 숨소리였다. 보지 말았어야 했다는 마음도 들었지만 보길 잘했다는 마음이 조금 더 앞섰다.

"아빠."

"으응."

"고마워요."

그에 대한 대답은 그날 밤 없었다.

"아, 참!"

갑자기 들린 아버지의 외마디 소리에 레이코는 현실로 돌아왔다.

"응? 왜요?"

"아마 냉장고에 슈크림빵 남은 게 있을 거야. 네 엄마가 자기 전에 그랬거든."

자신도 모르게 그만 속으로 입맛을 다셨다. 출출해도 잘 참았는데, 슈크림빵이라니.

"정말 괜찮다니까요. 목욕하고 바로 잘 거예요."

"그럴래?"

아버지는 고개는 돌리지도 않고 다시 술잔을 입으로 가져갔다.

레이코는 슬며시 아버지의 마음을 떠보고 싶어졌다.

"아빠."

"응?"

"고마워요."

"뭐가?"

통할 거라고 믿은 자신의 작은 욕심이었다.

"음, 아무것도 아녜요."

그대로 2층으로 올라갔다.

목욕을 하려고 다시 내려왔을 때 아버지는 이미 거실에 없었다.

제5장

1

고스케와 교제하는 아가씨가 기노시타 흥업 현장에서 추락사한 남자의 딸이라는 사실은 알고 있었다.

같이 일하는 동료들에게서 고스케가 추락사한 나카가와 노부로에 대해 물으러 왔다는 말을 들었다. 유족이 있는 곳을 찾는다고 했다.

그 딸의 연락처를 알려준 사람은 설계사 시마타니였다. 본인에게 직접 들었으니 틀림없었다.

나는 짐짓 모르는 체했다.

고스케를 어엿한 한 남자로 인정하고자 했다. 부모 같은 심정으로 그를 대했으나 친부모는 되지 못한다는 열등감도 있었다.

한편으로는 단순히 고스케에게 여자 친구가 생겨서 기뻤다. 고스케가 머지않아 결혼을 할지도 모른다니, 상상만 해도 흐뭇했다.

나카가와 미치코는 어떤 아가씨일까. 나는 패밀리 레스토랑에서 일하는 모습밖에 못 봤지만 고스케가 마음속 깊이 좋아하는 것으로 보아 참한 아가씨리라 믿었다.

고스케와 처지가 비슷한 데다 같은 슬픔을 겪었다. 돈의 고마움이나 애정의 소중함도 잘 알 것 같았다. 그렇지 않으면 고스케가 좋아할 리 없었다.

물론 어린 나이에 전신 마비가 되어 인생을 잃어버린 내 아들의 성장 과정을 고스케에 투영하여 본다는 사실이 그에게는 피해만 줄 뿐이라는 사실을 잘 알고 있다. 그렇기에 나는 묵묵히 지켜보기로 했다. 나는 그 속에서 내 나름의 낙을 가졌다.

고스케는 날이 갈수록 얼굴에서 빛이 났다. 이제 막 꽃 피기 시작한 자기 인생을 온몸으로 만끽하는 듯했다. 부러우면서도 흐뭇했다. 얼마든지 지지해주고 싶었다. 부정적인 감정은 전혀 없었다.

그날 밤도 고스케는 일의 뒷마무리를 마치자 먼저 실례하겠다며 인사를 하고 아파트로 뛰어갔다. 땅을 적시는 가랑비도 고스케 주위만 피해서 내리는 듯했다.

나도 모르게 씁쓸히 웃었다.

여자 친구가 생기자마자 내게 소홀해진 고스케를 보며 서운하지 않았다면 거짓말이다. 하지만 이해했다. 홀로서기, 홀로세우기 같은 단어가 머릿속에 떠올랐다가 사라졌다.

차고의 셔터를 내리고 나도 집으로 돌아왔다.

텅 빈 집에 홀로 들어선 지 몇 년이나 지났을까. 요즘은 외롭다고 생각했던 그때가 되레 그리웠다.

잡아당기면 쑥 빠질 듯한 문손잡이에 열쇠를 꽂아 문을 연다. 현관에 들어서면 오른쪽 벽의 스위치를 눌러 불을 켠다. 거실로 가서 탁자 위에 놓인 리모컨으로 이 집에 있는 물건 중 가장 최신 설비인 냉온방기를 켠다. 겨울이면 언제나 집에 오자마자 습관처럼 하는 동작이었다.

목욕물이 데워지는 동안 청소를 하거나 세탁물을 갰다. 간단한 저녁거리도 준비했다. 준비라고는 하지만 대개 만들어둔 음식을 해동하는 일이다.

느긋하게 목욕물에 몸을 담그고 한기와 피로를 정성들여 풀었다. 다행히도 요즘은 몸에 이렇다 할 탈이 없다. 언제까지 일을 할지는 모르지만, 일을 못하게 되는 그때가 수명이 다하는 날이겠지. 마음을 비웠다.

목욕을 마치면 맥주 한 캔을 마셨다. 안주는 대체로 죽은 아내의 음식 맛을 흉내 내 만든 채소조림이고, 대화 상대는 둥근 화면의 낡은 텔레비전이다. 경찰 비리를 힐난하는 뉴스거리를 듣거나 연예인들이 떠드는 시시한 이야기에 깔깔대기도 했다. 하지만 교통사고 뉴스가 나올 때만큼은 눈을 감았다. 도저히 볼 용기가 나지 않았다. 죽고 싶었다.

채널을 바꾸려는데 문득 오늘 있었던 일이 떠올랐다.

저녁나절, 작업을 마치기 조금 전 일이었다. 요령을 부려 몸의 방향은 틀지 않고 전기톱의 방향만 바꿔서 목재 하나를 베려는 참이었다. 평소에는 절대로 하지 않을 행동이었는데, 하루 일을 끝낼 무렵이라 피곤했는지, 아니면 나이를 먹은 탓인지 전원 코드까지 목재와 함께 톱으로 자르고 말았다.

칭 하는 소리를 마지막으로 전기톱은 움직이지 않았다.

끊어진 코드가 바닥에 툭 떨어졌다.

"이런! 사고를 쳤군."

"초보네요, 초보!"

고스케가 놀려댔다.

"시끄러워, 인마!"

잘라야 할 목재는 세 개뿐이어서 나머지는 고스케에게 맡겼다. 끊어진 전기톱 코드는 수리하지 않았다.

내일 해도 괜찮건만 한번 생각이 나자 계속 신경이 쓰였다.

추리닝 차림에 점퍼를 걸치고 차고로 향했다. 밤 9시였다. 비는 여전히 부슬부슬 내렸지만 가까운 거리라서 우산은 쓰지 않았다.

차고는 박스형 경자동차 한 대만 주차하기에는 조금 넓은 공간이었다. 세 벽면에 선반을 겹겹이 설치했더니 완전히 주차한 상태에서는 차 뒤쪽의 짐칸 문도 열기 어려웠다.

별도리 없이 나는 차를 밖으로 뺐다. 공간이 넓어져 작업하기가 수월해졌다. 다른 차가 들어오면 미안하다고 사과하고 옮기면 그만이다. 대수롭지 않게 생각했다.

길에 세워둔 차의 뒷문을 열어 짐칸에서 고장 난 전기톱을 꺼냈다. 그런 다음 전선 릴과 못 주머니도 꺼냈다. 못 주머니라고 해도 못은 별로 들어 있지 않았다. 커터 칼이나 줄자, 쇠망치 등 잡다한 도구를 집어넣은 허리띠였다.

전구에 불을 켜고 텅 빈 차고 한복판에 쭈그려 앉았다. 먼저 끊어진 전원 코드의 피복을 벗겨내야 했다.

잘린 곳에서 5센티미터 정도면 충분하겠지. 전선줄을 감싼 검은 고무 피복에 신중을 기해 칼집을 냈다. 한 바퀴 돌려 칼집을 낸 뒤 고무 피복을 잡아당겨 벗겨냈다.

고무 피복이 벗겨지자 안에 있던 두 줄의 가는 코드가 드러났다. 보통은 빨간색과 파란색인데 어쩐 일인지 파란색이 아닌 초록색이었다. 그 두 줄에도 동일하게 칼집을 내 고무 부분만 벗겨냈다. 이번에는 금발처럼 노랗고 반짝이는 전선이 나왔다.

전기톱 본체 쪽 전선과 플러그 쪽 전선, 양쪽 끄트머리를 똑같은 방법으로 가공해서 같은 색 전선끼리 꼬아 연결했다. 합선되면 위험하므로 이 단계에서 우선 절연용 비닐 테이프를 전선에 끼워놓았다. 마침 못 주머니에 녹색 테이프가 있어서 그것을 짧게 잘라 대충 붙여놓았다.

이제 전선 릴 차례다.

선반과 선반 사이 깊숙한 곳에 콘센트가 있었다. 전선 릴에서 코드를 잡아 당겨 콘센트에 연결했다. 그다음 전기톱의 플러그를 전선 릴에 꽂았다.

이제 전기톱이 작동할 것이다. 설마 고장 난 부분이 또 있지는 않겠지.

바로 그때였다.

"이봐!"

차고 문 앞에 시커먼 사람 그림자가 보였다. 무슨 일이 있었는지 눈에 익은 코트가 흠뻑 젖어 있었다.

"웬일입니까, 이 시간에?"

도베는 언제나 예고 없이 나타났다. 하지만 최근에는 얼굴을 비치는 일이 드물었다. 아마 내가 나카로쿠고에 막 이사 온 무렵 한두 번 만나고 처음일지도 몰랐다.

"아무 일도…… 아닙니다. 다, 카, 오, 카, 씨."

자세히 살펴보니 얼굴에도 군데군데 진흙이 묻어 있었다. 마치 땅을 기어 다니며 장난이라도 치다 온 듯했다.

나는 친한 척할 생각으로 쓴웃음을 지으며 물었다.

"미남께서 어쩌다 이렇게 엉망이 되셨습니까?"

"지금 누굴 놀려, 엉?"

도베는 느닷없이 왼쪽 선반에 발길질을 해댔다.

선반 위에 있던 접착제 통이 콘크리트 바닥으로 떨어졌다. 선반 뒤쪽 빈틈에 세워둔 합판에서 위잉 이상한 소리가 났다. 셔터를 올리고 내릴 때 사용하는 쇠막대기도 바닥에 떨어져 굴렀다.

"다카오카 씨, 나 말이야, 꿈에도 몰랐어."

도베는 쇠막대기를 집어 들더니 차고 입구의 위로 올린 셔터 박스를 올려다보았다.

"당신이 데리고 다니는 그 젊은 놈 말이야. 그놈, 내가 옛날에 처리한 미시마의 아들이라며?"

흔히들 소름이 끼친다는 말을 한다. 나는 그때 온몸 구석구석의 세포까지 죄다 삐죽삐죽 소름이 돋아 터져 나가는 듯한 공포에 휩싸였다.

도베가 쇠막대기 끝의 갈고리를 셔터에 걸었다. 단숨에 거칠게 끌어 내렸다. 셔터는 굉음을 내면서 콘크리트 바닥에 격렬하게 부딪히며 외부와 차고 안을 완전히 차단했다.

도베의 손에는 아직 쇠막대기가 쥐여 있었다. 셔터를 끌어 내리면서 요령껏 갈고리를 뺐는지, 쇠막대기의 끝에 갈고리가 붙어 있었다.

"나를 이렇게 감쪽같이 속일 줄이야. 꿈에도 몰랐단 말이지!"
"헉!"

귓가를 스치는 바람을 느끼면서 어깨부터 등까지 걷잡을 수 없는 충격을 받고 나는 그 자리에 털썩 쓰러졌다. 특히 갈고리가 쓸고 지나간 견갑골 부근이 타들어가듯 아팠다.

"다카오카 씨, 당신 대체 무슨 속셈이야? 속죄? 아니면 심술? 나보고 어디 한번 당해봐라 이거였나? 흠…… 알다가도 모르겠군. 당신 말이야, 자기가 무슨 짓을 했는지 까먹었나? 응?"

이번에는 허리를 강타했다. 버티지 못하고 옆으로 굴렀다. 입에서 신음이 새어 나왔다.

"죽은 남자의 호적으로 신분 세탁을 하고 본래의 자신은 죽은 걸로 꾸며서 당신 누나한테 보험금을 타먹게 해줬잖아? 이렇게 저렇게 잘 꿰맞춰서 누나한테 전달해준 사람이 누구였냐고? 어? 누구였냐니까!"

또다시 허리를 가격했다.

"그 대가가 궁지에 몰려 떨어져 죽은 남자의 아들을 목수로 만든 거야? 대체 무슨 속셈이지? 상식 수준의 선의 같은 거였나? 그런 건 당신이 가질 게 아니지!"

이번엔 허벅지였다. 무릎뼈까지 으스러질 듯했다.

"당신은 내 허락 없이는 하늘 아래를 떳떳하게 나다녀서는 안 되는 인간이라고. 유령이니까 말이야. 한 번 죽었다가 나한테 생명을 얻은 뒈지다 만 놈이니까! 남을 보살피면서 사람답게 살면 안 된다고!"

두 번, 세 번, 연달아 후려쳤다. 이제는 몸통의 오른쪽 절반이 통째로 잘려 없어져 버린 듯했다.

"그리고 당신도 알지? 나카가와 노부로라고, 똑같이 현장에서 날아간 멍청이. 그놈 딸 말인데……."

문득 의식이 초점을 맞추는 듯한 감각이 느껴졌다.

나카가와의 딸이라면…….

"그 애를 키운 사람이 나거든. 알아? 고 계집년이 얼마 전까지는 고등학생이었는데 이게 또 제법이란 말이야."

도베가 사타구니 부근에 손을 대고 무언가 감싸는 동작을 했다. 진흙투성이인 얼굴로 히죽히죽 웃었다.

"나도 그런대로 재미 좀 봤지. 그걸 말이야. 오늘 그 졸때기 자식이, 당신이 데리고 있던 미시마의 아들놈이 제 여자라며 끼어들잖아. 그 바람에 내가 이렇게 개 같은 꼴을 당했다고!"

연거푸 어깨를 맞았다. 하지만 마비된 감각에 충격이 매몰되어 이전만큼 극심한 통증은 느껴지지 않았다.

"이런 걸 동병상련이라고 하나? 웃기지 말라고 해! 그 계집앤 말이야. 내가 여자로 만들고 내가 길들인 내 여자라고. 젖비린내 나는 애송이가 정의의 사도인 척 품을 계집이 아니라고! 그 자식한테 당장 때려치우라고 해. 꼭 전해라, 알겠나? 다, 카, 오, 카, 씨!"

양팔을 걷어차였다. 손이 움직이는 걸 보니 뼈는 부러지지 않았다.

"당신이 그 연놈 사이를 인정하겠다면 나한테도 생각이 있어. 미시마네 차용증도 나카가와네 차용증도 고이 모셔놓고 있거든. 빚이란 말이지, 내가 있다면 있는 거고 없다면 없는 거야. 그 계집년도 자꾸 골치 아프게 굴면 사창가에다 팔아버려야겠어. 당신 누나네 가게에도 조폭을 보내서 확 쓸어버리겠어. 그럼 뭐, 손님은 자동으로 다 끊어지겠지? 아! 이건 어때? 당신 아들 몸에 연결된 튜브, 그걸 몇 줄 뽑아버릴까? 어? 뭐가 좋겠어? 어떤 게 좋겠냐고. 골라봐. 마음에 드는 걸로 말해보라니까?"

지금까지 이 남자가 없어져 준다면 어떨까 하고 상상한 적이 여러 번 있었다.

다카오카 겐이치로 살아가기 시작했을 때도, 고스케와 만나서 그의 존재에 애정을 느끼기 시작했을 때도 같은 생각을 했다. 상대적으로 도베에 대한 역겨움은 날이 갈수록 커져갔다.

현장에 홀연히 나타나는 도베를 저주에 찬 눈으로 노려보고는 했다.

암이든 뭐든 좋으니 불치병에 걸려서 죽어버려라. 차에라도 치여 즉사해라. 여자한테 칼을 맞아도 좋겠다. 조폭에게 늘씬 두드려 맞고 드럼통 속 콘크리트에 박혀 도쿄 만에 가라앉으면 더 좋겠다. 어떤 식으로든 상관없으니 제발 눈앞에서 사라지라고 간절히 기도했다.

하지만 자기 손으로 이 남자를 죽여야겠다고 결심한 것은 처음이었다.

"앗! 이봐, 이거 놔!"

이 남자만 없어지면······.

"무거워······ 다, 답답하다니까! 어이······ 이봐!"

이 남자만 죽으면······.

"치, 치워. 다, 다카오카······. 뭐야, 그게 뭐야!"

고스케는 해방이다.

"치우라고. 자, 장난이지? 어이!"

그 아가씨도 구하는 길이다.

"아아, 악!"

되풀이되는 불행 속에서, 빈곤이라는 이름의 파리지옥에서 탈출하는 것이다.

"후유."

나 또한 마음 놓고 이 망가진 인생을 마무리할 수 있다.

2

 이튿날 아침, 레이코는 집에서 출근 준비를 하는 중이었다. 휴대전화가 울렸다. 구니오쿠에게서 온 전화였다.
 "레이코, 지난번에 자기가 부탁했던 건 말인데, 어느 정도 결과가 나왔거든. 오늘 점심이라도 얻어먹을까 하는데, 어때?"
 "네, 그러세요. 뭐 드시고 싶으세요?"
 "음, 오와타 식당에서 장어구이덮밥을 먹고 싶어."
 곧 연말인 마당에 그런 고가의 요리를 선택하다니. 하지만 중대사에 따른 희생이므로 그 정도 출혈은 감수해야 한다.
 "좋아요. 그러면 아침 회의가 끝나는 대로 곧장 그쪽으로 갈게요."
 "오케이. 기다릴게."
 레이코는 갈아입을 옷이 든 가방을 어깨에 메고 새로 산 손목시계로 바꿔 찼다. 먼저 가마타로 가야 했다.
 8시 5분 전 수사본부에 도착해서 8시 30분부터 회의에 참석하고 9시 30분에는 가마타 서에서 나왔다. 나카가와 미치코의 행동 감시를 맡은 유다에게는 다른 일이 있으니 오후까지 교대를 기다려달라고 전했다.
 "그 일로 가는 겁니꺼? 지난번에 보낸 자료 말이라예."
 오쓰카에 간다고 하자 이오카는 금방 알아차렸다.
 "맞아. 뭔가 찾아냈으면 좋겠는데."
 말은 그렇게 했지만, 레이코는 사태에 진전이 있을 것이라는 예감이 들었다.

게이힌도호쿠선에서 마루노우치선으로 갈아타고 한 시간가량 걸려 감찰의무원에 도착했다. 안내 데스크에서 구니오쿠가 어디에 있는지 묻자 2층 회의실이라고 알려주었다. 레이코와 밀담을 나눌 때마다 사용하는 방이었다.
"안녕하세요."
안을 들여다보니 구니오쿠가 창가 쪽 의자에서 졸고 있었다.
"선생님, 좋은 아침이에요!"
짝짝, 하고 손뼉을 두 번 치자, 쓴 약이라도 삼킨 듯한 얼굴로 눈을 떴다.
"으음, 오…… 왔어?"
"뭐예요. 근무 중에 잠이나 자고."
"무슨 소리야. 야근하느라 밤을 새우고도 애인 얼굴 보고 싶어서 일부러 집에도 안 가고 기다렸구먼."
푹 잠긴 목소리로 대답하며 쭈글쭈글한 손가락으로 안경을 추켜올렸다.
"어? 옆에 있는 조악한 골격의 유인원은 또 뭐야?"
자기도 모르게 웃음보가 터질 뻔했다. 정작 그 말을 들은 당사자는 전혀 동요하지 않았다.
"지는 이오카 히로미쓰라 캅니더. 가마타 서 형사과 강력계에 있습니더. 레이코 주임님의……."
"아무 관계도 아니니까 신경 쓰지 마세요."

그때 처음으로 오랑우탄이 울상을 지었다.

"거참, 레이코 주변에는 진화가 덜 된 계통의 수컷들이 죄 몰려 있다니까."

구니오쿠는 기쿠타를 '고릴라'라고 불렀다. 레이코는 결코 그렇게 생각하지 않았지만 말이다.

그렇다면 선생님은 무슨 계통인데요?

덥수룩한 백발에 말린 고구마처럼 추레하다. 정년 전이니 아직 예순다섯 살도 안 되었을 텐데 얼핏 일흔 살은 넘어 보인다.

마른풀 계열? 고달픈 계열? 말린 버섯 계열?

그 풍모로 가는 곳마다 레이코를 애인이라고 소개하니 난처하기 짝이 없었다. 물론 상대방은 진지하게 받아들이지 않지만, 그럴 때마다 레이코는 어떻게 반응해야 할지 난감했다. 소개를 받는 상대방과 구니오쿠가 무슨 관계인지도 모르는 상황에서 무턱대고 극구 부정해서 분위기를 싸늘하게 만드는 것도 못할 노릇이었다. 그렇다고 농담조로 맞장구치며 어물쩍 넘기자니 자존심이 허락하지 않았다. 결국 어색한 미소를 띠고 상황을 무마하는 수밖에 없었다.

"자, 오와타의 장어구이덮밥을 요구하실 만큼 기대할 만한 결과가 나왔다고 믿어도 되겠죠?"

구니오쿠는 사각형으로 배치된 회의용 탁자 모퉁이에 앉아 있었다. 레이코는 그 모퉁이를 끼고 옆자리에 앉았다. 이오카도 덩달아 옆에 세워진 접이의자를 끌어와 앉았다.

"어이, 침팬지는 두 자리 떨어져 앉아."

그런 구박에 기가 꺾일 이오카가 아니었다.

"원장님예, 한 자리로 봐주시면 안 되겠능교?"

"나 원장 아니야. 그저 상근 감찰의라고."

"그런 말씀 마이소, 사장님예."

구니오쿠는 대답 대신 흥, 콧방귀를 뀌고 입을 다물었다. 이오카가 마음에 든 눈치다. 척 보면 안다.

"자, 선생님. 빨리 말씀해주세요."

"미인에게 재촉당하니 기분 좋은데?"

허허허 웃으며 주름이 자글자글한 손으로 자료를 펼쳤다.

"흐음, 우선 이 사람, 도호 대학 법의학 교실의 우메하라라는 집도의 말이야, 상당히 우수한 의사지."

"됐어요. 그런 서두는……."

"음, 해부 사진이나 감정서 소견에 특별한 의문점은 없었네. 몸통에서 외상성 손상은 눈에 띄지 않았고, 내장에도 사인이 될 만한 증상은 없었다고 적힌 부분 말이야."

이 정도 과시욕은 너그럽게 봐준다.

"하지만 인두부 좌측에 반원형으로 생긴 피부 박리 현상 말인데, 부검의 견해가 없는 게 매우 아쉽군."

그렇다, 바로 그것이다. 레이코도 그 점이 의문이었다.

"그렇죠? 저도 그게 뭘까 궁금했어요."

"역시 레이코는 대단해. 내가 공들여 가르친 보람이 있다니까. 경시청 형사 조사관의 길을 가는 건 어때?"

"아, 그건 싫어요. 사방팔방으로 저런 시체만 보러 다녀야 하잖아요. 전 수사 쪽이 좋아요. 그건 그렇고 그 피부 박리 현상이 어떻다는 건지 빨리 말씀해주세요."

구니오쿠는 첨부 사진에서 해당 부위를 손가락으로 따라 그리며 이야기했다.

"그러니까 말이지. 이 반원형 말인데, 너무 완벽한 활 모양 같지 않아?"

"네, 그렇게 보여요. 마치 컴퍼스로 그린 것 같아요."

"그래, 바로 그거야. 원래는 반원이 아니라 원형이었을 거라고 생각해. 완전한 원이었는데 머리가 절단되면서 절반만 남은 거지."

"무슨 말씀인지 알겠어요. 그래요, 이해가 가요. 그러니까 머리 부분을 발견하면 그쪽에도 반원형의 피부 박리 부위가 있을 거라는 말씀이시죠?"

"그렇지. 말하자면 완벽한 원형이 생길 만한 자극이 이 부위에 가해졌다고 보는데…… 레이코, 그게 뭔지 알겠나?"

완벽한 원형이 그려질 만한 자극, 피부가 원형으로 박리될 만한 자극에 무엇이 있을까.

"물론 죽은 지 열흘도 넘게 물속을 떠다녔으니 실제 손상 부분은 녹아 없어졌을 거야. 도대체 뭘까. 원형의 피부 박리가 생길 만한 외부 자극이라…… 나는 그게 직접적인 사인일 가능성도 있다고 짐작하는데 말이야."

피부 박리 자체는 외부에서 가해지는 다양한 자극에 의해 생기는 일반적인 생체 반응이다. 단순한 예로, 둔기에 얻어맞는다든가 날카로운 도구에 찔려도 피부는 쉽게 벗겨진다. 하지만 그 형태가 완전한 원형이 되는 경우는 흔치 않다.

"항복인가, 레이코?"

"항복하면 어떻게 되는데요?"

"장어구이덮밥이 대나무 코스에서 소나무 코스로 바뀌지."

"좀 더 버텨볼게요."

피부 손상. 피부가 둥글게 벗겨지는 자극이라.

가령 아주 작은 냄비나 밀크 팬 같은 것에 열을 가해 찍어 눌러 화상을 입힌다면 둥근 모양의 피부 박리가 생길 가능성이 있다. 하지만 그것만으로 사람을 죽음으로 몰아넣기는 쉽지 않다.

"지 몫은 우찌 되는 겁니꺼?"

"자기가 내야지. 두말하면 잔소리 아니겠어?"

둥근 모양의 피부 박리라.

"힌트 좀 줄까?"

"소나무 안 드실 거예요?"

"응, 한 번뿐이면 대나무로 봐주지, 뭐."

"그런데 왜 매화부터가 아니죠?"

"거참, 잔소리가 많구먼. 매화 코스는 된장국이 나오잖아. 난 맑은 장국이 좋다고."

"알았어요, 알았어. 첫 번째 힌트 주세요."

구니오쿠는 고개를 끄덕이고 안경을 고쳐 썼다.

"둥근 피부 박리는 어떤 작용 때문에 생기거든. 외부에서 들어오는 자극 그 자체는 아니야. 흉기 자체의 모양이 아니란 거지. 어떤 작용 때문에 2차적으로 둥글게 손상되었다는 뜻이야."

피부를 둥글게 손상시키는 작용과 그 원인이 되는 자극.

얼핏 화상 때문이 아닐까 생각했는데 둥근 모양은 흉기 자체의 모양이 아니라고 했다. 흉기의 모양이 아니라면······.

자극, 흉기, 그것과는 다른 모양, 작용.

아! 이제 알았다.

"감전사로군요! 틀림없이 감전사라면 해부했을 때 내부 손상이 없는 것이 당연하죠."

"그렇고말고."

"둥글게 피부가 떨어져 나간 건 전기에 녹아내린 전류반(電流斑)인 거죠?"

"맞았어."

"잠깐만예."

이오카가 끼어들었다.

"감전사시킬 만큼 고압 전류를 쓰는 기구가 이번 현장에 있었능교?"

구니오쿠가 눈짓으로 재촉했다. 레이코에게 설명하라는 눈치였다.

"이오카, 감전사는 말이야, 가정용 100볼트 전압만으로도 조건만 충족되면 충분히 가능해. 특히 이번 경우, 접촉 부위는 경동맥에 가까운 인두부야. 우선 여기에 한 가지, 피부의 전기저항이 아주 낮았다는 걸 알 수 있어. 목 부위에 생긴 원형의 화상이 요컨대 전류반이라는 거지. 전기 사고의 경우 이 전류반이

유일한 상흔일 때도 적지 않아. 그래서 가정용 전기가 고압은 아니라도 위험도가 높다고 말하는 거지."

여기까지는 설명이 대체로 맞는 모양이다. 구니오쿠는 잠자코 듣기만 했다.

"심장은 심근 섬유라는 근육 섬유가 복잡하게 얽혀 있어. 다시 말해 보통 근육처럼 근섬유가 일정한 방향으로 배열되어 있지 않다는 뜻이야. 거기에 가정용급의 전기가 작용하면, 어느 방향의 섬유에는 전기가 흐르지만 다른 방향의 섬유에는 전기가 별로 흐르지 않는 상황이 발생해. 그러면 어떻게 되는지 알겠어?"

이오카는 묘한 표정으로 고개를 저었다.

"심실세동이 일어나. 심근이 일정한 리듬으로 운동하지 못하고 약해져. 게다가 심장 각 부분이 무질서하게 따로따로 작동하기 시작하지. 고압 전류에 감전될 경우 대개는 심장 전체가 단번에 충격을 받기 때문에 작용 시간이 짧으면 그만큼 그 충격에서 깨어나는 것도 빨라. 그래서 단시간이라면 감전되더라도 무사한 경우도 있는 거지. 하지만 심실세동이 일어나면 심장 기능은 쉽게 돌아오지 않아. 심장의 어떤 부분은 움직이고 어떤 부분은 마비된 상태라 심장 본래의 펌프 기능을 다하지 못하지. 결국 몸 전체로 피를 보내지 못하고 얼마 안 있어 죽음에 이른다…… 이거야."

"합격!"

"들어주셔서 감사합니다."

레이코는 설명하는 동안 오히려 스스로 깨달은 점이 있었다.

몸통을 보고 막연하게 느꼈던 위화감이었다. 그것은 결코 수수께끼였던 사인에 관한 문제가 아니었다.

사인은 감전사라는 추정에 이르렀어도 여전히 마음을 뒤덮고 있는 납빛 안개는 영 걷힐 기미가 없었다.

무엇일까. 어째서일까.

"그런데 선생님, 뭐라고 해야 할까. 예를 들면 이렇게 전류반이 생길 정도로 감전시켜 살해하려면 자세 잡기도 꽤 어려웠겠죠? 기술적으로도 그렇고."

구니오쿠가 미간을 찌푸리며 끄덕였다.

"상식적으로 생각해보면, 콘센트에 연결해서 전기가 흐르는 노출된 전극을 오른손에 들고, 상대방을 깔고 앉아 목 언저리에 수십 초 내리눌렀다고 판단해야겠지. 또 피부가 젖어 있는 상태에 따라 작용하는 세기도 달라지겠지. 물기가 있었다면 작용 시간이 짧아도 치명적이니까."

그런 문제가 아니다. 다른 뭔가가 있다.

레이코의 심중을 아는지 모르는지 이오카가 옆에서 신음했다.

"그럼 살해 현장은 그 차고일까예?"

그것도 의문 중 하나였다.

"맞아, 흐름상으로는 거기서 살해했다고 봐야 이야기가 쉽게 풀리겠지."

"차고에 전원이 있다 아입니꺼."

"하지만 전기가 흐르는 노출된 전극이……."

아니, 잠깐만!

"어? 그렇다면······."

레이코가 가방에서 수사 자료 파일을 꺼내 펼쳤다.

"뭡니꺼?"

"잠깐 있어봐."

틀림없이 차고에서 압수한 물건이 있을 텐데.

"여기 있다. 이거 봐, 이 전기톱, 코드 중간쯤에 수리한 흔적이 있어. 이게 혹시 범행 당시에는 잘려 있어서······ 만약 이 비닐 테이프가 감겨 있지 않았다면 말이야."

구니오쿠가 들여다보았다.

"전극이 노출되었겠군."

"음, 그렇지만······."

이것도 아니다. 지금 느끼는 위화감은 좀 더 직접적으로 사체의 몸통 부분과 관련이 있다.

레이코는 다시 한 번 사체 사진에 초점을 모았다. 그저 가만히 응시했다.

감전사를 당하고 토막토막 잘려 하천에 버려진 다카오카 겐이치의 시신. 손만 차 안에 남겨진 채 물속에 따로따로 버려진 다카오카 겐이치의 사체. 그 몸통 부분.

다카오카 겐이치의 몸통.

두 마디 말을 주문처럼 마음속으로 되뇌었다.

"주임님······ 왜 그라시능교?"

다카오카 겐이치의 몸통. 다카오카 겐이치의 몸통.

"어이, 레이코."

"주임님예!"

오른쪽 가슴 아래에는 담낭염 수술을 한 것으로 보이는 자국이 있다.

"주임님, 와 그라십니꺼?"

"레이코! 이봐, 듣고 있어?"

수술 자국이 있다. 수술 자국이 있다.

"어이, 듣고 있냐고!"

"주임니임, 사랑합니데이……."

다카오카의 몸통 부분에 수술 자국이 있다. 그런데…….

"소용없어. 전혀 들리지 않나 봐."

"주임니임, 지가 가슴 만질 끼라예……."

거참, 시끄러워 죽겠네.

"컥!"

그때였다. 불현듯 마음속에서 바람이 휘익 일었다.

그렇다. 시체 감정서에는 분명히 이 몸통 부분에 수술한 흔적이 있다고 적혀 있었다. 그렇다면 이상하지 않은가.

"흑…… 아파 죽겠십니더…… 너무하네예."

"하하하! 우라켄*이야. 우라켄 한 방 먹었네. 고거 참 쌤통이구먼."

그렇군. 자신이 느꼈던 위화감은 이것이었다.

---

* 우라켄(裏拳): 근거리에서 주먹을 빠르게 내치고 거둬들이는 일본 공수도의 권법 중 하나.

담낭염이라는 검사 결과가 적혀 있는데 다른 내용이 적혀 있지 않다는 것은 아무리 생각해도 부자연스럽다.

순식간에 납빛 안개가 걷혔다.

"코피 터졌구먼, 침팬지?"

"그케도 선생님에, 지, 한 방 맞은 기분이 참말로 황홀합니다."

자신이 밝혀내야 할 단서에 서서히 초점이 맞춰지기 시작했다.

그래, 이건 다카오카 겐이치의 몸통이 아니야.

레이코는 주머니에서 휴대전화를 꺼냈다.

"어, 정신이 돌아왔네?"

"참말이네예."

하야마에게 전화를 걸었다.

"네, 여보세요."

"하야마, 나야."

"네, 무슨 일이십니까?"

곁눈으로 보니 이오카가 코를 누른 채 훌쩍거리고 있었다. 왜 저래?

"있잖아, 나이토 가즈토시가 일으켰던 사고 말인데, 관할 서가 어디였지?"

"음, 사이타마에 있는 가와구치 서입니다."

"그래? 그럼 사고 조서에서 지문 받아 온 사람은 누구였지? 하야마였나?"

"이시쿠라 경사님인데요?"

아, 맞다. 그래, 그랬었지.

"그렇구나. 하야마, 지금 뭐 해?"
"여전하죠, 뭐. 나이토 기미에를 감시하는 중입니다."
"그 일은 파트너한테 맡기든가 본부에 연락해서 다른 조원하고 교대하고, 이시쿠라 씨도 잠깐 불러내서 가와구치 서로 가줬으면 해. 실은……."
하야마는 레이코가 내리는 지시의 의미를 단번에 알아챘다.

3

구사카는 다시 기노시타 흥업을 방문했다.
"도베가 갈 만한 장소로 어디 짚이는 데 없습니까?"
기노시타 사장은 고개를 갸웃했다.
오늘은 사장실이 아니라 사원들이 모두 있는 사무실의 손님용 탁자에서 이야기를 나누었다.
"그러고 보니 동거하는 여성이 있을 텐데요?"
"네, 그녀는 어제 체포했습니다. 불법 약물 소지와 사용 현행범으로요."
기노시타는 물론이거니와 가까이에 있던 사무원들마저 흠칫 놀랐다.
"불법 약물이라니, 그건 또 무슨……."
아주 평범하고 일반적인 반응이었다.
"그러니 그 여자 말고 다른 여자관계는 없습니까?"

"으음, 다른 여성 말입니까? 이를테면······."

기노시타가 거론한 생명보험 관련 여성들은 이미 본부가 다 파악을 끝낸 인물들이었다.

"아니면 예를 들어 자주 가는 가게라든가······."

"으음, 딱 한 번 신주쿠에 있는 '롯소'라는 클럽에 같이 간 적이 있긴 합니다만."

구사카는 그곳도 이미 알아보았다고 대답했다.

"다른 친구라든가, 지인······ 그런 일을 하는 남자니까 전과는 없어도 이런저런 문제로 변호사라든가 그런 부류의 사람들과도 어울리지 않았을까요?"

"변호사······ 글쎄요. 그런 말을 직접 들은 적이 없어서요."

결국 기노시타 흥업에서는 아무 정보도 얻지 못했다.

오후에는 가마타 서로 돌아와서 조직범죄 대책과로 갔다.

마침 고바야시 미카코의 취조를 끝낸 총기약물대책계의 시미즈 계장이 자리에 돌아와 있었다.

"상황이 어떻습니까?"

시미즈는 입꼬리를 내리며 고개를 한 번 끄덕였다.

"미카코가 일하는 가게는 시부야에 있습니다. 불법 약물도 그 근처에서 구입했다고 하더군요. 그러니 이제부터는 시부야 서와 합동으로 수사하지 않으면 어렵겠어요. 우리끼리만 움직이면 말이 많을 테니까요. 그렇지 않아도 메구로 쪽에서 얼마나 시끄러운지 모릅니다. 왜 갑자기 가마타가 자기네 구역에서 수사를 하느냐고요. 마치 자기네가 조사하려던 사건을 우리가 가로챘다는 식으로 말하더군요. 그러면서도 미카코의 집이 어디인지 궁금해하더라고요. 아직 손도 못 댔으면서 우리한테 사건을 빼앗겼다고 어찌나 으르렁대던지."

맞장구치며 같이 웃었다.

"잠깐 미카코와 이야기를 나눠도 괜찮겠습니까?"

"네? 흠, 별 문제야 없겠죠. 임의로 하시는 거라면."

"물론입니다. 그럼 그렇게 하겠습니다."

6층 수사본부로 올라가서 절차에 필요한 서류를 작성하고 다시 2층으로 내려왔다. 총무과가 관리하는 유치장으로 발을 옮겼다.

현재 경찰 기구는 형사나 조직범죄 대책과라는 수사 부문과 유치(留置) 업무를 완전히 분리했다.

그렇게 하지 않으면 수사관들이 자신들 편의에 따라 24시간 언제든지 취조를 강행하기 때문에 그것이 중대한 인권침해 문제로 번질 가능성이 있다고 판단했기 때문이다.

"임의로 신청하면 되겠습니까?"

2층에 있는 유치 담당 사무실에 서류를 제출하자 유치 관리 계장이 엄격한 눈초리로 물었다.

"네, 어디까지나 임의입니다."

"알겠습니다. 그럼, 저쪽으로 가시죠."

"네, 실례하겠습니다."

안내하는 대로 안쪽의 유치장으로 들어갔다. 통로 맨 끝, 욕실 맞은편에 위치한 방이 여성 전용 유치장이었다.

입구에 앉아 있던 유치 관리계 직원이 서류를 확인한 뒤 고바야시 미카코에게 서류를 제시했다.

"임의로 하는 참고인 조사니까 거부해도 상관없습니다. 어떻게 하시겠어요? 받아들이시겠어요?"

강화 아크릴판을 끼운 철로 된 격자문 너머로 담당 직원이 물었다. 미카코는 의아한 눈빛으로 구사카와 담당 직원을 번갈아 보았다.

"뭐죠? 오후에는 구사카 형사님이 취조하시나요?"

가택수색을 할 때 구사카가 대표로 경찰수첩을 제시했다. 그때 언뜻 본 이름을 아직도 기억하고 있다니 뜻밖이었다. 호스티스라는 직업답게 사람 얼굴과 이름을 정확하게 기억하는 재주라도 있는 것일까.

"네, 하지만 방금 말씀드린 대로 취조는 아닙니다. 제가 임의로 하는 조사니까 당신에게는 거부할 권리가 있습니다."

"무슨 조사죠?"

"도베 마키오에 대해서입니다."

미카코는 시시하다는 듯 콧방귀를 뀌었다.

"기가 막혀서…… 마른하늘에 날벼락이라더니."

구사카는 가볍게 웃어 넘겼다.

미카코가 눈을 치뜨고 구사카를 쳐다보았다.

"돈가스덮밥 사줄래요?"

"죄송합니다. 그건 불가능합니다. 자비로 드십시오."

나중에 돈가스덮밥이 먹고 싶어서 거짓 증언을 했다는 말이라도 한다면 엄청 곤란해진다.

"그럼…… 담배는요?"

"뭐, 몇 개비쯤이라면……."

냉랭했던 그녀의 표정이 누그러졌다.

담당 직원이 힐끗 쳐다보았지만 담배 피우는 정도야 문제 삼지 않으리라고 판단했다.

마침내 미카코는 승낙했다.

"좋아요. 할게요. 나만 이런 곳에 들어오게 해놓고, 저 혼자 자유로운 건 공평하지 않으니까요."

담당 직원도 수긍했다.

"알겠습니다. 그럼 지금 바로 나오게 해드릴 테니 잠깐 물러서주십시오."

미카코는 얌전히 한 발 물러서서 선하품을 하며 기지개를 켰다.

3층에 있는 취조실로 데려갔다. 종이컵에 담긴 녹차를 내오고 그 옆에 알루미늄 재떨이와 구사카의 담배를 놓았다. 프론티어 라이트라는 일본산 담배였다.

"박하 향 담배는 없어요?"

구사카가 뒤를 돌아보며 확인했다. 사토무라가 고개를 저었다.

"미안합니다. 지금은 이것밖에 없군요."

미카코는 한숨을 쉬며 손을 뻗어 담배 한 개비를 가져다 입에 물었다. 구사카는 사토무라에게 빌린 라이터로 불을 붙여주었다.

미카코는 한 모금 깊이 들이마신 다음 음미하듯 연기를 입에 채우더니 길게 뿜어냈다. 참 맛있어 보였다. 구사카도 담배 생각이 났다.

"팔자 한번 세기도 하지. 이런 데 들어와서 남이 불붙여 주는 담배도 다 피워보고."

"그렇군요."

피의자에게 라이터를 건네지 않는 이유는 단순히 악용하지 못하게 하려는 배려였다.

또 한 모금 들이마시고 매니큐어가 남아 있는 손톱으로 필터를 튕겼다. 재떨이가 팅 울렸다.

"도베 말인데 정말 어디로 갔는지 모릅니까?"

미카코는 고개를 한 번 흔들고 턱을 옆으로 휙 돌렸다.

"전에 왔던 형사님께 짐작 가는 곳은 말했어요. 하기야 거긴 벌써 다 알아보셨겠죠?"

"네, 가르쳐주신 곳은 모두 조사했습니다."

구사카가 손을 내밀자 뒤쪽에 있던 사토무라가 자료를 한 장 꺼내서 건넸다. 전에 도베가 들를 만한 장소라고 미카코가 알려준 장소를 적은 목록이었다.

"이런 데 말고 다른 곳은 없을까요? 시간 때울 겸 다녔던 영화관이라든가."

미카코는 어처구니가 없다는 듯 웃었다.

"영화를 감상할 위인이 아니라는 거 몰라요? 그 자식은요, 일부러 어딘가를 찾아가서 영화를 보는 섬세한 감성이라고는 손톱만큼도 없는 놈이에요. 포르노도 안 보러 갈걸요. 섹스 장면 외에는 흥미가 아예 없으니까요."

"술집이나 자주 가는 호텔은요?"

"나하고는 호텔에 간 적 없어요. 한창 불이 붙었을 때도 항상 그 아파트에서만 했으니까요. 나 이래 봬도 꽤 음식 솜씨가 좋거든요. 몇 번 만들어줬더니 마음에 들었나 봐요. 자기 곁에 계속 있어달라고, 평생 함께 있고 싶다고 하더군요. 나도 그땐 푹 빠져 있었으니까 완전히 넘어갔죠. 뭐, 석 달 만에 정신 차렸지만요."

덧붙이자면 예전에 미카코는 도베와 동거한 지 2년째라고 진술했다.

"취미라든가 관심사를 통해 사귄 친구는 없을까요?"

미카코는 고개를 갸웃했다. 절세미인은 아니지만 섹시한 타입이었다. 곱게 화장하면 그런대로 화사해 보일 듯했다.

"취미라…… 한동안 열대어를 좋아했어요."

"아파트에서 열대어 같은 종류는 못 봤는데요."

"내가 먹이 주기를 게을리해서 다 죽였어요. 엄청나게 화를 내더라고요. 그래서 '당신이 직접 돌봤어야지!' 하며 되레 화를 냈더니 어디론가 휙 가버리더군요. 그렇게 해서 넘어갔죠, 뭐. 내가 진짜로 화를 내면 순순히 물러섰어요, 그 자식은."

"자주 가던 열대어 전문점은 어디였습니까?"

"유텐지 역 근처에 있었는데 지금은 망하고 없어요."

"그 가게 주인하고 그 후에도 친하게 지내거나 하지 않았습니까?"

"아뇨. 죽었는데요, 뭐."

들으면 들을수록 도베 마키오라는 남자는 대인 관계가 좁았다.

"친구라고 부를 만한 사람은 없었습니까?"

"음…… 조직에서는 상대도 안 해줬고, 여자관계는 다 알아보셨죠?"

구사카는 고개를 끄덕였다.

미카코는 다 타들어간 담배를 재떨이에 비벼 껐다.

"잠깐 모터보트 경주에 빠진 적이 있었는데, 그런 데서 만난 사람과는 친분이라고 해봤자 그저 그때뿐이잖아요."

"요즘은 그렇지도 않을 겁니다. 그런 식으로 친분을 쌓는 경우도 꽤 있다고 들었습니다."

"하지만 짐작 가는 사람도 없고…… 한때 '요시로하고 말이야'라거나 '요시로가 있지' 하고 얘기한 적이 있긴 한데. 그 요시로가 어디 사는 누군지는 몰라요."

난감하다.

"한 대 더 피워도 돼요?"

"물론입니다."

한 번 더 불을 붙여주었다. 조금 전 불을 붙여주었을 때만큼의 감동은 없는 모양이었다. 시답잖다는 듯 연기를 후 뿜었다.

"또 뭐가 있으려나. 왠지 좀 미안하군요. 별로 도움을 못 드린 것 같아서."

"그렇지 않습니다."

"담배만 얻어 피우고······."

"그렇게 미안하시다면 뭐라도 좋으니까 좀 더 이야기해주십시오."

미카코는 담배를 입에 물고 팔짱을 낀 채 위를 올려다보며 기억을 더듬었다.

"즐겨 입던 옷 같은 건 어때요?"

"양복 말입니까?"

"네, 시부야에 있는 '케인'이라는 가게의 옷을 좋아했어요. 약간 조폭 스타일이긴 한데 너무 튀지 않아서 마음에 들었나 보더라고요."

큰 기대는 하지 않았지만 사토무라에게 적어놓으라고 했다.

"그리고요?"

"음, 그리고······."

이번에는 시선을 아래로 향했다.

"뭐, 건강에는 꽤나 신경을 썼어요."

"이를테면요?"

"당연하다면 당연한 일이지만 다른 여자랑 할 때는 꼭 콘돔을 사용하는 것 같았어요. 에이즈가 무섭다면서요. 성병도······ 뭐였더라? 임질이었나, 클라미디아였나. 옛날에 몇 번 걸린 적이 있어서 더 이상은 싫다고. 그래서 반드시 콘돔을 끼고 한다고 했어요."

"단골 병원이 있었습니까?"

"그것도 시부야에 있어요. 도겐자카 중앙 클리닉이라고. 거기는 저도 소개받아서 몇 번 갔어요."

이것도 만약을 위해 적어두도록 했다.

"다른 지병은 없었습니까?"

심각한 지병이 있다면 다른 병원에 들를 경우도 고려해야 한다.

"지병? 그런 건 없었어요."

"평소 먹는 약은 없었습니까?"

"음, 없었어요, 없었어. 그 사람은 마약이든 대마초든 아무것도 안 했으니까요."

"아니, 그런 불법 약물 말고 건강을 위해 먹는 약 말입니다."

"아, 미안해요. 잠도 푹 잘 자서 수면제도 안 먹었고, 거기도 쌩쌩했어요. 비아그라 같은 건 90살까지도 필요 없다고 얼마나 잘난 척을 하던지. 그렇게 오래 갈 만큼 대단한 물건도 아닌 주제에……."

지금까지 들은 이야기를 종합해봤을 때는 건강이 아주 좋은 편은 아닌 듯했다.

"술도 많이 마셨겠죠? 간은 괜찮았습니까?"

"네, 술은 셌어요. 근데 간은 침묵의 장기라는 말이 있잖아요. 나빠졌는데 눈치 못 챘을지도 모르죠. 그래도 회사에서 건강 검진은 받는다고 했어요. 매번 아무 이상 없다고 했어요. 정말인지는 모르지만요."

"회사라면 기노시타 흥업?"

"네, 거기서 봄에 받는 건강 검진요."

기노시타 사장은 건강 검진에 대해서는 한마디도 언급하지 않았다.

미카코는 식은 차를 마셨다. 나는 뜨거운 음식을 잘 못 먹거든요, 하고 묻지도 않은 말을 중얼거렸다.

"있잖아요, 구사카 형사님. 도대체 도베가 무슨 짓을 한 거죠?"

구사카는 구태여 대답하지 않았다.

"살인…… 맞죠? 어제 주신 명함에 '살인범 수사'라고 써 있더군요. 도베가 누굴 죽였나요?"

말해봤자 단서가 될 만한 이야기는 나오지 않겠지만 만약을 위해서 말해주었다.

"마흔세 살의 목수를 죽인 혐의가 있습니다. 다카오카 겐이치라는 남자입니다."

"설마, 목수를……."

미카코는 의아해했다.

"짚이는 데라도 있습니까?"

"네? 아뇨, 전혀요."

역시 허사인가.

갑자기 미카코는 눈을 크게 뜨고 몸을 앞으로 내밀었다.

"그러고 보니 그 사람, 나랑 사귀기 전에 무슨 수술을 받은 적이 있다고 했어요. 수술해준 선생님께 엄청난 신세를 졌다며 그답지 않은 말을 하더라고요."

"수술? 무슨 수술입니까?"

기억을 되살리려는 듯 미간을 찌푸렸다.
"잘은 모르겠지만 요 부근에 수술 자국이 남아 있어요."
미카코가 가리킨 곳은 오른쪽 가슴 아랫부분이었다.
폐? 아니, 담낭인가?
발치에서 찬바람이 세게 휙 불어 올라오는 듯한 환각에 사로잡혔다.
담낭 수술 자국이라면······.
뒤를 돌아보니 사토무라의 표정도 돌처럼 굳어 있었다.
"사토무라 씨, 혹시 그 시체 사진 갖고 계십니까?"
"네, 이, 있습니다. 잠시만······."
사토무라가 파일을 펼쳐 비닐로 된 수납 페이지에서 사진을 한 장 꺼냈다. 수술 자국이 가장 선명하게 찍힌 사진이었다.
구사카는 그 사진을 미카코에게 보여주었다. 잘려나간 어깨 부분은 옆에 있던 담뱃갑으로 가렸다.
"이것 좀 보시겠습니까?"
미카코의 미간에 깊은 주름이 파였다.
"우웩, 이게 뭐예요?"
"이 수술 자국 본 적 없습니까?"
피부는 이미 사람의 피부로 보기 어려울 만큼 새하얬다. 부패 가스가 차서 팽창과 수축을 반복한 복부에는 거미줄 모양으로 무수한 균열이 나 있었다.
그런데 복부에서 조금 떨어져 있는 오른쪽 가슴 아래의 수술 자국은 비교적 살아 있을 때와 비슷한 상태였다. 핏기가 전혀 없어서 피부색은 완전히 달라졌겠지만 흉터 모양 자체는 큰 변화가 없을 터였다.

"이거…… 어떻게 된 거죠?"

미카코는 어둠 속을 헤매듯 시선을 한곳에 고정하지 못하고 이리저리 움직였다. 최악의 상황을 생각하지 않으려고 가능한 한 다른 합리적인 해석을 찾고 있는 걸까.

"이 수술 자국 본 적 있습니까?"

무표정한 얼굴로 고개를 연신 작게 끄덕거렸다. 입은 꼭 다물었다.

"이 흉터, 누구 겁니까?"

여전히 고개만 끄덕였다.

"누굽니까? 이 흉터의 주인이, 대체 누구냐고요!"

길고 가는 눈에서 투명한 눈물방울이 펑펑 쏟아졌.

이 여자가 눈물을 보이리라고는 생각지도 못했다.

이미 정나미가 다 떨어진 별 볼일 없는 남자를 위해.

"도베예요. 도베, 도베 마키오……."

미카코는 담뱃갑째 구사카의 손을 밀어내고 다시 사진을 주시했다.

"아아…… 당신!"

구사카는 자리에서 일어섰다.

"사토무라 씨, 뒷일을 부탁하겠습니다."

"네, 알았습니다."

취조실에서 나왔다.

지나치게 허둥거리고 있다고 스스로도 느끼고 있었다. 아주 당연하다고 자신을 타일렀다.

그럼 설마 살해당한 사람이 다카오카가 아니라 도베란 말인가.

복도에서 스쳐 지나는 사람들에게 목례를 할 여유도 없었다.

이걸 어떻게 하지? 어디서부터 수사를 다시 해야 할까? 어디서 잘못된 걸까? 어디서부터 틀렸을까?

엘리베이터를 기다리려니 초조함이 몰려왔다.

계단으로 뛰어서 올라갔다.

4

약속대로 점심을 먹으러 나왔다.

레이코와 구니오쿠, 이오카는 오와타 식당에 가서 장어구이 덮밥을 주문했다.

나카가와 미치코의 행동 감시를 맡은 유타에게는 오후에도 교대하기 어렵겠다고 미리 일러두었다.

"주임님, 그렇게 맘대로 하셔도 참말 괜안겠능교?"

이오카는 실내의 다른 자리를 둘러보았다.

"괜찮아. 어차피 재감정 결과가 나오려면 아홉 시간은 걸릴 테니까."

레이코는 하야마와 통화를 하고 바로 경시청 본부의 국과수에도 연락을 취해 DNA를 다시 감정해달라고 의뢰했다. 물론

독단으로 한 행동이지만 상부에 사정을 설명하고 의뢰하기에는 시간이 너무 오래 걸렸다. 변명은 돌아가서 천천히 하면 된다. 올바른 DNA 감정 방법은 구니오쿠가 지시한 대로 따르도록 국과수에 설명해두었다.

"우째 쫌……."

할부로 산 불가리 손목시계를 보았다. 아직 12시 반이다.

"연락한 지 한 시간 됐으니까…… 아무리 서둘러도 또 밤에나 나올 거야."

"나만 소나무로 먹어도 정말 괜찮겠나?"

눈앞에 놓인 장어구이 찬합을 보고 구니오쿠는 싱글벙글 입이 귀에 걸렸다.

"자, 어서 사양 말고 드세요. 더없이 만족스러운 감정 결과였으니까요."

"주임님, 나도……."

하여튼 정말, 나도, 나도, 시끄러운 녀석이다.

"넌 됐어."

레이코와 이오카는 가장 저렴한 매화 코스를 선택했다. 국은 된장국이면 충분하다.

"선생님 장국에는 삶은 멸치가 들었네예."

"봐, 우리 된장국에도 파드득나물이 들어 있잖아. 진짜 맛있겠다."

그렇다고 해서 여유를 부리며 느긋하게 음식을 즐길 기분은 아니었다.

얼른 찬합을 열고 후딱 먹어치우자.

"잘 먹겠습니다!"

"어이, 침팬지. 산초 좀 집어줘."

"예예, 뿌려드리께예."

"됐어. 한 번에 팍 쏟기라도 하면 큰일 나."

이 정도 양은 마음만 먹으면 3분이면 뚝딱 해치운다.

"레이코, 맛도 좀 즐기면서 먹지?"

"아니에요. 형사라면 응당 빨리 먹어야지요. 이오카도 서둘러."

"아이고야, 주임님, 흘렸네예."

그렇다. 맛난 음식은 빨리 먹어도 맛이 좋다.

맛있게 잘 먹었다.

"잘 먹었습니다. 자, 이제 가자, 이오카."

"저 아직 야채절임을……."

"선생님은 천천히 드세요."

구니오쿠는 주특기인 우는 시늉을 했다.

"뭐가 그리 급해? 거참, 섭섭하구먼."

"이번 사건 야물게 처리하고 시간 낼게요. 그때는 여유 있게 도빈무시 먹으러 가요. 선생님, 그럼 나중에 뵐게요!"

"레이코……."

오리털 파카를 걸치고 구두를 신은 레이코는 이오카에게 계산서를 건넸다.

"이, 이게 뭡니꺼?"

"오늘은 돈이 없어. 네가 좀 빌려줘."

"뭐라꼬예? 농담이지예?"

"진짜야, 진짜. 대신 내줘."

"참말로 갚아야 합니더."

"갚는다, 갚아. 얼마 안 나오겠구먼 쪼잔하게, 남자가 돼서 말이야."

"너무하는 거 아닙니꺼."

자, 이제 다시 일을 시작하자.

가마타 본부로 돌아오니 2시쯤이었다.

"레이코, 어쩐 일이야? 빨리 왔네?"

상석에 앉은 이마이즈미가 서류를 보다가 눈을 들었다. 레이코는 언제나 놓던 자리에 가방을 두고 파일만 꺼냈다.

"계장님, 긴히 드릴 말씀이 있어요."

주위를 둘러보았다. 다른 본부에 갔는지 하시즈메 관리관은 보이지 않았다. 남은 사람은 간부의 보조 직원 두세 명뿐이었다.

표정으로 무언가를 감지했는지 이마이즈미가 미간을 찌푸렸다.

"뭔가?"

"네, 실은 다마가와 강에서 건진 시체 몸통 부분에 대해 드릴 말씀이 있어요. 우선 여기 목 부위의 피부 결손인데요."

파일을 펼치고 사진에서 인두부 부분을 가리켰다.

"이건 감전으로 생긴 전류반 화상이 물에 녹으면서 파인 자국이 아닐까 하는 소견이 나와서요."

이마이즈미는 눈을 감고 고개를 조금 숙였다.

"또 구니오쿠 선생인가?"

"네, 개인적으로 감정을 의뢰했습니다."

"서류는?"

"제가 복사해서 보냈습니다."

"대체 자네는…… 나한테 아무런 양해도 구하지 않고 왜 그러는 건가? 나중에 설명하기 난처해질지도 모른다는 생각은 안 하나?"

"죄송합니다."

용서를 빌면 이해해주실 것이다. 레이코와 이마이즈미는 그런 사이였다.

"다카오카의 사인이 감전사라는 말이라도 하고 싶은 건가?"

"일단 제 얘기부터 계속 들어주세요."

이마이즈미는 고개를 끄덕이며 한숨을 쉬었다.

"감전시켜서 죽이려면 거기에 필요한 전원과 휴대 가능한 전극이 필요합니다. 그렇다면 범행은 실외보다는 실내에서 이루어졌을 가능성이 높습니다. 현 상황에서 가장 짐작하기 쉬운 곳은 나카로쿠고의 차고입니다. 다시 말해 살해와 해체가 같은 장소에서 이루어졌다는 얘깁니다."

이오카가 흥분해서 내쉬는 콧김 소리가 귀에 거슬렸다. 곁눈으로 흘겼는데도 눈치를 못 챈다.

"전원은 충분합니다. 콘센트가 두 군데나 있으니까요. 그리고 흉기로 쓸 전기가 흐르는 전극이라면…… 이게 아니었을까 합니다."

자료를 한 장 넘겼다. 차고에서 압수한 전기톱 사진을 가리켰다.

"이 코드의 가운데 부분에 수리한 흔적이 있습니다. 여기를 언제 수리했는지 조사해볼 필요가 있습니다. 이 테이프를 벗겨서 조사할 수 있도록 허락해주세요."

이것마저 무단으로 했다가는 증거품 훼손에 따른 엄중한 책임 추궁을 면할 길이 없다.

"알았네. 그럼 그걸 국과수에 가지고 가겠다는 말인가?"

"네."

"그것뿐인가?"

"아니요. 또 있는데요…… 잠깐 실례하겠습니다."

예정대로라면 하야마에게서 연락이 올 때가 되었는데.

재촉할 요량으로 전화를 걸었다.

"네, 하야마입니다."

"나야, 어떻게 됐어? 뭐 좀 알아냈어?"

"네, 예상대로 나이토 가즈토시가 당시 사고로 입은 상처가 아주 심했습니다. 타고 있던 자동차에는 에어백이 없었나 봅니다. 나이토는 핸들에 가슴 부위를 강하게 부딪쳐서 복합골절을 당했는데요. 생명에는 지장이 없었지만 부러진 뼈의 일부가 폐를 찌르는 중상을 입었다고 조서에 기록되어 있습니다. 실려간 병원이 어디였는지도 알아냈습니다. 시간을 좀 더 주시면 집도했던 의사를 만나서 어떤 수술을 했는지도 물어보겠습니다."

"알았어. 가능한 선에서 다 알아봐. 그래도 야간 회의 전까지는 돌아와야 해. 그 조서 내용도 복사할 수 있으면 복사해서 가져오고. 그렇지 않으면 요점만 정리해와. 난 벌써 본부로 복귀했어. 만약 그쪽에서 허가를 받아야 하느니 마느니 트집을 잡으면 이쪽으로 연락해. 계장님께는 내가 지금 말씀드려둘 테니까."

"알겠습니다. 해보겠습니다."

통화를 마치자 이마이즈미는 다음 내용이 궁금하다는 듯 헛기침을 해댔다.

"그래서 어떻게 됐다는 거야?"

"네, 말씀드릴게요."

레이코는 다시 몸통 사진을 가리켰다.

"이 사체는요, 여기 담낭염 수술 흔적 말고는 이렇다 할 수술 흔적이 없습니다. 하지만 이 시체 몸통은 다카오카 겐이치의 사체인 동시에 나이토 가즈토시의 사체이기도 하겠죠. 어쨌든 이 시체에는 13년 전 교통사고 때 입은 부상을 치료한 흔적이 남아 있어야 한다는 뜻입니다."

이마이즈미는 눈을 한껏 가늘게 뜨고 물었다.

"그건 무슨 뜻인가?"

"이 시체는 우리가 짐작한 인물이 아닐지도 모른다는 거죠."

"현 상황에서 피해자로 보이는 다카오카 겐이치, 즉 나이토 가즈토시의 사체가 아니라는 말인가?"

"바로 그겁니다."

"그럼 누구란 말인가?"

"아마 도베 마키오겠죠."

이마이즈미는 허, 하고 숨을 짧게 내뱉었다.

"그게 말이 돼? DNA 감정에서 다카오카의 몸통이라고 확실히 판명이 났잖아?"

"아니요, 우리가 실수한 원인은 우선 거기에 있다고 봅니다."

레이코는 파일에서 도호 대학의 우메하라에게 들었던 내용이 기록된 곳을 다시 펼쳤다.

"그때 감정한 이 몸통의 DNA는 사법해부 당시에 체내 혈액에서 추출한 것이었습니다. 왜냐하면 오랫동안 강물에 방치된 탓에 몸통 표면에서는 혈액 채취가 불가능했기 때문이죠. 이렇게 사법해부에서 DNA를 추출할 때는 주로 혈액에서 샘플 자료를 구하는 경향이 있습니다.

"그건 특별히 사법해부에만 국한된 문제가 아니잖아."

아! 표현을 잘못했다.

"네, DNA 추출에 대해서는 일반적으로 그런 경향이 있습니다. 그리고 이 몸통에서 얻은 DNA 샘플은 두 현장에서 채취한 혈액과 왼손에서 채취한 혈액의 DNA와 대조해서 일치한다는 결과를 얻었습니다. 거기서 왼손과 몸통은 동일 인물의 것이라는 견해가 도출된 셈입니다."

"그 결과에서 뭐가 의문스럽다는 말인가?"

레이코는 확신한다는 듯이 자신 있게 고개를 끄덕였다.

"네, 문제는 손의 DNA 샘플 채취 방법입니다. 조금 전 국과수에 확인한 결과 손의 DNA는 절단면에 묻어 있던 혈액에서 채취했다는 답변을 들었습니다. 감정 방법을 구체적으로 설명하자면요, 왼손의 노출된 피부 조직에 전용 면봉을 문질러 거기에 묻어 있는 혈액을 채취해서 세포를 분리하여 DNA 샘플을 추출하고 PCR 장치로 증폭시킨 다음, MCT118형 판정을 하는 순서로 진행하였습니다. 그것을 다른 곳에서 채취한 혈흔과 대조해본 결과, 동일 형태로 판정되었다는 결론이었습니다. 하지만······."

잠시 숨을 돌렸다.

"만약 범인이 고의로 이 손을 다른 사람의 혈액이 든 봉투에 담갔다면 어떨까요? 구체적으로 말씀드리면 왼손이 들어 있던 비닐봉지에 그 손과 무관한 다른 사람의 혈액을 넣었다면요? 실제로 발견 당시 왼손은 완전히 피로 물들어 있었습니다. 마치 매실식초에 담근 생강절임 같은 색깔이었죠."

이마이즈미는 잠자코 들으면서 노트에 적힌 메모를 맞은편에서 넘겨다보았다.

"왼쪽 손목의 절단면에서 채취한 DNA는 그 손과 전혀 무관한 다른 사람의 DNA라는 얘깁니다."

"뭣 때문에 그렇게까지?"

"다카오카 겐이치가 자신이 죽은 것으로 꾸미기 위해서였습니다."

한숨 섞인 신음이 들렸다. 이마이즈미는 팔짱을 끼고 미간을 찌푸렸다.

레이코는 신경 쓰지 않고 계속해서 이야기했다.

"다카오카 겐이치가 DNA에 대한 지식을 얼마나 알고 있었는지는 미지수입니다. 자기 손을 다른 사람의 혈액형과 같은 형으로 꾸미려고 타인의 혈액에 담가둔다는 발상 자체는 매우 단순했어요. 그 단순한 발상에 모두가 감쪽같이 속아 넘어간 거죠."

다시 한 번 몸통 사진이 붙어 있는 페이지를 펼쳤다.

"지문을 속이기는 상당히 어렵습니다. 설령 속였다 해도 경찰에서 확실하게 밝혀내지요. 그 정도는 아무리 경찰 관계자가 아니더라도 기본 상식입니다. 따라서 다카오카는 손을 스스로 잘라 현장에 남긴 겁니다. 자기 손에 도베의 피가 흠뻑 스며들도록 해서 말입니다. 그리고 다른 부위를 해체해서 유기했습니다. 그러면 지문 자체는 다카오카 겐이치의 것이므로, 그 대량 출혈도, 나중에 발견된 몸통까지도 다카오카 겐이치의 것처럼 보일 가능성이 높아진다는 뜻입니다. 물론 몸통이 발견되리라는 예측은 못했을지도 모르지만요."

이마이즈미가 팔짱을 풀었다.

"매번 있는 일이지만 자네 추리에는 불분명한 요소가 너무 많아. 현재 밝혀진 내용 중에서 자네가 근거로 내세우는 건 나이토 가즈토시의 것이기도 하다는 저 몸통에 13년 전에 당한 교통사고 치료 흔적이 없다는 것뿐이잖아?"

"네, 그래서 국과수에다 DNA 재감정을 의뢰했습니다."

이마이즈미의 목에서 꿀꺽 침 넘어가는 소리가 났다.

"자네…… 또 멋대로 무슨 짓을 한 거야?"

"죄송합니다. 급히 필요했습니다. 이런 말씀은 드리고 싶지 않지만 첫 번째 감정 결과에 실패한 원인은 국과수 쪽을 지나치게 다그친 하시즈메 관리관에게도 책임이 있습니다. 아홉 시간 걸린다고 하면 아홉 시간 기다려야 합니다."

"아무리 기다려도 채취하는 방법이 전과 동일하다면 이번에도 결과는 마찬가지 아닌가?"

"그런 걱정은 안 하셔도 됩니다. 구니오쿠 선생님과 의논해서 이번에는 손의 손가락 끝을 절개해서 내부 세포를 잘라낸 다음 그 세포에서 DNA 샘플을 추출하고 증폭시켜서 감정하도록 지시했습니다. 절단면이라면 몰라도 손가락 끝까지 다른 사람의 피가 배지는 않았을 테니까요."

이마이즈미는 고개를 숙인 채 좌우로 흔들었다.

"하나부터 열까지…… 자네는 도대체……."

"정말 죄송합니다."

정중하게 고개를 숙였다. 시키지도 않았는데 이오카도 옆에서 따라했다.

"나이토 가즈토시의 13년 전 교통사고 치료 흔적에 대해서는 하야마가 돌아와서 보고할 예정입니다. DNA 재감정 결과는 저녁 8시 반쯤에 나온다고 합니다."

그때 강당 문이 벌컥 열리는 소리가 들렸다. 돌아보니 오늘따라 보기 드물게 묘한 표정을 한 구사카가 앞으로 고꾸라질 듯 허둥지둥 뛰어서 들어왔다.

"계장님!"

목소리도 평소와는 달리 몹시 흥분되어 있었다.

"무슨 일이야?"

어디서부터 뛰어왔는지 가쁜 호흡을 주체하지 못하는 듯 숨을 헐떡였다.

상석 테이블에 두 손을 받치고 서서 치켜뜬 눈으로 이마이즈미를 주시했다.

"계장님, 잘 들으셔야 합니다."

"그래, 알았으니까 우선 자네부터 진정해."

"전 괜찮습니다."

괜찮지 않은 걸 바로 깨달았는지 구사카는 잠시 심호흡을 했다.

"방금 고바야시 미카코가 지난번 다마가와 강에서 발견한 몸통에 대해 중요한 진술을 했습니다. 고바야시 미카코는 그 몸통이 도베 마키오의 몸이라고 합니다. 오른쪽 가슴 아래의 담낭 수술 흔적을 보고는 확신했습니다."

순간 레이코는 그런 방법도 있었구나, 하며 내심 혀를 찼다.

그래도 뭐 괜찮다.

이야기를 마친 구사카는 레이코와 이마이즈미의 별 반응 없는 얼굴을 의아하다는 듯이 번갈아 쳐다보았다.

"뭡니까, 별로 놀라지도 않는군요."

레이코는 놀랄 리 없었다. 구사카보다 한발 앞서 사건의 진상에 도달했다는 우월감을 만끽했다.

5

구사카는 즉시 미시마 고스케에게 연락했다. 묻고 싶은 말이 있으니 가능한 한 빨리 가마타 서로 와달라고 했다. 고스케는 지금 작업하고 있는 일을 어느 정도 마무리하는 대로 서둘러 가겠다고 대답했다.

저녁 6시에 하야마가 가와구치 서에서 알아본 조서 내용을 들고 돌아왔다.

교통사고 때 부상이 얼마나 심각했는지는 앞에서 레이코가 전화로 들은 대로였다. 하야마는 사고 당시 입원했던 병원까지 찾아가 집도한 의사에게 들은 내용도 추가로 보고했다.

"유감스럽게도 진료 기록 카드는 벌써 다 폐기한 상태였습니다. 다행히 집도를 맡았던 이케지리 다쓰오 의사는 여전히 미나미사이타마 중앙 병원에서 근무하고 있었습니다. 부인은 사망하고 아들은 의식 불명으로 중태였다가 나중에 전신 마비가 된 이 사고 내용을 상세히 기억하더군요. 나이토 가즈토시의 수술 자국도 분명히 어느 정도는 남았을 거라고 증언했습니다."

레이코는 무심코 하야마의 어깨를 토닥거렸다.

"하야마, 잘했어."

하야마의 양쪽 볼이 위로 쓰윽 올라갔다.

하야마, 지금 웃은 거야?

형식상 보조로 동행한 이시쿠라도 만족했는지 싱긋 웃었다.

미시마 고스케가 가마타 서에 도착한 건 그 직후였다.

즉시 가겠다고 내선 전화로 대답한 구사카의 팔꿈치를 레이코가 붙잡았다.

"구사카 주임님, 미시마 고스케의 참고인 조사에 저도 가게 해주세요."

옆에 있던 사토무라가 깜짝 놀라 레이코를 쳐다보았다.

"부탁드립니다. 주제 넘는 행동은 절대로 하지 않을 테니까 기록은 제가 하게 해주십시오."

구사카는 미간을 찌푸리며 사토무라를 흘끗 쳐다봤다. 그는 작게 머리를 숙여 동의했다. 교섭 성립이다.

"저희는 상관없지만…… 어떻게 할까요?"

구사카는 이마이즈미에게도 확인을 받았다. 레이코가 돌아보니 이마이즈미는 팔짱을 낀 채 가볍게 고갯짓을 했다.

"자네들이 괜찮다면 그렇게 해봐."

"감사합니다!"

레이코는 이마이즈마와 구사카, 사토무라를 향해 각각 세 번 고개를 숙였다.

"레이코 주임님예, 지는 우짭니꺼?"

맞다. 그에게도 중대한 임무가 있다.

"그래, 이오카는 그 전기톱을 본부 국과수에 좀 전해줘. 지하철로 가도 되고 경찰서에서 차를 내준다면 타고 가도 되고…… 괜찮죠, 계장님?"

이마이즈미가 다시 고개를 끄덕이는 것을 확인하고 레이코는 강당 출구로 향했다.

등 뒤에서 이오카가 구시렁대는 소리가 들렸지만 레이코가 알 바 아니었다.

미시마 고스케를 가까이에서 보기는 처음이었다. 지금까지 들은 대로 올곧다는 표현이 잘 어울리는 호감 가는 청년이었다.
일찍부터 힘쓰는 일을 해서인지 근육질의 상체가 제법 다부지고 믿음직스러웠다. 그리 큰 몸집이 아닌데도 그의 존재감 때문에 취조실이 좁게 느껴졌다.
"실은 지금까지 이야기해온 사건 경위에 중대한 오인이 있었음이 밝혀졌습니다. 오늘은 그 부분에 대해 말씀을 드리고 거듭 수사에 협조해주시길 부탁드립니다."
구사카의 목소리는 평소와 다르지 않았다. 하지만 내심 동요하고 있으리라고 레이코는 짐작했다. 하필 수사본부는 어제 또 기자회견을 열어서 DNA 감정 결과 손과 몸통은 동일 인물의 것으로 판명되었다는 발표를 하고 말았다. 입술에 침이 채 마르기도 전에 사실은 그게 아니었다고 말을 번복해야 하니 구사카로서는 수치스러운 일이었을 것이다.
나는 별로 신경 쓰이지 않지만.
이야기를 들으며 고스케는 공손하게 고개를 끄덕였다.
구사카는 한 차례 조용히 숨을 내쉬었다.
"오늘에서야 고스케 씨가 발견한 그 손과, 15일 다마가와 강에서 건져 올린 몸통이 서로 다른 사람의 것일 가능성이 있다는 결론이 나왔습니다."

순간 고스케가 미간을 찌푸렸다.

"지문을 조회한 결과 그 손은 다카오카 겐이치 씨의 손이 틀림없었습니다. 그런데 차고와 방치 차량 안의 대량 출혈 및 몸통 부분은 다른 사람의 것이었다는 뜻입니다."

구사카가 잠시 말을 멈추자 고스케가 망연해하며 입을 열었다.

"다른 사람이라면?"

"현재 각종 데이터를 조회하고 있는데, 도베 마키오일 가능성이 높습니다."

고스케의 얼굴에 놀란 기색이 역력했다. 크게 벌린 입은 숨 쉬기조차 잊은 듯 미동을 멈췄다.

"현재 추정하기로는 이렇습니다. 다카오카 겐이치 씨는 3일 밤, 나카로쿠고의 차고에서 도베 마키오와 말다툼 끝에 도베를 살해하기에 이릅니다. 구체적으로는 감전시켜 죽였다는 쪽에 강한 의혹이 듭니다. 현재로써는 전기톱에 연결된 전기 코드의 잘린 부분을 흉기로 사용하지 않았을까 하는 게 저희의 추측입니다. 그런데 그 전기 코드는 언제 잘렸을까요?"

고스케는 살해된 날 저녁이라고 대답했다. 당일 일하던 중에는 수리하지 않았다고도 덧붙였다.

"그렇군요. 다카오카 씨는 틀림없이 도베를 살해한 뒤 전기톱을 수리하고 도베의 시체를 해체해서 차에 실었습니다. 그런 다음 스스로 자기 손목을 자른 겁니다."

"말도 안 돼! 어째서……."

고스케의 입에서 탄식이 새어 나왔다.

"살해당한 사람은 다카오카, 살해한 사람은 도베, 그렇게 보이는 상황을 만들기 위해서입니다."

혼란에 빠진 고스케의 머릿속이 밖에서도 훤히 들여다보였다. 다카오카가 피해자가 아니라 가해자라니! 그것도 도베 마키오를…… 대체 왜!

"따라서 다카오카 겐이치 씨는 왼손도 없이 어딘가에서 괴로워하고 있을 겁니다. 병원에 가서 치료를 받았다면 다행이지만 그러지 않았다면 몹시 위험한 상황에 처했다고 봐야 합니다."

다카오카는 도베를 왜 죽여야만 했을까. 틀림없이 고스케는 짚이는 데가 있을 터였다.

13년 전 사고 이후, 나이토 가즈토시로서의 인생을 버린 그를 움직이게 한 것은 언제나 그의 마음속에 깃들어 있던 강렬한 '부성'이었다. 이번 범행의 배경에도 그 부성이 있었다. 고스케가 그 부성을 느끼지 못했을 리 없다.

레이코는 안다.

이 눈.

어릴 때 부모를 잃었지만 고스케의 눈빛은 참 맑고 정직했다. 오랫동안 사랑을 받고 느끼며 자기 안에서도 사랑을 키워온 사람의 눈빛이었다.

고스케에게는 다카오카 겐이치가 있었다.

핏줄이 이어져야만 부모자식 간은 아니다. 피를 나눈 가족만이 가족은 아니다.

새삼스럽게 그런 생각이 스쳤다.

사랑을 느끼지 못하고 자란 인간의 눈은 움직임이 둔하고 냉랭하다. 각막에서 감정을 차단해 보이는 것조차 보지 않으려고 한다. 그래서 더욱더 도리에 어긋난 행위를 태연하게 저지른다. 아마도 이번 일에 연관된 사람을 예로 들면 도베 마키오가 거기에 해당하지 않을까.

그런 만큼 도베에게 손을 대야 했던 다카오카가 몹시 안타까웠다. 다카오카는 부성을 지키기 위해 몇 번이고 죄를 지은 것이다.

그 사실을 알면서 묵인하기란 불가능하다. 하지만 무조건 죄로 단정하고 냉정한 태도를 유지하는 것도 레이코에게는 어려운 일이다.

레이코 자신도 죄인이기 때문이다.

법을 어긴 죄인이 아니었다. 마음속에 살의를 품고 사는 죄를 짓고 있다. 자신을 범한 남자를 죽이고 싶다, 자기 부하를 죽인 남자를 없애버리고 싶다, 이런 살의가 마음속 어딘가에 늘 존재했다.

마찬가지로 레이코의 아버지도 죄인이었다. 레이코는 그런 아버지에게 미안해하는 한편 같은 크기의 사랑을 느꼈다.

"고스케 씨, 다카오카 씨가 어디로 갔을지 짐작 가는 데 없으신가요?"

구사카가 했던 것과 똑같은 질문이 마음속에서부터 간절하게 터져 나온다는 자체가 레이코는 괴로웠다.

다만 고스케가 알아주길 바랐다. 지금 이 질문은 다카오카를 벌하기 위해서가 아니라 구하기 위해서라는 것을.

"모르겠습니다."

이해는 한다. 사건이 발생한 지 벌써 두 주나 지났다. 매일 함께 차를 타고, 일하고, 먹고, 웃던 다카오카의 부재를 인식하고 상실감을 느끼기에는 충분한 시간이었으리라. 그런 그에게 뜬금없이 다카오카의 행방을 묻는다고 해서 불현듯 떠오를 리도 없다. 그가 어디 있는지 묻고 싶은 사람은 오히려 고스케가 아닐까.

"저희가 조사한 바로는 다카오카 겐이치 씨에게 친누나와 아들이 있더군요. 누나라는 분은 아시죠? 나이토 기미에 씨요. 아들은 유타. 고스케 씨보다 두 살 어리고 지금은 도내 병원에 입원해 있습니다. 다카오카 겐이치 씨의 과거를 살펴봤는데 피붙이라고 할 만한 사람은 현재 그 두 사람밖에 없더군요. 그곳에도 다카오카 씨가 나타난 흔적은 없었어요. 지금 급히 수사관 수를 늘려서 그 두 곳을 수사하고 있지만, 다카오카 겐이치 씨를 발견했다는 보고는 아직 없습니다."

고스케는 연신 눈을 깜박였다. 불시에 생각지도 못한 많은 이야기를 들어서 혼란스러울 게 분명했다.

"그 두 사람 외에 다카오카 겐이치 씨와 관련이 깊은 사람은 당신, 고스케 씨 단 한 사람뿐입니다. 제발 짚이는 점이 있으면 가르쳐주세요. 어떤 내용이든 괜찮습니다. 어디든 상관없습니다."

레이코는 고스케를 바라보면서 사건 당일 밤의 다카오카를 상상했다.

그는 무슨 생각을 하면서 전기톱으로 자기 손목을 잘랐을까. 무슨 생각을 하면서 토막 난 도베의 시체를 차에 싣고 핸들을 잡았을까. 그 이슬비 속에서 어두운 강둑의 내리막길을, 젖은 잡초가 무성한 하천부지를 어떤 심정으로 몇 번이나 오갔을까.

다카오카에게는 한 손밖에 없었다. 그는 왼손의 격심한 통증을 견디며 남아 있는 오른손을 사용해 필사적으로 도베의 시체를 옮겼을 것이다. 절대로 기절해서는 안 된다, 이제 와서 포기할 수는 없다, 이렇게 스스로를 다그치며 몇 번이고 강둑 위에 세워둔 차량과 강가를 오갔을 것이다.

이를 악물고 식은땀을 닦아내며 추위와 오한과 싸우면서 그저 누운 채로 살아가야 하는 아들과 고스케를 생각하며…….

아아!

불현듯 뇌리에서 시커먼 불꽃이 터졌다.

바보. 난 정말 바보야.

순식간에 두 눈에서 눈물이 흘러넘쳤다.

다카오카와 만났어. 만났잖아?

스스로 손목을 자르고 성인 한 명의 시체를 처리한 사람이다. 그런 다카오카에게 멀리 도망칠 기력 따위가 남았을 리 없지 않은가. 차를 강둑에 버린 이유는 목격자가 있어서 도망친 것이 아니다. 그저 차를 운전할 힘이 남아 있지 않았기 때문이다. 그런 다카오카가 숨을 곳이라면…….

레이코가 심상치 않다는 것을 고스케가 먼저 알아챘다.

고스케의 시선을 쫓아 구사카가 돌아보았다.

"왜 그래, 레이코?"

레이코는 고개를 저었다. 무심결에 고개를 저으면서 그것이 무엇을 의미하는지 스스로도 정확히 알지 못했다.

"고스케 씨, 나하고 같이 가요."

레이코는 벌떡 일어나 책상 위에 놓인 두툼한 오른손을 잡아끌었다.

고스케는 영문을 모르겠다는 표정으로 올려다보았다.

"뭐 해요? 얼른 일어나요. 다카오카 씨 만나러 가야죠."

쿵! 고스케가 앉았던 의자가 넘어졌다.

종장

더 이상 움직이지 않는 도베를 내려다보며 머릿속에는 아들 유타가 떠올랐다.

나이토 가즈토시로 죽었을 때 기미에 누나는 총 3,500만 엔의 사망보험금을 수령했다. 내 계획이 성공한 결과였다. 그 후에도 다카오카 겐이치로 일하면서 매달 7만 엔씩 꾸준히 송금했다.

누나와는 나이토 가즈토시로서 죽은 이래 완전히 연락을 끊었다. 멀리서 얼핏 살펴보니 몰라보게 수척했다.

예전엔 멋쟁이였다. 늘 하얀 피부를 뽐냈다. 그랬는데 술 탓인지 얼굴도 검붉어지고, 촌스러운 차림으로도 태연하게 외출을 했다.

언뜻 봐도 생활은 넉넉지 않아 보였다. 그런데도 유타를 잘 보살피는 듯해 고마웠다.

2층 빨래 건조대에 널린 어린이용 잠옷이 해마다 커지는 것을 멀리서 바라보았다. 누나에게는 미안했지만 유타가 성장하고 있구나 생각하니 가슴이 벅찼다.

 그런데 지금……

 나는 그만 살인자가 되고 말았다. 이래서는 설령 내가 죽더라도 누나는 5천만 엔이나 되는 보험금을 받지 못한다.

 솔직히 말해서 자신은 언제 죽어도 좋다는 각오로 살았다. 오히려 다시 한 번 죽어야만 이 거짓 인생에 참 의미가 있으리라고 생각했다.

 그러나 이제는 소용없었다.

 아니, 잠깐만.

 방법이 아예 없지는 않다.

 문득 그 방법이 떠오른 것은 지극히 단순한 이유에서였다.

 도베와 나는 혈액형이 A형이다. 혈액형이 같은 사람이야 드물지는 않지만, 나에게는 마치 하늘에서 내린 한 줄기 희망 같았다.

 이곳 일을 잘 처리하고 그럴싸하게 내가 죽은 것처럼 꾸미는 방법은 없을까. 도베가 나를 죽이고 멀리 도망쳤다고 사람들이 생각하게 만들 방법은 없을까.

 나는 우선 하다 만 전기톱 수리를 끝냈다. 그런 다음 목장갑을 끼고 운반하기 쉽게 도베의 시체를 토막 내기 시작했다.

 맨 처음 목을 잘랐다. 날을 길게 뺀 커터 칼로 턱 아래에 칼집을 냈다. 잘린 코드 선의 고무 피복을 벗길 때 하던 작업과 비슷했다. 아니, 비슷하다고 스스로를 설득하며 필사적으로 쉬지 않고 손을 놀렸다.

대동맥을 절단하자 혈액은 벌꿀 든 병이 넘어졌을 때처럼 걸쭉하게 되돌리지 못할 기세로 콘크리트 바닥을 적셨다.

힘줄이나 물렁뼈는 쉽게 잘리지 않았다. 피부 아래에 지방층이 있었는데, 그 지방이 목장갑 속으로 스며들어 손가락에 들러붙었다. 그 바람에 도구가 미끄러져 작업 효율이 떨어졌다.

뼈를 자르기는 수월했다. 전기톱이 있으니까. 트리거의 전원을 당기고 누르기만 하면 아무리 굵은 뼈라도 간단히 분리되었다.

나는 주위의 살을 커터 칼로 자르고 필요에 따라 끌도 사용했다. 전기톱으로 뼈를 잘라 도베를 잘게 쪼갰다. 되도록 관절 부분을 절단했다. 관절 부위의 살을 자른 뒤 관절을 역방향으로 꺾어 구부리기만 하면 저절로 분리되었다. 혈액은 나중에 사용하기 위해 따로 보관했다. 마침 비닐봉지가 있어서 가득 채워두었다.

시체를 다 해체했을 때는 차고 바닥이 피바다를 방불케 했다. 두 번이나 발이 미끄러져 넘어졌다. 나도 온몸이 피투성이였다.

해체한 도베 몸의 각 부위는 현장에서 사용하는 공사용 보호 비닐로 쌌다. 몸통을 반으로 자를까 말까 마지막까지 고민했지만 내장이 튀어나오기라도 하면 처치곤란이겠다 싶어 결국 단념했다. 벗겨낸 옷가지는 차고에 있는 종이 가방에 집어넣었다. 구두만 내가 신었다. 이 구두를 신고 걸어 다니면 도베가 살아 있는 것처럼 속일 수 있겠다고 생각했다.

셔터를 올렸다. 차를 후진시켜서 중간 부분까지만 차고 안으로 들어가게 했다.

해치백을 열고 시체 토막을 하나씩 짐칸 선반에 올렸다. 자칫 실수를 할지 몰라 머리와 왼손은 넣지 않고 미리 한쪽으로 치워 두었다.

이제부터가 고비다.

다시 차를 밖으로 뺀 다음 차고로 돌아가서 셔터를 내렸다.

먼저 차 안에 있던 수건을 꼬아 띠를 만들었다. 왼손에 꼈던 목장갑을 벗어서 입안에 밀어 넣었다. 그리고는 수건으로 만든 띠를 재갈처럼 입에 물고 뒤로 둘러서 단단히 묶었다. 입에 문 장갑에서 배어 나오는 도베의 피와 지방은 둘이서 쌓은 죄업의 잔이라 여겨 꿀꺽 삼켰다.

그런 뒤에 굵은 철사를 왼쪽 손목에 감았다. 둘둘 감았다. 피가 멈추어 손목이 툭 떨어질 정도로 세게 죄었다. 펜치로 꽉꽉 꼬아서 마무리했다.

그리고 커터를 쥐었다.

바닥에 양동이를 받쳐놓고 그 위로 왼손을 가져다 댔다. 얼룩덜룩해진 손목을 보며 자세를 잡았다.

자, 도베에게 했던 방법으로 칼집을…….

주저주저하면서 몇 군데 상처를 냈다. 심장은 여태껏 들어보지 못한 소리를 내며 온몸에 피를 돌게 했다.

이대로는 안 된다.

몇 번이고 심호흡을 했다. 스무 번째 심호흡을 하고서야 한 번에 끝내자고 결심했다.

"으윽!"

마침내 손목의 절반 정도 칼집을 냈다.

온몸에 있는 모공이 죄다 열리면서 물보라가 일어나는 것처럼 식은땀이 세차게 솟았다.

상처 난 부위의 모든 신경에서 나는 윙윙 소리에 귀가 먹먹할 정도로 시끄러워 아무 소리도 들리지 않았다.

아직 멀었다. 정신을 바싹 차려야 한다.

혼신의 힘을 다해 전기톱을 들어올렸다. 힘이 빠진 왼쪽 손목의 상처에서는 선혈이 솟구쳤다. 시뻘겋게 살이 파인 자리에다 톱날을 조심스럽게 집어넣었다.

이제 와서 무엇을 망설인단 말인가. 자기도 모르게 목덜미를 타고 진땀이 흘러내려 어깨를 움직여 닦고 또 닦으며 반쯤 늘어진 손목과 피로 흠뻑 젖은 톱날을 노려보았다.

가자, 가자. 한 번에 끝내는 거다.

트리거를 당기고 한 번에 눌러!

나는 목장갑을 꽉 깨물고 입안에서 비명을 질렀다.

목구멍이 갈라지고 목이 터져라 부르짖었다.

그리고 트리거를 당겼다가 내리눌렀다.

뼈를 가르는 진동이 팔꿈치를 지나고 어깨로 관통해서 온몸을 미친 듯이 헤집었다.

아악!

멈추지 않고 소리를 질렀다.

으아아악!

목장갑을 꽉 물었다. 틀어막은 재갈 속에서.

아아악!

덜렁거리는 손목이 눈에 들어왔다.

남은 살갗은 오른손으로 잡아 찢었다.

됐다, 됐어. 이제 다 됐다. 나는 미쳐 있었다.

* * *

택시를 잡아타고 다마가와 강의 하천부지로 가자고 했다.

하천부지로 가는 내내 미시마 고스케는 한마디도 하지 않았다. 조수석에 앉은 구사카도 시종 침묵을 지켰다.

택시 기사에게 제1 케이힌 도로로 가다가 조시키 역을 지나면 바로 우회전해달라고 부탁했다. 레이코가 이 앞에 절이 있냐고 묻자 운전기사는 내비게이션 화면을 흘낏 보더니 안묘사 말이죠, 하고 알은체를 했다. 수사 첫날 야간 잠복근무의 거점으로 대기실을 제공해준 사찰이었다.

그 부근에 도착해보니, 길은 다마가와 강 강둑에서 끊어졌다. 오른쪽이나 왼쪽으로 가면 강둑으로 올라가는 비탈길이 있지만 레이코는 거기서 차를 세웠다. 요금은 구사카가 말없이 내주었다.

먼저 고스케를 데리고 택시에서 내렸다. 마침 오른쪽에 보행

자용 계단이 보여 그곳으로 올라갔다. 구사카도 따라왔다.

강둑에 서서 바라본 다마가와 강의 하천부지는 칠흑같이 어두웠다.

가로등도 없었다. 강기슭에 있는 건물의 불빛이 희미하게나마 수면을 비췄지만 하천부지는 그저 검고 평평한, 침묵에 싸인 어둠뿐이었다.

구사카가 내민 손전등 불빛으로는 겨우 발치만 비출 뿐이었다. 충분했다. 레이코의 마음속에서는 서둘러 결론을 알고 싶은 마음과 결론에 도달하고 싶지 않은 마음이 뒤섞였다. 서두르지 않고 한 발 한 발 천천히 나아갔다.

이곳에 도착할 때까지 줄곧 고스케의 손을 잡고 있었던 건 아니었다. 택시에 탈 때와 이동하는 동안은 놓았다가 택시에서 내리면서 다시 잡았다. 강둑까지 올라와서 다시 내려가려는 이 순간에도 레이코는 그의 손을 놓지 않았다.

단단한 피부, 두툼한 손바닥, 굵은 손가락, 따뜻한 손.

착실한 사람이라는 표현이 잘 어울리는 손이었다.

보행자용 계단으로 내려와서 하천부지를 왼쪽으로 조금 비껴서 나아갔다. 방향과 각도는 어림짐작에 맡겼다. 기억이 크게 어긋나지는 않으리라 믿었다. 키 큰 잡초가 무성한 곳 근처까지 가면 그다음은 전등 불빛으로도 찾기 쉬울 것이다.

조심조심 걸었는데도 레이코는 또 미끄러졌다. 고스케가 손에 힘을 꽉 주며 끌어당겨서 넘어지려는 순간을 막았다. 고맙다고 인사했지만 고스케는 아무런 대답도 하지 않았다.

잡초가 울타리처럼 우거진 곳까지 왔다. 왼쪽으로 조금 더 가 보았지만 아닌 듯했다. 다시 돌아와서 오른쪽으로 가보니 예전에 보았던 수풀이 끊기는 곳이 바로 눈에 들어왔다.

걸음을 멈추고 구사카를 향해 고갯짓을 했다. 자기가 먼저 들어가 볼까 말까 망설이다가 구사카가 수풀이 끊기는 곳에서 손전등을 비추며 발을 내딛는 것을 보고 역시 이곳은 그가 앞장서는 편이 낫겠다고 마음을 정했다.

구사카의 등이 손전등 불빛을 받아 하얀 텐트에 검게 그림자가 어른거렸다. 그는 어깨 너머로 손짓을 해서 레이코와 고스케를 멈추게 했다.

언뜻 보니 그날 널려 있던 양말 세 켤레가 그대로 있었다. 구사카는 한 단 높은 곳으로 올라가 조심스럽게 내부를 살폈다.

텐트 입구도 그날 밤과 마찬가지로 열려 있었다. 구사카가 손전등으로 안을 비추자 주위를 떠돌던 불빛이 모두 빨려 들어가 텐트에서 희미한 불빛을 발하기 시작했다.

강변의 어둠속에 드러나는 사각 불빛.

마치 유등(流燈) 같다.

그런 생각이 떠오른 순간 고스케가 레이코의 손을 꽉 잡았다.

구사카는 손전등으로 천천히 텐트 안쪽부터 비추며 꼼꼼히 훑었다. 오늘은 바람 부는 방향이 바뀐 모양이었다. 악취가 코를 찔렀지만 오늘은 코를 감싸지 않았다. 어디 한번 실컷 마셔보자는 식으로 마음을 비웠다.

드디어 문밖으로 얼굴을 내민 구사카가 말없이 고개를 끄덕였다.

레이코는 고스케의 손을 놓았다. 고스케는 그 의미를 묻는 듯 레이코를 바라보았다.

가봐요.

레이코가 속삭이자 고스케는 구름 위를 걷듯 한 걸음 한 걸음 텐트 쪽으로 다가갔다.

고스케는 한 단 올라가서 텐트 입구에 있던 구사카와 스치며 서로 위치를 바꾸었다. 손전등은 여전히 구사카의 손에 있었다. 그 자리에서 텐트 안을 비추었다.

레이코도 입구로 다가갔다.

구사카는 한동안 텐트 안에서 눈을 떼지 않았다. 레이코가 옆에 다가서자 조용히 몸을 돌려 시선을 내리깔며 고개를 저었다. 구사카는 오른쪽에만 흰 장갑을 끼고 있었다.

아저씨!

몸이 갈래갈래 찢기는 듯한 고스케의 울부짖음이 강변의 어둠에 녹아들었다.

아저씨!

통곡은 흙바닥에 스며들어 썩어버리듯 사라졌다.

구사카는 레이코에게 자리를 바꾸자며 양보하듯이 한 발 물러섰다.

레이코는 손전등을 받아 들고 구사카가 했던 대로 고스케와 그의 맞은편이 동시에 비춰지도록 불빛을 비추었다.

조금 떨어진 곳에서 구사카가 휴대전화를 꺼냈다. 휴대전화

불빛으로 그의 옆얼굴이 어둠 속에서 드러났다. 미간에 힘을 주고 이를 악물었다.

"구사카입니다. 용의자 다카오카 겐이치를 발견했습니다. 사망했습니다. 사망한 지 며칠 지난 것으로 보입니다."

상대는 아마도 이마이즈미일 것이다. 감식과에 인계하고 나면 돌아오게. 새어 나오는 소리가 들렸다.

전화를 끊은 구사카가 한숨을 쉬며 돌아왔다.

"낡은 사진을 손에 쥐고 있더군. 고스케와 놀이공원에서 찍은 사진이야. 다카오카도 젊을 때였어."

흰 장갑을 벗어 주머니에 넣었다.

레이코의 손에 미미하게나마 고스케의 온기가 남아 있었다.

감식 작업은 다음 날 진행되었다. 텐트 내부의 땅속에서 도베 마키오의 것으로 보이는 왼손과 머리가 발견되었다.

다카오카 겐이치의 시체는 마찬가지로 도호 대학 법의학 교실로 옮겨져 사법해부를 받았다.

사망한 지 4~5일 지났다는 결과였다.

왼손 절단에 의한 다량 출혈로 순환성 쇼크 상태에 빠져 전신의 소혈전증, 혈압과 조직산소 압력 저하, 혈관 수축, 모세혈관 장애를 일으켰고 그로 인해 체내의 온갖 장기 능력이 서서히 저하되어 끝내 심부전증에 이르렀다는 감정 결과였다.

또한 차갑고 건조한 공기에 방치되어 노출된 얼굴 부분은 미라 초기 상태였다고 했다. 만약 섣불리 난방 기구를 사용했다면 급속히 부패가 진행되었으리라는 내용이었다. 그랬다면 19일에는 고스케가 봐도 누군지 구별하지 못하는 상태로 변했을 것이라고 했다.

감정은 더욱 세밀하게 진행되어 처음 발견한 왼손과 하천부지의 텐트에서 발견한 시체가 동일 인물의 것이라는 사실도 확인했다.

또한 다마가와 강에서 건져 올린 몸통도 도베 마키오의 몸통이라는 사실이 밝혀졌다. 다음 날 재차 실행한 도베 자택의 가택수사에서 입수한 헤어브러시에 붙어 있던 머리카락의 모근이 결정적 증거였다.

하지만 피의자인 다카오카 겐이치는 이미 이 세상 사람이 아니었다. 그 사실만은 변하지 않았다. 검찰에 송치하더라도 기소도 되지 않는다. 법적인 해결을 보지 못한 채 사건은 종료될 것이 자명하다. 하지만 그럴수록 다카오카 겐이치가 범인이라는 사실을 경찰의 손으로 분명히 밝혀내야 했다. 그런 다음 송치를 받은 검찰이 다시 사안을 정사(精査)하고, 피의자 사망으로 인해 이번 사안은 불기소하겠다는 법적 절차를 거쳐야 했다.

그것을 밝히는 작업은 실질적 현장 책임자인 수사 1과 10계장 이마이즈미 경감과 현장 주임인 구사카 경위 그리고 레이코가 맡았다. 다른 수사관이 C 재청이거나 정상적인 휴가에 들어가도 레이코와 그 두 사람은 본부 청사 6층 수사 1과에서 서류 작성에 바쁜 나날을 보내야 했다.

작성해야 할 서류는 말 그대로 산더미처럼 쌓였다.

모든 수사관이 작성한 보고서 리스트와 모든 참고인들의 진술 조서를 정리하고, 최종적으로 다카오카가 사망한 장소에 대한 발견 현장 조서에다 각 감정서의 검시 조서까지 첨부해야 했다. 나중에 이오카가 국과수에 들고 갔던 전기톱의 코드 부분을 감정한 검시 조서도 포함되었다. 가택수사에 관한 모든 서류는 구사카가 맡겠다고 했다. 하지만 이번 사건의 경우 다카오카 겐이치가 나이토 가즈토시인 사실까지 증명해서 서류를 작성해야 했다. 한 사람이 살해당한 사건치고는 서류가 지나치게 많았다. 게다가 작성 순서나 참고 표시가 조금이라도 틀리면 앞뒤가 맞지 않을 우려까지 있었다.

아아, 정말 하기 싫다!

레이코는 무심코 맞은편 세 번째 책상에 앉은 구사카의 옆얼굴을 노려보았다.

이런 작업도 척척 능숙하게 처리하는 구사카를 보면 공연히 화가 났다. 아주 태연한 얼굴로 자기가 무슨 키펀처*인 양 노트북 자판을 연신 두드려댔다. 도대체 저 나이에 어쩌면 저렇게 타이핑이 빠를까. 완벽한 블라인드 터치다. 대개 마흔이 넘은 형사들은 워드 프로세스 조작이 서툴러서 고생이 이만저만이 아니라는데 말이다.

사람들 몰래 컴퓨터 학원이라도 다녔을지 몰라. 수상해.

레이코가 정리 중인 서류는 다카오카의 사망을 확인한 후 새

---

* 키펀처(keypuncher): 사람이 쓴 문자를 기계가 판독할 수 있도록 종이 카드나 종이테이프에 건반 천공기로 구멍을 뚫는 작업을 하는 사람.

롭게 알게 된 사실 관계였다.

다카오카는 3일 밤 토막 낸 도베의 시체를 유기한 뒤, 하얀 텐트에서 살던 원래 주인을 찾아갔다. 그곳에서 100만 엔씩 묶은 지폐 두 다발을 건네면서 아무 말 말고 그 텐트를 넘기라고 요구했다.

노숙자인 다나카 마사키는 흔쾌히 승낙했다. 그 돈으로 술과 먹을거리를 선물 삼아 사 들고 가서 야구장 건너편에서 지내는 노숙자들과 동료가 되는 데 성공했다. 이제까지 따로 떨어져 살았던 이유는 따돌림을 당해서였다고 했다. 역시 200만 엔이라는 현금의 위력은 막강했던 모양으로, 화해 정도가 아니라 아예 왕초 자리에까지 올랐다는 소문이 돈다고 했다.

물론 담당 수사관이 다나카에게 한쪽 손이 없는 다카오카를 수상하게 여기지는 않았는지 물었다. 그는 이런 곳에 오는 사람들은 저마다 사정이 있는 법이라 일일이 묻지 않는다고 천연덕스럽게 대답했다고 했다.

지금까지도 그 200만 엔의 출처는 불분명한 상태였다. 도베가 소지했던 현금일 가능성이 높다는 쪽으로 기울었다. 담당 검사와 의논해서 별 문제 없다면 이 건은 조사하지 않고 넘어갈지도 모르겠다 싶었다.

또 한 가지 개인적으로 신경이 쓰여서 별도로 조사한 점이 있었다. 다카오카의 운전면허증이었다.

운전면허증 갱신 센터에는 다카오카 겐이치의 명의로, 게다가 분명히 나이토 가즈토시의 얼굴 사진으로 등록된 보통 자동차 운전면허증의 정보가 기록되어 있었다. 위조 면허증이라면 몰라도, 교체한 다카오카의 얼굴로 진짜 면허증이 발행되고 갱신까지 되었다니 기막힌 일이었다. 도대체 무슨 속임수를 썼을지 곰곰이 생각해보았다. 의외로 답은 금방 나왔다.

자살한 미나미하나타의 진짜 다카오카 겐이치가 애초에 면허를 가지고 있지 않은 덕분이었다. 따라서 나카로쿠고에 이사 온 나이토 가즈토시가 처음부터 자기 얼굴로 면허를 취득하는 데는 전혀 문제가 되지 않았던 것이다.

에이, 괜히 쓸데없는 일로 시간만 낭비했잖아.

시계를 보니 오후 3시였다.

이마이즈미는 조금 전 1과장의 호출로 대회의실에 가고 없었다. A재청은 두 계(係)가 근무하는데 자리는 서로 멀찍이 떨어져 있었다. 레이코 가까이에 있는 사람은 고리타분하게도 구사카밖에 없는 상황이었다.

별수 없지, 뭐.

레이코는 커피를 타러 간 김에 구사카의 몫까지 갖고 돌아왔다.

"드세요."

블랙으로 마시는 취향을 알고 있어서 설탕이나 크림은 넣지 않고 건네주었다.

"아, 고마워."

눈은 서류를 향하고 손은 속도를 유지한 채 말하는 태도라니. 정말 속이 뒤집힌다.

아아, 또 생각나게 만드는 저 얼굴.

레이코는 애초에 구사카의 얼굴이 싫었다.

감정을 읽어내기 어려운 차가운 눈빛이며 가는 콧날과 얇은 입술 등.

그의 얼굴을 가만히 보고 있으면 자기도 모르게 열일곱 살 때의 그 폭력범이 떠올랐다. 착각할 만큼은 아니지만 생각나게 할 정도로 닮았다.

물론 지금은 이 또한 자신에게 주어진 시련이라고 여겼다.

레이코도 한편으로는 다카오카 같은 살인범을 용서하고 싶었다. 그것은 자신도 그 폭력범이나 오쓰카를 죽인 범인을 죽이고 싶어 하는, 이를테면 잠재적 살인자이며 그런 자신을 누군가가 용서해주길 바라는 마음을 막연하게나마 가졌기 때문이었다.

하지만 형사로서의 자신은 달랐다. 동정할 점이 많지만 다카오카는 엄연한 범법자였다. 자기가 만약 복수라는 이름으로 그 폭력범이나 오쓰카를 살해한 범인을 죽인다면 마찬가지로 법의 심판을 받아야 한다. 그것을 불합리하다고 생각하지 않았다. 법이란 응당 그래야 한다고 확신했다.

그렇다면 어떻게 하는 방법이 가장 좋을까.

아마도 자기가 찾는 답은 법에 의존하지 않고 살의를 부정하는 방법, 또는 그것을 뒷받침할 논리가 아닐까 싶었다. 복수를 하고 싶다, 살인도 마다하지 않을 수 있다. 하지만 그런 한편 자신을 억누르는 뭔가를 모색하고 있었다. 찾아내고 싶었다. 법으로 금지된 행동이어서가 아니라 자신의 정신력으로 자신의 살의를 제어하고 싶었다.

그런 연유로 시련이라고 여겼다. 폭력범의 얼굴을 닮은 이 동료와 일하는 사실을, 또한 이 동료가 모든 면에서 자신과는 맞지 않는 기질의 소유자라는 사실도.

구사카의 모니터를 슬며시 엿보았다. 지금은 두 번에 걸쳐 실시한 가택수색으로 압수한 품목 리스트를 작성하는 중이었다.

아무리 열심히 일해본들 이번만큼은 이 뛰어난 '유죄판결 제조기'도 그 진가를 발휘하지 못한다. 그렇게 생각하니 조금이나마 속이 후련해졌다.

"저, 구사카 주임님."

듣고 있나.

구사카는 아무 대답 없이 행이 끝날 때까지 자판을 치다가 엔터키를 누르고, 파일 저장 아이콘을 클릭하고 다시 엔터키를 눌러 마무리한 다음 레이코 쪽으로 고개를 돌렸다.

"왜?"

모니터와 씨름하느라 눈알이 깔끄러운지 힘주어 깜빡였다.

"구사카 주임님은 다카오카 문제를 어떻게 생각하시는지 궁금해서요."

"'어떻게'라니 무슨 뜻이야?"

"그러니까…… 아들을 가진 동년배 아버지로서 말이에요."

대답하기 귀찮다는 듯이 한숨을 쉬더니 건성으로 잘 마실게, 하고 중얼대고는 커피 잔을 들었다. 그런 태도 하나하나가 레이코의 신경을 곤두서게 했다.

"어떻다니, 동정도 하고 이해도 하지만 공감은 안 간다고 말해야겠지."

"동정이나 이해가 되는 점이라면?"

한심한 질문 좀 그만하라는 뜻인지 또 한숨을 쉬었다.

"누워서만 지내는 아들이나 미시마 고스케를 보살펴 주고 싶어 했던 심정은 굳이 핏줄 운운하지 않더라도 부모로서 충분히 이해가 가. 그 각오나 행동이 도베를 살해하는 결과로까지 이어졌다는 점은 동정을 금하기 어렵고. 그렇다는 말이야."

"그럼 공감이 안 되는 점은요?"

또 한숨. 어째서 이 사람은 아무렇지 않게 사람을 무시할까. 이번에는 고개를 숙이고 입도 벙긋하지 않는다.

"저, 공감이 안 되는 점은 어떤 거죠?"

"그게 왜 알고 싶지?"

"'아들을 가진 동년배 아버지로서'라고 말했잖아요?"

오기를 부리며 캐묻는 자신에게도 잘못은 있었다.

"아무래도 자네가 그런 걸 물어서인지 진부하고 판에 박힌 말밖에 떠오르지 않는군."

"그게 무슨 말씀이세요? 제가 뭘 잘못했나요?"

"그런 뜻이 아니라…… 그만하지. 어차피 마음에 들 만한 대답도 아닐 테니."

"진부하든 아니든 상관없어요. 텔레비전에 나오는 해설자도 아니잖아요."

"텔레비전 해설자야말로 가장 진부한 사람이라고. 그러니까 싫다는 말이야."

젠장, 그깟 얘기 한마디 하는데 무슨 폼을 이리 잡겠다는 것인지.

구사카는 안경을 벗더니 손가락으로 눈꺼풀을 문질렀다. 이런 행동은 이제 그만 귀찮게 하라는 뜻일까, 아니면 생각 좀 해볼 테니 기다리라는 뜻일까. 이런 대화나 동작의 타이밍, 리듬까지도 정말 이 남자와는 맞지 않는다. 도대체 부인과 둘이 있을 때는 분위기가 어떨까. 어떤 의미에서는 무척 흥미롭기까지 했다.

"아이는 부모의 등을 보고 자란다지."

이렇게 완전히 어긋난 타이밍에 말을 꺼내는 사람이다. 말 그대로 진부한 내용이기는 하다.

"네, 그런 말들을 하죠."

"그건 딱히 부모의 일거수일투족을 자식이 흉내 낸다는 뜻이 아니라, 본보기로 삼는다는 의미에서 하는 말이 아닐까 싶어. 다카오카는 인생을 두 번 버렸어. 나이토 가즈토시로서 죽었고, 다카오카로서도 죽었고, 마지막에는 이름 없는 노숙자가 되려고 했지."

잠시 동안 이즈카 다케시라는 이름을 사용한 적도 있었다고 알려줄까 하다가 섣불리 말을 막지 않기로 했다.

"자식은 보지 않는 것 같으면서도 은근히 부모의 모습을 보는 법이야. 그래서 자식에게 해명할 수 없거나 보이고 싶지 않은 행동은 자식이 옆에 있든 없든 무조건 하지 말아야겠지. 자식을 올바르게 키우고 싶다면 자기 자신부터 바르게 살아야 하고, 자식에게 자립하는 생활 태도를 갖게 하려면 우선 자신이 자립하는 모습을 보여야 하겠지. 뭐, 그런 말이야."

당연하다면 당연한 말이지만 그것을 실천하는 부모가 과연 얼마나 있을지 의문이다. 이렇게 좋은 세상인데도 여전히 범죄는 대개 어른들이 저지른다. 그중에는 자식을 기르는 부모도 적지 않다. 또한 범죄는 아니라 해도, 자신은 변변치 못하면서 자식에게만 많은 것을 바라기도 한다. 그것은 분명히 부모로서의 도리가 아니다.

"미안하군. 의견이랍시고 시시한 말만 해서."

"아니에요. 그렇게 허투루 들리지 않았는데요."

스스로도 귀여운 구석이라고는 하나도 없다는 것을 인정하면서도 이런 태도를 보이고 말았다. 흔히 상사상애(相思相愛)라는 말을 한다. 자신이 먼저 배려하지 않으면 상대방에게서도 배려를 받지 못하는 악순환에 빠진다.

나부터…… 바꿔야 하나?

레이코는 의식적으로 표정을 누그러뜨리며 다른 화제를 찾았다.

"그러고 보니 구사카 선배님 결혼하신 지 오래되셨죠? 어떤가요? 결혼이란 건."

엄청나게 양보했다 싶었는데 구사카는 미간에 더욱 깊은 주름을 만들면서 눈에 힘을 주었다.

"왜 그러세요?"

"자네들 정말 못쓰겠군."

자네들?

"무슨 말씀이세요?"

"결혼은 어떻습니까, 어떤가요, 그건 저마다 배필을 만나서 서로 관계를 구축해가는 과정이라고 설명 안 해도 다 아는 거 아냐?"

"아니, 그러니까……."

"그렇게 알고 싶으면 기쿠타한테 물어봐. 좀 더 그럴듯한 대답을 해주었으니까. 난 똑같은 얘기 두 번 하는 철면피는 아니니까 궁금하면 그 녀석한테 들어."

여기서 기쿠타 얘기가 왜 나온담.

그보다 이 사람이 왜 화를 내지?

구사카는 갑자기 자신의 책상으로 시선을 돌렸다.

"그리고…… 이거 말이야. 하천부지의 텐트를 다카오카가 숨어 있던 장소라고 특정했던 과정을 자네가 설명한 내용인데, 몇 번을 읽어도 무슨 말인지 도저히 모르겠어."

뭐야, 느닷없이 왜 일 얘기로 돌아가는데?

"'다카오카에게는 차를 운전할 힘이 남아 있지 않았다.'까지는 좋아. 그다음에 바로 텐트로 이동했다고 특정 지은 이유가 뭐야? 그게 아니라 걸어서 도주할 가능성이나 다마가와 강에 뛰어들 가능성도 있었잖아? 이런 식의 추측으로 밀고 나가지 말라고 내가 분명히 말했을 텐데? 일단 탐문을 하면서 얼굴을 보았다거나 하는 구체적인 상황을 집어넣어서 좀 정성껏 쓰라고. 이런 식이면 내내 해온 대로 어림짐작이라도 맞히기만 하면 불만 없겠지 같은 논리와 다를 게 없잖아? 몇 번이고 말하지만 범인을 찾아냈다고 해서 결과까지 오케이는 아니야. 과정에 구멍이 있으면 재판에서 뒤집힐……."

그때 구사카의 가슴께에서 휴대전화가 울렸다. 재빨리 휴대전화를 꺼내 화면의 표시를 확인했다.

"잠깐만……."

은색의 휴대전화를 열면서 자리에서 일어나 창가로 향했다. 집에서 온 전화 같았다.

"나야. 음…… 뭐? ……그래서 상대방은? ……요시히데는 괜찮아? ……그렇군. ……아니, 지금은 본부야. ……아, 그런데……."

구사카는 손목시계를 들여다보았다.

"알았어. 지금 바로 갈게. 5시 전에는 도착할 거야. ……알았어. 끊어. ……어어, 끊을게. ……어어, 그럼."

바로 자리로 돌아와 앉았다. 컴퓨터 화면에 열어둔 파일을 각각 저장하고 닫았다.

"레이코, 급히 집에 가봐야겠어. 미안하지만 나 먼저 갈게. 나만 혼자 늦지 않도록 반드시 시간 내에 마칠 테니까 계장님께 그렇게 전해줘."

아무래도 아까 하던 이야기는 이렇게 끝나려나 보다.

"아, 네. 저…… 댁에 무슨 일이라도?"

침통한 표정이었다. 평소에는 좀처럼 이런 표정을 짓는 사람이 아닌데.

"아들 녀석이…… 따돌림을 참다못해서 말썽을 일으킨 모양이야. 상대 아이도 다치고 우리 아들도 다쳤나 봐."

노트북 전원을 끄고 서류는 서랍에 넣고 잠갔다.

"걱정되시겠어요. 계장님께는 제가 알아서 잘 말씀드리겠습니다."

자리에서 일어난 구사카가 별안간 아, 하며 코트를 걸치던 손을 멈췄다.

"나도 모르게 말이 헛나갔군. 지금 말한 따돌림 어쩌고 하는 말은 계장님께 하지 마. 다쳤다는 말도 하지 말고."

네, 하고 고개를 끄덕이자 구사카는 엄격한 눈빛으로 다시 말했다.

"그리고 아까 하던 얘기는 내일 마저 하기로 하지."

뭐야, 끝이 아니잖아.

"그럼, 잘 부탁하네."

가방을 낚아채듯 들고 옷깃을 매만지며 출구로 향했다.

뭐야…… 저렇게 꾀를 부릴 때도 다 있고.

아이가 다쳤다는 말에 허둥대는 아버지의 옆모습. 아내에게 엄하게 말하면서도 어딘지 모르게 온화함을 내비치던 그 표정. 그런 모습을 보여준 지금에서야 그의 등이 조금은 넉넉한 사람으로 보이다니.

역시 남편이고 아버지구나.

어쩌면 아주 조금, 고작 손톱만큼이기는 해도 구사카를 싫어하는 감정이 줄어들었는지도 모르겠다.

　레이코는 그것 때문에 또 분할 따름이었다.

　그 감정이 기쁨과 닮아서 더 분통이 터졌다.

옮긴이 **이로미**

1974년 성남에서 출생하였고, 인하대학교 사학과를 졸업했다. 대학 때부터 한일 간의 문화와 역사에 깊은 관심을 가져, 세종대 정책과학대학원 국제지역학과에서 일본학 전공으로 석사 학위를 받았다. 일본 문학지 『후네』, 『썸씽』, 『구자쿠센』 등에 한국 시인의 시를 다수 번역하여 소개했으며, 이효석이 1940년대에 발표한 『녹색의 탑』을 포함한 소설 다섯 편과 산문 열일곱 편 등 일본어 작품을 한국어로 번역한 바 있다. 그 밖에도 과학 인문서 『아인슈타인과 원숭이』를 비롯하여 『고양이와 함께 행복해지는 놀이 레시피』, 『산월기·이릉』, 『삼색털 고양이 홈즈의 등산열차』 등 일본 소설을 번역하였고, 혼다 데쓰야의 레이코 형사 시리즈 일곱 편의 역자이기도 하다.

소울 케이지

초판 1쇄 인쇄일 2018년 8월 13일
초판 1쇄 발행일 2018년 8월 25일

지은이	혼다 데쓰야
옮긴이	이로미
펴낸이	정은영
주간	배주영
편집	고은주
경영지원	양상미 김윤하 김은혜
제작	이재욱 현대엽 박규태
디자인	워크룸 김혜원
마케팅	한승훈 이새롬 나윤주 강민재 윤혜은 황은진

펴낸곳	㈜자음과모음
출판등록	2001년 11월 28일 제2001-000259호
주소	04047 서울시 마포구 양화로6길 49
전화	편집부 (02)324-2347 경영지원부 (02)325-6047
팩스	편집부 (02)324-2348 경영지원부 (02)2648-1311
이메일	neofiction@jamobook.com

ISBN 978-89-544-3859-9 (04830)
      978-89-544-3857-5 (set)

잘못된 책은 교환해드립니다.

이 도서의 국립중앙도서관 출판예정도서목록(CIP)은 서지정보유통지원시스템 홈페이지(http://seoji.nl.go.kr)와 국가자료공동목록시스템(http://www.nl.go.kr/kolisnet)에서 이용하실 수 있습니다.(CIP제어번호: CIP2018024745)